新 潮 文 庫

三 国 志 ナ ビ

渡 邉 義 浩 著

新 潮 社 版

9785

まえがき

「三国志《さんごくし》」には興味があるけれども、読み通すことはできない、という話をよく聞く。吉川三国志も、一巻と十巻では、売りあげに大きな違いがあるそうだ。

最後まで読み通せない理由は、物語の長さのためばかりではない。登場人物が多く、誰が誰だか途中で分からなくなってしまう。実は吉川英治《よしかわえいじ》も混乱しており、張郃《ちょうこう》という有名な武将は、吉川三国志の中で三度も討ち死にしている。また、物語の背景である三国時代の地理や制度も複雑で、吉川は官職名を人名としたり、三国と明清《みんしん》の制度を混同したりしている。しかし、これらは、すべてが吉川英治の責任なのではない。吉川が基づいた湖南文山《こなんぶんざん》の『通俗三国志《つうぞくさんごくし》』、湖南文山が翻訳の底本とした李卓吾《りたくご》本『三国志演義《さんごくしえんぎ》』が、そうした間違いを多く含んでいるのである。もちろん、小説である以上、表現のために虚構を設けることは必須《ひっす》であるが、これらはほぼ誤認である。

本書は、こうした誤りの原因となった多くの人名と地図や制度を整理することで、「三国志」の小説を読みやすくすることを目的とした。その中心は、吉川三国志に置いたが、「三国志」に関するすべての小説、それに基づく漫画、あるいはゲームに至るまで、さまざまな創作を理解する際の参考となるような記述に努めた。加えて、陳《ちん》寿《じゅ》が著した歴史書の『三国志』、さらには史実としての三国時代の理解も深まるように工夫を凝らした。

第一章「三国志」戦いと謀略は、主要な戦争と謀略を地図と共に解説することで、壮大な物語の流れが見えてくるように努めた。第二章「三国志」人物伝は、吉川三国志に登場する全人物八三九人を紹介した。第三章 図解・制度とアイテムは、三国時代の複雑な官職の仕組み、英雄が愛用する武器を図解により示した。第四章「三国志」物語りの展開は、吉川三国志の源流を遡《さかのぼ》りながら、「三国志」物語の変遷《へんせん》をたどった。第五章「三国志」から生まれた故事成語は、日本と中国の主な「三国志」由来の故事成語をまとめた。第六章「三国志」物語年表は、劉備《りゅうび》・曹操《そうそう》・孫権《そんけん》の三勢力の関係が一目で分かることを目指した。第七章 英傑たちの系図は、主要人物の家系図である。

本書の基本データとなった吉川三国志人物データベースは、袴田郁一君に作成していただいた。袴田君は、「吉川英治『三国志』の原書とその文学性―近代日本における「三国志」の受容と展開」(『三国志研究』八、二〇一三年)という論文を公刊している専門家である。また、『「三国志」の女性たち』(山川出版社、二〇一〇年)の共著者である仙石知子さんには、『三国志演義』の知識を提供していただいた。さらに、人物の目を見ていると物語世界に吸い込まれていくようなカバー装画は、長野剛画伯に描いていただいた。新潮社編集部の大島有美子さんは、校閲部の北村有美さん、装幀室の大森和也さんとタッグを組んで、入念なチェックと美麗なデザインを本書に施してくださった。早稲田大学への異動のお祝いに大きな伊勢海老《いせえび》を振る舞ってくれた下町丸竹都寿司は、追い詰められるとカウンターで仕事を広げるわたしをいつも温かく迎えてくれた。

すべての人に深謝を捧《ささ》げたい。

二〇一三年一二月一三日　勝浦 下町丸竹都寿司にて

渡邉　義浩

目次

本文デザイン　錦明印刷企画デザイン室
「三国志」人物伝イラスト　長野　剛

三国志ナビ

第一章
「三国志」戦いと謀略

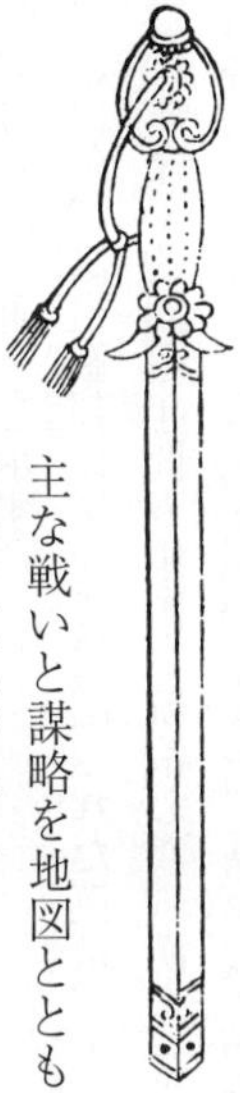

主な戦いと謀略を地図とともに解説。
物語の流れが見えてくる

物語地図一

漢の重み

後漢（二五～二二〇年）

吉川「三国志」は、劉備《りゅうび》が黄河《こうが》を見つめる場面から始まる。黄巾《こうきん》賊に襲われ、助けてくれた張飛に剣を渡した劉備は、母に叱責《しっせき》される。剣は、漢の中山靖王《ちゅうざんせいおう》劉勝《りゅうしょう》の正しい血すじの証《あかし》なのだという。漢の血すじを引くことが、主人公の必要条件とされるのは、中国における漢の重みを示す。

紀元前の二〇二年、高祖《こうそ》劉邦《りゅうほう》によって建国された漢は、王莽《おうもう》による中断をはさみながらも、二二〇年まで約四百年間、中国を統治した。漢より以降、これほど長く続いた中国国家はない。現在でもその名が、民族名（漢民族）や文字名（漢字）に使われるように、漢は中国の「古典古代」なのである。孔子《こうし》の始めた儒教《じゅきょう》が、国教とされた時期が後漢《ごかん》であるように（従来、前漢《ぜんかん》の武帝《ぶてい》期と言われていたことは誤り）、中国の古典的国制と文化の基本は、後漢に成立した。

後漢の桓帝《かんてい》期、すなわち黄巾の乱が勃発《ぼっぱつ》する霊帝《れいてい》の一つ前の時代には、統治人口は、十三州で五千万人（州ごとに約四百万人）を超えていた。しかし、三国時代は、魏《ぎ》・呉《ご》・蜀《しょく》を合わせても約八百万人を統治するに過ぎない。それほどまでに国力は減退する。漢の栄光が思い出される所以《ゆえん》である。

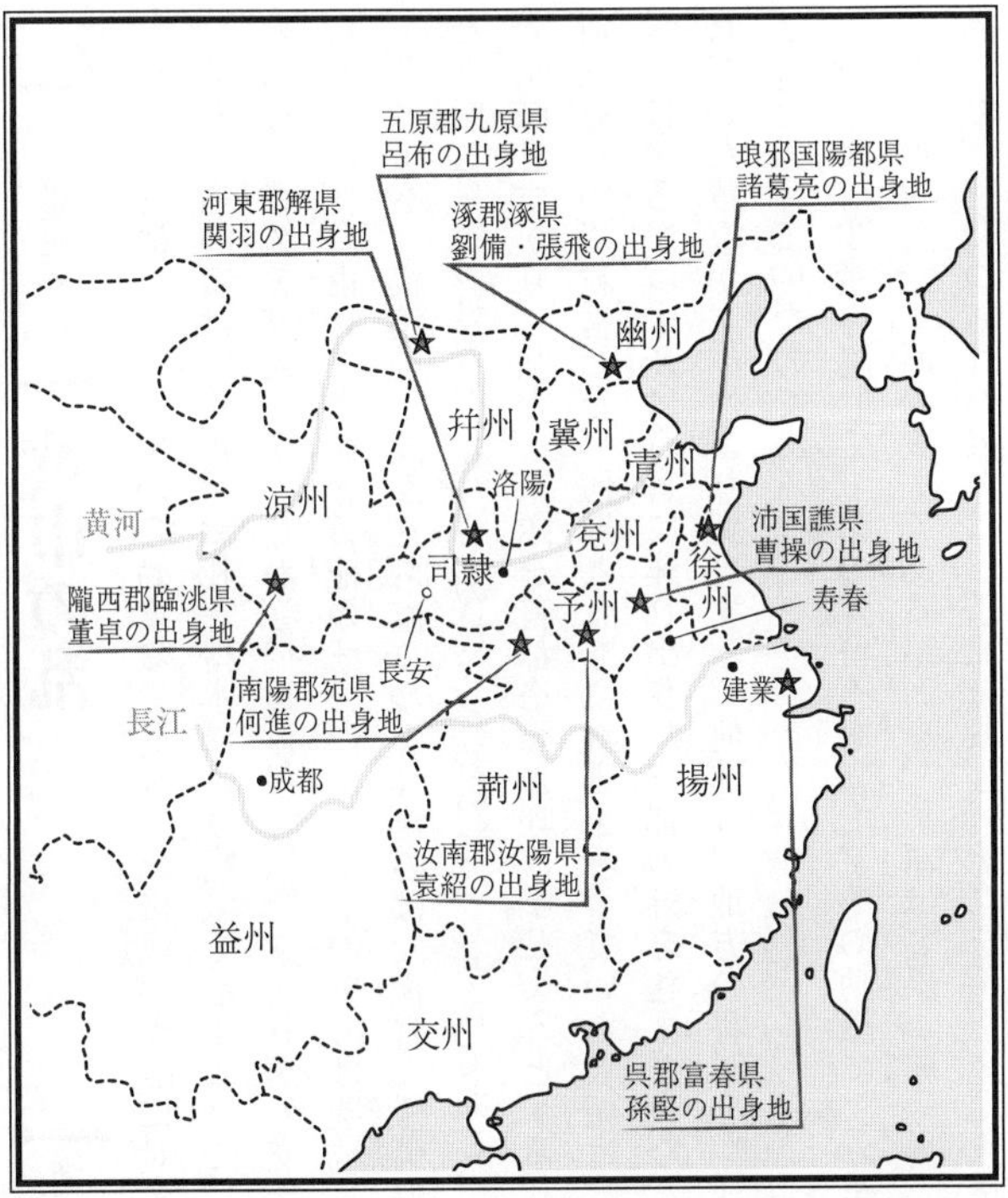

後漢の十三州のうち、長江流域の州は、益州《えきしゅう》・荊州《けいしゅう》・揚州《ようしゅう》の三州に過ぎなかったが、その総人口は約1785万人（724万・627万・434万）と多く、前漢に比べて南方の経済力が高まっていた。とくに益州の蜀郡は135万人と交州《こうしゅう》一州（111万）よりも、大きな人口を抱えていた。諸葛亮《しょかつりょう》が「隆中対《りゅうちゅうたい》」で「沃野《よくや》千里」と称《たた》えた理由である。

物語地図 二

黄巾の乱

後漢・光和七年（一八四年）ごろ

黄巾《こうきん》の乱は、一八四年から始まる。混乱した後漢《ごかん》の支配に対する宗教的な農民反乱である。指導者は、張角《ちょうかく》。お札と聖水により病気を治すことで、太平道と呼ばれる宗教結社の戦線を拡大する。しかし、四百年の伝統を誇る漢の支配は、容易に打ち破れなかった。皇甫嵩《こうほすう》・朱儁《しゅしゅん》・盧植《ろしょく》の三将により黄巾の主力は壊滅した。

それでも、後漢の支配が立ち直らなかったのは、宦官《かんがん》（宮中に仕える去勢した男子）と外戚《がいせき》（皇帝の母方の一族）との対立が続いていたからである。外戚の何進《かしん》は、宦官の全滅をはかり、強力な軍隊を首都洛陽《らくよう》に呼びよせようとする。先手を打った宦官は、何進を宮中で殺害した。何進とともに計画を練っていた袁紹《えんしょう》は、軍を率いて宦官を皆殺しにするが、少帝《しょうてい》は宦官に連れ出され、都の外をさまよった。そこに、何進に呼ばれていた董卓《とうたく》が、涼州《りょうしゅう》より到着する。何進は、地方の将軍を呼び寄せ、宦官に対抗しようと考えていたのである。

董卓は、少帝を廃して、弟の陳留王《ちんりゅうおう》を立て、その功績により全権を握ろうとした。ひとり反対した丁原《ていげん》の養子である呂布《りょふ》を、董卓は名馬「赤兎馬《せきとば》」と莫大《ばくだい》な金銀宝玉で誘った。利につられた呂布は、丁原を殺し、それを手土産に董卓の養子となる。

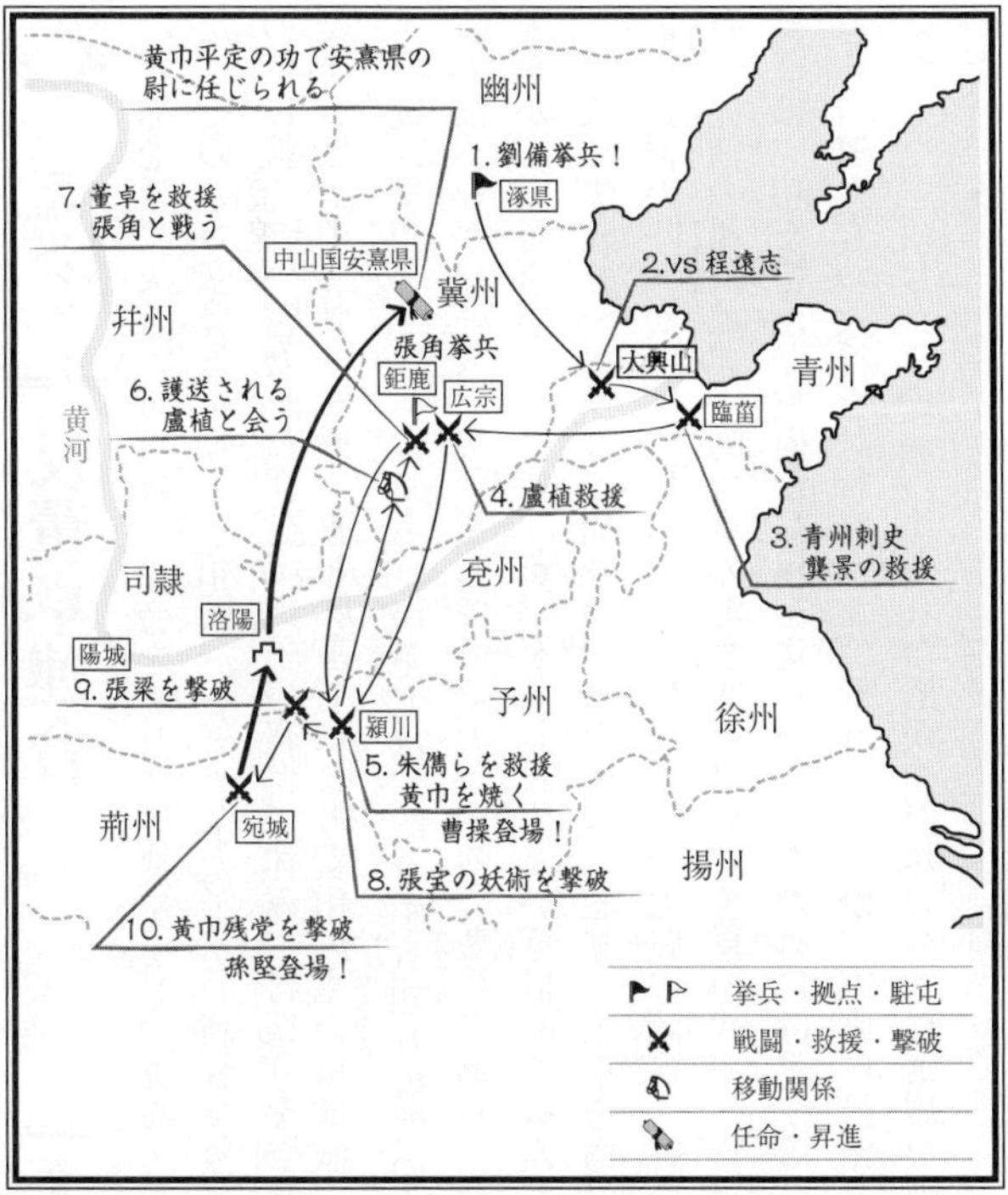

中国の宗教的農民反乱は、山東半島から起こることが多い。黄巾の乱は、冀州《きしゅう》から起こったものの、青州《せいしゅう》の黄巾が優勢であった理由は、そうした背景を持つ。黄河流域の諸州が戦乱に巻き込まれたことは、折からの寒冷化と相俟《あいま》って、人口の南下を促進した。

物語地図 三

反董卓連合

後漢・初平元年（一九〇年）ごろ

　呂布を手に入れた董卓は、少帝を廃して弘農王《こうのうおう》とし、九歳の陳留王（献帝《けんてい》）を立てた。そののち弘農王を殺し、相国《しょうこく》（三公より上の上公、独裁を防ぐため廃止されていた）の位に就くと、宮女を姦淫《かんいん》して天子の寝台で休み、村祭りを襲撃して民を殺し、賊を滅ぼしたと宣伝するなど、悪逆非道の限りを尽くす。

　司徒《しと》（宰相である三公の一つ）の王允《おういん》は、明日をも知れぬ漢の命運を思って泣いた。皆も泣くなか、一人大笑いをしている者がいる。曹操《そうそう》である。王允が詰《なじ》ると、曹操は王允から宝刀を譲りうけて、董卓を刺し殺すという計略を披露した。

　暗殺に失敗した曹操は、偽りの詔書《しょうしょ》を各地に送り、董卓打倒の義兵を募る。曹操の董卓打倒の呼びかけに、袁紹をはじめとする十七路の諸侯が応じ、袁紹を盟主に立てた。先鋒《せんぽう》の孫堅《そんけん》は、洛陽の東の汜水関《しすいかん》を攻め、董卓の武将の華雄《かゆう》と戦った。しかし、孫堅は、功を妬《ねた》んだ袁術《えんじゅつ》が兵糧《ひょうろう》を送らなかったために敗退する。華雄は袁紹の本陣に迫り、何人もの大将を討ち取った。そうしたなか、末席に控えていた劉備の義弟関羽《かんう》は戦いを志願し、曹操から注がれた酒がまだ熱いうちに華雄を斬《き》り、董卓軍を打ち破った。

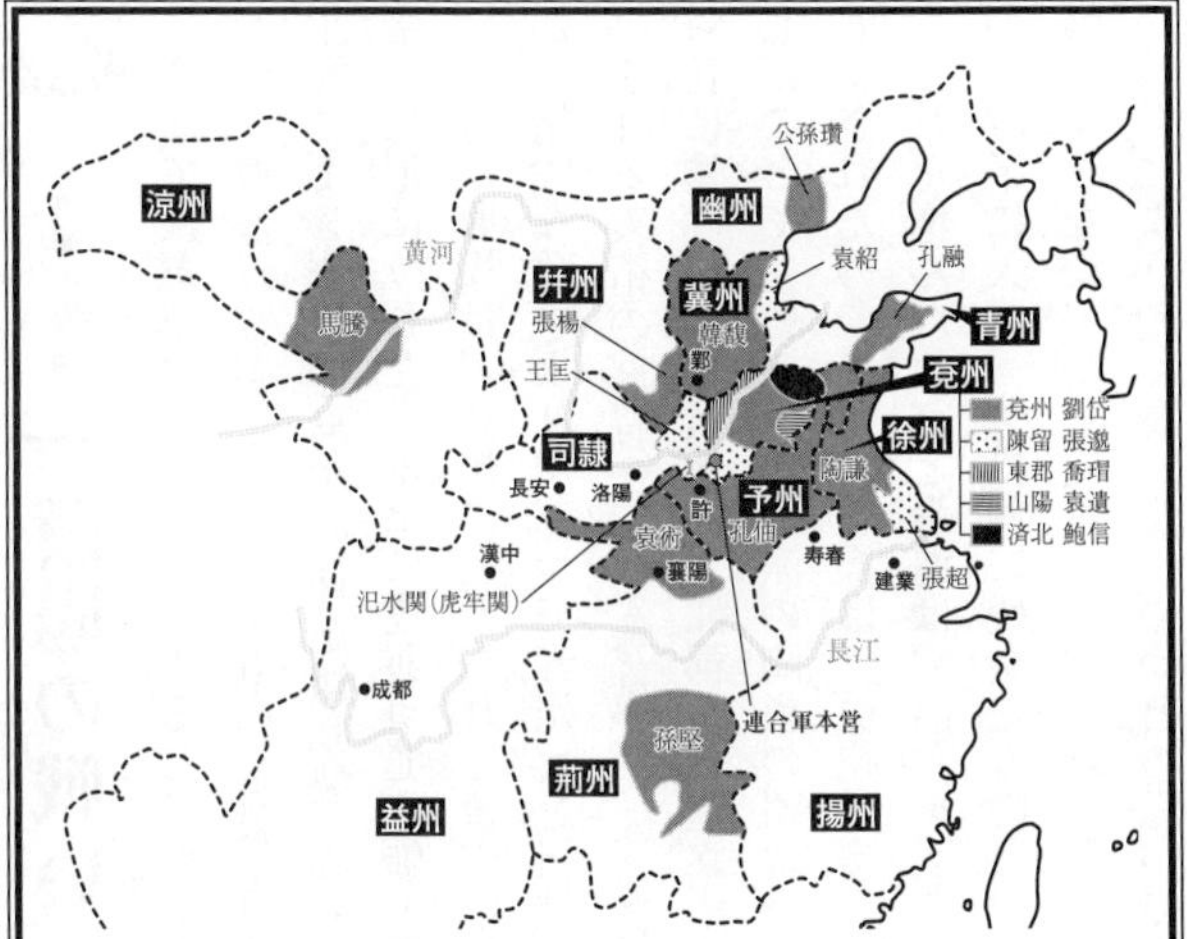

十七鎮諸侯

1. 後将軍南陽太守 袁術
2. 冀州刺史 韓馥
3. 予州刺史 孔伷
4. 兗州刺史 劉岱
5. 河内太守 王匡
6. 陳留太守 張邈
7. 東郡太守 喬瑁
8. 山陽太守 袁遺
9. 済北相 鮑信
10. 北海太守 孔融
11. 広陵太守 張超
12. 徐州刺史 陶謙
13. 西涼太守 馬騰
14. 北平太守 公孫瓚
15. 上党太守 張楊
16. 長沙太守 孫堅
17. 渤海太守 袁紹

物語と異なり、史実では「十七鎮諸侯」が連合を組んで一カ所に集まったわけではない。それぞれの拠点で反董卓を掲げたものもあった。

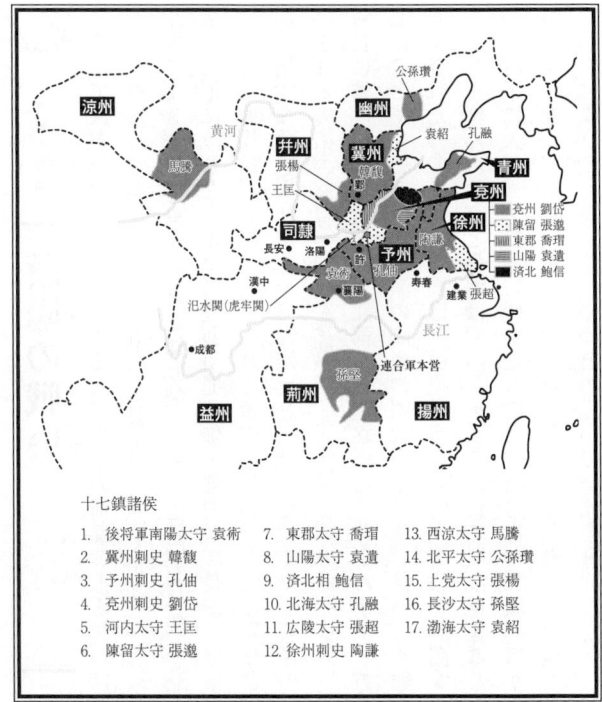

物語地図 四

濮陽の戦い

後漢・興平元〜二年（一九四〜一九五年）ごろ

やがて反董卓連合軍が分裂すると、董卓の横暴な振る舞いは増すばかりであった。かつて曹操に宝剣を渡して董卓の暗殺を謀《はか》った王允は、「美女連環《れんかん》の計」を用いて、貂蟬《ちょうせん》により董卓と呂布の仲を切り裂く。董卓は呂布に殺されたが、王允と呂布は李《り》傕《かく》・郭汜《かくし》に敗れた。董卓に代わって李傕・郭汜が、長安《ちょうあん》で横暴の限りを尽くす。

一方、曹操は、兗州《えんしゅう》に迎えられて黄巾中最強とされる青州《せいしゅう》黄巾を降服させ、その中から精強な兵をよりすぐって青州兵《せいしゅうへい》を組織した。これが曹操の軍事的基盤となる。匡《きょう》亭《てい》を守る袁術の部将劉詳《りゅうしょう》を撃破した曹操は、救援に駆けつけた袁術本軍をも破り、封丘《ほうきゅう》に逃げ帰った袁術を九江郡《きゅうこうぐん》まで追撃する。ところが、一方の雄である袁術を大破したことで、曹操は袁術派の陶謙《とうけん》の報復を受ける。徐州《じょしゅう》に避難していた父親の曹嵩《そうすう》を殺害されたのである。曹操は、徐州に侵入して大虐殺《ぎゃくさつ》を展開する。

これを憎んだ陳宮《ちんきゅう》と張邈《ちょうばく》は、呂布を引き入れて反乱を起こした。兗州は、ほぼ呂布の支配下に入り、曹操側に残ったものは、済陰郡《せいいんぐん》の鄄城《けんじょう》のほか東郡《とうぐん》の范城《はんじょう》・東阿《とうあ》の三城に過ぎなかった。史実では、これが曹操の生涯最大の危機であった。曹操は、濮陽《ぼくよう》の戦いにようやく勝利し、やっとの思いで兗州を奪回した。

史実において、鄄城・范城・東阿の三拠点を守ることができたのは、東阿出身の程昱《ていいく》の力によるところが大きい。豪族の支持を集め、郷里を死守した程昱を荀彧《じゅんいく》は、「民の望」と称している。

物語地図　五

献帝擁立

後漢・建安元年（一九六年）ごろ

　このころ長安では、李傕と郭汜が仲間割れを始めていた。この隙《すき》に献帝は、長安を脱出して洛陽にたどり着くことができた。楊彪《ようひょう》が献帝の命を受け、曹操を召す使者を出すと、献帝擁立を主張する荀彧の策を採用した曹操は、洛陽に兵を出した。李傕と郭汜を破ったのち、洛陽が廃墟《はいきょ》と化していることを口実に、曹操は許昌《きょしょう》への遷都《せんと》を強行する。

　献帝を擁立した曹操は、皇帝の権威を利用して、群雄《ぐんゆう》間の対立をあおった。標的は劉備と呂布である。陶謙から徐州を譲られた劉備のもとに、呂布が身を寄せたことを曹操は危険視していた。劉備を正式に徐州牧《じょしゅうぼく》に任命する一方で、密書をやって呂布を殺させる「二虎競食《にこきょうしょく》の計《けい》」、劉備に詔《みことのり》を与え、袁術を討伐させる隙に呂布の裏切りを待つ「駆虎呑狼《くこどんろう》の計《けい》」を立て続けに仕掛ける。呂布に徐州を追われた劉備は、曹操に降伏する。

　呂布と劉備への対応が一息つくと、曹操は張繡《ちょうしゅう》を討伐した。しかし、張済《ちょうさい》の未亡人である鄒氏《すうし》に溺《おぼ》れ、賈詡《かく》の計略に基づく張繡の反乱に大敗、妾腹《しょうふく》の長子曹昂《そうこう》・甥《おい》の曹《そう》安民《あんみん》を失ったほか、親衛隊長の典韋《てんい》を戦死させた。

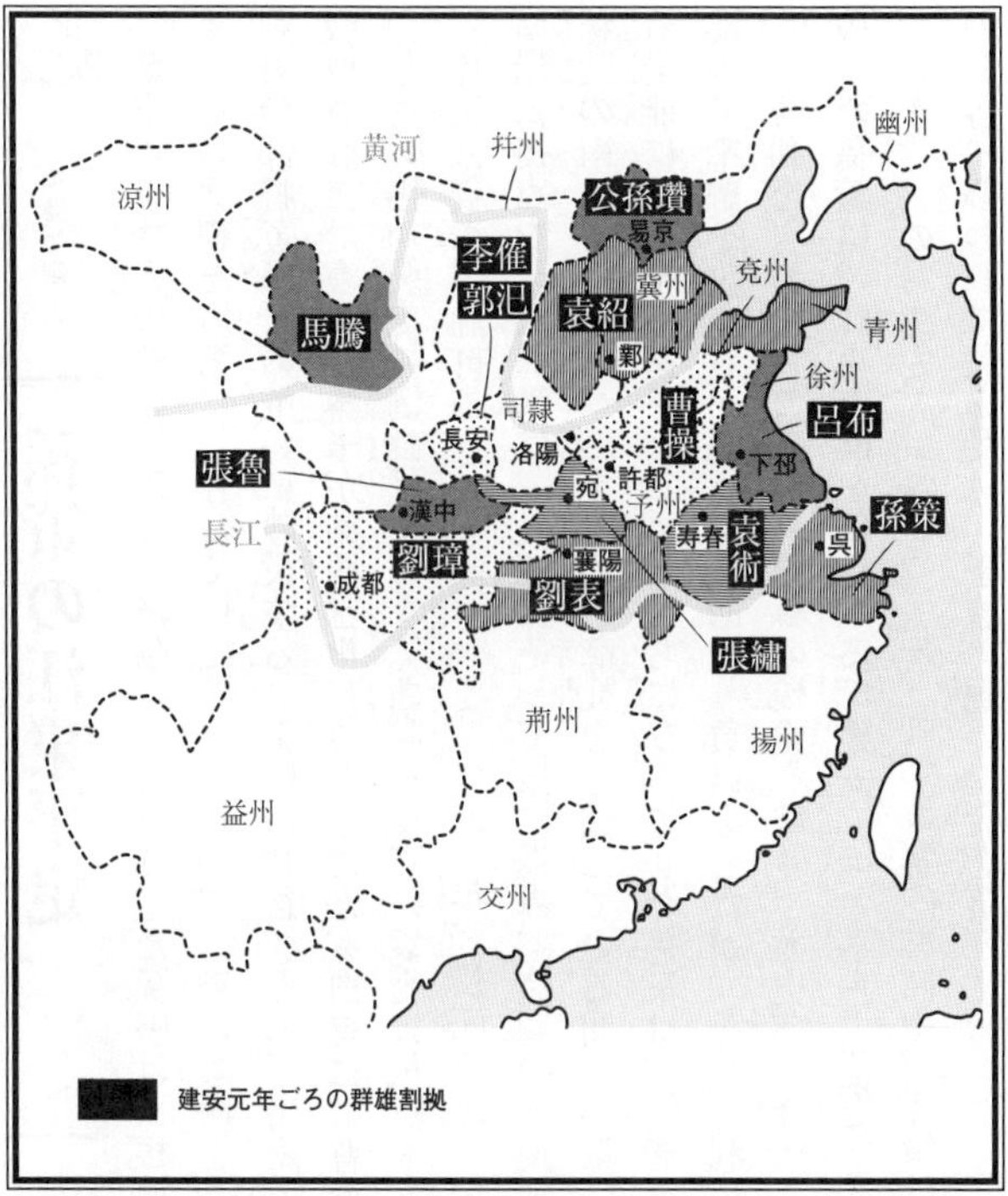

献帝を擁立したものの、曹操は四方を敵で囲まれていた。そうした状況下で、天子に詔を仰ぎ、他の群雄に天子の名により命を下せたことは、史実においても、覇権を確立する上で、有利なことであった。

物語地図　六

孫策の江東平定

後漢・興平二〜建安二年（一九五〜一九七年）ごろ

董卓軍を陽人《ようじん》の戦いに破り、洛陽に一番乗りした孫堅は、根拠地を持たなかったため、その兵糧を袁術に依存していた。したがって、袁術の命を受け、劉表と戦うが、劉表の部将黄祖《こうそ》との戦いに陣没する。孫堅の死後、その子である孫策《そんさく》は、袁術集団に吸収された。袁術は本来、南陽《なんよう》郡を拠点としたが、曹操に敗れると、揚州の寿春《じゅしゅん》を占領した。揚州刺史《しし》の劉繇《りゅうよう》はやむなく曲阿《きょくあ》を拠点に袁術に抵抗する。

孫策は袁術の許可のもと、興平《こうへい》二（一九五）年、長江を渡り牛渚《ぎゅうしょ》を攻略する。長江南岸に拠点をえた孫策は、長江にそって東に進み、劉繇の本拠地である曲阿をめざす。秣陵《まつりょう》の南に布陣した笮融《さくゆう》を攻め、薛礼《せつれい》を包囲している間、孫策は、劉繇の別働隊である樊能《はんのう》に牛渚を占領される。ただちにひき返した孫策は、樊能を破り牛渚を奪回して、戻って笮融を攻める。流れ矢にあたり負傷もしたが、それを利用して笮融をおびき出し、勝利を収めた。こののち劉繇の残党を破り、太史慈《たいしじ》を降伏させ、厳白虎《げんはくこ》・王朗《おうろう》を破った孫策は、江東支配を確立する。建安《けんあん》二（一九七）年のことであった。

しかし、のち建安五（二〇〇）年、許都《きょと》襲撃の計画中、孫策はかつて滅ぼした許貢《きょこう》の食客に襲われて矢を受け、于吉《うきつ》の呪《のろ》いで命を落とす。

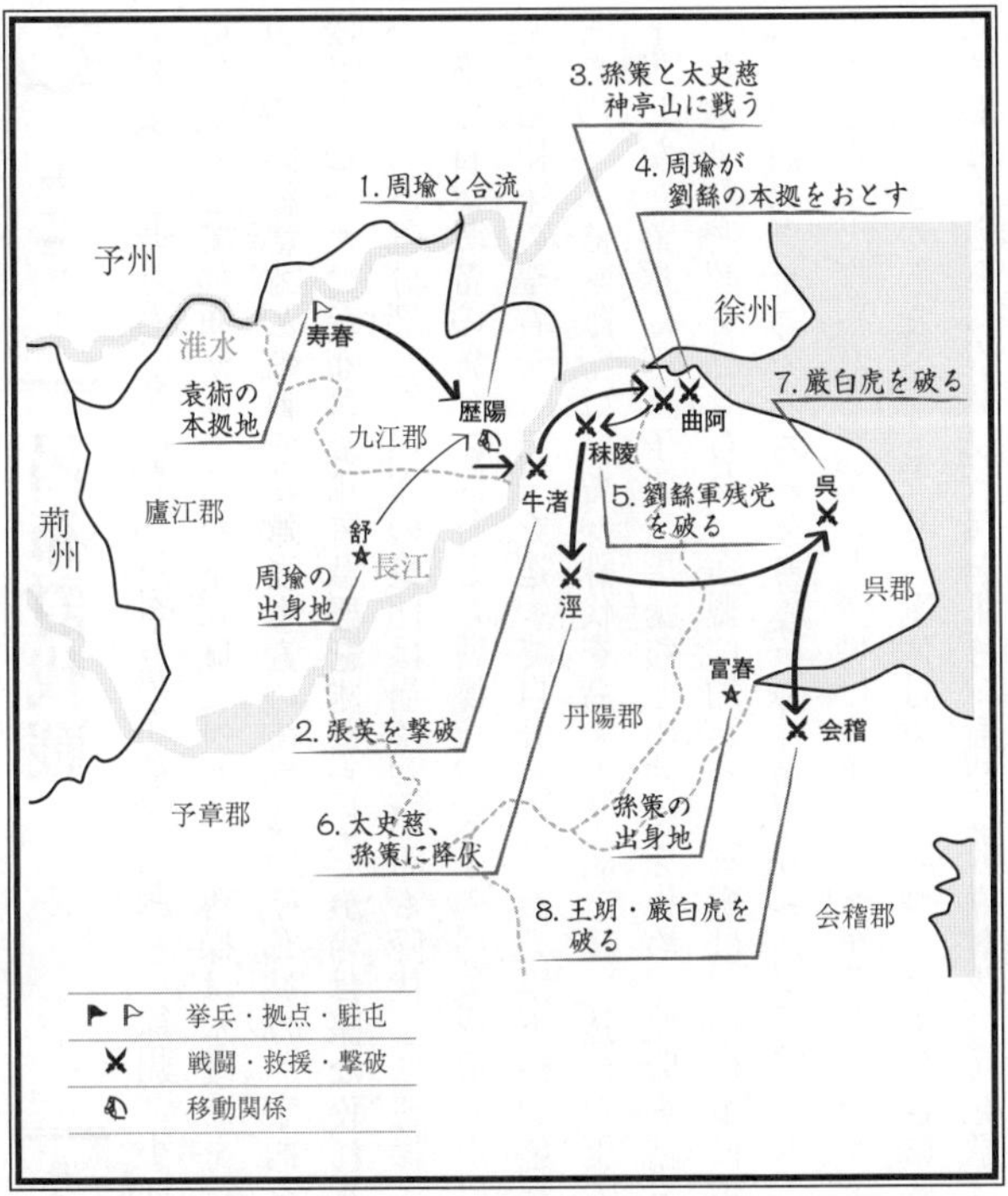

華北の人は馬を、江東の人は船を得意とする。孫策は長江を自由に渡り、軽快に移動することにより、山東半島出身の劉繇を圧倒した。赤壁《せきへき》の戦いも、水軍戦が中心であった。

物語地図　七

呂布討伐戦

後漢・建安三年（一九八年）ごろ

建安三（一九八）年、曹操は自ら呂布征討に赴き、徐州、小沛《しょうはい》を攻め落とす。最後の拠点として呂布が籠《こ》もった下邳《かひ》城に対して、曹操は水攻めを行う。郭嘉《かくか》の進言により、沂《ぎ》水《すい》と泗《し》水《すい》の流れを決壊させたのである。下邳城は、東門を除き、ことごとく水浸しとなった。呂布は袁術に救援を求めたが、袁術は来ない。水攻めによって兵糧が不足し、内部分裂した呂布の集団は崩壊、呂布も降伏して曹操に斬《き》られた。

ある日、献帝の狩りに同行した曹操は、天子の弓矢を取り上げて鹿《しか》を射る。万歳を唱える臣下の慶賀を、天子を遮って自分が受けた。臣下が顔色を変える、それを監視したのである。献帝は、曹操誅伐《ちゅうばつ》を命じた密詔を縫い込んだ玉帯を車騎将軍《しゃきしょうぐん》の董承《とうしょう》に下賜《かし》した。董承は、王子《おうし》服《ふく》・馬《ば》騰《とう》などの同志を集め、血盟を結ぶ。

董承より密詔を見せられ、血盟に加わった劉備は、畑仕事に精を出して韜晦《とうかい》に務める。度が過ぎたのであろう。曹操に呼び出された劉備は、「天下の英雄は、君とわたしだけだ」と探られる。驚いた劉備は、思わず箸《はし》を落としたが、雷鳴にかこつけ、その場をごまかした。まもなく、劉備は袁術を討つことを名目に曹操から離れ、徐州に居すわる。さらに袁紹に救援を求め、袁紹は曹操討伐の兵を挙げた。

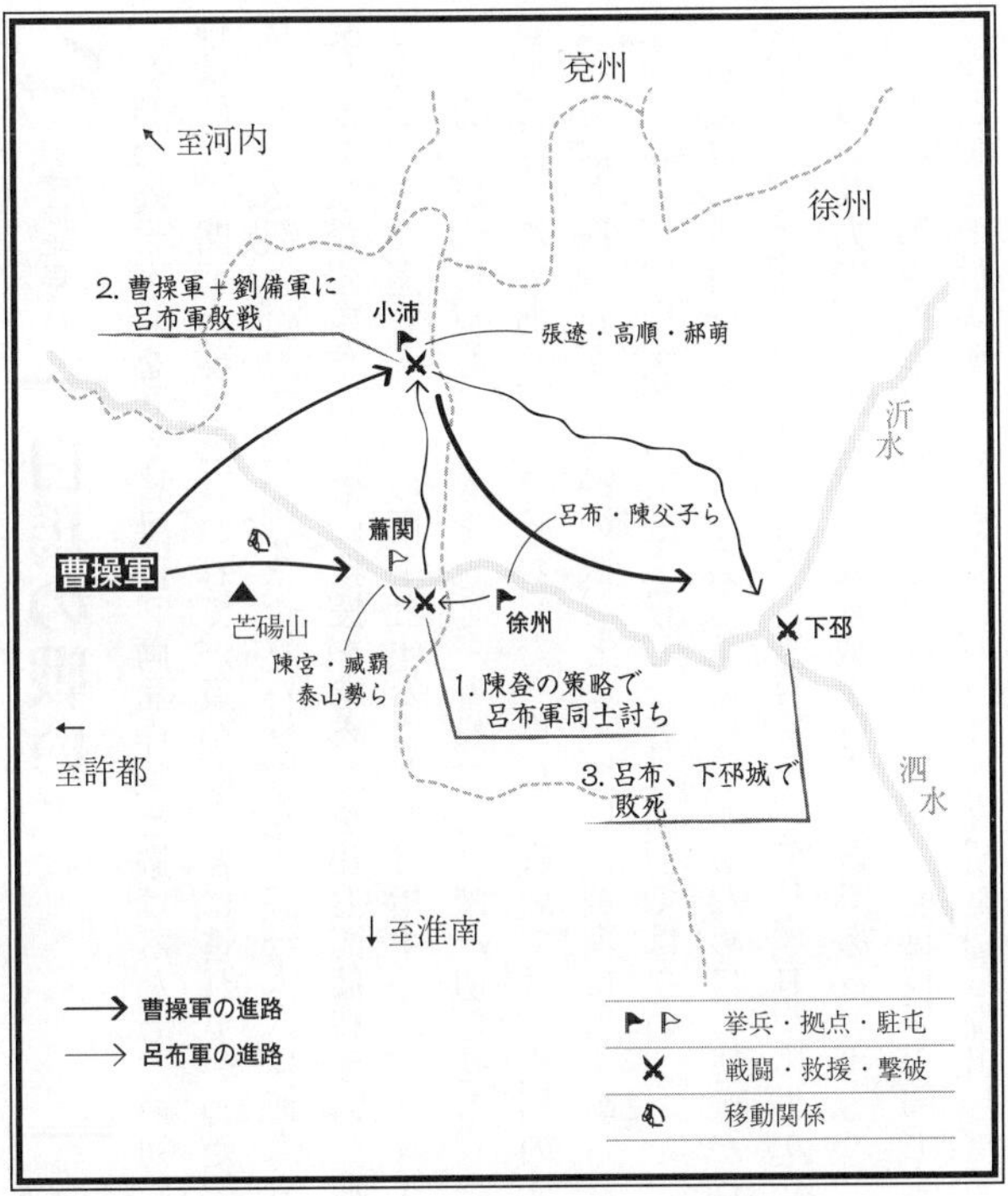

曹操は『孫子』の「包囲戦には十倍の兵力差が必要」という文章に注をつけ、「十倍という原則は、将軍の智能などが同等の場合である。わたしはたった二倍の兵力で下邳城を包囲し、呂布を生け捕りにした」と書いている。曹操会心の戦いなのである。

物語地図 八

白馬の戦い

後漢・建安五年（二〇〇年）ごろ

袁紹の優柔不断を知る曹操は、両面作戦を避けるため、最初に劉備を征討した。劉備は敗れ、関羽と妻子を奪われて、袁紹のもとに逃れていった。その際、関羽は、降伏を勧める張遼《ちょうりょう》に、「漢に降《くだ》るも曹には降らず」、「夫人に何人も近づけず」、「劉備が見つかり次第帰参する」という三つの条件を出して降伏する。曹操はこれを認めながらも関羽を厚遇し、自らの臣下とすることを目指す。

一方、劉備は袁紹に大義を説き、曹操討伐に踏み切らせる。官渡《かんと》の戦いの前哨戦《ぜんしょうせん》は、黄河の渡し場である白馬《はくば》で行われた。白馬の戦いでは、袁紹の先鋒顔良《がんりょう》は、曹操側の二将を討ち取ったが、曹操の武将となっていた関羽に首を斬られる。さらに、関羽は文醜《ぶんしゅう》を斬るが、史実では文醜を殺した者は関羽ではない。

勝因は、十対一と言われた兵力差を克服するために、曹操が行った運動戦にある。『孫子』の兵法では、兵力が多い場合には、それを有利に生かせる陣地戦、少ない場合には、兵力差が現れにくい運動戦を行うべきであるとする。

二人の大将を関羽に斬られ激昂《げきこう》する袁紹に、劉備は、「関羽を呼び寄せて、ともに曹操を討ちましょう」とうまく言い抜け、袁紹軍から脱出した。

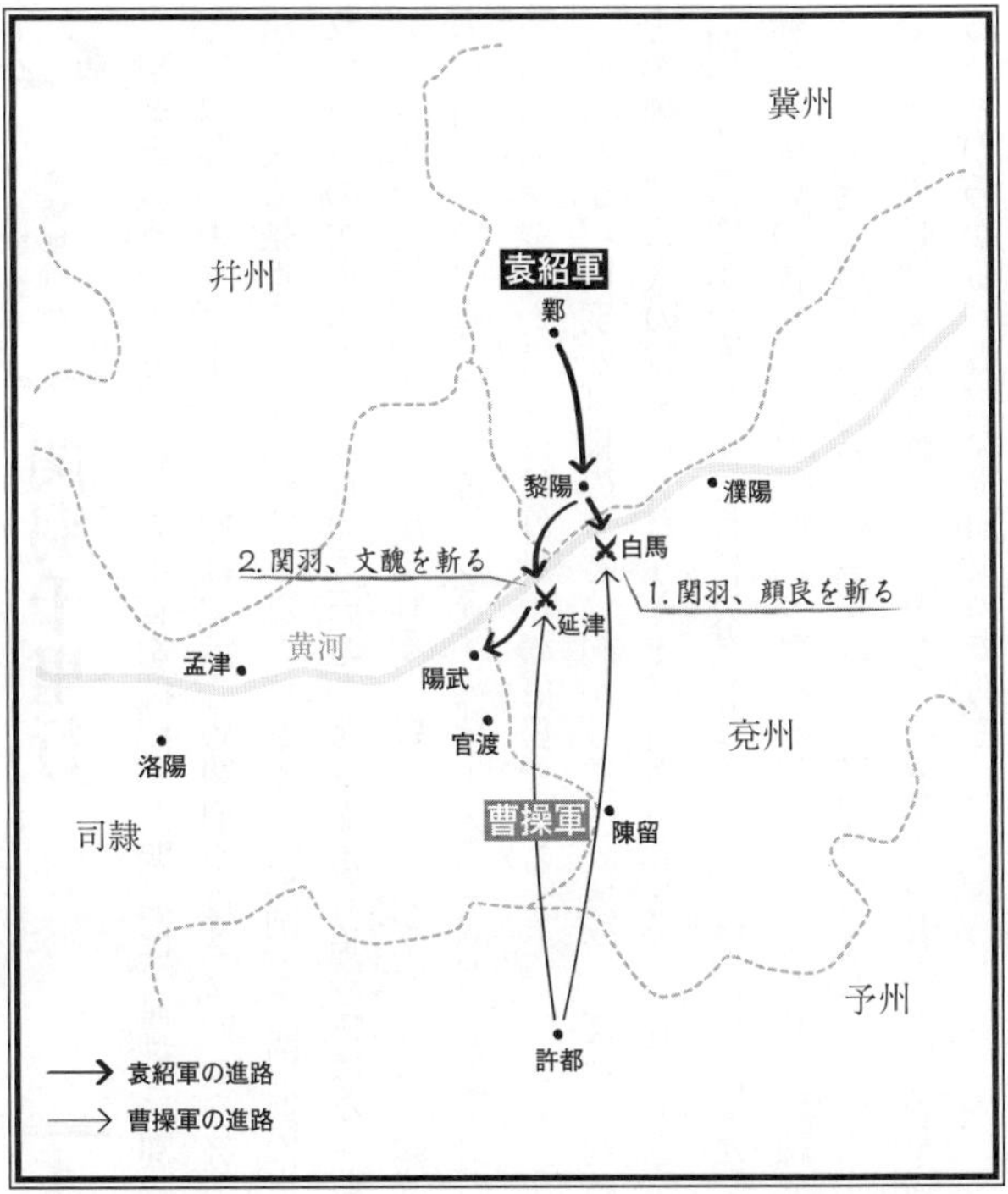

曹操は、延津《えんしん》に兵を進め、黄河をわたり敵の背後を衝《つ》く作戦と見せる。袁紹が軍を二分し、主力を西に向けると、曹操は一気に白馬に向かい顔良軍を破った。顔良の敗戦を聞いた袁紹が、黄河を渡り延津の南に軍を進めて曹操を追うと、曹操はわざと軍事物資を放棄し、敵の騎兵が気を取られる間に文醜を討ち取る。見事な運動戦である。

物語地図 九

関羽千里行

後漢・建安五年（二〇〇年）ごろ

袁紹と戦うなかで、劉備の生存を確認した関羽は、曹操に別れを告げて、劉備のもとに帰参しようとする。曹操は、はじめ関羽を逃さないよう努めたが、最後は関羽の出立を快く見送る。史実がそうなのである。『三国志』関羽伝に記される、「かれはかれで自分の主人のために行っていることである。追ってはならぬ」という曹操の言葉は、『演義』にそのまま引用される。曹操に辛い毛宗崗《もうそうこう》本（『演義』の完成版）も、この場面だけは、曹操の「義」を高く評価する。「関羽が豪傑中の豪傑であるため、奸《かん》雄《ゆう》もこれを愛した。曹操は奸雄中の奸雄である」と。

ところが、関羽が劉備のもとに向かう道への連絡が遅れたため、関羽は五つの関所を突破して六人の将を斬ったうえで、劉備のもとへと帰参する。このときも、曹操は、「関羽が五関を突破したことは自分の非であり、関羽に非はない」と「義」を見せる。赤壁の戦いの後、華容道《かようどう》で関羽が曹操の恩に報いるための伏線である。

ちなみに、現存最古の『演義』である嘉靖《かせい》本では、この部分だけに集中して「関公」という呼び名が現れる。『演義』が複数の著者の手による物語の組み合わせであることが分かる、貴重な場面なのである。

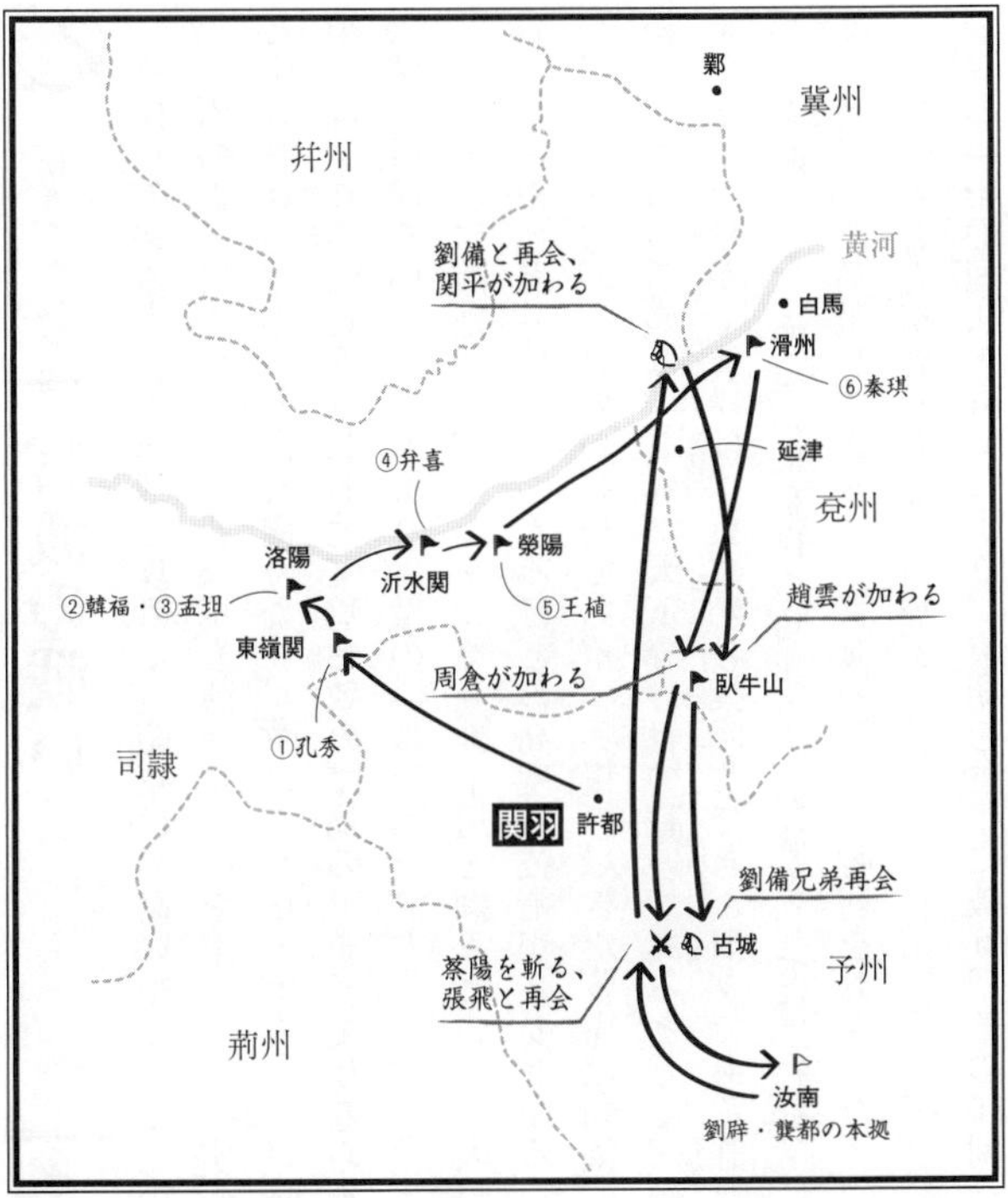

関羽は、図示したように複雑な経路をたどって、劉備と再会する。しかし、史実の劉備はこのとき、袁紹の命を受けて、元黄巾の劉辟《りゅうへき》とともに、許の周辺を略奪していた。許にいた関羽は、すぐにでも劉備に帰参することができたのである。

物語地図　一〇

官渡の戦い

後漢・建安五年（二〇〇年）ごろ

曹操軍の守る官渡の陣地を攻める袁紹軍は、高いやぐらと土山を作り、その上から矢を雨のように降らした。曹操軍も陣内に土山を築いて対抗するとともに、「霹靂車《へきれきしゃ》」と恐れられた移動式の投石機により、敵のやぐら・土山を狙《ねら》い撃ちにする。すると袁紹軍は「地突《ちとつ》」と呼ばれる地下道を敵の陣地の下まで掘り進める作戦を展開、曹操軍は深い塹壕《ざんごう》をいくえにも掘り、敵の「地突」を無力化させた。

このように陣地戦は、土山をつくり地下道を掘るといった大規模な土木工事や、高いやぐらや「霹靂車」をつくるほどの高度な技術が必要となるため、経済力を必要とし、また兵力の多い方が有利である。兵糧の尽きた曹操は弱気になり、荀彧《じゅんいく》に撤兵の相談をする。荀彧は、これが天下分け目の戦いであるとして、徹底的に戦うよう曹操を励ます。やがて曹操は、袁紹から投降してきた旧友である許攸《きょゆう》の策を用い、袁紹の兵糧を貯蔵してある烏巣《うそう》を自ら騎兵を率い襲撃して焼き払う。そして、袁紹側の張《ちょう》郃《こう》・高覧《こうらん》らが降服し、曹操は、官渡の戦いに勝利をおさめた。

こののちも袁紹の勢力はなお強大であった。しかし、建安六（二〇一）年、曹操は程昱《ていいく》の「十面埋伏《じゅうめんまいふく》の計」により、袁紹を倉亭《そうてい》に破り、その勝利を決定づけた。

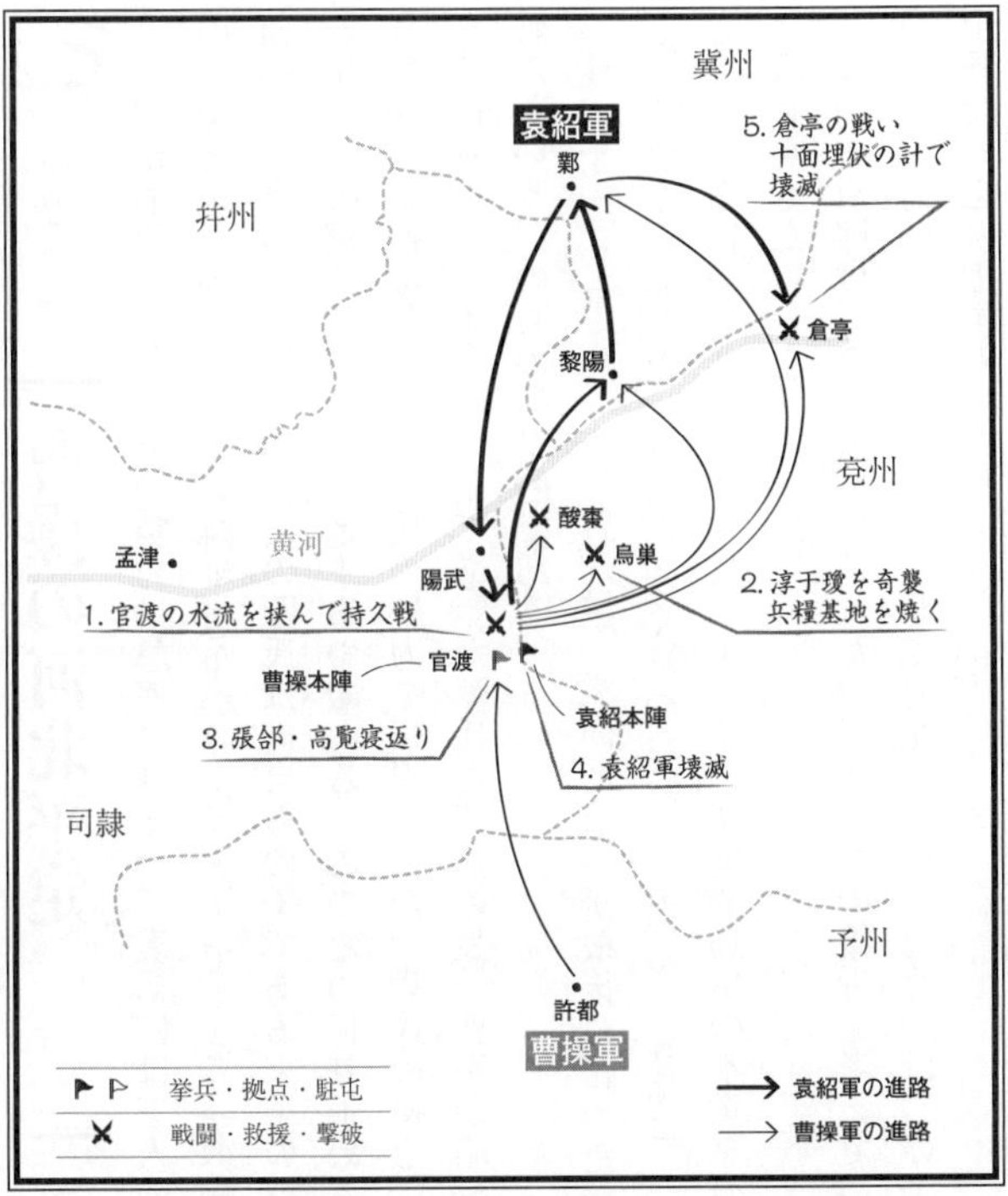

曹操は、官渡の戦いまでに、献帝という政治的正統性、青州兵という軍事的基盤、屯田制という経済的基盤を揃《そろ》え、天下分け目の戦いに臨んだ。後二者は、漢の統治システムの限界を打破する果敢な政策であった。

物語地図　一一

曹操の河北平定

後漢・建安九〜十二年（二〇四〜二〇七年）ごろ

袁紹が病死すると、その勢力は急速に衰えた。袁紹には三人の息子がいたが、長子の袁譚《えんたん》と末子の袁尚《えんしょう》による跡継ぎ争いが起きたのである。『演義』は、その原因を袁紹の妻に求める。袁紹の後妻の劉《りゅう》氏は、自らの子である末子の袁尚を後継者とすることを瀕死《ひんし》の袁紹に迫った、とするのである。このため、長子の袁譚と末子の袁尚が争うなか、曹操はしだいに袁氏の勢力を衰退させた。袁氏の拠点であった冀州《きしゅう》が陥落した際には、中子の袁熙《えんき》の妻であった甄《けん》氏を曹操の長子曹丕《そうひ》が略奪している。曹植《そうち》が憧《あこが》れたという、のちの甄《けん》皇后である。

建安十一（二〇六）年、曹操は、袁尚と袁熙が最後に頼った烏《う》桓《がん》（烏丸）族に遠征し、これを征服した。郭嘉《かくか》が強く勧めたためである。郭嘉は、「軍は神速を貴ぶ」として輜重《しちょう》を留め置き、軽装の兵により倍の速度で烏桓の不意を衝くことを献策、曹操に勝利をもたらした。

袁尚と袁熙は、なお遼東《りょうとう》に逃れたが、曹操への接近を考えていた公孫康《こうそんこう》に殺害され、袁氏の勢力は一掃された。こうして河北を統一した曹操は、いよいよ長江流域に進出、中国統一を目指すのである。

曹操が河北を統一したとき、その具体策を献じた郭嘉は、すでにこの世を去っていた。三十八歳の若さであった。曹操は、のち赤壁で敗れた際、郭嘉が生きていれば、わたしをこんな目にあわさなかったであろうに、と郭嘉の死を悼《いた》んでいる。

物語地図 一二

三顧の礼

後漢・建安十二～十三年（二〇七～二〇八年）ごろ

曹操に敗れた劉備は、荊州牧劉表《けいしゅうぼくりゅうひょう》の客将として新野《しんや》に駐屯していた。戦いから遠ざかり、ももに贅肉《ぜいにく》がついたことを嘆く髀肉《ひにく》の嘆を漏らしたのも、このころである。司馬徽《しばき》から配下に国を治め世を救う人材の不在を指摘された劉備は、伏龍《ふくりゅう》・鳳雛《ほうすう》という司馬徽の推奨する人物を探し求める。

司馬徽の弟子の一人徐庶《じょしょ》は、劉備に抜擢《ばってき》されて軍師となり、曹仁《そうじん》の八門金鎖《はちもんきんさ》の陣を打ち破った。事情を知った曹操は、徐庶の母を監禁する。母の偽手紙を受け取った徐庶は、断腸の思いで劉備と別れ、伏龍とは諸葛亮《しょかつりょう》であると明かして推挙した。建安十三（二〇八）年、劉備は、三顧《さんこ》の礼を尽くし諸葛亮を招聘《しょうへい》する。

諸葛亮は劉備に志《こころざし》を尋ねる。劉備は、漢室復興の志を明かす。これに応《こた》えて、諸葛亮が指し示した劉備のための基本戦略が、「天下三分の計（隆中対《りゅうちゅうたい》）」である。献帝を擁立する曹操とすぐに覇権を争うことはせず、江南の孫権《そんけん》と同盟を結び、荊州・益州を領有して、天下三分の形勢をつくる。その後、天下に変があれば、荊州から洛陽、益州から長安を攻めて、曹操を滅ぼす。諸葛亮の天下三分は、あくまで漢室が中国を統一するための手段であり、目的ではなかった。

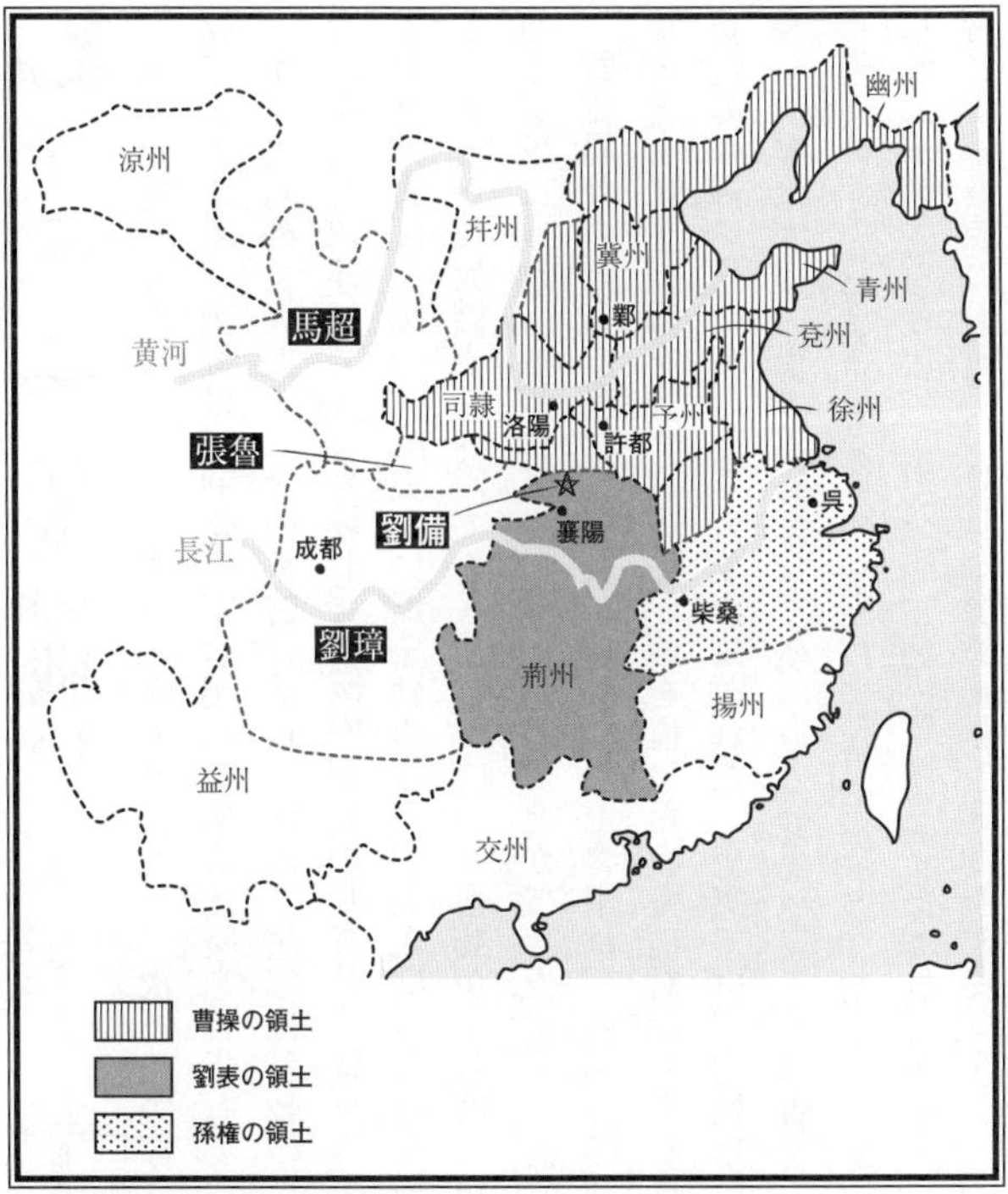

荊州は、交通の要所である。四方に進出できるが、四方から攻められる「武」の地である。これに対して、益州は、交通が途絶された拠点とすべき地域であった。二つの地域の特性を組み合わせ、「天下三分」を目指したのである。

物語地図 一三

赤壁の戦い

後漢・建安十三年（二〇八年）ごろ

河北を統一した曹操が南下すると劉表は病死し、次子の劉琮《りゅうそう》は蔡瑁《さいぼう》と共に荊州を曹操に献上する。劉備は、荊州水軍の拠点である江陵《こうりょう》を目指して民を引き連れ落ち延びるが、当陽《とうよう》の長坂坡《ちょうはんは》で曹操の鉄騎に捕捉《ほそく》される。趙雲《ちょううん》は乱戦のなか、行方不明となった二夫人と阿斗《あと》（劉禅《りゅうぜん》）を探し、雲霞《うんか》の如く押し寄せる曹軍の中を逆行する。夏侯恩《かこうおん》より名刀青釭《せいこう》を奪い、糜夫人《びふじん》に馬を勧めるが、夫人は自ら命を絶ち、劉禅を趙雲に託す。趙雲が長坂橋《ちょうはんきょう》まで逃げてくると、橋に一人張飛が立ちはだかる。決死の殿《しんがり》に曹操軍の進撃は遅れ、劉備は江夏《こうか》に逃げ込むことができた。

劉備の使者として諸葛亮を呉《ご》に連れ帰った魯粛《ろしゅく》は、曹操への降服論が渦巻く中、周瑜とともに主戦論を説く。周瑜が陣を置いた赤壁《せきへき》の対岸である烏林《うりん》に陣した曹操は、黄蓋《こうがい》の偽降を信じて、その火攻めに敗れた。史実では、劉備軍はほとんど活躍しないが、演義は六つの虚構を設ける。第一に「蔣幹盗書《しょうかんとうしょ》（蔣幹書を盗む）」、第二に「草船《そうせん》借箭《しゃくせん》（草船もて箭《や》を借りる）」、第三に「苦肉《くにく》の計」、第四に「連環《れんかん》の計」、第五に「借《しゃく》東風《とうふう》（東風を借りる）」、第六に「義釈曹操《ぎしゃくそうそう》（義もて曹操を釈《ゆる》す）」である。華容道を舞台とする最後の虚構で、関羽の義が最もきらめきを放つ。

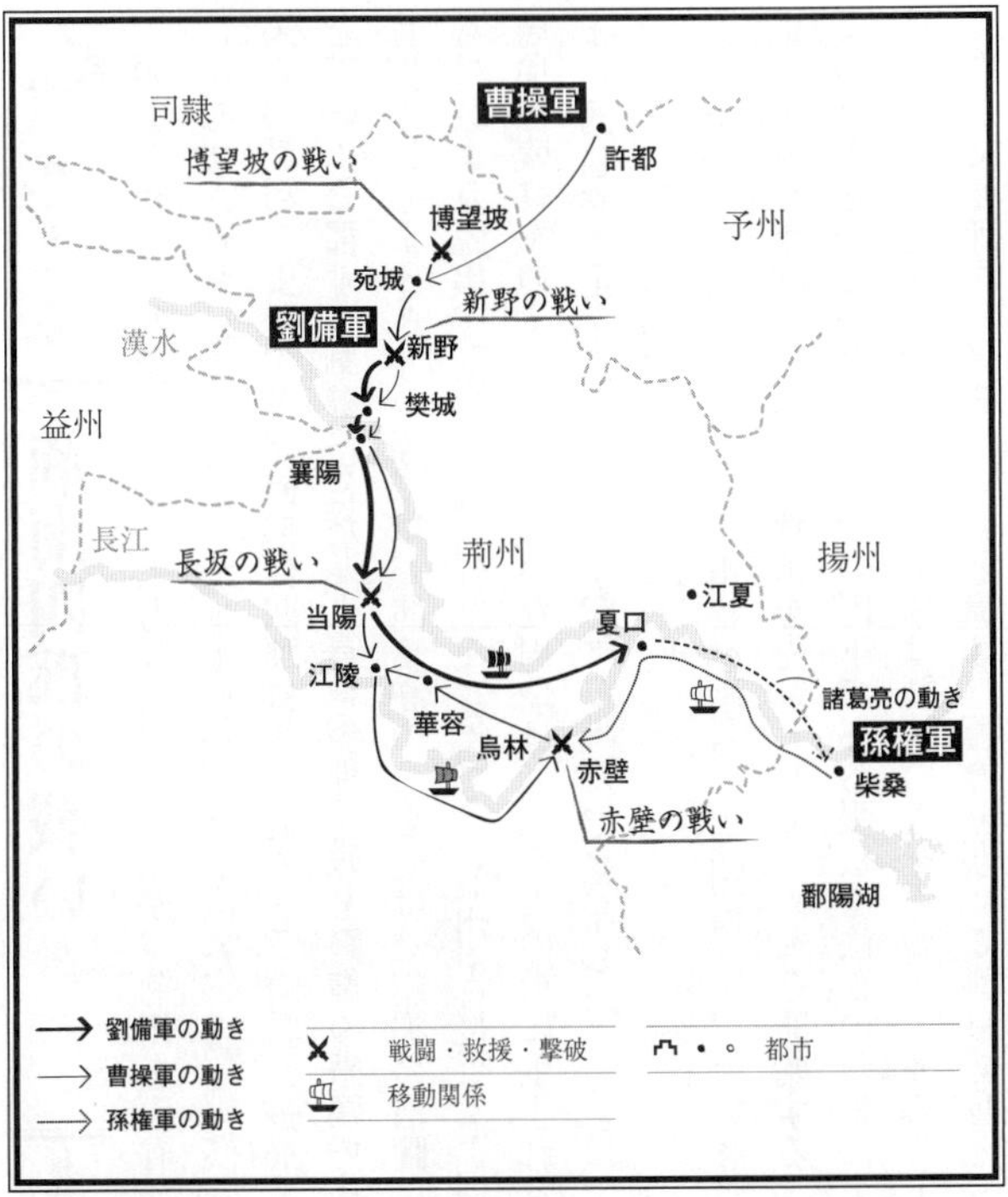

陳寿《ちんじゅ》の『三国志』は、曹操が勝利した官渡の戦いについては、詳細な記録を残すが、曹操が敗れた赤壁の戦いは概略を示すに止《とど》まる。このため物語の作者たちは、創造の歯車をまわし、すぐれた虚構をいくつも作り上げた。

物語地図 一四

荊南四郡の戦い

後漢・建安十三年（二〇八年）ごろ

赤壁の戦いで曹操を破った主力は呉であったが、荊州《けいしゅう》を領有できなかった。諸葛亮に出し抜かれ続ける周瑜《しゅうゆ》は、矢傷を悪化させていた。劉備は、「白眉《はくび》」と称《たた》えられた馬良《ばりょう》の勧めにより、荊州南部の四郡に軍を進める。趙雲・張飛・関羽は、それぞれ軍を率いて一郡ずつを獲得した。また、孫権が妹と劉備の婚姻を装《よそお》い、劉備を囲い込み、骨抜きにしようとした際には、諸葛亮の命を受けた趙雲の活躍により、娶《めと》った妹とともに呉より脱出、「天下三分の計」に基づき、益州《えきしゅう》を目指す準備は整った。そのころ、周瑜は臨終を迎える。天を仰いだ周瑜は「私をこの世に生まれさせながら、どうしてまた諸葛亮を生まれさせたのか」と叫んで絶命した。ときに三十六歳、建安十五（二一〇）年の冬であった。

建安十六（二一一）年、益州牧の劉璋《りゅうしょう》から劉備に出兵の要請があり、劉備は「鳳《ほう》雛《すう》」龐統《ほうとう》を軍師に、黄忠《こうちゅう》・魏延《ぎえん》を先鋒として、入蜀《にゅうしょく》を開始する。劉璋の要請は、よりよい君主を得たいと願う劉璋の臣下である張松《ちょうしょう》や法正《ほうせい》の画策による。むろん、それを見抜いて反対する者もいた。黄権《こうけん》は劉璋の衣をくわえて諫《いさ》め、王累《おうるい》は城門に逆さ吊《づ》りになって死諫《しかん》する。それでも劉璋は、張魯《ちょうろ》を恐れて劉備を迎え、涪城《ふじょう》で会見する。

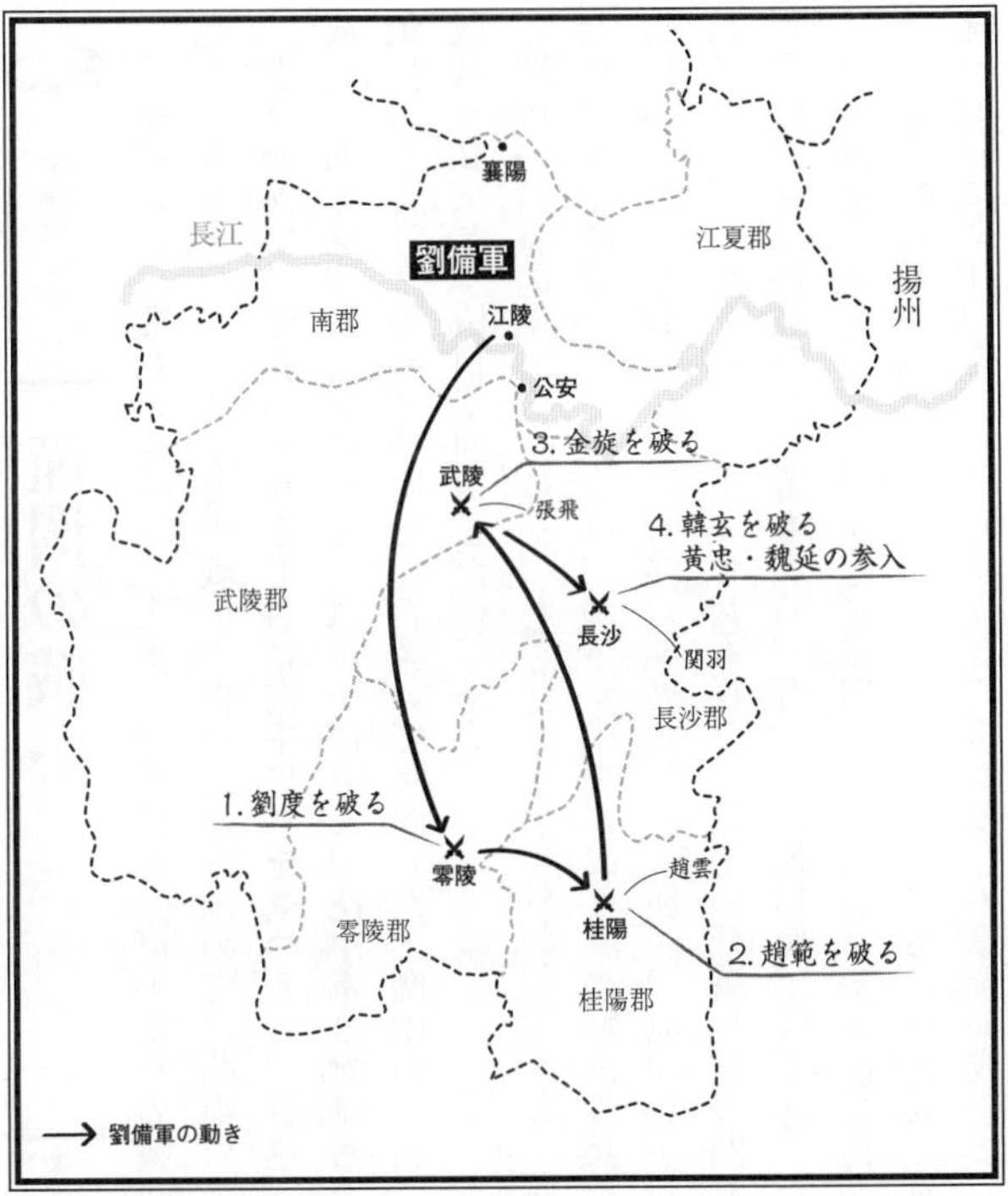

荊州南部の四郡のうち、零陵《れいりょう》は劉備自ら、桂陽《けいよう》は趙雲、武陵《ぶりょう》は張飛、長沙《ちょうさ》は関羽と、劉備を支えてきた名将たちが活躍する場面をそれぞれ与えられている。

物語地図 一五

潼関の戦い

後漢・建安十六年（二一一年）ごろ

赤壁の戦いに敗れた曹操は、失墜した威信を回復するため戦略を練り直す。故郷の譙県《しょうけん》で水軍を整え、孫権との戦いの拠点合肥《ごうひ》を固めて、関中《かんちゅう》の平定を目指した。

曹操が漢中《かんちゅう》の張魯《ちょうろ》の討伐を名目に関中に兵を進めると、韓遂《かんすい》と馬超《ばちょう》は、関中の東の関門である潼関《どうかん》に兵を集める。渭水《いすい》をはさんで関中軍と対峙《たいじ》した曹操は、賈詡《かく》の離間策により韓遂と馬超との間を引き裂いて完勝した。関中の勝利により、曹操は赤壁の敗戦を払拭《ふっしょく》し、威信を回復したのである。

関中の諸将の主力は、涼州兵《りょうしゅうへい》の流れを汲《く》む軽騎兵である。董卓《とうたく》や呂布《りょふ》が基盤とした強力な軍隊である。曹操は、わざと中央におとりの軽装歩兵を配置して、関中の騎兵にぶつけ、左右には親衛騎兵の「虎豹騎《こひょうき》」を展開、虎豹騎が回り込み背後から攻めたてる。正面から新手の重装歩兵も現れ、関中の軽騎兵を包囲殲滅《せんめつ》した。虎豹騎とは、百人隊長から選抜された者もいる、曹操軍の最精鋭部隊であった。かつ、虎豹騎の多くは「鉄騎《てっき》」と呼ばれる、軍馬も馬甲《ばこう》（馬よろい）や面簾《めんれん》（馬かぶと）で全身をおおった重装騎兵であった。曹操は、歩兵と騎兵、さらには弩兵《どへい》を有機的に組み合わせた統合戦術により、陸上では向かうところ敵無しの軍を編成していたのである。

『三国志演義』ならびに吉川「三国志」では、のちに蜀に仕える馬超の見せ場をつくる。馬超に散々に破られた曹操は、紅《くれない》の戦袍《ひたたれ》を脱ぎ、長い髯《ひげ》を切り捨て、旗で面《おもて》を包んで、魂を飛ばして逃げ回る。そののち、氷城の計、離間の計により、馬超を打ち破る。潼関（渭水）の戦いの具体像は、『三国志』に記録されている。

物語地図　一六

劉備の入蜀

後漢・建安十七～十九年（二一二～二一四年）ごろ

入蜀の途上、劉備は出迎えた劉璋と涪城で会見した。龐統は、その席上、劉璋を討ち取るように勧めるが、劉備は従わなかった。張魯が葭《か》萌関《ぼうかん》に攻め寄せると、劉備は軍を進める一方、民に恩恵を与えた。やがて劉備は、兵力不足を理由に、精兵三、四万と兵糧十万石の借用を劉璋に申し入れる。劉璋はもともと劉備を信頼していたが、臣下の勧めに従い、老兵四千と兵糧一万石だけを貸し与えた。珍しく色をなして怒る劉備に、龐統は、このまますぐに成都《せいと》へ攻め込む上策、楊懐《ようかい》・高沛《こうはい》を斬り涪《ふ》水関《すいかん》を取る中策、荊州に戻る下策の三策を献策した。中策を選んだ劉備は、涪水関で楊懐・高沛を討ち、雒城《らくじょう》へと進軍したが、落鳳坡《らくほうは》で龐統が張任《ちょうじん》に射殺される。諸葛亮は、ひとり関羽を荊州に残し、張飛と趙雲を率いて劉備を救援、雒城を陥《おと》して張任を斬り、張魯に従っていた馬超を謀略により帰順させて、成都を包囲した。

劉璋が降伏すると、劉備は、自らの入蜀に反対した黄権《こうけん》・厳顔《げんがん》・李《り》厳《げん》などの劉璋の旧臣も重用して、政権の基礎を固める。ときに建安十九（二一四）年、桃園《とうえん》の結義から三十年、三顧の礼から七年を経て、ついに劉備は蜀の支配者となり、ここに「天下三分の計」の第一段階が実現したのである。

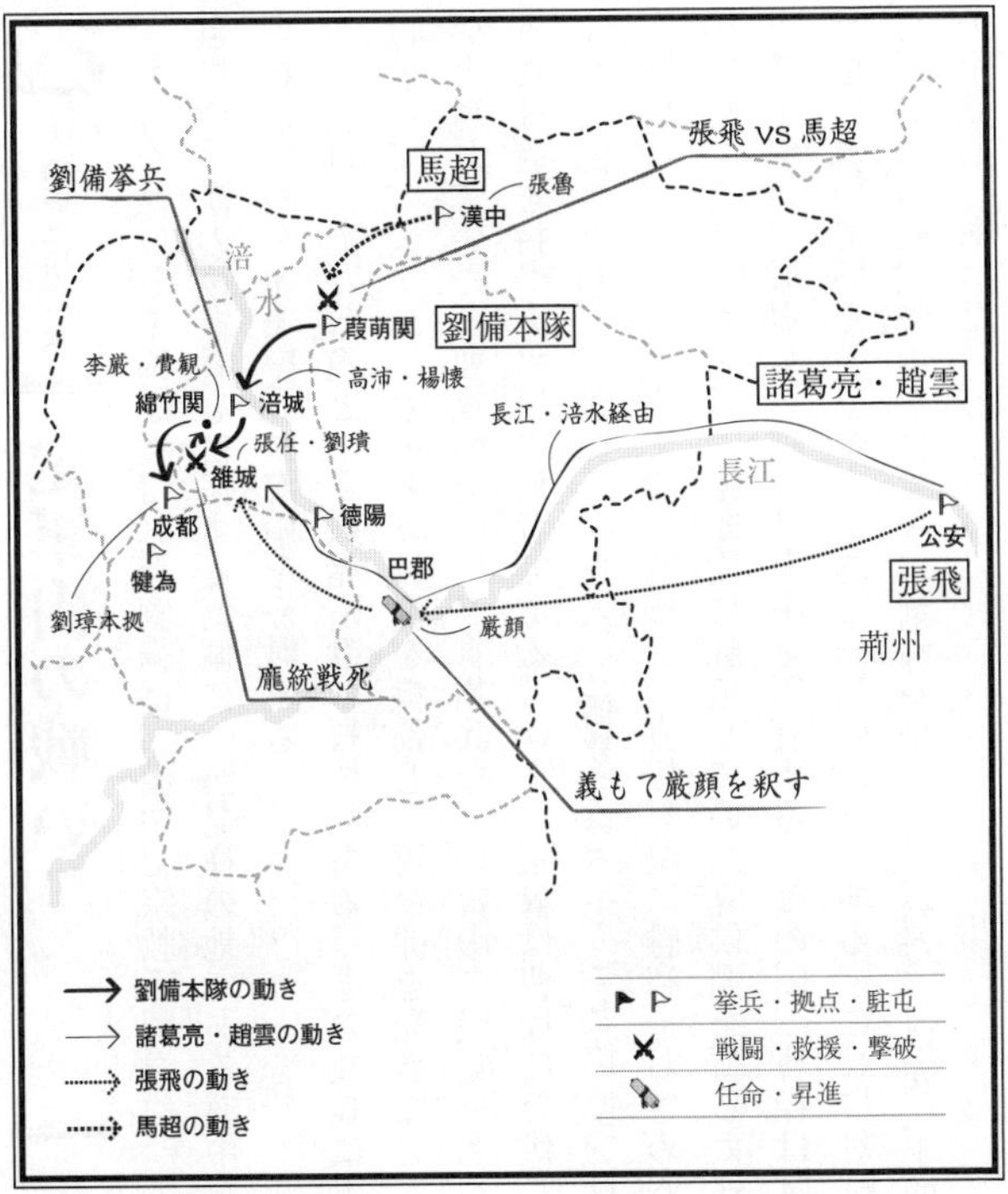

劉備の入蜀に抵抗したものは、劉焉《りゅうえん》・劉璋《しょう》政権の軍事的基盤であった東州兵である。高沛・楊懐は東州兵の将である。入蜀戦のポイントは、張飛が厳顔を巴郡《はぐん》で降伏させたことにあり、その後は益州豪族の降伏が続いた。

物語地図　一七

定軍山の戦い

後漢・建安二十四年（二一九年）ごろ

劉璋を滅ぼして蜀を獲得した劉備は、漢中で宗教王国を作っていた張魯への攻撃を目指す。漢の後継者を自任する劉備に、漢発祥の地である漢中を取られることを嫌う曹操は、自ら軍を率いて漢中を征討する。

張魯は、五斗米道《ごとべいどう》という原始道教の教主である。その教義によれば、病気を治すには静室《せいしつ》で、天・地・水の神々に罪を懺悔《ざんげ》し、再び罪を犯さないとの誓約文を書けばよいとされていた。曹操の集団は、青州兵《せいしゅうへい》などの黄巾《こうきん》の残党を多く含む。黄巾も似たような教義を持つ太平道《たいへいどう》の信者である。ゆえに張魯は曹操に降伏し、五斗米道が待ち望んだ支配者として、曹操を「真人《しんじん》」（儒教でいう聖人）と位置づけた。

劉備は、すでに漢中を得た曹操との直接対決に勝利をおさめる。活躍したのは老将の黄忠《こうちゅう》である。黄忠は、定軍山《ていぐんざん》に駐屯していた夏侯淵《かこうえん》を斬る大殊勲をあげた。曹操は軍勢を率いて撤退し、劉備は漢中を領有する。この間、曹操は献帝《けんてい》を圧迫して魏王《ぎおう》の地位に就いていた。皇帝まであと一歩の地位である。これに対抗して、劉備は諸葛亮らに勧められ、漢中王《かんちゅうおう》に就き、劉禅を世嗣《せいし》と定めた。建安二十四（二一九）年、劉備の全盛期であった。

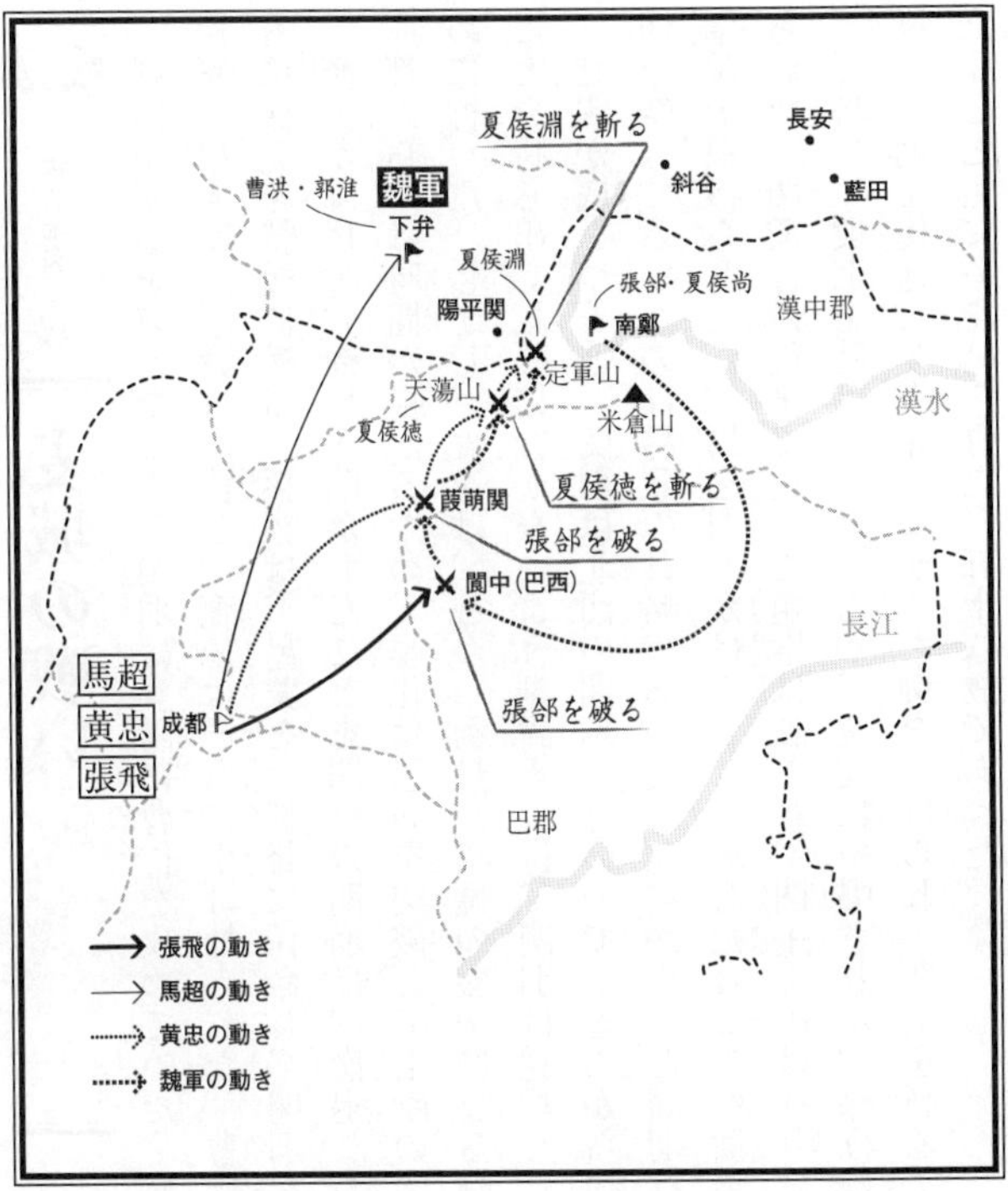

劉備軍は、張飛が張郃《ちょうこう》を破り、黄忠が夏侯淵を破った。夏侯淵を斬った黄忠は、その功績により、劉備が漢中王になると、後将軍《こうしょうぐん》となった。関羽・張飛・馬超と同格、趙雲より格上である。それほどまでに、劉備は曹操を破り、漢中を取ったことを喜んだのである。

物語地図 一八

麦城の戦い

後漢・建安二十四年（二一九年）ごろ

劉備が漢中を取ったころ、関羽《かんう》は襄陽《じょうよう》に曹仁《そうじん》を攻めていた。曹操は、于禁《うきん》と龐徳《ほうとく》を援軍に出すが、于禁は降伏し、龐徳は周倉《しゅうそう》に生け捕られた。曹操は、孫権と結ぶとともに徐晃《じょこう》を救援に送る。孫権は、呂蒙《りょもう》を大都《だいと》督《とく》に任命し、関羽を討伐させる。傅士仁《ふしじん》と糜芳《びほう》が降伏し、荊州が陥落したことを聞いた関羽は、撤退して麦城《ばくじょう》に立て籠《こ》もる。成都からでは時間が掛かるため、廖化《りょうか》は包囲を突破して上庸《じょうよう》の劉封《りゅうほう》・孟達《もうたつ》に救援を求めに行った。しかし、孟達は、むかし劉封が劉備の養子になる時に、関羽が反対したことを持ち出し救援に行かないよう劉封を説得、関羽は見殺しにされた。

食糧が底をつくと、関羽は北門の囲みが甘いので、そこから蜀へと脱出を図る。北門を空けておいたのは呂蒙の計略であった。北門から出た関羽は、朱然《しゅぜん》の包囲を破り、潘璋《はんしょう》を蹴《け》散《ち》らしたが、馬を引っかけられ、落馬したところを潘璋の部下馬忠《ばちゅう》に生け捕られた。関羽に最後まで従った趙累《ちょうるい》は殺され、関平《かんぺい》も生け捕りにされた。

孫権は、関羽を助けようとしたが、関羽に一喝される。孫権はなおも悩んだが、曹操が関羽を優遇しても屈しなかった例を挙げられ、関羽を斬ることを命じた。関羽は、関平とともに首を斬られた。五十八歳であった。

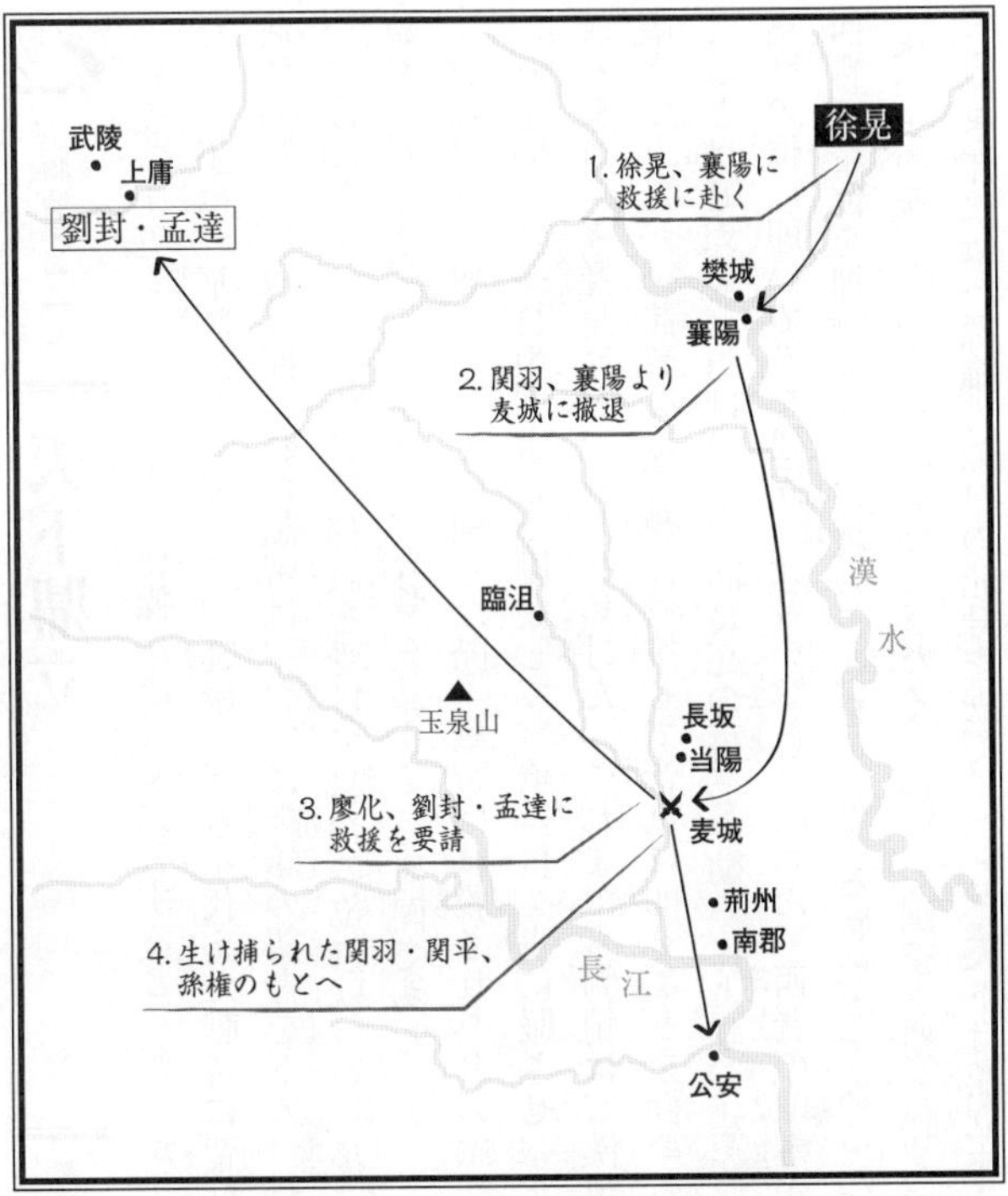

関羽は、死去したのち、荊州の玉泉山《ぎょくせんざん》に現れ、「普静《ふじょう》普静」と老僧の名を呼び、吾《わ》が首を取り返して欲しいと頼んだ。普静が、関羽がこれまで殺した人々のことを言うと、関羽は瞑目《めいもく》した。玉泉山は、唐《とう》代に最初に関羽信仰が始まった場所で、それが小説の記述に反映しているのである。

物語地図 一九

天下鼎立

蜀漢・章武元年（二二一年）ごろ

建安二十五（二二〇）年、曹操が洛陽で薨去《こうきょ》すると、曹丕《そうひ》が後を嗣《つ》いで魏王となった。曹丕は、華歆《かきん》たちを使って、延康《えんこう》と元号を代えた献帝に帝位を譲るよう脅した。武装の兵士に取り囲まれた献帝は、ついに禅譲《ぜんじょう》の詔書を下す。曹丕は心にもない辞退を二度繰り返し、三度目に禅譲を受けて皇帝の位に就いた。後漢の滅亡、魏《ぎ》（戦国の魏や北朝の北魏と分けるため、曹魏《そうぎ》と称する）の建国である。

成都には、曹丕が魏を建国した際、皇帝は弑殺《しいさつ》されたとの誤報が伝わった。劉備は、これを聞くと一日中、激しく慟哭《どうこく》して官僚全員を喪に服させ、北方を望みて先帝の霊魂を祭り、孝愍皇帝《こうびんこうてい》という諡《おくりな》を捧《ささ》げた。これまでも劉備は、漢中王として漢の復興を唱えてきたが、諸葛亮は曹魏に対抗して帝位に即《つ》くことを勧める。劉備は「逆賊と同じことはせぬ」と退けたが、諸葛亮の再三の勧めにより、建安二十六（二二一）年、皇帝の位に即いて漢を建国、元号を章武《しょうぶ》と改めた。西晋《せいしん》の陳寿《ちんじゅ》が著した『三国志』は、西晋が帝位を禅譲された曹魏の正統を主張する歴史書であるため、漢あるいは季漢《きかん》（末っ子の漢）という正式名称ではなく、劉備の国家を蜀《しょく》と呼んだ（史家は蜀漢《しょっかん》と称する）。翌年には、孫権も独自の元号を立て、ここに天下は鼎立《ていりつ》する。

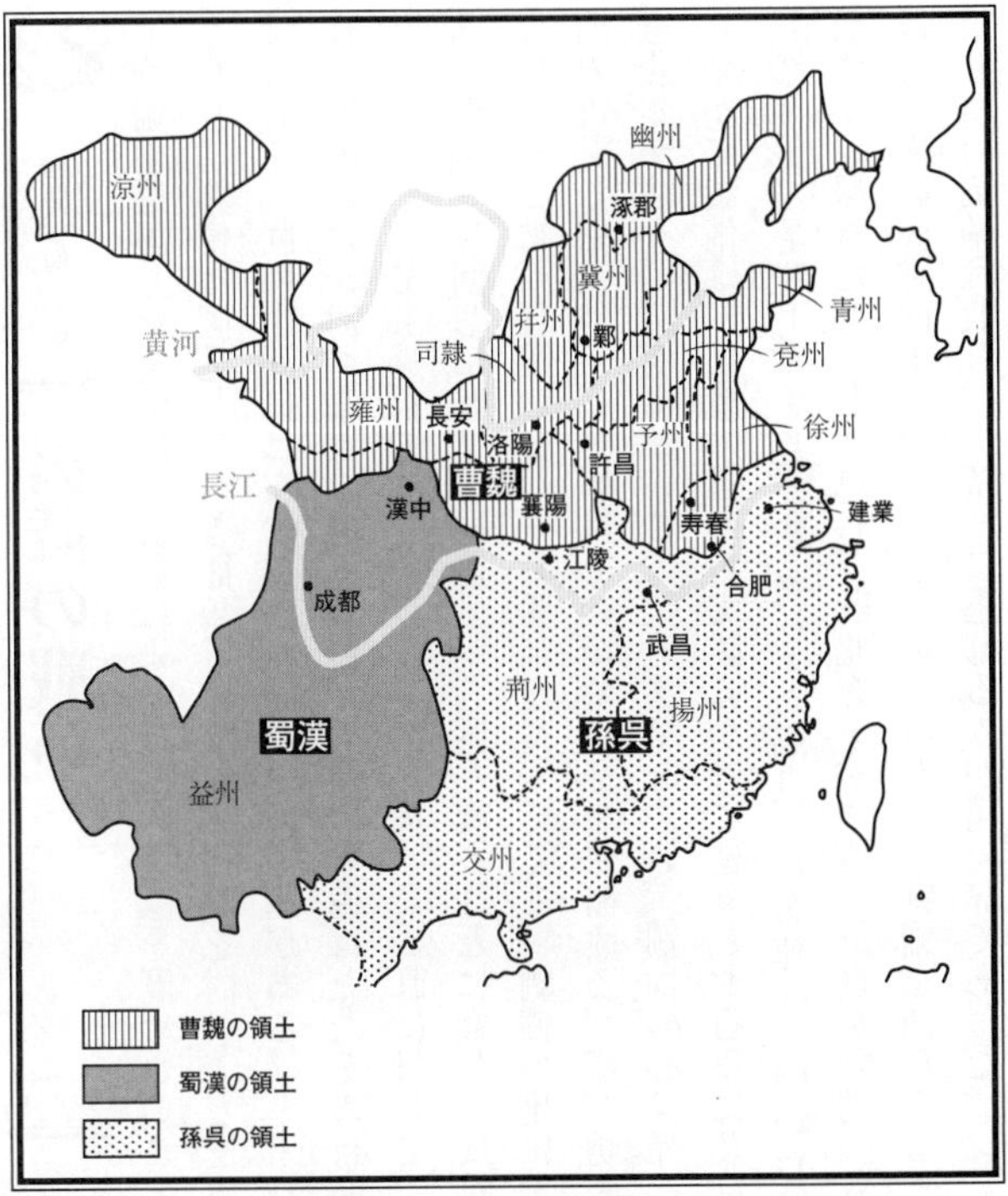

蜀漢が滅亡した際、その人口は94万、そのほか兵士10万2千、官吏4万人であった。孫呉が滅亡した際、その人口は230万、そのほか兵士23万、官吏3万2千人であった。西晋が三国を統一した際、その人口が1616万であるというから、蜀1：呉2.4：魏12ぐらいの人口比となる。

物語地図 二〇

夷陵の戦い

蜀漢・章武元〜二年
（二二一〜二二二年）ごろ

劉備の建国した蜀漢は、曹魏による後漢の禅譲を認めないことに存立意義を置く。しかし、劉備は国是とすべき征魏ではなく、孫呉を討つことを主張した。吉川三国志はこれを「朕《ちん》の生涯にはなおなさねばならぬ宿題がある。……むかし桃園に盟をむすんだ関羽の仇を討つことである。わが大蜀の軍備はただその目的のために邁進《まいしん》して来たものといっても過言ではない。……」と描く。これに対して、趙雲は、本来の敵である曹魏を後回しにして、同盟すべき呉と戦うことに厳しく反対したが、劉備は聴かない。そこに、任地の閬中《ろうちゅう》から張飛がやってくる。劉備の足にすがり付いて泣き、関羽の仇討ちを迫った。劉備はその場で東征を決断する。喜び勇んで閬中に戻った張飛を悲劇が襲う。関羽に続いて、張飛までを失い、劉備の心は昂《たかぶ》るばかりである。

やがて劉備は、国境の巫《ふ》から夷陵《いりょう》にかけて延々と七百里に及び四十の陣を布《し》いた。この陣形を心配して意見を求めに来た馬良から布陣法を聞いた諸葛亮は、「漢朝の命数すでに尽きたか」と嘆息し、敗北を予言する。馬良が劉備のもとに戻る前に、陸遜《りくそん》は、蜀漢の陣営四十を一つおきに焼き討ちし、劉備を捕らえるまで昼夜を分かたず追撃した。劉備は敗れ、白帝城《はくていじょう》に逃れるのが精一杯であった。

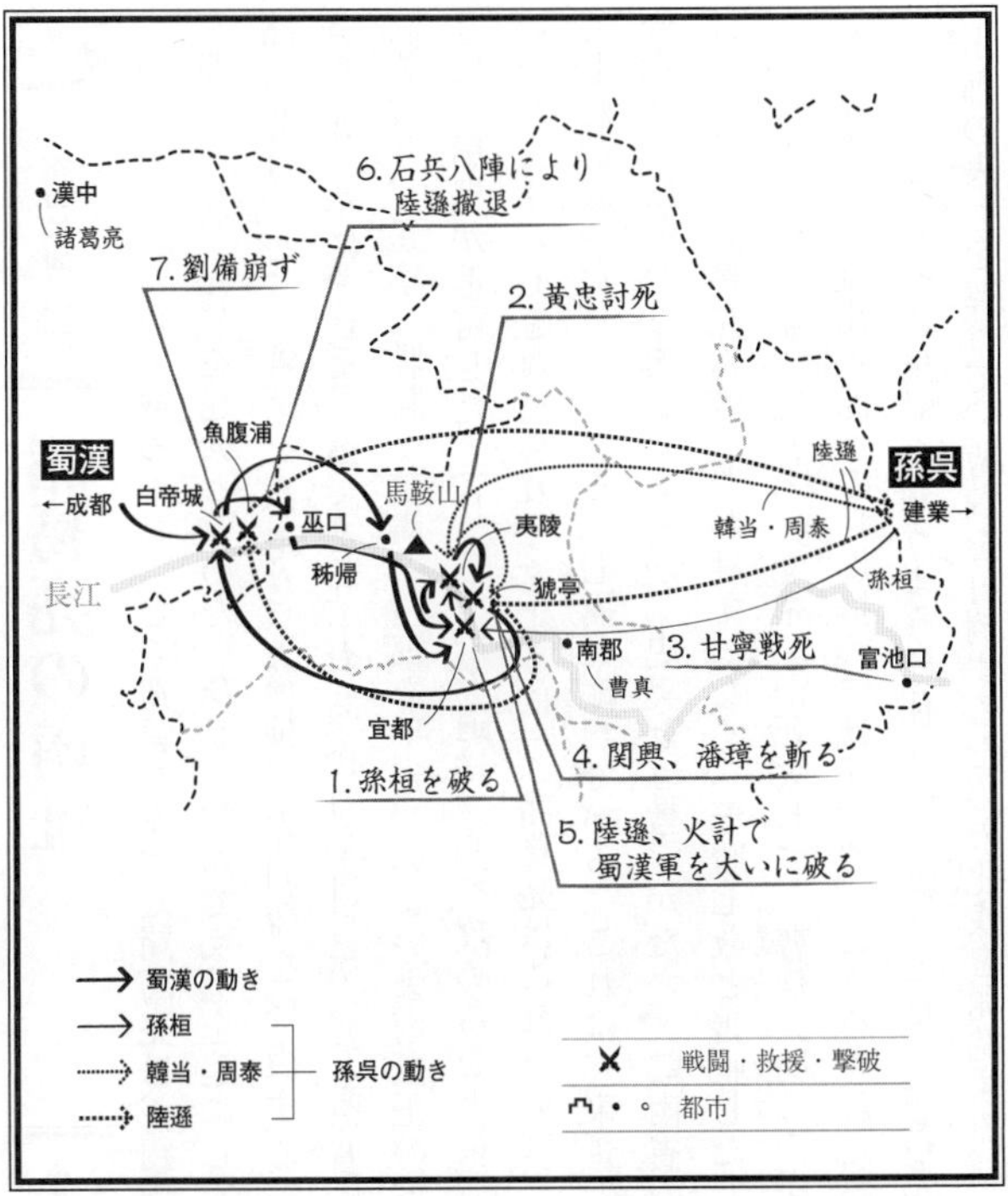

劉備の陣の布き方については、曹丕も批判している。白帝とは、前漢の公孫述《こうそんじゅつ》のこと。この地で王を自称し、後に公孫述祠が建てられた。白帝城に、劉備と諸葛亮が祀《まつ》られ始めたのは、明《みん》の嘉靖《かせい》年間（1522〜1566年）のこと。清《しん》代には白帝廟《はくていびょう》と改称された。

物語地図 二一

諸葛亮の南征

蜀漢・建興三年（二二五年）ごろ

白帝城で「君自ら取るべし」との遺言を受けた諸葛亮は、劉備が崩御すると、劉禅《りゅうぜん》を即位させ、元号を建興《けんこう》と改めた。孫呉と結んで反乱を起こしていた南蛮《なんばん》に対して、諸葛亮は、先に鄧芝《とうし》を派遣して孫権との同盟を修復する。そののち、建興三（二二五）年に、趙雲《ちょううん》・魏延《ぎえん》ら五十万の兵力を自ら率いて南征《なんせい》を行った。諸葛亮は雍《よう》闓《がい》を破り、建寧《けんねい》・牂牁《そうか》・越嶲《えっすい》の三郡を平定、いよいよ南蛮王の孟獲《もうかく》と戦おうとするときに、馬謖《ばしょく》が進言した。「兵を用いる道は、心を攻めるを上策、城を攻めるを下策といたします。心を攻められますように」。諸葛亮はこれをいれ、孟獲を七たび捕らえて七たび放った。いわゆる「七擒七縦《しちきんしちしょう》」である。これは、東晋の習鑿歯《しゅうさくし》が著した『漢晋春秋』に伝わる逸話であるが、史実とは考えがたい。雲南省の少数民族には、孟獲は一方的に諸葛亮に敗れたわけではなく、五勝七敗と善戦したとの伝承もある。

南征の翌年、魏では曹丕（文帝《ぶんてい》）が死去して、曹叡《そうえい》（明帝《めいてい》）が即位する。それに伴い、司馬懿《しばい》は雍州《ようしゅう》・涼州《りょうしゅう》の兵馬《へいば》提督《ていとく》に就任する。これを恐れた諸葛亮は、馬謖の計略により、曹叡が司馬懿を疑うように仕向け失脚させた。諸葛亮はこの機を逃さず、「出師《すいし》の表《ひょう》」を捧げて、曹魏を打倒するための北伐《ほくばつ》を開始する。

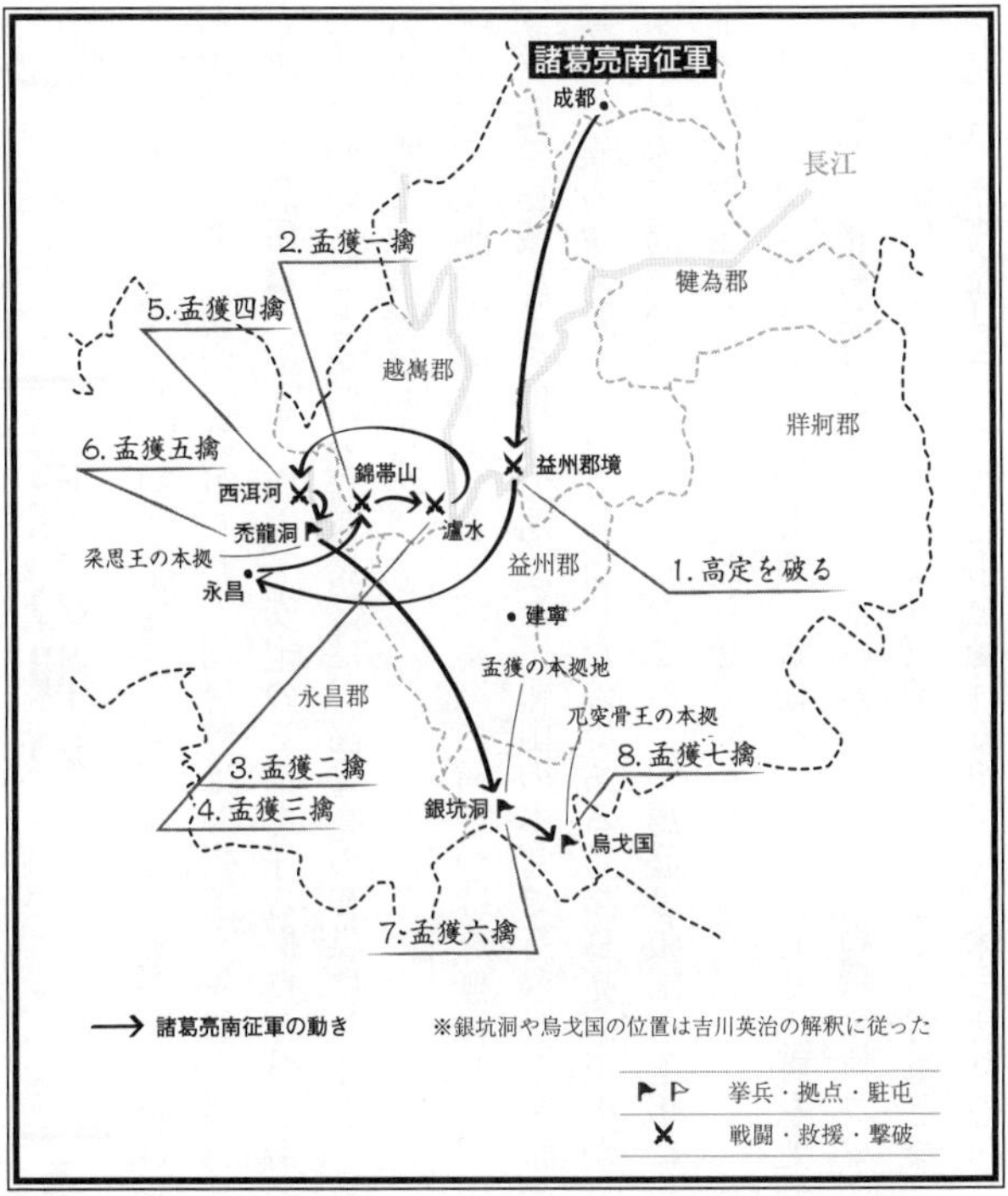

史実では、建興3（225）年の春に始めた南征は、秋には終結している。その行軍の距離を考えれば、大規模な戦闘が行われた可能性は低い。したがって、『三国志』には、南征の詳細は記録されないため、『三国志演義』は地雷を使うなど大胆な虚構を創作している。

物語地図 二二

街亭の戦い

蜀漢・建興五年（二二七年）ごろ

建興五（二二七）年、趙雲を先鋒に三十万の兵を率いた諸葛亮は、魏を討伐するため成都《せいと》を出発、漢中《かんちゅう》に駐屯した。司馬懿は、張郃《ちょうこう》を先鋒に諸葛亮の撃退に向かう。諸葛亮軍の急所は、天水《てんすい》・南安《なんあん》・安定《あんてい》の三郡を守る拠点となる街亭《がいてい》であった。街亭にすでに兵がいることを聞いた司馬懿は、諸葛亮の智謀《ちぼう》に驚くが、敵が山上に陣を構えていると聞くと大喜びをした。

街道の要地に布陣せよ、との諸葛亮の言いつけを無視して、山上に陣を張ったのは、諸葛亮の秘蔵っ子の馬謖であった。祁山《きざん》の本営で行われた軍議の席で、その重要な任務を一族の命を懸けて自ら志願したのである。諸葛亮が王平《おうへい》から送られてきた絵図面を一目みて馬謖の大敗を予測したところ、司馬懿は張郃を王平に当たらせる一方で、山上の馬謖を包囲し、これを大敗させていた。

漢中に戻った諸葛亮は、敗戦の責任を明らかにして馬謖を処刑する。その首が献じられると、諸葛亮は声を出して泣いた。「泣いて馬謖を斬《き》」った諸葛亮は、自らの責任も明らかにするため、丞相《じょうしょう》より三階級格下げして右将軍《ゆうしょうぐん》となった。こののち趙雲が病死し、諸葛亮はさらなる痛手を受けるが、兵を休ませたのち、北伐を再開する。

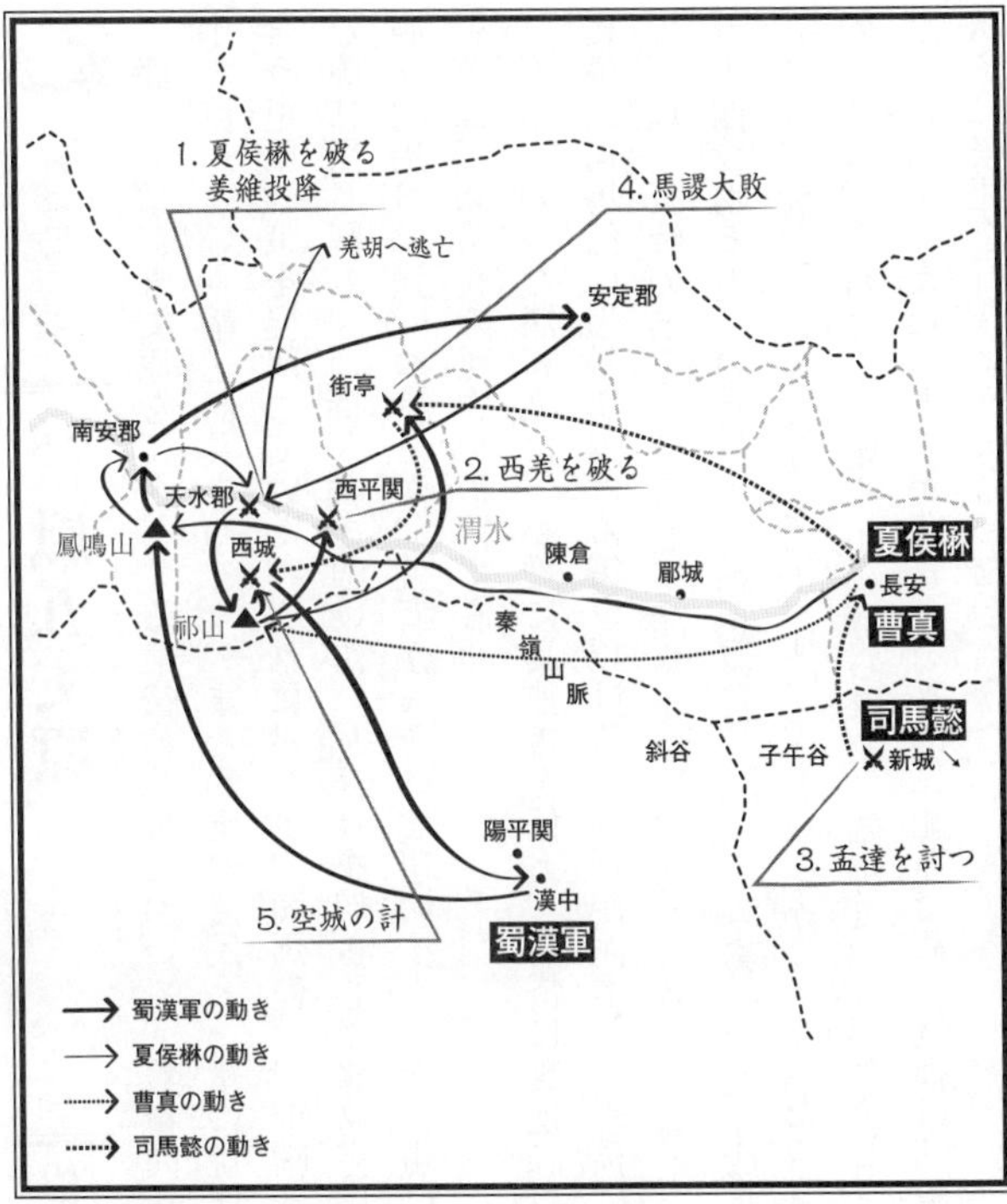

漢中から長安まで、最も早い子午道《しごどう》から長安を襲う魏延の策を退けた諸葛亮は、西北に迂回《うかい》して関山道《かんざんどう》を通り、天水郡などの涼州を取り、そののち長安に迫る戦略を取った。おとりの趙雲を斜谷《やこく》に向かわせ、天水・南安・安定の三郡を奪取し、姜維《きょうい》を配下に加えていた。街亭までは順調に戦っていたのである。

物語地図 二三

秋風五丈原

蜀漢・建興十二年（二三四年）ごろ

諸葛亮は、五丈原《ごじょうげん》を舞台とする最後の北伐において、兵糧《ひょうろう》問題を解決するため、木《ぼく》牛《ぎゅう》・流馬《りゅうば》という輸送器具をつくり、また兵士が農民と一緒に耕作を行い、収穫を分け合う屯田《とんでん》政策を展開していた。これに対して、司馬懿は、前哨戦で大敗すると、堅固な陣に閉じ籠もり、持久戦を強いた。しびれを切らした諸葛亮は、女性の髪飾りと喪服を司馬懿に送りつけたが、使者からその食事の少なさと仕事の多さを聞き出した司馬懿は、諸葛亮の死去を予言する。

天命を知った諸葛亮は、姜維に兵法書を伝え、馬岱《ばたい》に魏延謀叛《むほん》の際の密計を託し、楊儀《ようぎ》に司馬懿の追撃を退ける策を授ける。劉禅が派遣した李福《りふく》に、自分の後継者として蔣琬《しょうえん》・費禕《ひい》の名をあげると、諸葛亮は息絶えた。時に建興十二（二三四）年、享年《きょうねん》五十四であった。追撃に来た司馬懿は、果たして諸葛亮の木像を見て逃げ出した。「死せる諸葛、生ける仲達《ちゅうたつ》を走らす」である（「かつ」と「たつ」で韻を踏む）。諸葛亮の遺体は、遺言により定軍山《ていぐんざん》に葬《ほうむ》られた。劉禅は、詔《みことのり》を下して祭祀《さいし》を行い、忠武侯《ちゅうぶこう》という諡《おくりな》を与えた。人々が諸葛亮を私的に祀るため、劉禅は沔陽《べんよう》に廟《みたまや》を建立《こんりゅう》し、春夏秋冬に祭祀を行うように命じたという。

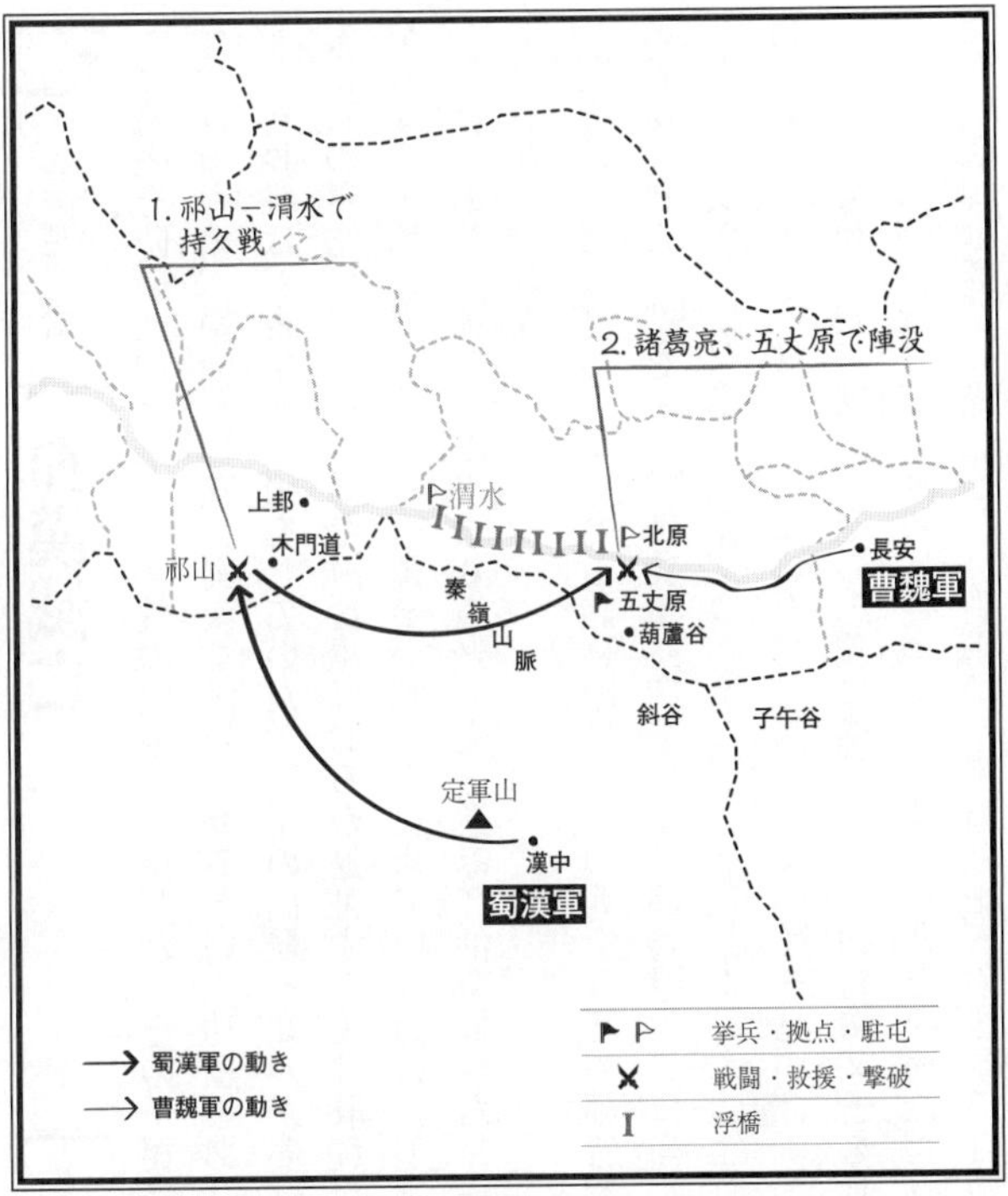

「祁山《きざん》悲秋の風更《ふ》けて　陣雲暗し五丈原、零露《れいろ》の文《あや》は繁くして　草枯れ馬は肥ゆれども　蜀軍の旗光無く　鼓角の音も今しづか。丞相《じょうしょう》病あつかりき」から始まる土井晩翠《ばんすい》「星落秋風五丈原」の中に「高き尊きたぐひなき　「悲運」を君よ天に謝せ」という文がある。この「悲運」こそ、諸葛亮の名を千載に伝える理由である。

物語地図 二四

蜀漢滅亡

蜀漢・炎興元年（二六三年）ごろ

諸葛亮を防いだ司馬懿は、曹魏の実権を掌握した。その子司馬昭《しょう》は、曹魏から禅譲を受けるため、鍾会《しょうかい》と鄧艾《とうがい》に蜀漢を滅ぼさせるという功績をあげることを目論む。そのとき姜維は、沓中《くっちゅう》で屯田をしていた。魏軍の出発を知った姜維からの急報は、すべて宦官《かんがん》の黄皓《こうこう》に握り潰《つぶ》された。援軍はおろか返書すら受け取れない姜維は、苦戦の後やむなく剣閣《けんかく》に立て籠もる。鍾会が剣閣を攻めている間に、姜維の背後にまわった者が鄧艾である。鄧艾は陰平《いんぺい》より道無き道を進み江油《こうゆ》を取った。綿竹《めんちく》が落ちれば、成都まで一直線である

劉禅は、諸葛亮の息子である諸葛瞻《しょかつせん》に七万の兵を与えて綿竹で鄧艾を迎え撃つ。諸葛瞻は、自ら軍勢を率いて鄧艾軍へ突撃する。諸葛瞻は矢に当たって落馬すると絶叫した。「わたしは力尽きた。死んで国家にご恩返しするまでだ」。こうして剣を抜き、自刎《じふん》して果てた。城壁の上にいた諸葛尚《しょう》は、父の死を見届けると、馬に鞭《むち》打って出撃し、戦場で死んだ。鄧艾はその忠義に感動して、諸葛瞻父子を合葬した。

このの ち劉禅は譙周《しょうしゅう》の勧めに従って降伏することを決めた。五男の劉諶《りゅうじん》は、反対したが、劉禅は鄧艾に降伏した。劉諶は、劉備を祀る昭烈廟《しょうれつびょう》で自刎する。

蜀漢を滅ぼした鄧艾と鍾会は、こののち自滅する。先に劉禅を降伏させた鄧艾は、続けて孫呉を征伐するための準備を開始し、専断の罪で鍾会に逮捕される。鄧艾、さらには姜維の軍を合わせた鍾会は、司馬昭に反乱を起こすが衛瓘《えいかん》に平定された。司馬昭は、鍾会の反乱を予想し、あらかじめ備えていたのである。

物語地図 二五

三国統一

西晋・太康元年（二八〇年）ごろ

蜀漢を滅ぼした司馬昭の子司馬炎《しばえん》は、曹魏の禅譲を受けて、西晋を建国、元号を泰始《たいし》と改めた。一方、孫呉は、孫権の晩年、二宮事件と呼ばれる後継者問題により陸遜《りくそん》を憤死させるなど、国力の低下は否《いな》めず、その存続は魏の内紛に助けられたと言ってよい。曹魏滅亡の前年に即位した孫《そん》皓《こう》は、英傑と評され、孫呉の期待を集めた君主であった。しかし、即位後の孫皓は暴虐《ぼうぎゃく》を極め、内政は混乱した。そ

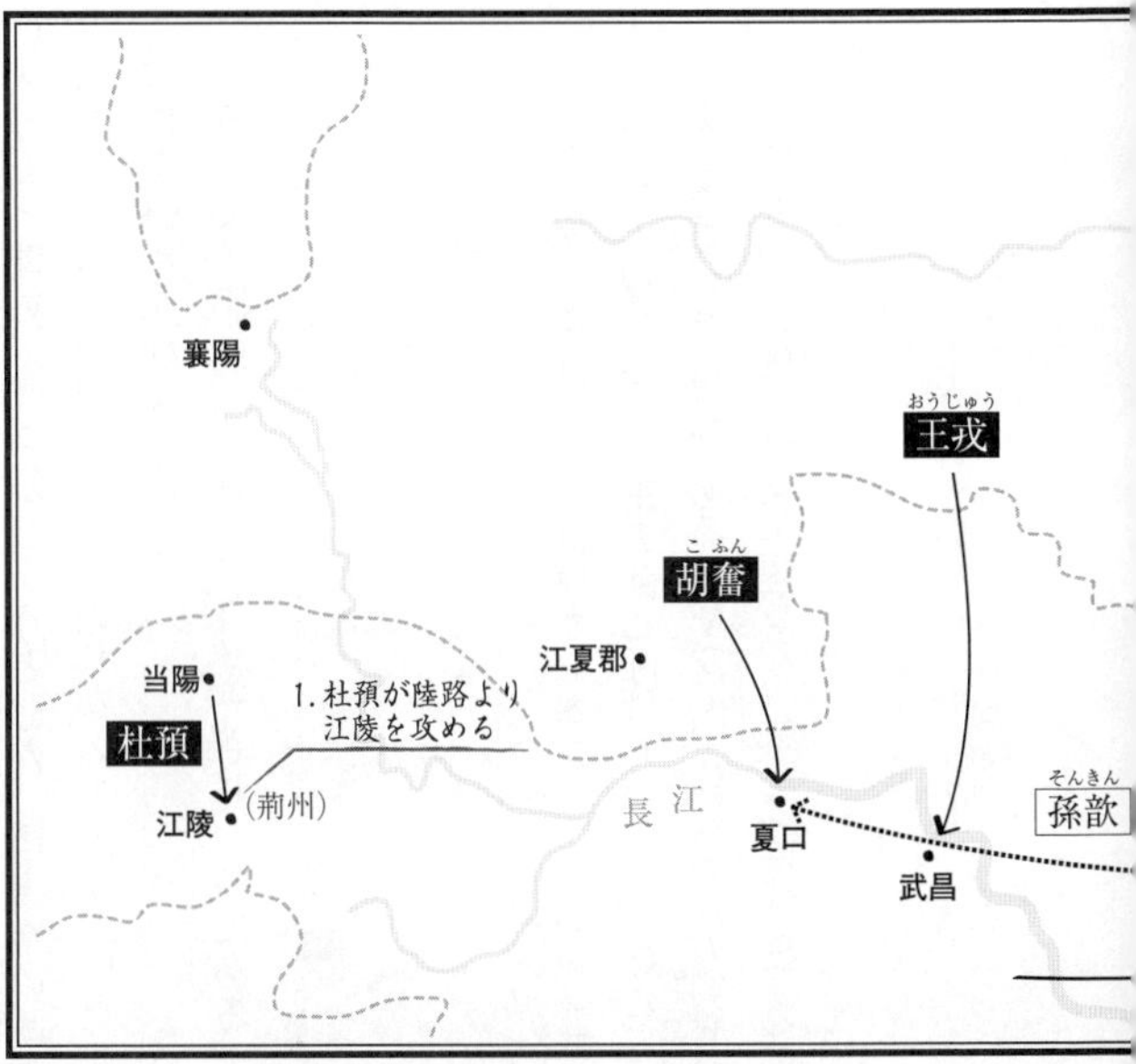

れでも、陸遜の子である陸抗《りくこう》は、晋の羊祜《ようこ》と認め合いながらも、国境を死守していた。

　陸抗が没し、羊祜の後任の杜預《どよ》は荊州から討呉の準備を進め、益州刺史《しし》の王濬《おうしゅん》は蜀より船で攻め下る策を練っていた。司馬炎は、討呉を決意すると、杜預を大都督とし陸路の軍を率いさせ、王濬には水軍を任せた。一方、孫呉の丞相の張悌《ちょうてい》は、左将軍の沈瑩《しんえい》と右将軍の諸葛靚《しょかつせい》に晋軍を迎撃させたが、兵力差は如何《いかん》とも し難かった。

　孫晧は、晋軍がすでに城内

どと「陛下は、中書令《ちゅうしょれい》の胡沖《こちゅう》と光禄勲《こうろくくん》の薛瑩《せつえい》は、「陛下はどうして安楽公《あんらくこう》劉禅の例にならわれないのですか」と止めた。孫晧はこれに従い、文武の官僚を引き連れて降伏する。

こうして三国は、西晋により統一されたのである。

◆

西晋の中国統一は、長くは続かなかった。司馬炎（武帝《ぶてい》）の死後、後を嗣いだ恵帝《けいてい》の不慧《ふけい》を理由に、八王《はちおう》の乱と呼ばれる内乱が起こり、国力が弱体化し、異民族に軍事を委《ゆだ》ねたためである。やがて、匈奴《きょうど》出身の劉聡《りゅうそう》が永嘉《えいか》の乱で西晋を滅ぼし、華北に五胡《ごこ》十六国、江南に東晋《とうしん》が分立する時代となるのである。

第二章「三国志」人物伝

吉川「三国志」に登場する
全キャラクター八三九人をすべて紹介

【凡例】

①採録した人物は、吉川三国志に登場することを基準とした。そのため、吉川三国志のみに登場する創作人物も取りあげた。

②（ ）内は字《あざな》である。

③各項目の漢数字は、新潮文庫版吉川三国志に登場する巻数である。

④大きな項目のうち、正史に伝記を持つ者は、枠内に典拠を示した。

⑤大項目では、可能な限り、吉川と『三国志演義』（毛宗崗本）・正史（陳寿『三国志』）との差異を記すように心がけた。その際、混乱を避けるため、「正史では」「演義では」「吉川では」と明記した項目もある。

⑥小項目の記述は、原則として吉川三国志に準拠した。

⑦◆1後漢の人物は、大項目、小項目ともおおむね勢力ごと（朝廷、黄巾、董卓、呂布、袁紹、華北の群雄、揚州、劉表、西涼、益州、異民族、隠士・庶人など）のまとまりで配列している。

⑧索引は巻末に掲載している。

①姓　名

◆魏 許《きょ》褚《ちょ》（仲康《ちゅうこう》）②

二〜八 ③

『三国志』許褚伝 ④

譙《しょう》国の人。身丈《みのたけ》八尺余り、腰回りは十囲《い》（約一一五センチメートル）で、牛の尾をつかんで引きずったという怪力の持ち主。曹操は「わが樊噲《はんかい》だ」と劉邦の功臣に準《なぞら》えて称《たた》えた。近辺護衛を任され、たびたび絶体絶命に陥った曹操を救った。曹操に仕える様子はきわめて忠実で、曹仁すら許可なく通さず、曹操が薨去《こうきょ》した際には、号泣して吐血したという。武将としては虎《とら》のように強かったが、普段はぼう

◆1後漢

漢 董卓《とうたく》（仲穎《ちゅうえい》）

一〜二　『三国志』董卓伝

涼州隴西郡《りょうしゅうろうせいぐん》の人。左右のどちら側にも騎射《きしゃ》できるほど武勇に優れ、強力な騎兵を率い、羌族《きょうぞく》と結んで、隴西の軍閥となっていた。何進《かしん》の宦官誅滅《かんがんちゅうめつ》の詔を受けて洛陽《らくよう》に向かい、何進と十常侍《じゅうじょうじ》が共倒れした混乱に乗じ、少帝《しょうてい》と陳留王《ちんりゅうおう》（献帝《けんてい》）を保護した。武力を背景に権勢をほしいままにし、少帝を廃位して献帝を擁立、それに反発した袁紹《えんしょう》らが挙兵すると、洛陽を焼いて長安《ちょうあん》に遷都《せんと》した。特別の最高官である太師《たいし》に就く一方で、荀爽《じゅんそう》や蔡邕《さいよう》などを辟《へき》召《しょう》し、名士層を尊重する態度も示した。しかし、暴虐《ぼうぎゃく》を繰り返したため、重用した名士から尽《ことごと》く背かれ、最期《さいご》は王允《おういん》と結んだ呂布《りょふ》に誅殺された。遺体は市《いち》に晒《さら》されたが、肥満体のため脂《あぶら》が流れだし、臍《へそ》に刺した燭《あかり》がいつまでも燃えていたという。演義と吉川では、黄巾《こうきん》の乱で敗走していたところを劉備《りゅうび》に助けられながら、無位無官であると侮《あなど》り、張飛《ちょうひ》を激怒させた。董卓と呂布が反目する場面は、王允が貂蟬《ちょうせん》を使って美女連《れん》環《かん》の計を仕掛けたと創作されている。

漢 呂布《りょふ》（奉先《ほうせん》）

一～四　『三国志』呂布伝

幷州五原郡《へいしゅうごげんぐん》の人。「飛将《ひしょう》」と呼ばれ、「人中に呂布あり、馬中に赤兎《せきと》あり」と称された、後漢末随一の猛将。はじめ丁原《ていげん》に仕えていたが、董卓に籠絡《ろうらく》されて丁原を裏切る。だが董卓の侍女との関係が発覚することを恐れ、王允の董卓暗殺計画に加わる。その後、流浪《るろう》を繰り返したのち、劉備から徐州《じょしゅう》を奪って割拠したが、最期は曹操《そうそう》に攻め滅ぼされ、下邳《かひ》で処刑された。傑出した武力を誇りながら、裏切りを繰り返し、また名士層を重視しなかったため、群雄として根拠地を維持する能力に欠けた。演義や吉川でも圧倒的な武力が描かれ、方天画《ほうてんが》戟《げき》を扱い、また卓越した弓術を見せる。虎牢関《ころうかん》の戦いでは劉備三兄弟を相手に同時に戦った。しかし、その一方で婦女子に左右される優柔不断な一面も強調され、最期は陳宮《ちんきゅう》らの献策を用いることができずに滅亡した。また上記の侍女をモデルに、貂蟬や美女連環の挿話が創作された。演義以外の三国劇では、美丈夫・才子とされ、貂蟬との悲哀を演ずることも多い。

漢 劉協《りゅうきょう》（伯和《はくわ》）

一～四、七～九　『後漢書』献帝紀

後漢最後の第十四代皇帝。霊帝《れいてい》の皇子。曹魏からの諡《おくりな》は献帝《けんてい》。蜀漢からは愍帝《びんてい》と諡された。生母の王美人《おうびじん》が何《か》皇后《こうごう》に殺されたので、董太后《とうたいこう》に育てられた。はじめ陳留王《ちんりゅうおう》に封ぜられたが、董卓により皇帝に擁立される。董卓の死後は、李傕《りかく》・郭《かく》汜《し》に苦しめられた。曹操に許《きょ》に迎えられてからは、大義名分を与える傀儡《かいらい》として利用され、何度も抵抗を試みるが失敗した。二二〇年、曹丕《そうひ》に禅譲《ぜんじょう》して後漢は滅亡した。翌年、それを認めず、劉備が漢の皇帝に即位する。禅譲後は山陽公《さんようこう》に封ぜられ、曹魏の賓客《ひんきゃく》として遇せられた。二三四年、年五十四で薨去《こうきょ》した。

漢 劉宏《りゅうこう》

一、十　『後漢書』霊帝紀

後漢の第十二代皇帝。諡《おくりな》は霊帝《れいてい》。後漢は桓帝《かんてい》・霊帝の治世で大きく衰退したとされる。党錮《とうこ》の禁《きん》による知識人弾圧、十常侍ら宦官の専横、売官などの悪政により、黄巾の乱を始めとする地方反乱の頻発を招く。他方で州牧《しゅうぼく》の制度や西園八校尉《せいえんはちこうい》を創設するなど曹操の先駆となる一面もあったが、混乱静まらぬ中で崩御した。享《きょう》年《ねん》三十四。演義では、ことさらに暗君として描かれているが、吉川は十常侍の傀儡にされた霊帝を不幸な「盲帝《もうてい》」と評している。吉川が特定の人物を批評することは珍しい。

漢 劉弁《りゅうべん》 ―

霊帝の皇子。生母は何皇后《か》。少帝《しょうてい》と称される。即位直後、何《か》氏と十常侍の争いに巻き込まれ、董卓に暗愚を理由に廃位された。のち曹操らが挙兵すると、董卓により憂《うれ》いを断つため殺害される。演義では、曹操の挙兵前に殺されている。

漢 張譲《ちょうじょう》 ―『後漢書』宦者 張譲伝

潁川《えいせん》郡の人。霊帝期に専横を振るった張譲ら十二人の中常侍《ちゅうじょうじ》（宦官の最高位）は十常侍と称され、とくに張譲は霊帝に「我が父」と言われるほど寵愛《ちょうあい》された。霊帝崩御後、政敵の外戚《がいせき》何進《かしん》を殺すが、袁紹の逆襲を招き、十常侍はみな殺された。

漢 何《か》進《しん》（遂高《すいこう》） ―『後漢書』何進伝

荊州《けい》南陽《なんよう》郡の人。もと屠殺を生業にしていた卑賤の出身であるが、異母妹が霊帝の寵愛を受け、異例にも皇后に立てられ、外戚となった。黄巾の乱を機に、大将軍《だいしょうぐん》となり、国政を掌握した。霊帝崩御後、妹の子の劉弁《りゅうべん》を即位させ、董太皇太后《とうたいこうたいごう》ら劉協派を排除した。しかし、優柔不断な性格で、袁紹ら名士から宦官誅殺を求められても決断を下せなかった。やがて、警戒した十常侍側の策謀により逆に殺害された。間もなく、十常侍も袁紹らに誅殺されるものの、何進が呼び寄せた董卓が、これに乗じて権力を掌握した。

◆漢　王允《おういん》（子師《しし》）　一～二　『後漢書』王允伝

幷《へい》州太原《たいげん》郡の人。若くして「一日千里、王佐《おうさ》の才」と高く評価され、宦官の専横に抵抗し、黄巾の乱でも戦功を挙げる。董卓政権下では司徒《しと》に任じられ信頼されていたが、董卓に簒奪《さんだつ》の兆《きざ》しを見ると、黄琬《こうえん》らと謀《はか》って董卓を暗殺した。しかし、董卓の屍《しかばね》にすがり号泣した蔡邕《さいよう》を処刑するなどの狭量《きょうりょう》さが、李傕《りかく》ら董卓残党を赦《ゆる》さない態度に繋《つな》がり、その逆襲を受けて殺された。演義や吉川では、曹操に宝刀を与え、董卓の暗殺を委《ゆだ》ね、それが失敗すると養女貂蟬《ちょうせん》を使った美女連環の計により、董卓と呂布との間を引き裂くなどの虚構により、漢の忠臣と描かれる。

◆漢　皇甫嵩《こうほすう》（義真《ぎしん》）　一～二　『後漢書』皇甫嵩伝

涼州《りょうしゅう》安定《あんてい》郡の人。後漢の名将度遼《どりょう》将軍皇甫規《き》の甥《おい》。黄巾の乱が起こると左中郎《さちゅうろう》将《しょう》に任じられる。朱儁《しゅしゅん》・曹操と潁川《えいせん》・汝《じょ》南《なん》の黄巾賊を破り、さらに広宗《こうそう》で人公《じんこう》将軍張梁《ちょうりょう》を討って、黄巾の乱を平定した。のち軍権を巡って董卓と争ったため、董卓の政権掌握後に処刑されかかるが、息子の取りなしで赦された。皇甫嵩と会った董卓は「義真、まいったか」と言い、屈伏させた。董卓の死後太尉《たいい》に任じられるが、李傕が背いて間もなく病没した。演義や吉川では、正史同様に黄巾の乱を平定した将軍として登場する。また董卓との因縁は、毛宗崗《もうそうこう》本で削られている。

漢 朱儁《しゅしゅん》（公偉《こうい》）

一～三　『後漢書』朱儁伝

揚《よう》州会稽《かいけい》郡の人。正史では朱儁《しゅしゅん》とも。貧家より、各地の反乱平定で台頭した。黄巾の乱では右中郎将《ゆうちゅうろうしょう》に任じられ、皇甫嵩《こうほすう》と共に各地を転戦して、南陽《なんよう》の張曼成《ちょうまんせい》を鎮圧するなど大きな功績を挙げた。のち李傕と郭汜の争いを鎮《しず》めようとするも果たせず、憤死した。演義においては、黄巾の乱で劉備を率いて戦い、張宝《ちょうほう》撃破の助言をするなど正史同様の名将として描かれる。しかし、吉川では、曹操との対比のためか、社会風刺のためか、無能で傲慢《ごうまん》な将軍とされ、関羽や張飛らから激しく非難される存在とされている。

漢 盧植《ろしょく》（子幹《しかん》）

一　『後漢書』盧植伝

幽《ゆう》州涿《たく》郡涿《たく》県の人。若くして鄭玄《じょうげん》とともに馬融《ばゆう》に師事する。性格は剛毅《ごうき》で、文武の才能を兼ね備えた、「入りては相（宰相）、出でては将（将軍）」と称される典型的な儒将《じゅしょう》（儒教を身につけた将軍）である。同郡の劉備も盧植に学んだ。黄巾の乱では、北中郎将《ほくちゅうろうしょう》として張角を破るが、宦官へ賄賂《わいろ》を贈らなかったため逆に罰せられた。のちに董卓の皇帝廃立に抗議して免官され、隠棲《いんせい》したのち没す。著書に『礼記《らいき》解詁《かいこ》』がある。演義や吉川では、劉備の師として黄巾の乱の場面で登場する。

漢 橋玄《きょうげん》（公祖《こうそ》）　一　『後漢書』橋玄伝

予《よ》州梁《りょう》国の人。曹騰《そうとう》（曹操の祖父）が高く評した种暠《ちゅうこう》に推挙されて三公《さんこう》を歴任した。まだ無名の曹操を「乱世を治めるものは君である」と高く評価し、許劭《きょしょう》の人物評価を受けさせ、曹操の名声を全国的なものとした。曹操は後々までその恩を忘れず、故郷で橋玄を祀《まつ》っている。また、厳格な内政を行う一方で、辺境で軍を率いて異民族と戦う「儒将」としての姿は、曹操の政治の模範となった。なお演義（毛宗崗本）では、大喬《だいきょう》・小喬《しょうきょう》の父である喬国老《きょうこくろう》と同一視されているが、別人である。

漢 楊彪《ようひょう》（文先《ぶんせん》）　一〜三　『後漢書』楊震伝付楊彪伝

司隷弘農《しれいこうのう》郡の人。三公を歴任した重臣で、李傕と郭汜を除くため両者を離間させたが、かえって長安に戦乱を招いた。正史によれば、「四世太尉《しせいたいい》」と称される後漢随一の名門出身で、その祖は「四知《しち》」の故事で知られる楊震《ようしん》。楊脩《しゅう》は息子である。

漢 荀爽《じゅんそう》（慈明《じめい》）　一〜二　『後漢書』荀淑伝付荀爽伝

予州潁川《えいせん》郡の人。司徒《しと》楊彪・太尉黄琬《こうえん》とともに、董卓の長安遷都に反対するが、退けられた。正史によれば、荀彧《じゅんいく》の叔父であり、荀爽ら八兄弟は荀氏の「八龍《はちりゅう》」と称されて、名声が高かった。

漢 張温《ちょうおん》①（伯慎《はくしん》） 一〜二

荊州南陽《なんよう》郡の人。司空《しくう》であったが、袁《えん》術《じゅつ》との内応を口実に董卓に処刑された。正史によれば、かつて張温が董卓・孫堅《そんけん》らを率いていた際、孫堅は不遜《ふそん》な態度をとる董卓を斬《き》るよう張温に説いたが、果たせなかった。

漢 何顒《かぎょう》（伯求《はくきゅう》） 一、四 『後漢書』党錮 何顒伝

南陽郡の人。若き曹操を評価した。また荀彧を「王佐の才」と評した。正史によれば、袁紹・許攸《きょゆう》とも交友関係があり、やがて、王允や荀攸《じゅんゆう》らと董卓暗殺を謀ったが、露見して獄死した。

漢 董承《とうしょう》 三〜四

献帝《けんてい》の董貴人《きじん》の父。長安から逃れる献帝を助け、洛陽まで護衛する。のち献帝の密詔《みっしょう》により曹操暗殺を謀り、王子服《おうしふく》や馬《ば》騰《とう》らと結び、さらに劉備を一味に加えた。しかし、身内の秦慶童《しんけいどう》から計画が露見し、一族七百人と共に処刑された。

漢 吉平《きっぺい》 四

献帝の太医《たいい》。吉太《きったい》とも。董承の暗殺計画に賛同し、治療と称して曹操の毒殺を謀るも失敗し、最期は自害した。正史では医師ではなく、名前は「吉本《きっぽん》」という。董承ではなく、耿紀《こうき》らと共に許《きょ》で反乱を謀ったが鎮圧された。

漢　伏完《ふくかん》　四

献帝の伏皇后《ふくこうごう》の父。献帝に董承へ曹操暗殺の密詔を与えるよう進言した。のち伏皇后から曹操暗殺の密詔を受けるも、穆《ぼく》順《じゅん》②のために露見し処刑された。正史では密詔を得た伏完は行動できず、十四年も後になってから発覚したとある。

漢　耿紀《こうき》（季行《きこう》）　七

後漢の光武帝《こうぶてい》の功臣である耿弇《こうえん》の傍系である。親友の韋晃《いこう》と曹操排除を謀り、さらに金禕《きんい》や吉平の遺児を仲間に加える。そして、許で挙兵するも、王必《おうひつ》のために失敗、耿紀は処刑された。正史によれば、吉本《きっぽん》と共に挙兵したとある。

漢　孔融《こうゆう》（文挙《ぶんきょ》）　二、四、六　『後漢書』孔融伝

魯《ろ》国魯《ろ》県の人。孔子の二十世孫であり、また「建安七子《けんあんしちし》」の一人に数えられる文章の名手。幼くして機知に富んだ。曹操に招かれて漢の少府《しょうふ》となるが、曹操が漢を奪おうとすると厳しく批判した。曹操は当初、名声の高い孔融を憚《はばか》っていたが、やがて殺害する。過激な言論が多く、正史以外でも『世説新語《せせつしんご》』などに多くの逸話が残されている。演義や吉川では、反董卓連合第十鎮、北海太守《ほっかいたいしゅ》として登場。のち北海国を黄巾に包囲されたため劉備に助勢を求めて、救援された（ただし吉川はこの段を削除）。最期は、劉備への攻撃に反対して曹操に殺害された。

漢 蔡邕《さいよう》(伯喈《はくかい》) 一～二 『後漢書』蔡邕伝

兗《えん》州陳留《ちんりゅう》郡の人。後漢末を代表する学者であり、博学で文章に優れ、数術や天文に詳しく、かつ音律に精通して琴の名手でもあった。董卓に召されて重用され、諸々《もろもろ》の制度を整えた。董卓が王允に誅されると獄死した。詩文を収めた『蔡中郎《さいちゅうろう》集《しゅう》』、制度を論じた『独断《どくだん》』、「十意」(『続漢書』八志の種本)などの多数の書を著した。蔡文姫《ぶんき》(蔡琰《えん》)は娘。演義や吉川では、董卓に無理やり登用されるが、その知遇を恩とし、董卓が死ぬとその屍にすがって号泣する。最期はその誹謗《ひぼう》を怖れた王允により投獄され、獄死した。

漢 張角《ちょうかく》 一

冀《き》州鉅鹿《きょろく》郡の人。太平道《たいへいどう》の教主。政治の混乱による社会不安を背景に、お札《ふだ》と聖水によって病気を治療し、天下に信者を拡大する。儒教国家に代わる「黄天《こうてん》」の到来を掲げ、「蒼天已《そうてんすで》に死す、黄天当《まさ》に立つべし」と唱え、一八四年に挙兵した(黄巾《こうきん》の乱)。しかし、張角はまもなく病没し、乱も皇甫嵩《こうほすう》・朱儁《しゅしゅん》により平定された。演義では、科挙《かきょ》に落第した秀才《しゅうさい》と設定されるが、後漢に科挙はない。南華老《なんかろう》仙《せん》(荘子《そうし》)から『太平要術《たいへいようじゅつ》』三巻を授かったとする。吉川は、反乱の背景に、北方の匈奴《きょうど》の支援があった、とする。

漢 張宝《ちょうほう》 一

張角の弟。地公《ちこう》将軍と称す。演義では、妖術《ようじゅつ》を用いて劉備を苦しめる。しかし、朱儁に妖術を破る法を見抜かれて敗北。最期は部下の厳政《げんせい》に殺される。吉川では、張宝の術は地形を利用した自然現象とされる。最期は劉備に射殺された。

漢 張梁《ちょうりょう》 一

張角の三弟。人公《じんこう》将軍と称す。演義では、潁川《えいせん》郡で皇甫嵩、朱儁らの火計により大敗。のち病死した張角に代わり指揮を取ったが、皇甫嵩に討たれた。吉川では、張宝の兄。最期は、朱儁と劉備に攻められた末、部下の厳政に殺害されている。

漢 李儒《りじゅ》 一～二

董卓の腹臣。あらゆる謀略を献策して、董卓の暴虐《ぼうぎゃく》を助けた。廃位された少帝と何《か》太后を殺害する。しかし、貂蟬《ちょうせん》の危険性を諫言《かんげん》した際には聞き容《い》れられず、果たして董卓は貂蟬のために滅び、李儒は王允《おういん》により首を刎《は》ねられた。

漢 華雄《かゆう》 二

董卓配下の猛将。汜《し》水関《すいかん》の戦いで、反董卓連合先鋒《せんぽう》の孫堅《そんけん》を退け、連合軍の猛将を立て続けに斬って諸侯を窮地に追い込んだ。しかし、関羽が出陣すると、瞬《また》く間に討たれた。なお、正史では胡軫《こしん》配下の都督《ととく》で、孫堅に討たれている。

漢 李《り》傕《かく》 二〜三 『三国志』董卓伝付李傕伝

董卓配下の将軍。董卓の死後、混乱する軍勢をまとめて長安《ちょうあん》を急襲、武力を背景に権力を握り、暴政を行った。やがて郭《かく》汜《し》と仲違いすると、長安を戦火に巻き込んで郭汜と戦う。献帝《けんてい》が長安を脱すると勢力を失い、最期は段煨《だんわい》に討たれた。

漢 郭《かく》汜《し》 二 『三国志』董卓伝付郭汜伝

董卓配下の将軍。董卓死後の長安で、李傕と共に二頭体制で暴政を行った。しかし、楊彪《ようひょう》の離間策で李傕と反目すると、大規模な戦闘を繰り返して自壊する。最期は伍習《ごしゅう》に殺害された。

漢 張済《ちょうさい》 一〜二

董卓配下の将軍。李傕らとは別に弘農《こうのう》郡で勢力を築き、李傕と郭汜が争うと軍勢を率いて仲裁に現れた。李傕の没落後、兵糧を求めて劉表《りゅうひょう》の荊州に侵攻、戦闘中の流矢により討死した。張繡《ちょうしゅう》は甥《おい》。曹操と密通した鄒《すう》氏は妻である。

漢 樊《はん》稠《ちゅう》 二

董卓配下の将軍。李傕・郭汜と共に長安を制圧し暴虐を尽くす。馬《ば》騰《とう》・韓遂《かんすい》が挙兵した際には、張済と共に迎撃するが、同郷の韓遂を見逃したことを讒言《ざんげん》され、李傕に処刑された。

漢 徐栄《じょえい》 二

董卓配下の滎陽《けいよう》太守。長安に遷都《せんと》する途上、追撃してきた曹操を呂布と共に待ち伏せ、窮地に追い込む。しかし、曹操は曹洪《そうこう》の助けで辛くも逃れ、徐栄は夏侯惇《かこうとん》に討たれた。正史では、董卓死後、長安へ攻め寄せる李傕らと戦って敗死した。

漢 李粛《りしゅく》 一〜二

董卓の配下。同郷の呂布を説得し、丁原《ていげん》を殺して董卓軍に寝返らせた。汜水関《しすいかん》の戦いでは華雄《かゆう》の副将となる。のち、董卓に冷遇されたことから王允《おういん》の謀略に加担し、董卓を宮中に誘《おび》き寄せた。その後、牛輔《ぎゅうほ》に大敗したため呂布に処刑された。

漢 張繡《ちょうしゅう》 三〜四 『三国志』張繡伝

涼《りょう》州武威《ぶい》郡の人。叔父の張済の死後、軍勢を継いで南陽《なんよう》郡に割拠する。宛城《えんじょう》で曹操を窮地に追い込み典韋《てんい》を討ち取るなど、曹操を苦しめた。しかし官渡《かんと》の戦いの直前に、謀臣賈詡《かく》の説得で曹操に降伏、曹操は旧怨《きゅうえん》を忘れて厚遇した。

漢 楊奉《ようほう》 三

もと李傕の配下。暴政を行う李傕を見限り、長安を脱出する献帝を守って洛陽に至る。しかし、曹操に権力を奪われたため袁術《えんじゅつ》のもとへ出奔。呂布討伐では第七軍を率いるが、陳登《ちんとう》の説得で呂布に帰順する。最期は劉備に誅殺された。

漢 陳《ちん》宮《きゅう》(公《こう》台《だい》) 二〜四

東《とう》郡の人。一時は曹操の志に共感し、その逃亡を助けるが、曹操が呂伯奢《りょはくしゃ》を惨殺《ざんさつ》したことで見限って去った。のち、呂布の腹臣となって、曹操の本拠で挙兵。繰り返し曹操を苦しめた。下邳《かひ》で呂布が敗れると、捕虜となって曹操に斬られた。

漢 高《こう》順《じゅん》 三〜四

呂布配下の猛将。呂布が兗《えん》州で挙兵した際から付き従う。下邳《かひ》で呂布が敗れると捕虜になり、最期は潔《いさぎよ》く斬首《ざんしゅ》された。正史によれば、謹厳な人柄で、「陥陣営《かんじんえい》」と呼ばれる精強な軍勢を率いたという。

漢 曹《そう》豹《ひょう》 三

もと陶謙《とうけん》の幕僚。徐州を譲られた劉備に仕えるも、守備に残った張飛と反目する。張飛の横暴に耐えかねた曹豹は、娘婿《むすめむこ》の呂布と結託し徐州を奪わせる。しかし曹豹は戦いの最中、張飛に刺殺された。

漢 袁《えん》紹《しょう》（本《ほん》初《しょ》）

一〜五
『三国志』袁紹伝

汝南《じょなん》郡汝陽《じょよう》県の人。「四世三公《しせいさんこう》」と称される名門中の名門の出身で、自身も名声が高かった。反董卓連合の盟主となり、また天下が分裂すると、冀《き》州を拠点として公孫瓚《こうそんさん》ら対立勢力を破って河北を統一。また多数の名士を配下に従えたことから、後漢末の群雄で最大の勢力となる。しかし、複数の名士の進言に従ったため、君主権力が確立せず、官渡《かんと》の戦いで曹操に大敗を喫し、失意のうちに病没した。また、後継問題を残したまま没したため、その混乱を曹操に突かれ、袁氏は滅亡する。演義や吉川では、名士に翻弄《ほんろう》された優柔不断ぶりが強調されている。

漢 袁《えん》術《じゅつ》（公《こう》路《ろ》）

二〜四
『三国志』袁術伝

汝南郡汝陽県の人。「四世三公」の名門袁逢《えんほう》の嫡子《ちゃくし》で、庶子《しょし》（めかけの子）の袁紹とは不仲であった。董卓の専制以降、南陽郡や揚《よう》州を拠点に、一時は袁紹に比《ひ》肩《けん》する権勢を誇った。その勢力を背景に寿春《じゅしゅん》で皇帝に即位、国号を仲《ちゅう》とした。しかし後漢に代わる正統性を打ち出せなかったため、名士たちから反発を受け、敗戦を繰り返した挙句、惨《みじ》めな最期《さいご》を遂げた。演義や吉川では、孫策《そんさく》に兵を貸す代わりに得た伝国《でんこく》の玉璽《ぎょくじ》により帝位を僭《せん》称《しょう》する。しかし、曹操・呂布・劉備の連合軍に大敗して勢力を衰えさせ、最期は袁紹を頼ろうとした途中で憤死した。

漢 顔良《がんりょう》　二、四

袁紹配下で、文醜《ぶんしゅう》と並ぶ猛将とされる。官渡の戦いにおいて先鋒になり、曹操の将である宋憲《そうけん》、魏続《ぎぞく》、徐晃《じょこう》を立て続けに破る活躍をする。しかし、関羽と戦い、わずか一合で討ち取られた。

漢 文醜《ぶんしゅう》　二、四

袁紹の配下で、顔良《がんりょう》と並ぶ猛将。顔良が関羽に討たれたため、その仇討《あだう》ちに出陣。曹操軍の張遼《ちょうりょう》、徐晃を退けるも、関羽には全く敵《かな》わず討ち取られた。正史では、関羽が討ったのは顔良のみで、文醜は曹操・荀攸《じゅんゆう》の策により敗死している。

漢 田豊《でんほう》（元皓《げんこう》）　二、四〜五

冀州《きしゅう》鉅鹿《きょろく》郡の人。博学多才で権謀に富む名士で、袁紹の参謀となる。しかし優柔不断な袁紹は田豊の献策を尽《ことごと》く容《い》れなかった。果たして田豊の諫言通り、袁紹は官渡の戦いで大敗する。それを恥じた袁紹は、田豊を獄中で処刑した。

漢 郭図《かくと》（公則《こうそく》）　二、四〜五

予《よ》州潁川《えいせん》の人。袁紹の幕僚で、智謀《ちぼう》に優れる。しかし沮《そ》授《じゅ》と勢力争いをしたり、保身のため張郃《ちょうこう》・高覧《こうらん》を讒言《ざんげん》して曹操へ寝返らせるなど、官渡の敗戦の原因を作った。袁氏の相続争いでは袁譚《えんたん》を推したが、曹操に滅ぼされた。

漢 沮《そ》授《じゅ》　二、四〜五

冀《き》州広平《こうへい》郡の人。袁紹の幕僚。一貫して曹操との非戦を進言するが、退けられる。沮授は従軍し諫言《かんげん》するも袁紹は大敗する。捕虜になった沮授は、才を惜しむ曹操の誘いを拒否し、逃亡を企《くわだ》てて死亡。曹操は、忠義の人として手厚く葬《ほうむ》った。

漢 審《しん》配《ぱい》（正南《せいなん》）　二、四〜五

冀州魏《ぎ》郡の人。袁紹の中心的幕僚の一人であるが、権力争いにより足並みを乱す。袁紹の死後は袁尚《えんしょう》を立て、鄴城《ぎょうじょう》に籠《こも》って曹操に抗戦した。最期まで袁家のために戦い、敗北後も降服を拒んで刑死したため、曹操はその忠義を評価した。

漢 淳于瓊《じゅんうけい》（仲簡《ちゅうかん》）　一〜二、五

袁紹配下の将軍。もとは西園八校尉《せいえんはちこうい》の一人で袁紹の同僚であった。官渡の戦いでは、烏巣《うそう》の兵糧《ひょうろう》基地を任されながら、酒に溺《おぼ》れて曹操の奇襲を許す。淳于瓊は本陣に送り返され、激怒した袁紹に処刑された。正史では曹操に殺される。

漢 紀《き》霊《れい》　三〜四

袁術配下の将軍。重さ五十斤《きん》の三尖刀《さんせんとう》を使い、関羽と五分に打ち合うほどの猛将。小沛《しょうはい》にいる劉備を攻めたが、呂布の強引な仲裁により撤兵させられる。敗残する袁術に最期まで随《したが》い、袁紹のもとへ亡命する途中、張飛に討ち取られた。

漢 袁譚《えんたん》（顕思《けんし》）

四〜五　『三国志』袁紹伝付袁譚伝

袁紹の長子。青《せい》州を支配する。徐州を失って逃れてきた劉備を迎えた。袁紹死後、後継を巡って袁尚と争い、劣勢となる。そこで曹操と同盟し、その河北介入を許す。曹操は、袁尚を破るとすぐさま袁譚を攻撃。最期は南皮《なんぴ》で曹洪に討たれた。

漢 袁熙《えんき》（顕奕《けんえき》）

五

袁紹の次男。妻は甄《けん》氏。幽《ゆう》州を支配した。袁紹が官渡で大敗すると、兵六万を率いて駆けつけた。やがて河北を曹操に平定され、弟の袁尚が幽州に逃げてくると、共に遼西《りょうせい》の烏《う》丸《がん》族、遼東《りょうとう》の公孫《こうそん》氏へ亡命。最期は公孫康《こう》に殺された。

漢 袁尚《えんしょう》（顕甫《けんほ》）

五　『三国志』袁紹伝付袁尚伝

袁紹の三男。袁紹と生母劉《りゅう》氏に寵愛《ちょうあい》され、倉亭《そうてい》の戦いで史渙《しかん》を討ち取る。袁紹死後、後継者に立てられたが、不服とする長兄袁譚と争い、その隙《すき》を曹操に突かれて河北を失った。次兄袁熙を恃《たの》んで逃亡したが、公孫康に殺され、袁氏は滅亡する。

漢 高幹《こうかん》（元才《げんさい》）

五

袁紹の甥《おい》。并《へい》州を支配する。官渡で大敗した袁紹のもとに兵五万を率いて加勢したが、倉亭で再び大敗した。のち曹操に攻められ并州を失い、匈奴《きょうど》の左《さ》賢王《けんおう》のもとに亡命したものの拒絶され、演義では最期は劉表を頼る途上で殺害される。

漢 許《きょ》攸《ゆう》（子《し》遠《えん》）　四～五

袁紹の幕僚。策を用いられないことから袁紹を見限り、旧知の曹操へ寝返る。袁紹軍の兵糧基地が烏《う》巣《そう》にあると進言し、曹操を勝利させた。しかし功績を鼻にかけて傲慢《ごうまん》に振る舞ったため、許褚《きょちょ》の怒りに触れて斬り殺された。

漢 高《こう》覧《らん》　四～五

袁紹配下の将軍。官渡の戦いで、無理な本陣襲撃を命じられて大敗。さらに郭図《かくと》が讒言《ざんげん》していることを知り、張郃《ちょうこう》と共に曹操へ寝返った。のち、汝南《じょなん》郡で劉備と戦い、趙雲《ちょううん》に討たれた。

漢 丁《てい》原《げん》（建《けん》陽《よう》）　一

荊州刺史《けいしゅうしし》。董卓の廃立に反対し、養子の呂布《りょふ》を使って董卓を破る。しかし、李粛《りしゅく》の工作で呂布が寝返り、手土産に殺害された。正史によれば、貧家の出身で、武勇には優れたが、学に乏しかったという。

漢 韓《かん》馥《ふく》（文《ぶん》節《せつ》）　一～二

冀州牧《きしゅうぼく》。反董卓連合の第二鎮。連合崩壊後、豊かな冀州を狙《ねら》った袁紹は、公孫瓚《こうそんさん》を利用して、韓馥に無理やり冀州を譲らせる。欺《あざむ》かれたことに後悔した韓馥は張《ちょう》邈《ばく》のもとへ逃亡した。正史によれば、のち袁紹の追手を怖れ、厠《かわや》で自殺した。

漢 公孫瓚《こうそんさん》（伯珪《はくけい》）

一〜四 『三国志』公孫瓚伝

幽《ゆう》州 遼西《りょうせい》郡の人。「白馬将軍」と称され、北方の異民族と戦って功を挙げる。反董卓連合では、北平《ほくへい》太守で第十六鎮。同門の劉備を客将に迎える。河北の覇権を袁紹と争い、最期は易京《えきけい》で滅ぼされた。正史では、名士を抑圧したため衰退した。

漢 陶謙《とうけん》（恭祖《きょうそ》）

二 『三国志』陶謙伝

徐州刺史《じょしゅうしし》。反董卓連合では第十二鎮。部下が曹嵩《そうすう》を殺害したため、曹操の徐州侵攻を招き、劉備に救援を求める。間もなく病に罹《かか》ったので、劉備に徐州を托《たく》して病没した。人柄は温厚純篤《じゅんとく》とされるが、正史では笮融《さくゆう》と結ぶなど、野心家である。

漢 張邈《ちょうばく》（孟卓《もうたく》）

二 『三国志』呂布伝付張邈伝

陳留《ちんりゅう》太守。反董卓連合では第六鎮。劉《りゅう》岱《たい》無きあとの兗《えん》州に曹操を迎え、州牧に立てた。しかしのちに呂布と結んで曹操の本拠で挙兵。最期は部下に殺害された。正史では、曹操とは旧知の仲で、家族を托すほど信頼されたという。

漢 鮑信《ほうしん》

一〜二

済北相《せいほくしょう》。反董卓連合では第九鎮。先鋒の孫堅を出し抜いて弟の鮑忠《ちゅう》を派遣し、大敗する。のち曹操を兗州に迎える。青州《せいしゅう》黄巾《こうきん》との戦いで戦死した。正史では、曹操は鮑信の死を深く悼《いた》み、その子を登用したとある。

漢 劉繇《りゅうよう》（正礼《せいれい》）

三、五　『三国志』劉繇伝

兗《えん》州刺史劉岱《りゅうたい》の弟。揚《よう》州刺史。寿春《じゅしゅん》の袁術と争っていた。狭量《きょうりょう》な人物で、太史慈《たいしじ》を使うことができず、結果、孫策に敗れて揚州を奪われた。叔父の劉寵《ちょう》は、百銭ずつ奉じられた見送りを大銭一銭しか受けず、「一銭太守」として有名である。

漢 公孫康《こうそんこう》

五　『三国志』公孫度伝付公孫康伝

遼東《りょうとう》太守。亡命してきた袁尚兄弟を殺害して曹操に帰順した。遼東公孫氏は父の公孫度《ど》以来独立勢力を築き、公孫淵《えん》の時代には燕王《えんおう》を称する。のち司馬懿《しばい》が公孫淵を滅ぼしたことで、邪馬台国《やまたいこく》の卑弥呼《ひみこ》が魏《ぎ》に朝貢するようになった。

漢 劉表《りゅうひょう》（景升《けいしょう》）

二～六　『三国志』劉表伝

山陽《さんよう》郡の人。前漢景帝《けいてい》の末裔《まつえい》で、若いころから党人《とうじん》として名声があった。荊州刺史に赴任すると、荊州名士の蔡瑁《さいぼう》・蒯越《かいえつ》らの協力により安定した統治を行い、中原で曹操と袁紹が激しく抗争するなかで、平和を保った。そのため荊州には司馬徽《しばき》や諸葛亮《しょかつりょう》など多数の名士が集まり、「荊州学《けいしゅうがく》」を形成した。曹操が南下した直後に病死。演義では、孫堅が劉表との戦いで討死したため、孫家との因縁で描かれる。また、曹操に敗れた劉備を庇護《ひご》し、臨終には荊州を委《ゆだ》ねようとするも果たせず、後継者問題を残したことが強調される。

漢 劉琦《りゅうき》 五～七

劉表の長子。病弱で柔和な人物。後継の地位をめぐり継母の蔡《さい》氏から命を狙《ねら》われたため、諸葛亮の助言で江夏《こうか》へ出向する。劉備が曹操に長坂坡《ちょうはんは》で敗れると軍を率いて救援した。赤壁の戦い後、荊州牧に擁立されるが、間もなく病死した。

漢 劉琮《りゅうそう》 五～六

劉表の次子。生母蔡《さい》氏や蔡瑁《ぼう》の強い後押しで荊州牧を嗣《つ》ぐ。曹操が南下すると戦わずして降伏。蔡瑁らは曹操に厚遇されたが、劉琮は青《せい》州刺史に左遷《させん》され、その途上で誅殺《ちゅうさつ》された。正史では、蔡氏が生母とは書かれず、殺害もされない。

漢 蒯越《かいえつ》（異度《いど》） 五～六

劉表の幕僚。劉表死後、劉琮へ曹操に降伏するよう進言する。曹操は降伏した蒯越と会見すると、荊州よりも蒯越を得たことが嬉《うれ》しい、と述べた。正史には、宗賊を平定し、劉表の荊州統治に大きな功績があったことが記される。

漢 黄祖《こうそ》 二、四～六

劉表配下の将軍。江夏郡に駐屯していた。また、孫堅の仇《かたき》であるため、孫呉は幾度となく黄祖を攻めたが、勝つことができなかった。しかし、黄祖の配下の甘寧《かんねい》が投降したことで、孫権はこれを破り、演義・吉川では甘寧に討たれた。

漢 馬《ば》騰《とう》（寿《じゅ》成《せい》）　二、四、七

馬超《ばちょう》の父で、後漢光武帝《こうぶてい》の功臣馬援《ばえん》の末裔。演義では、反董卓連合の第十三鎮で西涼《せいりょう》太守。長安の李傕《りかく》・郭汜《かくし》を攻撃した。のち許都《きょと》で董承《とうしょう》の謀議に加担するが、事が起こる前に西涼へ帰った。赤壁の戦い後、荀攸《じゅんゆう》の策で許都に呼び出されると、黄奎《こうけい》と曹操暗殺を謀《はか》るが、露見して処刑された。それを知った馬超は仇討《あだう》ちのため西涼で挙兵する（潼関《どうかん》の戦い）。正史によれば、馬騰の処刑は馬超が謀叛《むほん》したためである。演義は、馬氏を良く描くため、その前後関係を逆転させている。

漢 韓《かん》遂《すい》（文《ぶん》約《やく》）　二、七

涼《りょう》州金城《きんじょう》郡の人。演義において、馬騰と共に長安を攻めるも勝てず、同郷の樊《はん》稠《ちゅう》に見逃すよう乞《こ》うて、辛うじて帰還できた。のち、義兄弟の契《ちぎ》りを結んだ馬騰が死ぬと、その子の馬超を支援して挙兵する。しかし、賈詡《かく》の離間《りかん》の計により、馬超が韓遂に強い疑いを抱いたため、馬超を見限って曹操に降伏した。正史によれば、曹操とは旧知の仲。霊帝《れいてい》のときに反乱を起こして以降、三十余年にわたり涼州で有数の軍勢を保持し続けた。潼関《どうかん》の戦い以降も曹操と戦い、最期は涼州の奥地に逃れ、没した。

漢 劉焉《りゅうえん》（君郎《くんろう》）

—『三国志』劉焉伝

荊州《けい》江夏《こうか》郡の人。劉表と同じく前漢景帝《けいてい》の末裔。後漢末の霊帝期、天子の気があるという益《えき》州の州牧となった。当初は、黄巾の流れを汲《く》む馬相《ばそう》の乱を平定するため、益州豪族の協力を得たが、乱を平定して「東州兵《とうしゅうへい》」を組織、軍事的基盤を確立すると、一転して豪族を弾圧して専権を振るった。張魯《ちょうろ》と結んで漢中《かんちゅう》を支配させ、半独立の安定した支配体制をつくりあげた。演義では、はじめ幽《ゆう》州太守として登場し、劉備が義勇軍としてこれを助ける。劉焉の子である劉璋《しょう》から、劉備が益州を奪うことの伏線である。

漢 劉璋《りゅうしょう》（季玉《きぎょく》）

七～八『三国志』劉璋伝

劉焉の子。父を継いで益州牧となるが、凡庸であったため、政権を安定させられず、張魯の侵攻を受ける。そして張松《ちょうしょう》らの手引きで招いた劉備に攻められ、益州を失い、降伏した。正史では、降伏後荊州へ移り、荊州が陥落すると、孫呉に仕えている。

漢 張魯《ちょうろ》（公祺《こうき》）

七～八『三国志』張魯伝

沛《はい》国の人。漢中に勢力を張った五斗米道《ごとべいどう》の教祖。符水《ふすい》により病気を治し、信者を拡大した。のち、曹操に侵攻され降伏したが、宝物庫を残し、厚遇された。太平《たいへい》道《どう》と共に最初に形成された道教《どうきょう》（福禄寿《ふくろくじゅ》を求める民俗宗教）の教団である。

漢 張任《ちょうじん》 七〜八

益州蜀《しょく》郡の人。劉璋の重臣。劉備入蜀に反対した。劉備が挙兵すると、雒城《らくじょう》に籠《こも》って劉備軍を防ぎ、龐統《ほうとう》を射殺した。しかし張飛・諸葛亮が加勢に現れたため敗北し、投降を拒んで処刑された。正史によれば、寒門《かんもん》（非豪族）の出身である。

漢 張松《ちょうしょう》（永年《えいねん》） 七〜八

劉璋の幕僚。非常な醜男《ぶおとこ》だが、智略《ちりゃく》に優れる。劉璋に代わる益州の主を求め、曹操を訪ねたが、侮辱されて立ち去る。そこで、劉備を招き入れ、蜀を奪うよう勧めたが、密書が露見したため劉璋に処刑された。

漢 孟獲《もうかく》 九

益州南部に割拠する南蛮《なんばん》の王。周辺を巻き込んで反乱を起こし諸葛亮と戦った。戦うたびに生け捕られては解放され、合わせて「七縦七擒《しちしょうしちきん》」された。魏延《ぎえん》に敗れ（一擒）、諸葛亮に帰順した阿会喃《あかいなん》らに捕われ（二擒）、弟の孟優《もうゆう》の計略が失敗し（三擒）、西洱河《せいじが》のほとりで敗れ（四擒）、朶思大王《だしだいおう》の毒泉で苦しめたが敗れ（五擒）、妻祝融《しゅくゆう》や木鹿《ぼくろく》大王の手を借りても敗れ（六擒）、烏戈国《うかこく》の兀突骨《ごつとつこつ》大王と共に敗れ（七擒）、はじめて諸葛亮に心服した。以降、孟獲は、蜀漢のため、南蛮を治めて教化することを誓った。

◆漢◆ 冒頓《ぼくとつ》 五

北方の烏桓《うがん》族の単于《ぜんう》。「冒頓」は前漢高祖《こうそ》劉邦のときの匈奴《きょうど》の単于の名である。正史によれば、曹操の河北平定時の烏桓の首領の名は蹋頓《とうとん》である。袁尚《えんしょう》兄弟を保護して曹操と戦うが、張遼に討たれた。

◆漢◆ 左賢王《さけんおう》 五

匈奴の単于の下にいる王で、名は劉豹《りゅうひょう》。曹操に敗れた高幹《こうかん》が頼ってくるが、曹操との対立を嫌って退けた。また、蔡文姫《さいぶんき》をさらい、妾《めかけ》とした。『晋書《しんじょ》』は、子の劉淵《えん》が西晋を亡《ほろ》ぼし、蜀漢の後継を称して漢を建国したとするが、問題がある。

◆漢◆ 鄭玄《じょうげん》（康成《こうせい》） 四 『後漢書』鄭玄伝

青州《せい》北海《ほっかい》国の人。隠棲《いんせい》していたところ、劉備の頼みで袁紹に曹操討伐へ出兵するよう書状を認《したた》めた。演義での登場は少ないが、中国を代表する経学者であり、鄭玄が確立した「三礼体系《さんらいたいけい》」は、南宋に朱《しゅ》熹《き》（朱子）が出現するまで尊重された。

◆漢◆ 華陀《かだ》（元化《げんか》） 三、五、九 『三国志』華佗伝

沛《はい》国の人。神と称される名医で、重傷を負った周泰《しゅうたい》や臂《ひじ》に毒を受けた関羽を治療した。関羽の義に応じて、曹操殺害を謀るも失敗、獄死した。正史では、華佗《かた》。麻沸散《まふっさん》（演義・吉川は「麻肺湯《まはいとう》」）なる麻《ま》痺《ひ》薬を用いて、開腹手術を行ったという。

漢 許劭《きょしょう》（子将《ししょう》）　一、四、九　『後漢書』許劭伝

汝南《じょなん》郡の人。若き曹操を「治世の能臣、乱世の姦雄《かんゆう》」と評した人物。後漢末において、著名な名士の人物評価を得ることは、自らの名声を高める最も有効な手段であった。許劭はとくに人物評で名高く、「月旦評《げったんひょう》」（品定め）の語源となった。

漢 禰衡《でいこう》（正平《せいへい》）　四

平原《へいげん》国の人。奇才の持ち主で、孔融《こうゆう》の推挙で辟召《へきしょう》されると、曹操の配下を罵倒《ばとう》し尽くして曹操を激怒させる。持て余した曹操により、劉表《りゅうひょう》へ使者に出されるが、そこでも疎《うと》んじられ、最期は黄祖《こうそ》を侮辱して処刑された。

漢 南華老仙《なんかろうせん》　一

碧眼《へきがん》童顔の老道士。張角に天下のために用いるよう『太平要術《たいへいようじゅつ》』三巻を授け、風と化して消え去った。なお「南華」とは荘子《そうし》（荘周《そうしゅう》）を指す。正史では、張角と関わるとされる道教経典は『太平経《たいへいきょう》』である。

漢 督郵《とくゆう》　一

督郵は、官職名、姓名は不明。視察のため安熹《あんき》県を訪れ、傲慢《ごうまん》に振る舞い、劉備が賄賂《わいろ》を出さないことから冤罪《えんざい》を着せようとした。ために激怒した張飛に鞭《むち》打たれた。なお、正史では、督郵を殴打《おうだ》したのは劉備自身とされる。

漢 呂伯奢《りょはくしゃ》 二

曹嵩《そうすう》の義兄弟で、董卓から逃亡する曹操と陳宮が一宿を借りる。しかし、疑心暗鬼になった曹操らは、呂伯奢の一家を誤って殺害。さらに、酒を買って帰って来た呂伯奢も、追手を警戒する曹操に殺害された。

漢 劉安《りゅうあん》 三

呂布から逃れる劉備を歓待した猟師。劉備をもてなすため、妻を殺害してその肉を提供した。これは「割股《かっこ》」という明清《みんしん》時代の「孝」の最大の表現であるが、吉川英治は、異例にも作中に評語を挿入し、この道徳観を非難している。

漢 韋《い》晃《こう》 八

司直《しちょく》。親友の耿紀《こうき》や金禕《きんい》らと共に許都で反乱を計画したが、挙兵間もなく鎮圧され、処刑された。

漢 袁《えん》隗《かい》（次《じ》陽《よう》） 一〜二

袁紹の叔父。「四世三公」の出自で、自らも太傅《たいふ》に至る。袁紹が挙兵したため、董卓《とうたく》に処刑された。

漢 王《おう》子《し》服《ふく》 四

侍郎《じろう》。董承と謀《はか》って曹操暗殺を主導したが、発覚して処刑された。名は「王服《おうふく》」とも。吉川は工部郎中とする。

漢 王《おう》邑《ゆう》 三

河東《かとう》太守。流浪《るろう》する献帝《けんてい》に、絹帛《けんぱく》を献じて支援した。

漢 王《おう》立《りつ》 三

太史令《たいしれい》。天文を観察して、その結果、新しい天子が立つことを予言し、それを献帝に密奏した。

漢 夏《か》輝《き》 一

十常侍《じゅうじょうじ》のひとり。朝政を私利のために専断し、最期は袁紹に誅殺《ちゅうさつ》された。正史は、「夏惲《かうん》」とする。

漢 郭《かく》勝《しょう》 一

十常侍のひとり。何進《かしん》誅殺を謀って独断専行した蹇碩《けんせき》を殺害した。最期は袁紹に誅殺された。

漢 韓《かん》融《ゆう》（元《げん》長《ちょう》） 三

九卿《きゅうけい》の一つの太僕《たいぼく》。長安から脱出する献帝に随行し、李《り》傕《かく》らに撤兵するよう説得に赴いた。

漢 吉《きつ》邈《ばく》（文《ぶん》然《ぜん》） 八

吉平の長子。父の仇《かたき》を討つため耿紀《こうき》らの反乱に随《したが》い、夏侯《かこう》惇《とん》と戦って討死した。正史では、吉平の挙兵に随い、戦死。

漢　吉穆《きつぼく》（思然《しぜん》）　八

吉平の次子。兄とともに耿紀らの反乱に随い、夏侯惇と戦って討死した。正史では吉平の挙兵に随い、戦死。

漢　龔景《きょうけい》　一

青州太守。黄巾《こうきん》の乱にて幽州太守劉焉《りゅうえん》に救援を求めた。そこで、駆け付けた劉備らに助けられて黄巾を破った。

漢　金禕《きんい》（徳禕《とくい》）　八

前漢武帝《ぶてい》の名臣金日磾《きんじつてい》の末裔。韋晃《いこう》・耿紀らと曹操暗殺を謀るが、失敗して殺害された。

漢　慶童《けいどう》　四

董承の家奴。董承の妾雲英《うんえい》との密通を主人に咎《とが》められ、それを怨《うら》んで暗殺計画を曹操へ密告した。演義では「秦《しん》慶童」。

漢　蹇碩《けんせき》　一

十常侍のひとり。西園八校尉《せいえんはちこうい》の長に任じられるほど寵愛《ちょうあい》された。霊帝《れいてい》崩御後、何進《かしん》排除を謀るも露見し粛清された。

漢　伍瓊《ごけい》（徳瑜《とくゆ》）　一〜二

城門校尉《じょうもんこうい》。周毖《しゅうひ》とともに董卓の遷都《せんと》に反対して処刑された。正史の注によれば、下記の伍《ご》孚《ふ》と同一人物であるとも。

漢　伍孚《ごふ》（徳瑜《とくゆ》）　一

越騎校尉《えっきこうい》。董卓の暴政を見かね、董卓に斬《き》りかかるが逆に殺害された。伍瓊《ごけい》と名前や出身地が近い。

漢　呉匡《ごきょう》　一

何進の部将。何進が誅殺されると、袁紹とともに宮中に乗り込み、弟の何苗《かびょう》を殺害した。

漢　呉子蘭《ごしらん》　四

昭信《しょうしん》将軍。董承とともに曹操暗殺を謀った六人のうちの一人。のち発覚して、処刑された。

漢 呉碩《ごせき》 四

議郎《ぎろう》。董承とともに曹操暗殺を謀った六人のうちの一人。のち発覚して、処刑された。

漢 黄琬《こうえん》（子琰《しえん》） 二～三

太尉《たいい》。楊彪《ようひょう》・荀爽《じゅんそう》と董卓の遷都に反対して免官された。のち王允と共に董卓を誅殺するが、その後の動乱により落命。

漢 黄奎《こうけい》 七

黄琬《えん》の子。馬騰《ばとう》と曹操暗殺を謀る。しかし不注意から妊の李春香《りしゅんこう》に計画を洩《も》らしたため、馬騰ともども処刑された。

漢 皇甫酈《こうほれき》 三

皇甫嵩《すう》の甥《おい》。李傕《りかく》に和睦《わぼく》の説得をするが追い返される。そこで西涼兵《せいりょうへい》に流言をまいて李傕軍を弱体化させた。

漢 左豊《さほう》 二

黄巾の乱で前線視察に遣わされた宦官《かんがん》。賄賂《わいろ》を断られた恨みから盧植《ろしょく》を讒言《ざんげん》し、左遷させた。

漢 崔毅《さいき》 一

崔烈《れつ》の弟。十常侍の専横を憂《うれ》い、官を辞して野に下っていた。彷徨《さまよ》う少帝劉弁《りゅうべん》と陳留王劉協《りゅうきょう》を保護した。

漢 崔烈《さいれつ》 一

霊帝の司徒《しと》。宦官に阿《おもね》り三公を銭で購《あがな》ったことから、「銅臭《どうしゅう》宰相」と揶揄《やゆ》された。子に崔州平《しゅうへい》。

漢 周毖《しゅうひ》（仲遠《ちゅうえん》） 一～二

尚書《しょうしょ》。袁紹追討を命じる董卓を諫《いさ》め、逆に渤海《ぼっかい》太守に任じさせた。のち、伍瓊《ごけい》と共に長安遷都に反対して処刑された。

漢 徐璆《じょきゅう》（孟玉《もうぎょく》） 四

敗残する袁胤《えんいん》を襲撃して伝国《でんこく》の玉璽《ぎょくじ》を手に入れ、朝廷に献上して広陵《こうりょう》太守に任じられた。

漢 祖弼《そひつ》　九

玉璽《ぎょくじ》を管理する符宝郎《ふほうろう》。禅譲《ぜんじょう》を強いる曹丕《そうひ》に抵抗して玉璽を供出しなかったため、曹洪《そうこう》に斬られた。

漢 蘇越《そえつ》　九

洛陽《らくよう》の名工。建始殿《けんしでん》を作るよう曹操に要請され、洛陽郊外にある高さ十余丈の梨《なし》の木を使うよう進言した。

漢 孫瑞《そんずい》（君栄《くんえい》）　二

尚書僕射《しょうしょぼくや》。王允《おういん》に協力して董卓を誅殺した。なお「僕射士の孫瑞」は吉川の誤読で、名は「士孫瑞《しそんずい》」が正しい。

漢 段珪《だんけい》　一

十常侍の首領格の一人で、専横を振るう。袁紹に襲撃されると、少帝を連れて逃亡したが、最期は閔貢《びんこう》に討たれた。

漢 种輯《ちゅうしゅう》　四

長水校尉《ちょうすいこうい》。董承とともに曹操暗殺を謀った六人のうちの一人。のち、発覚して処刑された。

漢 張音《ちょういん》　九

高廟使《こうびょうし》。禅譲の使者として献帝から曹丕へ遣わされる。正史では、守御史《しゅぎょし》大夫《たいふ》として派遣されている。

漢 張均《ちょうきん》　一

郎中《ろうちゅう》。劉備が黄巾平定の戦功にあずかれないことを霊帝に訴え、十常侍に殺された。のち劉備は安熹《あんき》県尉《けんい》に任じられた。

漢 張資《ちょうし》　一

董卓に任命された南陽太守。のちに、挙兵した孫堅に討たれた。正史では、「張咨《ちょうし》」である。

漢 趙岐《ちょうき》　二

太僕《たいぼく》。董卓の命で、太傅《たいふ》の馬日磾《ばじってい》とともに袁紹と公孫瓚《こうそんさん》の争い（界橋《かいきょう》の戦い）を仲裁した。

漢 趙儼《ちょうげん》① 八

献帝の諫議郎《かんぎろう》。曹操に誅殺される。それを怖れた献帝は、伏《ふく》皇后と曹操暗殺を謀る。正史では、「趙彦《ちょうげん》」とする。

漢 趙忠《ちょうちゅう》 一

十常侍の首領格。大長秋《だいちょうしゅう》。霊帝から「我が母」と言われるほど寵愛され、専横を振う。最期は袁紹に誅殺された。

漢 趙萌《ちょうぼう》 一

右軍校尉《ゆうぐんこうい》。崔毅《さいき》に保護されて帰還した、少帝劉弁と劉協を迎えた。

漢 丁管《ていかん》 一

尚書《しょうしょ》。董卓の少帝廃位に怒って斬りかかるが、李儒《りじゅ》に討たれた。

漢 鄭泰《ていたい》(公業《こうぎょう》) 一

何進《かしん》の部下。董卓を呼び寄せようとする何進を諫めるが聞き容《い》れられず、見限って野に降《くだ》った。

漢 馬日磾《ばじってい》(翁叔《おうしゅく》) 二

後漢の太傅《たいふ》。董卓の命で袁紹と公孫瓚の争いを仲裁した。正史によれば、後漢末の儒者馬融《ばゆう》の甥である。

漢 潘隠《はんいん》 一

司馬《しば》。蹇碩《けんせき》に誘《おび》き出されようとしていた何進に、陰謀があることを教えた。

漢 苗沢《びょうたく》 七

黄奎《こうけい》の姪李春香《りしゅんこう》の恋人。馬騰らの謀議を密告したが、苗沢も不忠を理由に処刑された。演義では黄奎の妻の弟。

漢 閔貢《びんこう》 一

河南中部掾史《かなんちゅうぶえんし》。少帝らを連れて宮中を脱出した段珪《だんけい》らを追って殺害。のち崔毅に保護された少帝らを迎える。

漢 伏徳《ふくとく》 三

伏皇后の兄。長安を脱出する献帝に従い、窮地を助けた。

漢 穆順《ぼくじゅん》② 八

献帝の宦官《かんがん》。忠心に厚く、伏皇后の密書を伏完《ふくかん》に届ける。しかし、戻るところを曹操に捕まり、陰謀が発覚した。

漢 楊琦《ようき》 二〜三

侍中《じちゅう》。袁紹が宦官を皆殺しにするなか、長安を脱出する献帝に従った。

漢 楊密《ようみつ》 三

中郎将《ちゅうろうしょう》。李傕《りかく》と郭汜《かくし》が争った際、和睦を勧めに来た楊《よう》彪《ひょう》を郭汜が斬ろうとしたため、これを止めた。

漢 何儀《かぎ》 二

潁川《えいせん》郡・汝南《じょなん》郡に割拠していた黄巾の残党。曹操と戦っていたところを、突如現れた許《きょ》褚《ちょ》に生け捕りにされた。

漢 何曼《かまん》 二

潁川郡・汝南郡の黄巾残党。七尺以上の身丈と異貌《いぼう》で、「截天夜叉《せってんやしゃ》」と称したが、曹《そう》洪《こう》に討たれた。

漢 甘洪《かんこう》 一

馬元義《ばげんぎ》の部下。演義などには登場しない、吉川の創作人物である。

漢 韓暹《かんせん》 三

白波《はくは》の頭目。長安を脱出した献帝を護衛する。のち楊奉《ようほう》と行動を共にし、最期は劉備に誅殺された。

漢 韓忠《かんちゅう》 一

南陽《なんよう》郡宛城《えんじょう》における黄巾の将。朱儁《しゅしゅん》・劉備の軍と戦い、乱戦の中で朱儁に射殺された。

漢 **龔都《きょうと》** 四～五

もと黄巾《こうきん》。官渡の戦いで袁紹に味方して汝南郡《じょなんぐん》で挙兵した。のち劉備に従って曹操と戦うが、夏侯淵《かこうえん》に討たれた。

漢 **厳政《げんせい》** 一

張梁《ちょうりょう》の部下。陽城《ようじょう》で朱儁《しゅしゅん》軍と戦っていたが、敗戦濃厚になると、張梁を殺害して降伏した。

漢 **胡才《こさい》** 三

白波《はくは》の頭目。長安を脱出した献帝に召されて味方をするが、李傕《りかく》・郭汜《かくし》の軍と戦って討たれた。

漢 **黄邵《こうしょう》** 二

潁川《えいせん》郡・汝南郡に割拠していた黄巾の残党。曹操の将である李典《りてん》に討たれた。

漢 **孫仲《そんちゅう》** 一

南陽郡宛城《えんじょう》における黄巾の将。劉備に射殺された。

漢 **張挙《ちょうきょ》** 一

漁陽《ぎょよう》郡で自ら天子を称して反乱を起こす。幽州牧劉虞《りゅうぐ》に属した劉備に討伐され、最期は自害した。

漢 **張純《ちょうじゅん》** 一

張挙とともに反乱し、将軍と称す。劉備たちと戦ったが、横暴であったため、部下に裏切られて殺害された。

漢 **趙弘《ちょうこう》** 一

南陽郡宛城における黄巾の将。朱儁軍の救援に現れた孫堅に討たれた。

漢 **丁峰《ていほう》** 一

李朱氾《りしゅはん》の部下。演義などには登場しない、吉川の創作人物。

漢 程遠志《ていえんし》 一

黄巾の将。五万を率いて涿《たく》郡を攻めるが、初陣となる劉備の義勇軍と戦って、張飛（演義では関羽）に討たれた。

漢 杜遠《とえん》 五

山賊の頭目。通りかかった劉備夫人の一行を襲撃し、夫人らを連れ去ったため、仲間の廖化《りょうか》に斬られた。

漢 鄧茂《とうも》 一

程遠志《ていえんし》の副将。程遠志が討たれたのを見て、劉備に挑みかかったが、関羽に討たれた。

漢 馬元義《ばげんぎ》 一

黄巾の幹部。朝廷内での内応工作が露見して処刑される。吉川では、劉備と関わるなど、異なる設定がされている。

漢 裴元紹《はいげんしょう》 五

臥牛山《がぎゅうざん》の黄巾残党。仲間の周倉《しゅうそう》とともに関羽に降る。しかし、後に通りかかった趙雲の馬を盗もうとして斬られた。

漢 李楽《りがく》 三

白波《はくは》の頭目。長安を脱出した献帝に味方するが、横暴な振る舞いを繰り返したので徐晃《じょこう》に斬られた。

漢 李朱氾《りしゅはん》 一

黄巾の頭目。劉備の宿泊していた村落を襲撃した。演義などには登場しない、吉川の創作人物。

漢 劉辟《りゅうへき》 四〜五

龔都《きょうと》とともに挙兵した元黄巾。汝南郡で再起した劉備に味方する。曹操軍と戦って高覧《こうらん》に討たれた。

漢 牛輔《ぎゅうほ》 二

董卓の娘婿《むすめむこ》。董卓の死後、長安を攻めるが、呂布を怖れて逃亡を図る。しかし、部下の胡赤児《こせきじ》に殺された。

漢 胡車児《こしゃじ》　三

張繡《ちょうしゅう》の配下。赤毛の異人で、五百斤《きん》を背負うほどの怪力。典韋《てんい》の戟《げき》を奪って、張繡の奇襲を成功させた。

漢 胡軫《こしん》（文才《ぶんさい》）　二

華雄《かゆう》の副将。汜水関《しすいかん》で程普《ていふ》に討たれた。正史においては、逆に胡軫が呂布や華雄を率いて孫堅と戦う。

漢 胡赤児《こせきじ》　二

牛輔《ぎゅうほ》の部下。財宝を目当てに主を殺して呂布に降伏する。しかし、不忠を咎《とが》められて斬首された。

漢 伍習《ごしゅう》　三

郭汜《かくし》を殺害して殄虜《てんりょ》将軍に任じられる。正史によれば、郭汜の配下である。

漢 左霊《されい》　二

献帝の近侍《きんじ》。李傕《りかく》と郭汜の争いに巻き込まれ、賈詡《かく》とともに天子を監視した。

漢 宋果《そうか》　三

李傕配下の騎都尉《きとい》。楊奉《ようほう》とともに造反を謀るが、発覚して李傕に殺された。

漢 段煨《だんわい》　三

正史によれば、もと董卓の配下。李傕を討ったため、盪寇《とうこう》将軍に任じられた。

漢 張先《ちょうせん》　三

張繡の部下。南陽の宛城《えんじょう》で雷叙《らいじょ》とともに出陣するが、許褚《きょちょ》に討たれた。

漢 趙岑《ちょうしん》　二

華雄の副将。汜水関《しすいかん》の戦いに従軍している。

漢 董璜《とうこう》 二

董卓《たく》の甥《おい》。皇帝の近侍官である侍中《じちゅう》に任じられ、かつ禁軍《きんぐん》を掌握した。董卓が死ぬと惨《ざん》殺《さつ》された。

漢 董旻《とうびん》（叔穎《しゅくえい》） 一〜二

董卓の弟。左将軍に任じられ、鄠《こ》侯に封じられた。呂布により董卓が殺されると、惨殺された。

漢 李暹《りせん》 二〜三

李傕《かく》の甥。李傕の命により、献帝を拉致《らち》した。のち、曹操配下の許褚《きょちょ》によって斬られた。

漢 李別《りべつ》 二〜三

李傕の甥。樊稠《はんちゅう》が敗走する韓《かん》遂《すい》を追撃せず見逃したことを誣告《ぶこく》した。のち、許褚に斬られる。

漢 尹礼《いんれい》 三

呂布と連合していた泰山《たいざん》賊の頭目の一人。呂布の死後、曹操に降《くだ》った。

漢 王楷《おうかい》 四

呂布の幕僚。下邳《かひ》の戦いで、援兵を求めて袁術へ遣わされ、呂布の娘と袁術の息子との縁談をとりまとめた。

漢 郝萌《かくほう》 二〜四

呂布配下の八健将《はちけんしょう》の一人。下邳の戦いで、袁術へ救援を求める使者を護衛したが、張飛に捕えられ処刑された。

漢 魏続《ぎぞく》 三〜四

呂布配下の八健将。下邳の戦いで、呂布を捕えて曹操に降伏した。のち官渡の戦いで、顔良に斬られた。

漢 許汜《きょし》 四

呂布の幕僚。下邳の戦いで呂布が窮地に陥ると、包囲を突破して袁術へ救援を求めに出た。

漢 呉《ご》敦《とん》 三

呂布と連合していた泰山《たいざん》賊の頭目の一人。呂布の死後、曹操に降った。

漢 侯《こう》成《せい》 三〜四

呂布配下の八健将。呂布の理不尽な処遇に堪えかね、魏続《ぎぞく》や宋憲《そうけん》と謀《はか》って呂布を捕え、曹操に降伏した。

漢 薛《せつ》蘭《らん》 二

呂布の部将。兗《えん》州を守護していたが、奪回に現れた曹操に敗れ、呂虔《りょけん》に射殺された。

漢 宋《そう》憲《けん》 三〜四

呂布配下の八健将。魏続と行動を共にすることが多い。侯成らと謀って曹操に降伏。のち官渡で顔良に斬られた。

漢 昌《しょう》豨《き》 三

呂布と連合していた泰山賊の頭目の一人。呂布の死後、尹《いん》礼《れい》ら三人は曹操に降ったが、昌豨のみ降伏しなかった。

漢 曹《そう》性《せい》 三

呂布配下の八健将。下邳《かひ》の戦いで、不意討ちで夏《か》侯惇《こうとん》の左目を射る。しかし、激怒した夏侯惇に討たれた。

漢 孫《そん》観《かん》(仲台《ちゅうだい》) 三

呂布と連合していた泰山賊の頭目の一人。呂布の死後、曹操に降った。

漢 李《り》封《ほう》 二

呂布の部将。兗州を守護していたが、奪回に現れた曹操に敗れ、許褚に討たれた。

漢 尹《いん》楷《かい》 五

袁尚《えんしょう》の配下で武安《ぶあん》の守将。曹操に攻められ敗死した。

漢 王《おう》脩《しゅう》（叔治《しゅくじ》） 五

袁譚《えんたん》の別駕《べつが》。諫言《かんげん》したため追放されたが、のち袁譚が死ぬと、禁を破って哭礼《こくれい》したため、かえって曹操に抜擢《ばってき》された。

漢 韓《かん》莒《きょ》子《し》 五

袁紹の部将。淳于瓊《じゅんうけい》の指揮下で烏巣《うそう》を守っていたが、曹操の奇襲を受けて、大敗する。

漢 韓《かん》珩《こう》（子佩《しはい》） 五

幽州の別駕。曹操が来襲すると開城して降伏した。演義では逆に、城内でただ一人降伏に反対している。

漢 韓《かん》猛《もう》 五

袁紹の将軍。兵糧輸送の最中を徐晃《じょこう》に襲撃され大敗する。激怒した袁紹は韓猛を兵卒に降格させた。

漢 義《ぎ》渠《きょ》 五

袁紹の部将。官渡で大敗した袁紹の救援に駆けつけ、軍勢を整えた。名前は「蔣《しょう》義渠」が正しい。

漢 麹《きく》義《ぎ》 二

袁紹の部将。界橋《かいきょう》の戦いで、当時は公孫瓚《こうそんさん》の配下であった趙雲に討たれた。

漢 荀《じゅん》諶《しん》（友若《ゆうじゃく》） 四

袁紹の幕僚。正史によれば荀彧《いく》の弟であるという。

漢 焦《しょう》触《しょく》 五〜六

袁譚《えんたん》の配下。のち赤壁の戦いにて、張南《ちょうなん》①と共に先鋒《せんぽう》となることを熱望して許されるも、あっけなく周泰《しゅうたい》に討たれた。

漢 蔣《しょう》奇《き》 五

袁紹の部将。官渡の戦いで襲撃された烏巣《うそう》の救援に赴くが、曹操軍に討たれた。

漢　辛評《しんぴょう》（仲治《ちゅうじ》）　五

袁紹の幕僚。辛毘《ぴ》の兄。袁紹の死後は、袁譚に付くが、曹操との内応を疑われたため憤死した。

漢　辛明《しんめい》　五

袁紹の部将。官渡の戦いで、曹操の陽動作戦に欺《あざむ》かれた袁紹により、兵五万を率いて黎《れい》陽《よう》に急行した。

漢　審栄《しんえい》　五

袁尚《えんしょう》の配下で審配の甥。辛毘《しんぴ》一族を誅殺した叔父の苛《か》烈《れつ》な処断に反発し、辛毘と内応して鄴《ぎょう》を開城した。

漢　眭元《けいげん》　五

袁紹の部将。官渡の戦いで淳《じゅん》于《う》瓊《けい》の指揮下に烏巣を守るが、曹操の奇襲を受け大敗する。名前は「眭元進《けいげんしん》」が正しい。

漢　沮鵠《そこう》　五

袁尚の配下。沮授《じゅ》の子。邯鄲《かんたん》で曹操軍に大敗する。

漢　蘇由《そゆう》　五

袁尚の配下。袁尚から、鄴《ぎょう》城の守備を任されていた。

漢　張顗《ちょうがい》　五、七

袁尚の配下。馬延《ばえん》とともに曹操に降伏し、のち長坂や赤壁の戦いに従軍する。赤壁での大敗後、呉の甘寧《かんねい》に討たれた。

漢　張南《ちょうなん》①　五～六

袁煕《えんき》の配下。焦触《しょうしょく》とともに曹操に降伏する。赤壁の戦いで、先鋒を願い出るが呉の周泰《しゅうたい》に討たれた。

漢　趙叡《ちょうえい》　五

袁紹の部将。官渡の戦いで淳于瓊の指揮下に烏巣を守るが、曹操の奇襲を受けて討死する。

漢 **馬延《ばえん》** 五、七

袁尚の配下。張顗《ちょうがい》とともに曹操に降伏し、のち長坂や赤壁の戦いに従軍する。赤壁での大敗後、甘寧に討たれた。

漢 **逢紀《ほうき》（元図《げんと》）** 二、五

袁紹の幕僚。韓馥《かんふく》から冀《き》州を奪うよう進言する。官渡の戦いで田豊《でんほう》を讒言《ざんげん》し獄死させた。最期は袁譚に処刑された。

漢 **彭安《ほうあん》** 五

袁譚の部将。曹操の河北平定時に、徐晃《じょこう》に討たれた。

漢 **兪渉《ゆしょう》** 二

袁紹の部将。汜《し》水関《すいかん》の戦いで、華雄《かゆう》に討たれた。演義では袁術の部将とされている。

漢 **李孚《りふ》（子憲《しけん》）** 五

袁尚の主簿《しゅぼ》。鄴城《ぎょうじょう》を包囲された審配に、城内の老人子供を利用した奇襲を提案するが、曹操に看破された。

漢 **呂威《りょい》** 五

袁紹の部将。官渡の戦いで淳于瓊の指揮下に烏巣を守るが、曹操の奇襲を受け大敗する。名前は「呂威璜《りょいこう》」が正しい。

漢 **袁胤《えんいん》** 四

袁術の甥。最期まで袁術に従う。袁術死後、廬江《ろこう》へ逃れようとするが、徐璆《じょきゅう》に襲撃され、伝国の玉璽《ぎょくじ》も奪われた。

漢 **袁術《えんじゅつ》の太子《たいし》** 三

呂布の娘との縁談が結ばれるが、たびたび破談になる。なお、正史によれば、袁燿《えんよう》なる子がのち孫呉に仕えたという。

漢 **閻象《えんしょう》** 三

袁術の主簿《しゅぼ》。皇帝を僭称《せんしょう》しようとする袁術を諫《いさ》めるが、聞き容《い》れられなかった。

漢 楽就《がくしゅう》 三

袁術の将軍。寿春城《じゅしゅん》を守る四大将のひとり。寿春が陥落すると処刑された。なお吉川では、二度討死している。

漢 韓胤《かんいん》 三

袁術の幕僚。呂布のもとへ使者に赴き、政略結婚を勧めたが、呂布が曹操と結んだため、許都に送られ殺された。

漢 橋甤《きょうずい》 三

袁術の将軍。呂布討伐の七路軍では第二軍を率いる。のち曹操軍と戦って夏侯惇《かこうとん》に討たれる。「橋蕤《きょうずい》」が正しい。

漢 金尚《きんしょう》（元休《げんきゅう》） 三

兗州刺史《えんしゅうしし》。袁術が即位すると、太尉《たいい》に任じられたが、これを拒んだために誅殺された。

漢 荀正《じゅんせい》 三

袁術の将である紀霊《きれい》の副将。関羽と一騎討ちして討死した。

漢 張勲《ちょうくん》 三

袁術の将軍。大将軍に任じられ、呂布討伐の七路軍では第一軍を率いるが、呂布に大敗する。

漢 陳紀《ちんき》 三

袁術の将軍。呂布討伐の七路軍では第三軍を率いる。のち寿春を守るも、陥落して処刑された。

漢 陳蘭《ちんらん》 三〜四

袁術の将軍。呂布討伐の七路軍では第五軍を率いる。のち、没落する袁術を見限って離反する。

漢 楊大将《ようたいしょう》 三

袁術の長史《ちょうし》。孫策を攻めようとする袁術に、まず劉備を攻めるよう進言する。正史によれば、名は「楊弘《ようこう》」という。

漢 雷薄《らいはく》 三〜四

袁術の将軍。呂布討伐の七路軍では第四軍を率いる。のち、没落する袁術を見限って離反する。

漢 李豊《りほう》① 三

袁術の将軍。呂布討伐に従軍するが敗れる。のち四大将の一人として寿春城を守り、寿春の陥落後に処刑された。

漢 劉勲《りゅうくん》（子台《しだい》） 五

袁術死後、孫策に敗れた廬江《ろこう》太守。正史によれば、袁術は孫策との約束を反故にして劉勲を廬江太守に任じたという。

漢 梁紀《りょうき》 三

袁術の部将。呂布討伐に従軍し、楽就《がくしゅう》・李豊①と呂布に挑みかかる。あるいは、「梁剛《りょうごう》」の誤記か。

漢 梁剛《りょうごう》 三

袁術の武将。呂布討伐に従軍する。のち、楽就・李豊①・陳紀と寿春城を守り、寿春の陥落後に処刑された。

漢 袁遺《えんい》（伯業《はくぎょう》） 二

反董卓連合第八鎮。山陽《さんよう》太守。正史によれば、袁紹らの従兄《いとこ》であるが、のちに袁術に誅殺された。

漢 王匡《おうきょう》（公節《こうせつ》） 一〜二

反董卓連合第五鎮。河内《かだい》太守。正史によれば、董卓軍に敗れたのち再起を図るも、執金吾《しっきんご》の胡母班《こぼはん》に殺害された。

漢 喬瑁《きょうぼう》（元偉《げんい》） 一〜二

反董卓連合第七鎮。東《とう》郡太守。のち第四鎮の劉岱《りゅうたい》に殺害され、連合は瓦解《がかい》した。正史では、橋玄《きょうげん》の族子。

漢 厳綱《げんこう》 二

公孫瓚《こうそんさん》の部将。界橋《かいきょう》の戦いで袁紹の部将麴義《きくぎ》に討たれた。

漢 孔伷《こうちゅう》（公緒《こうしょ》） 二

反董卓連合第三鎮。予州刺史。正史によれば、清談を得意としたという。

漢 耿武《こうぶ》（文威《ぶんい》） 二

冀州牧韓馥《かんふく》の長史《ちょうし》。冀州を袁紹に譲渡しようとする韓馥に切諌する。のち、袁紹暗殺を謀るも、顔良に斬られた。

漢 公孫越《こうそんえつ》 二

公孫瓚《さん》の弟。冀州を独占したい袁紹のために殺害され、激怒した公孫瓚は界橋の戦いを起こした。

漢 眭固《すいこ》（白兎《はくと》） 四

張楊《ちょうよう》の腹臣。主君を殺害した楊醜《ようしゅう》を殺害して自立するが、間もなく曹操配下の史渙《しかん》に討たれた。

漢 張燕《ちょうえん》 四～五

黒山《こくざん》賊の頭目。公孫瓚《こうそんさん》と結び、袁紹と対立していた。曹操が袁紹を平定すると降伏し、平《へい》北《ほく》将軍に任じられた。

漢 張闓《ちょうがい》 二

徐州牧陶謙《とうけん》の都尉《とい》。もと黄巾。護衛を命じられた曹嵩《そうすう》を殺害して金品を奪って逃亡。曹操の徐州侵攻を招く。

漢 張楊《ちょうよう》（稚叔《ちしゅく》） 二、四

反董卓連合第十五鎮。上党《じょうとう》太守。のちに、下邳《かひ》で窮地に陥る呂布を救おうとしたところ、部下の楊醜《ようしゅう》に殺害された。

漢 潘鳳《はんほう》 二

冀州牧の韓馥《かんふく》の配下で、火焔《かえん》斧《ふ》を扱う猛将。しかし、汜水《しすい》関《かん》の戦いで華雄《かゆう》に討たれた。

漢 武安国《ぶあんこく》 二

北海太守孔融《こうゆう》の配下の猛将。鉄鎚《てっつい》の使い手。虎牢関《ころうかん》の戦いで呂布に挑むが、片腕を斬り落とされ敗走した。

漢 方悦《ほうえつ》 二

王匡《おうきょう》の配下。「河内《かだい》の猛将」と称されたが、虎牢関の戦いで呂布に討たれた。

漢 鮑忠《ほうちゅう》 二

済北相《せいほくしょう》鮑信《しん》の弟。汜水関の戦いで、先鋒の孫堅に抜け駆けして華雄に挑むも、討死した。

漢 穆順《ぼくじゅん》① 二

張楊《ちょうよう》の部将。虎牢関の戦いで呂布に討ち取られた。

漢 楊醜《ようしゅう》 四

張楊の部将。呂布を救援しようとした張楊を殺害。曹操へ帰順を図るが、眭固《すいこ》に殺害された。

漢 劉虞《りゅうぐ》(伯安《はくあん》) 二

幽州牧《ゆうしゅうぼく》。劉恢《りゅうかい》に推挙された劉備を用い、張挙《ちょうきょ》の乱を鎮《しず》めた。正史では、袁紹に皇帝に推戴《すいたい》されかけた有力皇族。

漢 于糜《うび》 三

揚州刺史《ようしゅうしし》劉繇《りゅうよう》の部将。孫策《そんさく》と一騎討ちをして生け捕られ、そのまま絞め殺された。「于《う》糜《び》」とも。

漢 許貢《きょこう》 五

呉《ご》郡太守。孫策の脅威を曹操に説いたため、孫策に殺害された。のち、許貢の食客が孫策を襲撃して重傷を負わす。

漢 厳白虎《げんはくこ》 三

呉郡に割拠していた群雄。「東呉徳王《とうごとくおう》」を自称していたが、台頭する孫策に平定された。

漢 厳輿《げんよ》 三

厳白虎《はくこ》の弟。和睦《わぼく》のため孫策陣営に赴いたが、不遜《ふそん》な態度をとったため、孫策に斬り殺された。

漢　笮融《さくゆう》　五

劉繇《りゅうよう》の幕僚。正史によれば、陶謙《とうけん》や劉繇と連合した群雄で、当時伝来間もない仏教（浮図《ふと》）を祀《まつ》っていたという。

漢　朱皓《しゅこう》　五

朱儁《しゅしゅん》の子。朝廷から予章太守《よしょうたいしゅ》に任命され、劉表に任命されていた予章太守の諸葛玄《しょかつげん》と争う。演義には登場しない。

漢　周昕《しゅうきん》（大明《たいめい》）　三

会稽《かいけい》太守王朗《おうろう》の部将。孫策と戦い、討ち取られた。

漢　周術《しゅうじゅつ》　五

もと予章太守。周術が病死したため、劉表は諸葛玄を後任とした。しかし朝廷は別に朱皓を派遣し、対立が起こった。

漢　張英《ちょうえい》　三

劉繇《りゅうよう》の部将。江東へ侵攻してきた孫策と戦うが、最期は陳武《ちんぶ》に討たれた。

漢　陳横《ちんおう》　三

劉繇の部将。孫策の配下である蔣欽《しょうきん》に討たれた。

漢　鄭宝《ていほう》　五

巣湖《そうこ》に割拠していた勢力。魯粛《ろしゅく》はこの陣営からも招聘《しょうへい》されていたが、周瑜《しゅうゆ》の招きに応じて孫権に仕えた。

漢　樊能《はんのう》　三

劉繇の部将。孫策に挑みかかるが、大喝されて落馬、絶命した。

漢　陸康《りくこう》（季寧《きねい》）　三

盧江《ろこう》太守。陸遜《りくそん》の大叔父。袁術の命を受けた孫策に滅ぼされる。正史によれば、このために江東名士は孫氏と対立した。

漢 劉子揚《りゅうしよう》 五

魯粛の友人。鄭宝《ていほう》に仕えるよう勧めていた。正史によれば、曹操の幕僚である劉曄《りゅうよう》と同一人物である。

漢 王威《おうい》 五〜六

劉表《りゅうひょう》の部将。降伏する劉琮《そう》を切諫《せっかん》した。のち、青州に流される劉琮に唯一《ゆいいつ》付き従い、最期は劉琮共々誅殺された。

漢 蒯良《かいりょう》（子柔《しじゅう》） 二、四〜五

劉表の幕僚。蒯越《えつ》の兄。孫堅との戦いで、献策した作戦をことごとく退けられ、結果、劉表は窮地に陥った。

漢 韓玄《かんげん》 六〜七

長沙《ちょうさ》太守。配下の黄忠《こうちゅう》が関羽と内応していると疑い、処刑しようとしたため、魏延《ぎえん》に斬られた。韓浩《こう》②は弟。

漢 韓嵩《かんすう》（徳高《とくこう》） 四

劉表の幕僚。許都へ遣わされるが、帰還して曹操へつくよう進言したため、二心を疑われて投獄される。

漢 鞏志《きょうし》 七

金旋《きんせん》の従事《じゅうじ》。劉備に降伏するよう諫言するが退けられる。果たして、金旋が敗走すると、これを討った。

漢 金旋《きんせん》（元機《げんき》） 七

武陵《ぶりょう》太守。張飛に対し自ら迎え撃つも敵《かな》わず、敗走するところを従事の鞏志《きょうし》に裏切られ、討たれた。

漢 邢道栄《けいどうえい》 七

劉度《りゅうど》配下。古の廉頗《れんぱ》・李牧《りぼく》に準《なぞら》えられる猛将だが、趙雲に翻弄《ほんろう》された末に討ち取られた。

漢 蘇飛《そひ》 六

黄祖《こうそ》の部将。不遇をかこつ同僚の甘寧《かんねい》の出奔を助けた。のち黄祖が孫権に敗れると、甘寧の助命で救われた。

漢　宋《そう》忠《ちゅう》　六

劉琮《りゅうそう》の幕僚。曹操へ降伏の使者に遣わされるが、帰還する所を関羽に捕われ、劉備らに降伏の件が露見した。

漢　張虎《ちょうこ》①　二、五

劉表の部将。孫堅と戦い討死する。のち劉備が反乱した張虎を鎮圧し、乗馬「的盧《てきろ》」を獲得している。二度戦死する。

漢　趙範《ちょうはん》　七

桂陽《けいよう》太守。趙雲《ちょううん》に降伏し、義兄弟となる。しかし、趙雲の怒りを買い再び攻め落とされた。のち赦《ゆる》され留任。

漢　陳《ちん》応《おう》　七

趙範の部将。飛《ひ》叉《しゃ》の使い手。趙雲に討ち取られた。

漢　陳《ちん》就《しゅう》　六

黄祖《こうそ》の配下。孫権との戦いで先鋒を任されるが、呂蒙《りょもう》に討たれた。

漢　陳《ちん》生《せい》　二、五

劉表の部将。孫堅と戦い討死するが、のち張虎①と共に再登場する。演義の誤りを踏襲して、二度戦死する。

漢　鄧《とう》義《ぎ》　五〜六

劉琮《りゅうそう》の治中《じちゅう》。劉先《りゅうせん》と共に江《こう》陵《りょう》を守る。曹操が来襲すると、すでに劉琮が降伏したことを知り降伏した。「鄧羲《とうぎ》」とも。

漢　鄧《とう》龍《りゅう》　六

黄祖の配下。孫権との戦いで先鋒を任されるが、甘寧《かんねい》に討たれた。

漢　傅《ふ》巽《そん》（公悌《こうてい》）　六

劉琮の東曹掾《とうそうえん》。曹操に降伏することを主張し、その功で降伏後は関内侯《かんだいこう》を賜爵《ししゃく》された。

漢 鮑隆《ほうりゅう》 七

趙範の部将。陳応と共に偽って降伏し、趙雲の暗殺を謀るが、看破されて共々斬られた。

漢 楊齢《ようれい》 七

長沙《ちょうさ》の韓玄《かんげん》の部将。韓玄が攻撃された際、先鋒として関羽と戦うが討ち取られた。

漢 李珪《りけい》 六

劉琦《りゅうき》の幕僚。曹操との抗戦を主張するが、降伏派の蔡瑁《さいぼう》に退けられ、処刑された。

漢 劉延《りゅうえん》① 七

劉度《ど》の息子。劉備に降伏しようとする父に、邢道栄《けいどうえい》を用いて抗戦するよう主張した。現行の演義では「劉賢《りゅうけん》」。

漢 劉先《りゅうせん》（始宗《しそう》） 六

劉琮《りゅうそう》の別駕《べつが》。鄧義《とうぎ》と共に江陵を守る。曹操が来襲すると、すでに劉琮が降伏したことを知り降伏した。

漢 劉度《りゅうど》 七

零陵《れいりょう》太守。邢道栄を用いて劉備に抗戦させる。邢道栄が敗れると降伏した。そのまま地位を安堵《あんど》された。

漢 呂公《りょこう》 二

劉表の部将。蒯良《かいりょう》に策を授けられ、孫堅を討ち取った。さらに孫堅軍を追撃するが、逆に程普《ていふ》に討たれた。

漢 侯選《こうせん》 七

馬超《ばちょう》配下の八大将。潼関《どうかん》の戦いに従軍するが、離間《りかん》の計に陥った馬超が韓遂《かんすい》を襲撃すると、侯選も離反した。

漢 成宜《せいぎ》 七

馬超配下の八大将。潼関の戦いにて、曹操の本陣を急襲するが、逆に夏侯淵《かこうえん》に討たれた。

漢 張横《ちょうおう》 七

馬超配下の八大将。潼関の戦いにて、韓遂と共に曹操の陣を襲撃するが落とし穴にかかって戦死した。

漢 程銀《ていぎん》 七

馬超配下の八大将。韓遂と共に曹操の陣を襲撃するが、乱戦の中で戦死した。

漢 馬玩《ばがん》 七

馬超配下の八大将。離間の計に陥った馬超を見限り、韓遂と共に離反するも、馬超に襲撃されて斬り殺された。

漢 馬休《ばきゅう》 七

馬騰《とう》の次子。曹操への謀叛《むほん》が発覚し、許都にて馬騰と共に処刑された。

漢 馬鉄《ばてつ》 七

馬騰の子。馬休の弟。許都で馬騰の謀叛が発覚したため、曹操に襲撃され、乱戦のうちに戦死した。

漢 楊秋《ようしゅう》 七

馬超配下の八大将。韓遂らと共に馬超から離反し、曹操に降伏して列侯《れっこう》に封じられた。

漢 李堪《りたん》 七

馬超配下の八大将。韓遂らと共に馬超から離反し、敗走する馬超を追撃するが、流矢に当って戦死した。

漢 梁興《りょうこう》 七

馬超配下の八大将。韓遂らと共に馬超から離反するも、馬超に斬り殺された。

漢 閻圃《えんほ》 七〜八

張魯《ちょうろ》の幕僚。張魯にまず益州を支配することを進言する。のち張魯に従って曹操に降伏し、列侯に封じられた。

漢 王累《おうるい》 七

劉璋《りゅうしょう》の従事《じゅうじ》。劉備を招き迎えようとする劉璋を切諫し、聞き容《い》れられないと、自ら逆さ吊《づ》りになって自死した。

漢 高沛《こうはい》 七～八

劉璋の部将。劉備は成都を目指すにあたり、涪水関《ふすいかん》を守る高沛らを騙《だま》し討ちにし、その兵を収めて挙兵した。

漢 鄒靖《すうせい》 一

劉焉《りゅうえん》が幽州太守だったころの校尉《こうい》。黄巾の乱において、劉備ら義勇兵を指揮して戦った。

漢 張衛《ちょうえい》 七～八

張魯《ろ》の弟。曹操が漢中に侵攻するとあくまで抗戦を主張し、最期は戦死した。

漢 張粛《ちょうしゅく》 八

劉璋の幕僚。張松《しょう》の兄。張松が劉備に宛《あ》てた密書を偶然に得て、そのため謀議が劉璋に発覚した。

漢 鄭度《ていど》 八

劉璋の従事。劉備の侵攻を防ぐため焦土戦略を進言するが、劉璋は民を案じてこれを退けた。

漢 鄧賢《とうけん》① 七～八

劉璋の部将。劉備の入蜀に反対する。雒城《らくじょう》で劉備を防いでいたが、黄忠に射殺された。

漢 馬漢《ばかん》 八

劉璋の部将。綿竹《めんちく》にて馬超を歓迎する宴会で、趙雲により討ち取られた。

漢 楊懐《ようかい》 七～八

劉璋の部将で涪水関を守る。高沛《こうはい》と共に劉備暗殺を謀るが、逆に騙し討ちにされた。

漢 **楊昂**《ようこう》 八

張魯《ちょうろ》の部将。陽平関《ようへいかん》を守って曹操軍と戦う。曹操を追撃しようとしたところを許褚《きょちょ》（演義では張郃《ちょうこう》）に討たれた。

漢 **楊松**《ようしょう》 八

張魯の幕僚。私利のため曹操に内応。龐徳《ほうとく》を讒言《ざんげん》し、張魯に降伏を説く。しかし、降伏後は、楊松のみが処刑された。

漢 **楊任**《ようじん》 八

張魯の部将。陽平関で大敗して一時退却したが、再度陽平関へ戻る途中で夏侯淵に討たれた。

漢 **楊柏**《ようはく》 八

張魯の配下。楊松《しょう》の弟。亡命してきた馬超と反目する。のち、劉備に帰順した馬超に斬られた。

漢 **楊平**《ようへい》 八

張魯の配下。楊昂・楊任と共に陽平関を守る。吉川にのみ見られる創作人物である。

漢 **劉璝**《りゅうかい》 七〜八

劉璋の重臣。劉備の入蜀に反対した。張任《ちょうじん》らと雒《らく》城で劉備を防いで奮戦。最期は味方の張翼《ちょうよく》に斬られた。

漢 **劉晙**《りゅうしゅん》 八

劉璋の部将。綿竹にて馬超を歓迎する宴会で、趙雲により討ち取られた。

漢 **劉循**《りゅうじゅん》 八

劉璋の長子。雒《らく》城で劉備を防ぐ。正史によれば、父と共に劉備に降伏し、登用されたとある。

漢 **冷苞**《れいほう》 七〜八

劉璋の部将。劉備入蜀に反対する。雒《らく》城で魏延《ぎえん》に捕えられ、一度は解放されるが、再び捕えられ処刑された。

漢 阿会喃《あかいなん》 九

孟獲《もうかく》配下の三洞《さんどう》の元帥《げんすい》。諸葛亮の徳により帰順し、孟獲を生け捕りにして降伏した。のち孟獲に誅殺された。

漢 越吉《えつきつ》 十

西羌《せいきょう》の元帥《げんすい》。第一次北伐にて鉄車隊《てっしゃたい》を率いて蜀漢を苦しめる。最期は諸葛亮の雪の落とし穴にかかって討たれた。

漢 雅丹《がたん》 十

西羌の丞相《じょうしょう》。越吉と共に魏に加勢する。諸葛亮に敗れたのち、二度と魏に加勢しないよう諭され、釈放された。

漢 鄂煥《がくかん》 九

高定《こうてい》の部将。雲南《うんなん》随一と称される異貌《いぼう》の猛将。方天戟《ほうてんげき》を使う。魏延に生け捕られて帰順し、雍闓《ようがい》・朱褒《しゅほう》を破った。

漢 金環結《きんかんけつ》 九

孟獲配下の三洞の元帥。諸葛亮の南征で趙雲に討たれた。「金環三結《きんかんさんけつ》」ともいう。

漢 高定《こうてい》 九

孟獲に呼応して反乱した越嶲《えっすい》太守。諸葛亮の策謀により帰順し、雍闓《ようがい》・朱褒《しゅほう》を斬った。平定後は三郡を任される。

漢 兀突骨《ごつとつこつ》 九

烏戈《うか》国の大王。身丈《みのたけ》一丈《じょう》二尺で身体は鱗《うろこ》に覆《おお》われる。藤甲《とうこう》兵を率いて諸葛亮を苦しめるが、最期は火計で破られた。

漢 朱褒《しゅほう》 九

孟獲に呼応した牂牁《そうか》太守。諸葛亮に帰順した高定に討ち取られる。

漢 帯来《たいらい》 九

孟獲の妻祝融《しゅくゆう》の弟。諸葛亮の南征に対し、孟獲に木鹿《ぼくろく》大王や兀突骨《ごつとつこつ》大王を頼るよう進言する。

漢 朶思大王《だしだいおう》 九

禿龍洞《とくりょうどう》の主。南蛮《なんばん》一の知恵者で、四つの毒泉で蜀漢軍を苦しめた。最期は乱軍の中で戦死した。

漢 徹里吉《てつりきつ》 十

西羌《せいきょう》の王。明帝曹叡《そうえい》の助勢要請に応じ、元帥の越吉《えつきつ》と丞相の雅丹《がたん》に兵二十五万（演義は十五万）を与えて派遣した。

漢 董荼奴《とうとぬ》 九

孟獲配下の三洞の元帥。阿会喃《あかいなん》と共に、孟獲を生け捕りにした。のち孟獲に誅殺された。「董荼那《とうとな》」ともいう。

漢 忙牙長《ぼうがちょう》 九

孟獲の副将。諸葛亮の将である馬岱《ばたい》に討たれた。

漢 木鹿大王《ぼくろくだいおう》 九

八納洞《はちのうどう》の主。象に乗り、猛獣や毒蛇を操る。孟獲に助勢したが、諸葛亮の機械仕掛けの怪獣に敗れた。

漢 孟節《もうせつ》 九

孟獲の兄。兄弟らの強悪なことを疎《うと》んでひとり隠逸していた。諸葛亮に毒泉を癒《いや》す方法を教える。

漢 孟優《もうゆう》 九

孟獲の弟。弁舌に優れるが、逆に諸葛亮に欺《あざむ》かれ、孟獲とともに擒《とりこ》にされた。最後は兄と共に蜀漢に帰順する。

漢 楊鋒《ようほう》 九

南蛮の銀冶洞《ぎんやどう》の主。諸葛亮に帰順していたが、偽って孟獲に加勢し、宴会に乗じて孟獲を生け捕りにした。

漢 雍闓《ようがい》 九

孟獲に呼応した建寧《けんねい》太守。諸葛亮の離間の計のため、高定に内応を疑われて殺害された。

漢 殷馗《いんき》 五

遼東の人。天文に通じた。官渡で戦勝した曹操は、土地の長老からかつて殷馗がこれを予言していたと告げられた。

漢 衛道玠《えいどうかい》 八

蔡文姫《さいぶんき》の最初の夫。若くして死去した。正史では、「衛仲《ちゅう》道《どう》」とある。

漢 応劭《おうしょう》（仲瑗《ちゅうえん》） 二

泰山《たいざん》太守。曹嵩《そうすう》の護衛を命じられるも果たせず逃亡した。正史によれば、『風俗通義《ふうぞくつうぎ》』、『漢官儀《かんかんぎ》』など著作多数。

漢 郭常《かくじょう》 五

関羽が劉備のもとへ戻る途中、宿を借りた屋敷の主。息子が赤兎馬《せきとば》を盗もうとしたため必死に許しを乞《こ》うた。

漢 郭常《かくじょう》の息子 五

名は不明。関羽の赤兎馬を狙《ねら》う。郭常の命乞《こ》いで赦《ゆる》されながら、懲りずに裴元紹《はいげんしょう》をけしかけて盗もうとした。

漢 崔州平《さいしゅうへい》 五〜六

諸葛亮の同門。諸葛亮を訪ねる劉備に出会い、「治乱は常なきもの」との運命論を説いた。崔烈《れつ》は父。

漢 諸葛玄《しょかつげん》 五

諸葛亮の叔父。父を亡《な》くした甥たちを養う。予章《よしょう》太守の地位を巡る争いのため死没した。

漢 諸葛原《しょかつげん》 八

新興《しんこう》太守。管輅《かんろ》にまつわる挿話の中に登場する。

漢 石韜《せきとう》（広元《こうげん》） 五〜六

「潁川《えいせん》の大儒」と称される。はじめ諸葛亮は石韜の門下に入った。正史では、諸葛亮の同門の友人である。

漢 趙顔《ちょうがん》 八

管輅にまつわる挿話の中に登場する。北斗《ほくと》・南斗《なんと》に乞うて寿命を延ばすよう管輅に説かれる。

漢 田氏《でんし》 二

濮陽《ぼくよう》の富豪。曹操と呂布の争いにおいて、呂布に味方して曹操を罠《わな》に陥《おとしい》れた。のちに曹操に寝返り、呂布を追放した。

漢 董紀《とうき》 八

蔡文姫《さいぶんき》の夫。曹操は匈奴《きょうど》から蔡文姫を連れ戻すと、董紀《とうし》に嫁がせた。正史では「董祀」とする。

漢 龐徳公《ほうとくこう》(山民《さんみん》) 五〜六

龐統《ほうとう》の叔父。襄陽《じょうよう》の名士で、司馬徽《しばき》らと交友を結ぶ。正史によれば、龐徳公の子龐山民《ほうさんみん》が諸葛亮の姉を娶《めと》っている。

漢 李意《りい》 九

青城山《せいじょうざん》に隠棲《いんせい》する仙人。夷陵《いりょう》の戦いの直前に陳震《ちんしん》に召され、劉備が白帝《はくてい》城で没することを暗示する予言をした。

漢 李定《りてい》 一

羊仙《ようせん》と呼ばれる隠士。劉備宅の桑の木を見、その家からやがて貴人が出ることを予言した。

漢 劉琬《りゅうえん》 五

朝廷の使者。孫家兄弟を見て、みな栄達しながら短命に終わること、ただ次男孫権のみが長寿を保つことを予言した。

漢 劉泌《りゅうひつ》 五

樊城《はんじょう》の県令で、漢室の傍流。甥の劉封を劉備が気に入り、養子に出した。

漢 定州太守《ていしゅうたいしゅ》 一

姓名は不明。安熹《あんき》県も属する定州の長官。

漢 夢《む》梅《ばい》居《こ》士《じ》 七

終南山《しゅうなんざん》の隠士。潼関《どうかん》の戦いにて、氷の城を築く計略を曹操に授けた。正史・演義では姓名を婁圭《ろうけい》、字を子伯《しはく》という。

漢 紫《し》虚《きょ》上人《しょうにん》 八

錦屏山《きんぺいざん》の隠士。張任《ちょうじん》らが吉凶を占わせたところ、劉備が益州を得ること、また龐統《ほうとう》を失うことを暗示した。

漢 老《ろう》僧《そう》 一

黄巾《こうきん》に襲撃された寺院の老僧。劉備の人相を見抜き、匿《かくま》っていた芙蓉娘《ふようじょう》を托《たく》した。吉川の創作人物である。

◆2蜀漢

蜀 劉備《りゅうび》（玄徳《げんとく》）

一～十　『三国志』先主伝

幽州涿郡涿県《ゆうしゅうたくぐんたくけん》の人。前漢景帝《ぜんかんけいてい》の子、中山靖王劉勝《ちゅうざんせいおうりゅうしょう》の末裔《まつえい》を称す。身丈《みのたけ》七尺五寸、膝《ひざ》に届くほど手が長く、振り返ると自分で見られるほど耳が大きかった。若くして父を失い、母に仕えて蓆《むしろ》を売って生業とした。学問を好まず、任侠《にんきょう》の徒と交友した。黄巾《こうきん》の乱にて関羽《かんう》・張飛《ちょうひ》らとともに義兵を挙げて以来、時に独立し、時に袁紹《えんしょう》や劉表《りゅうひょう》ら群雄の客将になって諸国を流浪《るろう》した。

しかし、諸葛亮ら名士を迎えることで勢力を安定させると、亮の隆中対《りゅうちゅうたい》に従って荊《けい》州・益《えき》州を得て、三国鼎立《ていりつ》の形勢を築いた。曹丕《そうひ》が漢より禅譲《ぜんじょう》を受け魏《ぎ》を建国すると、それを認めず、漢を継承して自ら皇帝に即位した。しかし、関羽と荊州を失った報復のため孫呉に侵攻して大敗、失意のうちに崩殂《ほうそ》した。年六十三。諡《おくりな》して昭烈帝《しょうれつてい》という。演義では、主人公である劉備は仁義に厚い聖人君主とされた。桃園結義《とうえんけつぎ》で義兄弟となった関羽・張飛や、諸葛亮ら有能な臣下に委《ゆだ》ね、泣いて天下を取ったと評される。吉川では、作品の冒頭に、大胆な創作が加えられている。

蜀 関羽《かんう》(雲長《うんちょう》)

一〜十　『三国志』関羽伝

司隷《しれい》河東郡解県《かとうぐんかいけん》の人。挙兵時から劉備に随《したが》い、寝床を共にし兄弟同然の恩愛を受けた。徐《じょ》州陥落時、二夫人を守って曹操に降《くだ》り、官渡《かんと》の戦いで、袁紹配下の顔良《がんりょう》を討ち取った。曹操は関羽を厚遇したが、関羽は劉備の恩を忘れず、曹操を去って劉備のもとに還《かえ》る。曹操はその義を称《たた》えてあえて追わなかった。のち劉備が益州を得ると荊州の留守を委ねられる。しかし、剛情で矜持《きょうじ》が高く、孫呉との同盟を維持できず、また名士と和合せずに裏切られ、曹操と孫権の挟撃《きょうげき》を受け、麦城《ばくじょう》で敗れ処刑された。死後、唐《とう》から宋《そう》にかけて神格化が進み、演義が展開した明清《みんしん》時代は、関帝《かんてい》信仰の最盛期であった。演義は、八十二斤《きん》の青龍偃月《せいりゅうえんげつ》刀《とう》を得物《えもの》とする武勇のほか、義絶《ぎぜつ》（義のきわみ）として義を強調し、汜水関《しすいかん》に華雄《かゆう》を斬《き》る、五関に六将を斬る、華容道《かようどう》に曹操を釈《ゆる》すなど、多くの虚構を創作した。国家からは武神《ぶしん》、山西《さんせい》商人からは財神《ざいしん》として信仰された関帝は、清では孔子《こうし》を祀《まつ》る文廟《ぶんびょう》と並び武廟《ぶびょう》に祀られ、現在でも東アジアで広く信仰される。しかし、関帝信仰と馴染《なじみ》の薄い日本の吉川は、関羽を絶対視せず、演義にみえる神秘的表現にも冷淡である。

蜀 張飛《ちょうひ》（益徳《えきとく》／翼徳《よくとく》）

一～十 『三国志』張飛伝

涿郡《たくぐん》の人。関羽とともに劉備の挙兵時から随い、程昱《ていいく》に「一万人に匹敵する」と言われた豪傑。長坂坡《ちょうはんは》の戦いでは、わずかな手勢で殿《しんがり》を務め、「わたしが張益徳である。死を賭《と》して戦おうぞ」と大喝したので、曹操軍は近づくことができなかったという。劉備が即位すると車騎《しゃき》将軍・司隷校尉《しれいこうい》に登った。しかし、名士には遜《へりくだ》り、庶民には苛烈《かれつ》な対応を取り、関羽の仇討《あだう》ちに出陣する直前、部下に暗殺された。演義においては、身丈八尺、豹頭環眼《ひょうとうかんがん》、燕頷虎鬚《えんかんこしゅ》との容貌《ようぼう》で、また字《あざな》を翼徳という。のちに五虎《ごこ》大将軍のひとり。丈八蛇矛《じょうはちだぼう》の使い手で、劉備に随って大活躍する一方で、酒好きで豪放磊落《ごうほうらいらく》な性格のため、留守を任された徐州を呂布《りょふ》に奪われるなどの失態も犯す。大暴れして作品を掻《か》き回すトリックスター的存在である。ゆえに劉備・関羽以上に愛され、張飛を主役とする場面は『三国志平《へい》話《わ》』にも多く、民間説話も現在に多く伝わる。吉川では、劉備と張飛の出会いを独自に創作しており、張飛はもと鴻家《こうけ》（芙蓉娘《ふようじょう》の実家）に仕えた武士で、黄巾賊と戦って八百八屍《はっぴゃくはっし》将軍と渾名《あだな》された、と設定されている。

蜀 諸葛亮《しょかつりょう》（孔明《こうめい》）

五～十　『三国志』諸葛亮伝

徐州琅邪国陽都県《じょしゅうろうやこくようとけん》の人。戦乱のため荊州に移住。司馬徽《しばき》ら襄《じょう》陽《よう》名士から儒教（荊州学）を学び、その才を臥龍《がりょう》と評された。のち、劉表の客将であった劉備に三顧《さんこ》の礼《れい》で迎えられ、漢室復興の基本戦略として隆中対《りゅうちゅうたい》（天下三分の計）を示す。諸葛亮の参入により、劉備の率いる傭兵《ようへい》集団は、「水魚《すいぎょ》の交わり」に象徴されるような名士を尊重する政権へと変わっていく。赤壁《せきへき》の戦いでは、孫権を説得して同盟を結び、曹操軍を撃退した。劉備が帝位に即《つ》くと、丞《じょう》相《しょう》となって国政を掌《つかさど》る。劉備の臨終に後事を託され、「劉禅《りゅうぜん》に才がなければ、君が自ら取るべし」と告げられた。それでも、諸葛亮は劉禅に忠を尽くし、出師《すいし》の表《ひょう》を奉《たてまつ》り、漢室再興のため曹魏へ北伐《ほくばつ》を繰り返す。しかし、北伐は進まず、二三四年に五丈原《ごじょうげん》の陣中に没した。享年五十四。演義では、智絶《ちぜつ》（智のきわみ）とされる神算鬼謀の軍師《ぐんし》で、卓越した戦略のみでなく、天文を読み、風を呼ぶなど道術を用いて勝利に導く。これに対して、吉川は、それら神がかり的な天才軍師の側面よりも、忠誠一途な姿に注目し、多彩な諸能を一身にそなえた偉大なる平凡人、と諸葛亮を称えている。

蜀　趙雲《ちょううん》（子龍《しりょう》）

二、五～十　『三国志』趙雲伝

冀州常山国《きしゅうじょうざんこく》の人。はじめ公孫瓚《こうそんさん》に仕え、当時客将であった劉備に従って戦った。公孫瓚が滅びると改めて劉備に仕える。長坂《ちょうはん》坡《は》で劉備が敗れた際には、逃げ遅れた甘夫人《かんふじん》と阿斗《あと》（劉禅）を助け、漢中《かんちゅう》の戦いでは、曹操の大軍を城門を開けて迎え討ち、劉備から「一身みな肝《きも》」と称賛された。また、身丈八尺、立派な顔立ちであり、劉備と同じ床で眠るほど信頼されたという。

演義や吉川では、冷静忠実な猛将として活躍の場はさらに多い。界橋《かいきょう》の戦いで初めて登場して公孫瓚を助け、のち劉備と再会してこれに仕えた。長坂坡での活躍は青釭《せいこう》の剣を得、単騎で敵陣を突破していくと描写される。劉備が漢中王《かんちゅうおう》に登ると、五虎大将軍の一人に任じられ、呉への東征に反対する。劉備崩御の後は、諸葛亮の南征・北伐に従軍し、齢《よわい》七十ながらも、なお衰えない武勇で敵味方を驚嘆させた。第二次北伐の直前に病没する。なお、正史に基づけば、趙雲は他の四人によりも格下の将軍であったが、演義は五虎大将軍の中でも関羽・張飛にも並ぶ名将と高く位置づける。現代でも、中国のみならず、タイや韓国、そして日本で高い人気を持つ武将である。

蜀 馬超《ばちょう》（孟起《もうき》）

六～十　『三国志』馬超伝

司隷扶風郡《しれいふふうぐん》の人。光武帝《こうぶてい》の功臣馬援《ばえん》の末裔で、馬騰《ばとう》の子。また、祖母は羌《きょう》族の出身であるという。涼《りょう》州に割拠し、韓遂《かんすい》と連合して曹操に反旗を翻《ひるがえ》すが、鎮圧された。のち、馬超は張魯《ちょうろ》に身を投じ、さらに益州を攻撃していた劉備に仕え、厚遇された。演義では、「錦馬超《きんばちょう》」と称され、若く華々しい猛将として一貫して美化されている。馬騰が長安の李傕《りかく》らに義兵を挙げる場面で初登場し、父に随って活躍する。赤壁の戦いの後、馬騰が中央に召されて曹操に誅殺《ちゅうさつ》されると、馬超は仇討ちのため西涼《せいりょう》で挙兵。曹操をあと一歩まで追いつめるも、賈詡《かく》の離間《りかん》の計に敗れた。流浪のすえ劉備に帰順し、劉備が漢中王に即位すると、五虎大将軍の一人に任じられた。また、西方の羌族に畏敬《いけい》され、曹丕《そうひ》が五路より侵攻した際には、西羌軍を戦わずして退けている。のち、諸葛亮が北伐の途中で、馬超の墓を詣《もう》でる場面がある。ちなみに、正史に対して、演義や吉川で、馬超の挙兵と馬騰の誅殺の因果関係が逆転していることは、馬超美化の代表的な事例である。

蜀 黄《こう》忠《ちゅう》（漢《かん》升《しょう》）

「三国志」黄忠伝　七〜九

南陽《なんよう》郡の人。もと劉表配下で、長沙太守《ちょうさたいしゅ》の韓玄《かんげん》に仕える。荊南《けいなん》諸郡を平定した劉備に帰順し、定軍山《ていぐんざん》の戦いでは夏侯淵《かこうえん》を討つ大功を挙げた。演義では、齢《よわい》六十過ぎの老将でありながら、弓の達人で関羽と渡り合うほどの武勇を誇る。老将の厳《げん》顔《がん》と共に魏軍を破り、そののち定軍山で軍師の法正《ほうせい》と協力して夏侯淵を斬る。劉備が漢中王になると、五虎大将軍の一人に任じられた。夷陵《いりょう》の戦いで、劉備に老将と言われたことに発奮するも、無理な攻撃がたたって負傷し、劉備に看取《みと》られながら陣没した。

蜀 魏《ぎ》延《えん》（文《ぶん》長《ちょう》）

「三国志」魏延伝　六〜十

義《ぎ》陽《よう》郡の人。荊州より劉備の入蜀に随行して活躍。劉備に信頼され、劉備死後の軍事の中核を担《にな》ったが、諸葛亮とは北伐の方針を巡って争うこともあった。諸葛亮の死後、不仲であった楊儀《ようぎ》と戦い、誅殺された。演義では、劉備を迎えようと長沙城で暴れ回り、黄忠を救うため主君の韓玄を殺害するなど、勇猛ではあるが思慮がなく、諸葛亮から反骨《はんこつ》の相《そう》があると予言される。吉川では、第六次北伐で諸葛亮が司馬懿《しばい》もろとも魏延を焼き殺そうとする場面がある。李《り》卓吾《たくご》本の記述が通俗三国志を通じて残ったためである。

蜀　龐統《ほうとう》（士元《しげん》）

五〜八
『三国志』龐統伝

襄陽郡《じょうようぐん》の人。若いころから樸鈍《ぼくどん》であったが、叔父の龐徳公《ほうとくこう》と司馬徽《しばき》は、諸葛亮と並べて「鳳雛《ほうすう》」と高く評価した。荊州を治めた劉備に仕え、益州平定の参謀として従軍。劉備に蜀取りの戦略を献策して挙兵させるも、龐統自身は雒城《らくじょう》攻撃中に流矢により戦死する。三十六歳であった。演義や吉川では、醜面《しゅうめん》で風采《ふうさい》の上がらない人物とされる。赤壁の戦いで連環《れんかん》の計により曹操の船団を一つに繋《つな》げ、周瑜《しゅうゆ》の火計を支援した。のち劉備に出仕し、副軍師に任じられる。最期《さいご》は益州平定の最中、落鳳坡《らくほうは》で伏兵に遭って討死した。

蜀　法正《ほうせい》（孝直《こうちょく》）

七〜八
『三国志』法正伝

扶風《ふふう》郡の人。劉璋《りゅうしょう》に仕えるも用いられず、張松《ちょうしょう》・孟達《もうたつ》と謀《はか》って劉備と通じ、その益州平定を助けた。諸葛亮の独裁を牽制《けんせい》したい劉備に重用され、漢中平定で功を挙げて二一九年に尚書令《しょうしょれい》となり、諸葛亮に匹敵する地位に就いたが、翌年に死去。軍略に優れながら、些細《ささい》な恨みも忘れず復讐《ふくしゅう》する性格のため周囲と敵対したが、劉備の寵愛《ちょうあい》のため諸葛亮も咎《とが》められなかったという。演義や吉川でも定軍山の戦いにおいて功績を挙げているが、諸葛亮に説き伏せられる場面も多く、正史ほど目立った活躍は描かれない。

蜀　徐《じょ》庶《しょ》（元《げん》直《ちょく》）　五〜七

潁川《えいせん》郡の人。名は福《ふく》ともいう。若年のころは剣を得意として友人の仇を殺した。一念発起して荊州で学問を修め、諸葛亮や崔州平《さいしゅうへい》と交際した。先に劉備に仕え、諸葛亮を推挙して三顧の礼を尽くさせた。後に母が曹操に捕えられ、やむなく曹操に降った。演義や吉川では、単福《ぜん／たんふく》との偽名で劉備に仕え、軍師となり新野《しんや》の戦いで曹仁《そうじん》に大勝する。しかし、程昱《ていいく》の策謀で、やむなく曹操に仕えることになり、別れの際に諸葛亮の存在を劉備に告げる。赤壁の戦いの場面で登場するが、ついに蜀漢に戻ることはなかった。

蜀　姜《きょう》維《い》（伯《はく》約《やく》）　十　『三国志』姜維伝

涼《りょう》州天水《てんすい》郡の人。曹魏に仕えていたが、第一次北伐で諸葛亮に帰順した。諸葛亮は「馬良《ばりょう》も及ばない、涼州の上士である」と高く評価して、北伐に従軍させ、抜擢《ばってき》した。諸葛亮の死後、軍権を握って北伐を繰り返したが、国の疲弊を招いて恨みをかった。劉禅が魏軍に降伏しても、なお姜維は鍾会《しょうかい》を唆《そその》かして蜀漢の再興を試みるが、失敗して殺害された。演義では、武勇は老境の趙雲に匹敵し、智略は諸葛亮の計を看破するほどとされ、諸葛亮の後継者と描かれる。吉川は姜維を「冀城《きじょう》の麒麟児《きりんじ》」と評した。

蜀 関平《かんぺい》 五〜九

関羽の子。正史には、樊城《はんじょう》の戦いで父と共に討死したとの記録しかない。演義や吉川では、関羽の養子とされ、「五関斬《ごかんざん》六将《ろくしょう》」の段から登場する。同じく養子である劉封《りゅうほう》と一緒に活躍することが多い。樊城の戦いでは副将として奮戦するも、関羽と共に捕えられて斬首された。関平もまた、演義の受容もあって、父の関羽と併せて神格化された。現代の関帝廟でも関帝と共に祀られている。関帝像の脇《わき》に立ち、印綬《いんじゅ》（漢寿亭侯《かんじゅていこう》の印）を携える白面の青年像が関平である。

蜀 周倉《しゅうそう》 五、七〜九

正史には登場しない創作人物。演義では、もと黄巾賊で、「五関斬六将」において関羽を慕って帰順を許され、華容道《かようどう》や魯《ろ》粛《しゅく》との単刀会《たんとうかい》などで関羽に侍従《じじゅう》する。樊城の戦いでは龐徳《ほうとく》を水中に落し、自慢の水練で生け捕りにした。関羽が本拠地を失うと麦城《ばくじょう》の守備に残されたが、関羽の死を聞いて自刎《じふん》した。関羽伝説が盛んになるにつれ創作された人物と考えられ、現在も多くの説話が伝えられている。現代の関帝廟には関帝と共に祀られ、関帝像の脇で青龍偃月刀《せいりゅうえんげつとう》を持って侍《はべ》る黒面の武将像が周倉である。

蜀　劉禅《りゅうぜん》（公嗣《こうし》）　五〜十　『三国志』後主伝

劉備《りゅうび》の子。生母は甘皇后《かんこうごう》。蜀漢の二代目皇帝。即位すると全権を諸葛亮に委任して善政を布《し》いたが、亮の死後は、宦官《かんがん》の黄皓《こうこう》の専横や姜維《きょうい》の暴走などで国政を乱した。二六三年、曹魏に降伏。在位四十年であった。のち洛陽《らくよう》に遷《うつ》されて安楽県《あんらくけん》公《こう》に封じられ、漢の皇帝に準じる厚遇を受けた。二七一年薨去《こうきょ》。陳寿《ちんじゅ》は劉禅を「ただ染められるままの白糸のよう」と評する。演義では、甘皇后が北斗七星を呑《の》む夢を見て懐妊したことから、幼名を阿斗《あと》とする。即位後は暗君が強調され、蜀漢滅亡後に洛陽に遷ってからも、愚直ぶりに司馬昭《しばしょう》も警戒しなかったとする。

蜀　許靖《きょせい》（文休《ぶんきゅう》）　八〜九　『三国志』許靖伝

予《よ》州汝南《じょなん》郡の人。許子将《きょししょう》の従兄《いとこ》。もと劉《りゅう》璋《しょう》の重臣だが、成都《せいと》を包囲した劉備に投降した。劉備の漢中王即位、皇帝即位を勧め、太傅《たいふ》、司徒《しと》を歴任。正史には、劉備は真っ先に投降した許靖を嫌ったが、その名声ゆえに厚遇したとある。

蜀　糜竺《びじく》（子仲《しちゅう》）　二〜九　『三国志』糜竺伝

徐《じょ》州東海《とうかい》郡の人。糜芳《びほう》と糜夫人の兄。代々の富豪であった。もと陶謙《とうけん》の幕僚で、徐州を継いだ劉備に仕え、参謀として流転する劉備に随《したが》った。正史によれば、蜀漢建国後の席次は諸葛亮の上に置かれた。最期は弟の裏切りを病んで死去した。

蜀 孫乾《そんけん》（公祐《こうゆう》）

二〜八
『三国志』孫乾伝

青州北海国《せいしゅうほっかいこく》の人。劉備の徐州牧《ぼく》時代に加わった古参のひとりで、陶謙の推挙で登用される。主に交渉役として活躍し、袁紹・劉表・孫権・張魯など多くの場面で使者として派遣されている。正史によれば、劉備が益州を得て間もなく死去した。

蜀 簡雍《かんよう》（憲和《けんわ》）

三〜六、八
『三国志』簡雍伝

涿《たく》郡の人。劉備が呂布《りょふ》と戦っていたころに登場する。蜀の平定戦では、降伏勧告の使者として成都を開城させた。正史によれば、同郷の劉備とは旧知の仲で、劉備や諸葛亮に向かっても、気ままに対応する豪快な人柄であった。

蜀 伊籍《いせき》（機伯《きはく》）

五〜九
『三国志』伊籍伝

兗《えん》州山陽《さんよう》郡の人。荊州牧の劉表に仕える。客将であった劉備を慕い、劉表死後は劉備に帰順した。馬良《ばりょう》ら荊州名士を推挙し、のち荊州を守る関羽の参謀となる。正史によれば、諸葛亮や法正らと「蜀科《しょくか》」という新法の制定に携わったという。

蜀 陳震《ちんしん》（孝起《こうき》）

四〜五、九
『三国志』陳震伝

南陽《なんよう》郡の人。もとは袁紹の幕僚で、許《きょ》で一時的に曹操に仕えていた関羽に、劉備の書簡を届けた。のち夷陵《いりょう》の戦いで劉備の臣下として再登場。そののち主に外交で活躍した。正史によれば、劉備が荊州牧のころに招かれている。

蜀 馬《ば》良《りょう》（季《き》常《じょう》）　七〜十　『三国志』馬良伝

襄陽《じょうよう》郡の人。眉《まゆ》が白く、同類中で優れる「白眉《はくび》」の語源となった。夷陵の戦いでは、劉備の戦法を危惧《きぐ》して諸葛亮に助言を求めに行ったが、戻ったころには大敗していた。のち南征の直前に没す。正史では、夷陵の戦いで戦没している。

蜀 馬《ば》謖《しょく》（幼《よう》常《じょう》）　七〜十　『三国志』馬良伝付馬謖伝

馬良の弟。才略に優れ、諸葛亮に寵愛された。南征・北伐では、諸葛亮に進言してよく補佐したが、街亭《がいてい》の戦いで自分の才を恃《たの》んで大敗する。諸葛亮は軍律に従い、惜しみつつも馬謖を処刑した。「泣いて馬謖を斬《き》る」の語源である。

蜀 王《おう》平《へい》（子《し》均《きん》）　八〜十　『三国志』王平伝

巴西《はせい》郡の人。もと徐晃《じょこう》の配下で、漢中の戦いで蜀漢に帰順。南征・北伐の中核として活躍し、街亭の敗戦では馬謖の失態を助けて被害を抑えた。正史では、文字は書けぬが道理に明るく、謹厳な人柄とある。非漢民族（板楯蛮《ばんじゅんばん》）との説もある。

蜀 馬《ば》岱《たい》　七〜十

馬超の従弟。馬超の挙兵以降、行動を共にし、同じく劉備に帰順した。北伐の直前に没した馬超に代わって、南征・北伐で活躍する。諸葛亮の死後、謀反《むほん》を起こした魏延《ぎえん》を諸葛亮の遺命に随って誅殺した。

蜀　廖化《りょうか》（元倹《げんけん》）

五、八〜十　『三国志』宗預伝付廖化伝

襄陽郡の人。廖淳《りょうじゅん》ともいう。もと黄巾賊《こうきんぞく》で、関羽を慕って帰順した。樊城《はんじょう》の戦いには副将として従軍したが、劉封《りゅうほう》らに救援を断られ、関羽の最期に間に合わなかった。のち諸葛亮や姜維《きょうい》の北伐で活躍し、蜀漢滅亡後は、邸宅に籠《こも》り死去した。

蜀　呉懿《ごい》（子遠《しえん》）

八〜十

兗《えん》州陳留《ちんりゅう》郡の人。劉備の呉《ご》皇后の兄。もと劉璋に仕え、劉備に帰順すると寡婦《かふ》であった妹を劉備に嫁がせ、重用される。主に北伐で活躍し、諸葛亮の死後は車騎《しゃき》将軍に任命された。なお正史では、司馬《しば》懿《い》の諱《いみな》を避け、呉壱《ごいつ》とも書かれる。

蜀　張翼《ちょうよく》（伯恭《はくきょう》）

八〜十　『三国志』張翼伝

益《えき》州犍為《けんい》郡の人。もと劉璋の配下で、雒《らく》城《じょう》を明け渡して降伏。南征・北伐の主力として活躍し、諸葛亮の死後は姜維のもとで曹魏と戦い続ける。最期は蜀漢滅亡後、鍾会《しょうかい》の乱で戦死した。正史によれば高祖《こうそ》の功臣張良《ちょうりょう》の末裔という。

蜀　馬忠《ばちゅう》①（徳信《とくしん》）

八〜九　『三国志』馬忠伝

巴西郡の人。諸葛亮の南征に従軍し、北伐では奮威《ふんい》将軍・博陽亭侯《はくようていこう》に任じられ、主要将軍の一人として活躍する。正史では、諸葛亮の南征後、牂牁《そうか》太守《たいしゅ》として二十五年にわたり、南方統治に尽力した。

蜀 張嶷《ちょうぎょく》（伯岐《はくき》） 九〜十 『三国志』張嶷伝

巴《は》郡の人。諸葛亮の南征・北伐から蜀末まで活躍する将軍。正史によれば、諸葛亮の南征以降、治安が定まらない越嶲《えっすい》の太守に赴き、よく周辺部族を慰撫《いぶ》した。演義における諸葛亮の南征は、張嶷の事績に取材したものであるという。

蜀 厳顔《げんがん》 八

劉璋配下の巴郡太守。張飛の策略に敗北するが、その義に感じて投降する。老将ながら、その武勇は衰えず、漢中の戦いでは同じく老将である黄忠と共に、大いに曹操軍を破った。ただし、正史には老将との記述はない。

蜀 李厳《りげん》（正方《せいほう》） 八〜十 『三国志』李厳伝

南陽郡の人。もと劉璋の重臣。劉備にも重用され、諸葛亮と共に後事を託された。南征・北伐では白帝城《はくていじょう》に駐屯して対呉防備と後方支援を担う。しかし第五次北伐を自らの失態で妨害し、流刑《るけい》に処された。諸葛亮の死を知ると慟哭《どうこく》して病没した。

蜀 黄権《こうけん》（公衡《こうこう》） 七〜九 『三国志』黄権伝

巴西《はせい》郡の人。劉璋の主簿《しゅぼ》で、劉備を蜀に招くことに反対した。成都の陥落後、劉備が自ら出仕を請《こ》うて、ようやく帰順した。のち夷陵の敗戦でやむなく魏に降《くだ》るが、なお劉備への忠節を貫き、劉備も黄権を偲《しの》んでその家族を厚遇した。

蜀 蔣琬《しょうえん》（公琰《こうえん》）

八〜十　『三国志』蔣琬伝

荊《けい》州零陵《れいりょう》郡の人。益州平定に書記《しょき》として諸葛亮に随《したが》う。北伐では朝廷にあって諸葛亮を支援した。諸葛亮の死後、遺言で後継に指名され、大将軍《だいしょうぐん》・録尚書事《ろくしょうしょじ》となった。正史では、沈着な人柄で、北伐で疲弊した国力の充実に努めた。

蜀 費禕《ひい》（文偉《ぶんい》）

九〜十　『三国志』費禕伝

荊州江夏《こうか》郡の人。北伐では侍中《じちゅう》として内政にあたり、劉禅を輔弼《ほひつ》した。諸葛亮の遺言で、蔣琬の亡《な》きあとを継いで大将軍になり、姜維が国を傾け北伐することを許さなかった。正史によれば、宴席で魏の降将郭循《かくじゅん》に殺害された。

蜀 鄧芝《とうし》（伯苗《はくびょう》）

八〜十　『三国志』鄧芝伝

荊《けい》州義陽《ぎよう》郡の人。もと劉璋の配下。諸葛亮に抜擢《ばってき》され、呉に遣わされて蜀と呉の修好を果たした。第一次北伐では、趙雲と共に殿《しんがり》を務め、撤退を成功させる。正史によれば、光武帝の功臣鄧禹《とうう》の末裔という。諸葛亮没後の軍事を担った。

蜀 劉巴《りゅうは》（子初《ししょ》）

八〜九　『三国志』劉巴伝

零陵郡の人。もと劉璋の幕僚で、黄権《こうけん》と同じく劉備の入蜀に反対し、のち劉備が出仕を請うて帰順した。正史によれば、もと劉表に仕える。張飛を見下すなど名士としての誇りが高く、そのため劉備とは反目したが、諸葛亮に抜擢された。

蜀 呂凱《りょがい》（季平《きへい》） 九 『三国志』呂凱伝

益州《えきしゅう》永昌《えいしょう》郡の人。孟獲《もうかく》が南中《なんちゅう》で反乱を起こすと、呂凱は王伉《おうこう》と協力して、永昌を死守した。そこで、諸葛亮に抜擢され、南中の地勢に精通していたので、案内役として南征に随行した。南蛮の平定に大きな功績をあげた。

蜀 王甫《おうほ》（国山《こくざん》） 八～九

益州広漢《こうかん》郡の人。関羽の司馬《しば》として樊城《はんじょう》の戦いに随う。荊州が陥落すると、王甫は周倉と麦城《ばくじょう》の守備に残るが、まもなく関羽の死を知らされ、周倉と共に自害する。なお、正史では関羽との関わりは見られず、夷陵《いりょう》の戦いで没したとある。

蜀 関興《かんこう》（安国《あんこく》） 八～十

関羽の子。父を嗣《つ》ぎ、若くして諸葛亮に評価されたが夭折《ようせつ》した。演義では、張苞《ちょうほう》と義兄弟の契《ちぎ》りを結び、父の仇討《あだう》ちのため夷陵の戦いに参陣。潘璋《はんしょう》らを討って父の仇を晴らした。北伐でも張苞と競って活躍するが、第六次北伐の前に病没した。

蜀 張苞《ちょうほう》 九～十

張飛の長子。評価は高かったが夭折しており、次子の張紹《しょう》が後を嗣いだ。演義では、父の仇討ちのため夷陵の戦いに参戦。父の仇の范彊《はんきょう》らを斬り殺した。北伐にも従軍するが、第三次北伐で谷底に転落し、まもなく死去した。

蜀 諸葛瞻《しょかつせん》(思遠《しえん》)　十　『三国志』諸葛亮伝付諸葛瞻伝

諸葛亮の長子。母は黄夫人《こうふじん》。父母の遺風を継ぎ聡明《そうめい》であった。宦官黄皓《こうこう》の専横を疎《うと》んで隠遁《いんとん》していたが、蜀漢滅亡の間際《まぎわ》に召し出され、子の諸葛尚《しょう》と共に出陣する。鄧艾《とうがい》を相手に劣勢ながらも善戦して、最期は自刎《じふん》した。

蜀 関索《かんさく》　九

関羽の三男。諸葛亮の南征で活躍する。正史には見られず、また演義の版によっては登場しなかったり、設定や活躍が全く異なるものもある。演義研究において は重要な人物で、関索を主人公とする白《はく》話《わ》小説も出土している。

蜀 糜芳《びほう》(子方《しほう》)　三、五〜九

糜竺《びじく》の弟。兄と同じく劉備の徐州牧就任を支えた古参の臣下。しかし、樊城《はんじょう》の戦いの際に、関羽と不和が生じ、そこを呂《りょ》蒙《もう》と傅士仁《ふしじん》につかれ、やむなく呉に降伏した。のち夷陵の戦いで、蜀漢へ戻るが許されず、関羽の霊前で処刑された。

蜀 傅士仁《ふしじん》(君義《くんぎ》)　八〜九

幽《ゆう》州広陽《こうよう》郡の人。名は「士仁《しじん》」が正しい(傅は衍字《えんじ》)。樊城の戦いで、糜芳と共に呂蒙側に寝返り、本拠地を失った関羽は敗死した。のち、夷陵の戦いで、呉が劣勢と見るや、馬忠《ばちゅう》②の首を手土産に蜀漢へ戻るが許されず、処刑された。

蜀 潘濬《はんしゅん》（承明《しょうめい》）

八〜九
『三国志』潘濬伝

荊《けい》州武陵《ぶりょう》郡の人。樊城の戦いで、荊州の留守を任されるが、呂蒙に降伏した。正史においては、『蜀志《しょくし》』では裏切者として糾弾されているが、『呉志《ごし》』では列伝が立てられ、降伏後の潘濬が重用されて九卿《きゅうけい》に登ったことが書かれている。

蜀 陳《ちん》式《しょく／しき（吉川）》

八、十

蜀漢の武将。定軍山の戦いでは夏侯淵に生け捕りにされる。第四次北伐で、諸葛亮の命令を無視して敗戦したため処刑された。なお嘉靖本《かせいぼん》には、陳寿《じゅ》は陳式の子であるため、『三国志』で諸葛亮を貶《おとし》めているとの俗説が記される。

蜀 劉封《りゅうほう》

五〜九
『三国志』劉封伝

劉備が新野の戦いの後、寇《こう》氏から得た養子。博望坡《はくぼうは》の戦いや益州平定で関平と共に活躍する。しかし、樊城の戦いで関羽を見殺しにし、そのため劉備に処刑された。のち劉備はそれを悔むが、後継問題の上でもやむを得ないと諸葛亮は慰めた。

蜀 孟達《もうたつ》（子敬《しけい》）

七〜十

扶風《ふふう》郡の人。もと劉璋の配下で、法正らと劉備の入蜀を手引きする。樊城の戦いで劉封を唆《そそのか》して関羽を見殺しにし、まもなく魏に寝返った。曹丕《そうひ》死後に立場が悪化すると、諸葛亮の誘いに乗り寝返ろうとしたが、司馬懿《しばい》に討伐された。

蜀 彭羕《ほうよう》（永年《えいねん》）

八 『三国志』彭羕伝

広漢《こうかん》郡の人。もと劉璋の幕僚であったが、直言を疎まれ髡刑《こんけい》（剃髪《ていはつ》刑）に処されていた。蜀平定中の龐統《ほうとう》のもとへ突如押しかけ、劉備に帰順する。劉備の蜀平定を援《たす》けて重用されるが、のち孟達と通じて謀反を企《たく》み処刑された。

蜀 楊儀《ようぎ》（威公《いこう》）

九〜十 『三国志』楊儀伝

襄陽郡の人。丞相長史《じょうしょうちょうし》として諸葛亮の北伐に従軍する。事務能力には優れるが、孫権からは蜀を負う人材ではないと評された。諸葛亮没後の地位をめぐって魏延《ぎえん》と争い、謀反した魏延は誅殺《ちゅうさつ》されたが、のち楊儀も流刑に処されて自殺した。

蜀 譙周《しょうしゅう》（允南《いんなん》）

八〜十 『三国志』譙周伝

巴西郡の人。もと劉璋配下。経学と天文に明るかった。劉備の皇帝即位を勧めた一人。二六三年、魏軍が成都に迫ると蜀漢の滅亡を予言し、劉禅に説いて降伏を主導した。なお、『三国志』の編者陳寿《ちんじゅ》は譙周に師事している。

蜀 黄皓《こうこう》

十 『三国志』董允伝付黄皓伝

蜀漢の後期に、劉禅の寵愛《ちょうあい》を得て台頭した宦官《かんがん》。魏から賄賂《わいろ》を受け取って姜維《きょうい》の北伐を妨害し、内政を壟断《ろうだん》して国を傾けた。蜀漢の滅亡後、正史によれば、賄賂により刑死を免れたが、演義では司馬昭《しばしょう》に凌遅《りょうち》刑（八つ裂き）に処された。

蜀　陳珪《ちんけい》（漢瑜《かんゆ》）　三〜四

徐州下邳国《じょかひ》の人。息子が仕える劉備を助けるため、呂布《りょふ》を言葉巧みに操って、不利な方へ導いた。なお、吉川では、陳大夫《ちんたいふ》と称され、袁術《えんじゅつ》の七路軍を瓦解《がかい》させることなど、演義における陳登の活躍の多くが陳珪のものにされている。

蜀　陳登《ちんとう》（元龍《げんりゅう》）　二〜四　『三国志』呂布伝付陳登伝

陳珪《けい》の子。陶謙・劉備・呂布と歴代の徐州の主に仕える。劉備を慕い、父と協力して呂布を内側から滅亡させた。のち再び劉備に仕えるも、劉備が敗れたので曹操に降伏、徐州の統治を任された。また華佗《かだ》の逸話の一つに登場している。

蜀　司馬徽《しばき》（徳操《とくそう》）　五〜七

潁川《えいせん》郡の人。号は水鏡《すいきょう》先生。襄陽《じょうよう》の名士たちの中心的人物。未《いま》だ自立した勢力を持てないでいる劉備に対し、伏龍《ふくりゅう》と鳳雛《ほうすう》の存在を教え、その一方を得れば天下を取ることができると伝えた。「好《よし》、好」が口癖。

蜀　黄承彦《こうしょうげん》　五、九

諸葛亮の舅《しゅうと》で、黄夫人の父。劉備が諸葛亮の草廬《そうろ》を訪ねた際に登場する。のち夷陵の戦いで陸遜《りくそん》が石兵八陣《せきへいはちじん》に陥った際、諸葛亮の言に逆らってこれを助けた。なお、吉川は、陸遜を助けるのは黄承彦本人ではなく、その友人にしている。

蜀　劉恢《りゅうかい》　一

代《だい》州の人。安憙《あんき》県《けん》で督郵《とくゆう》（監察官）を殴《おう》打《だ》して逃亡していた劉備一行を匿《かくま》う。正史には登場しない。吉川では、劉恢に匿われる場面が大きく創作されており、劉備は、劉恢の邸宅で芙蓉娘《ふようじょう》と再会することになる。

蜀　普《ふ》浄《じょう》　五、九

鎮国寺《ちんこくじ》の仏僧。関羽と同郷であり、「五関斬六将」において、卞喜《べんき》の企みを関羽に洩《も》らし命を救った。のち玉泉山《ぎょくせんざん》に遷《うつ》り、現れた関羽の霊を教え諭す。大悟した関羽は、以降玉泉山に霊験を顕《あらわ》した。正史には登場しない。演義で「普静」とも記す。

蜀　尹《いん》黙《もく》（思《し》潜《せん》）　九

益《えき》州梓《し》潼《どう》郡の人。劉備の即位を勧めた儒者の一人。第一次北伐の際に、博《はく》士《し》に任じられ、儒教を講じた。

蜀　袁《えん》綝《ちん》　九

蜀漢の臣下。第一次北伐で前《ぜん》将軍《しょうぐん》に任じられた。高位についているが、正史でも詳細は不明の人物である。

蜀　閻《えん》晏《あん》　九

蜀漢の臣下。第一次北伐の際に、行参軍《こうさんぐん》・諫議将軍《かんぎしょうぐん》（正史では建義《けんぎ》将軍）に任じられた。

蜀　王《おう》伉《こう》　九

永昌太守《えいしょうたいしゅ》。孟獲《もうかく》・雍闓《ようがい》ら南中諸郡が反乱した際、唯一《ゆいいつ》加担せず、呂凱《りょがい》と協力して城を死守した。

蜀　王《おう》連《れん》（文《ぶん》儀《ぎ》）　九

南陽《なんよう》郡の人。諫議《かんぎ》大夫《たいふ》。諸葛亮自らが南征に出ることを諫《いさ》めた。正史によれば、司《し》塩校《えんこう》尉《い》として、塩を専売した。

蜀　郭《かく》攸《ゆう》之《し》　九

南陽郡の人。蜀漢の侍中《じちゅう》。諸葛亮の出師《すいし》の表《ひょう》に、費《ひ》禕《い》や董《とう》允《いん》と並んで名が挙がるが、正史でも詳細は不明。

蜀　霍《かく》峻《しゅん》（仲《ちゅう》邈《ばく》）　八

南《なん》郡の人。もと劉表の配下で、劉備の蜀平定の中で出仕し、葭萌関《かぼうかん》の守備に就いた。子は霍弋《よく》である。

蜀　官《かん》雝《よう》　九

蜀漢の廷臣。第一次北伐で後《こう》護軍《ごぐん》・典軍中郎将《てんぐんちゅうろうしょう》に任じられた。なお正史によれば、「上《じょう》官雝《かんよう》（上官が姓）」が正しい。

蜀　関《かん》定《てい》　五

関平の実父。関羽を慕い、次子の関平を関羽の養子に出した。正史には関平は関羽の子とあり、関定も登場しない。

蜀 関寧《かんねい》 五

関定の長子。武に優れていた弟の関平に対して、兄の関寧は学問を修めていた。

蜀 許允《きょいん》 九

蜀漢の廷臣。第一次北伐の際に、前護軍《ぜんごぐん》・偏将軍《へんしょうぐん》に任じられた。正史でも詳細は不明である。

蜀 龔起《きょうき》 十

蜀漢の裨将《ひしょう》（部隊長）。第二次北伐の際に、魏の王双《おうそう》に討たれた。

蜀 勤祥《きんしょう》 十

諸葛亮の配下。陳倉《ちんそう》を守る魏の郝昭《かくしょう》と同郷であることから、投降を勧告するも退けられた。正しくは、「靳詳《きんしょう》」である。

蜀 胡華《こか》 五

許都《きょと》を脱した関羽が一宿を借りた荘園の主人。もとは桓帝《かんてい》の議郎《ぎろう》であった。関羽に息子の胡班《こはん》宛の私信を託《たく》す。

蜀 胡済《こせい》（偉度《いど》） 九

義陽《ぎよう》郡の人。第一次北伐の際に、行参軍・昭武中郎将《しょうぶちゅうろうしょう》に任じられた。

蜀 胡班《こはん》 五

滎陽太守《けいようたいしゅ》の王植《おうしょく》の従事《じゅうじ》。父の胡華の私信を届けた関羽の忠良さに敬服して命を救う。のち関羽に仕えた。

蜀 呉班《ごはん》（元雄《げんゆう》） 八〜十

呉懿《ごい》の族弟。夷陵《いりょう》の戦いや北伐に従軍する。第六次北伐で、張虎《ちょうこ》・楽綝《がくちん》の伏兵に遭い射殺された。

蜀 呉蘭《ごらん》 八

もと劉璋《りゅうしょう》の配下。雒城《らくじょう》で劉備と戦う。漢中で曹彰《そうしょう》に討たれた。吉川では、雷同《らいどう》と並び「蜀軍の常勝王」とされる。

蜀 苟安《こうあん》 十

李厳《りげん》の配下。兵糧《ひょうろう》輸送を遅滞して諸葛亮に罰せられ、それを恨んで司馬懿《しばい》に寝返る。流《りゅう》言蜚語《げんひご》で北伐を妨害した。

蜀 高翔《こうしょう》 九〜十

蜀漢の将軍。第一次北伐で右《ゆう》将軍に任じられて従軍した。

蜀 沙摩柯《しゃまか》 九

蛮族の王。鉄蒺藜骨朶《てつしつれいこつだ》という武器を使う。夷陵の戦いで蜀漢に味方し、甘寧《かんねい》を討つ。味方が敗れると周泰《しゅうたい》に討たれた。

蜀 謝雄《しゃゆう》 十

蜀漢の部将。第二次北伐で、魏の王双に討たれた。

蜀 徐康《じょこう》 五

徐庶《しょ》の弟。程昱《ていいく》の台詞《せりふ》や偽《にせ》手紙の中で、夭折したことが説明されている。

蜀 向朗《しょうろう》（巨達《きょたつ》） 八

襄陽《じょうよう》郡の人。諸葛亮らが益州に移った際、関羽の配下に入って荊州に残った。正史では、街亭《がいてい》で馬謖《ばしょく》をかばっている。

蜀 向寵《しょうちょう》 九

向朗《ろう》の甥《おい》。出師の表の中で、先帝から仕える有能な将軍として、近衛《このえ》兵《へい》をまかせることが掲げられている。

蜀 向挙《しょうきょ》 九

蜀漢の青衣《せいい》侯《こう》。劉備の皇帝即位を勧めた。正史でも詳細は不明である。

蜀 諸葛均《しょかつきん》 五〜六

諸葛亮の弟。諸葛亮と共に隆《りゅう》中《ちゅう》に隠棲《いんせい》する。兄が劉備に仕えると、均は隆中に留まった。正史では、蜀漢に仕える。

蜀 諸葛喬《しょかつきょう》（伯松《はくしょう》）　十

諸葛瑾《きん》の次子。子がない諸葛亮の養子になるも夭折。演義には登場しないが、吉川は、「篇外余録」で言及している。

蜀 諸葛珪《しょかつけい》（君貢《くんこう》）　五

諸葛亮の父。太山郡《たいざんぐん》の丞《じょう》（次官）であったが、早くに死去した。諸葛亮らは従父《おじ》の諸葛玄《げん》を頼り、荊州に移住する。

蜀 諸葛尚《しょかつしょう》　十

諸葛瞻《せん》の長子。父に随《したが》って鄧《とう》艾《がい》と戦う。鄧艾の降伏勧告に迷う父を叱《しか》り、最期は共に討死した。

蜀 秦宓《しんふつ／ふく（吉川）》（子勅《しちょく》）　九

広漢郡の人。もと劉璋の臣。劉備の出陣（夷陵の戦い）を諫《いさ》める。来朝した呉の張温《ちょうおん》の無礼をやりこめた。

蜀 任双《じんそう》　八

呉蘭の配下。漢中の戦いの緒戦で、曹洪《そうこう》に討たれた。なお、名は「任夔《じんき》」が正しい。

蜀 盛勃《せいぼつ》　九

蜀漢の臣下。第一次北伐の際に、行参軍《こうさんぐん》・綏戎都尉《すいじゅうとい》に任じられた。

蜀 蘇双《そそう》　一

中山《ちゅうざん》の馬商人。張世平《ちょうせいへい》と行商中に、旗揚げしたばかりの劉備ら義勇兵に出会い、馬と資金を援助した。

蜀 卓膺《たくよう》　八

劉璋の部将。雒城《らくじょう》に加勢して劉備と戦うが、城守張任《ちょうじん》が戦死したので降伏した。正史ではもともと劉備の部下である。

蜀 張裔《ちょうえい》（君嗣《くんし》）　九

蜀《しょく》郡の人。劉備の即位を勧めた者の一人。第一次北伐の際、長史《ちょうし》（留府《りゅうふ》長史）に任じられ、成都に残り内政にあたった。

蜀 張嘉《ちょうか》 九

襄陽郡の漁民。河底で伝国の玉璽《ぎょくじ》を発見し、劉備に献上した。ただ、伝国の玉璽は徐璆《じょきゅう》が曹操へ献上したはずである。

蜀 張世平《ちょうせいへい》 一

中山の馬商人。劉備ら義勇兵に馬や資金を援助した。吉川では、蘇双《そそう》は張世平の甥とされている。

蜀 張達《ちょうたつ》 九

張飛の配下。張飛に虐待《ぎゃくたい》されたことを恨み、范彊《はんきょう》と共に張飛を暗殺して呉に寝返る。のち蜀に戻され処刑された。

蜀 張著《ちょうちょ》 八

蜀漢の部将。漢中の戦いで、黄忠の副将となって張郃《ちょうこう》を攻める。しかし魏軍に包囲され、趙雲により救出された。

蜀 張南《ちょうなん》②（文進《ぶんしん》） 九

劉備の配下。夷陵《いりょう》の戦いに副将として従軍する。味方が敗れると、張南は夷陵城の孫桓《そんかん》に挟撃《きょうげき》されて討死した。

蜀 趙広《ちょうこう》 十

趙雲の次子。兄と共に父の死去を諸葛亮に伝えた。父の功により牙門将《がもんしょう》に任じられた。

蜀 趙直《ちょうちょく》 十

蜀漢の行軍司馬《こうぐんしば》。諸葛亮の死没に際し、魏延《ぎえん》の見た夢を凶夢と見抜くが、魏延には偽って吉と伝えた。

蜀 趙統《ちょうとう》 十

趙雲の長子。弟と共に父の死去を諸葛亮に伝えた。父の功により虎賁中郎将《こほんちゅうろうしょう》に任じられた。

蜀 趙融《ちょうゆう》 九

劉備の配下。夷陵の戦いで後詰をつとめる。味方が敗れると、張南②と共に討死した。毛宗崗《もうそうこう》本は、これを描かない。

蜀　趙累《ちょうるい》　九

関羽配下の管糧都督《かんりょうととく》。樊城《はんじょう》の戦いに従軍。麦城《ばくじょう》から落ち延びる関羽父子に最期まで随って討死した。

蜀　丁咸《ていかん》　九

蜀漢の臣下。第一次北伐の際に、左護軍《さごぐん》・篤信中郎将《とくしんちゅうろうしょう》に任じられた。

蜀　程畿《ていき》（季然《きぜん》）　九

巴西《はせい》郡の人。夷陵の戦いに参謀として従軍する。蜀漢が敗北すると、撤退を拒んで自刎《じふん》した。

蜀　杜祺《とき》　九

蜀漢の臣下。第一次北伐の際に行参軍・武略《ぶりゃく》中郎将に任じられた。

蜀　杜義《とぎ》　九

蜀漢の臣下。第一次北伐の際に、行参軍・裨将軍《ひしょうぐん》に任じられた。

蜀　杜瓊《とけい》（伯瑜《はくゆ》）　九〜十

蜀郡の人。劉備の皇帝即位を勧めた一人。第一次北伐の際に、諫議大夫《かんぎたいふ》となる。第四次北伐では、陳式《ちんしょく》らと軍を率いた。

蜀　杜微《とび》（国輔《こくほ》）　九

益《えき》州梓潼《しどう》郡の人。第一次北伐の際に、尚書《しょうしょ》（正史では諫議大夫）に任じられ、内政にあたった。

蜀　杜路《とろ》　九

洞渓《どうけい》に住んでいた漢将。劉寧《りゅうねい》とともに、夷陵の戦いに参戦する。劉備が敗れると孫呉に降伏した。

蜀　董允《とういん》（休昭《きゅうしょう》）　九〜十

南郡の人。第一次北伐の際に、黄門侍郎《こうもんじろう》になり内政にあたる。諸葛亮《しょかつりょう》・蔣琬《しょうえん》・費禕《ひい》とともに「四相《ししょう》」と称されたという。

蜀 董和《とうか》（幼宰《ようさい》）八

董允《いん》の父。劉璋の幕僚。劉備を防ぐため漢中の張魯《ちょうろ》を利用するよう進言した。劉璋降伏後は、劉備に仕えた。

蜀 董厥《とうけつ》（龔襲《きょうしゅう》）九

義陽郡の人。丞相府の属吏として南征・北伐に随う。のち、蜀漢滅亡後は邸宅に籠《こも》ってまもなく病没した。

蜀 鄧賢《とうけん》②　十

孟達《もうたつ》の外甥《がいせい》。孟達が魏に反くと、李輔《りほ》と共に司馬懿と内応して、上庸城《じょうようじょう》を明け渡した。

蜀 范彊《はんきょう》　九

張飛の配下。張達と呉に寝返る。しかし蜀漢を怖れた呉に送り返され、最期は張苞《ちょうほう》に処刑された。正史では「范彊《はんきょう》」。

蜀 樊岐《はんき》　九

蜀漢の臣。第一次北伐の際に、武略《ぶりゃく》中郎将に任じられた。

蜀 樊建《はんけん》（長元《ちょうげん》）九〜十

義陽郡の人。丞相府の属吏として南征・北伐に随う。蜀漢の滅亡後、洛陽に送られる劉《りゅう》禅《ぜん》に随行した。

蜀 費観《ひかん》（賓伯《ひんはく》）八

荊州江夏《こうか》郡の人。劉璋《りゅうしょう》の妻の弟で、李厳《りげん》と共に劉備を防いだ。のち劉備に登用された。

蜀 費詩《ひし》（公挙《こうきょ》）八

犍為《けんい》郡の人。もと劉璋の臣下。荊州の関羽へ五虎《ごこ》将軍就任を伝え、その顔触れに不満を漏らした関羽を諭した。

蜀 傅彤《ふとう》　九

夷陵の戦いに中軍護尉《ちゅうぐんごい》として従軍。敗走する劉備を救援して丁奉《ていほう》に包囲され、奮戦の末に戦死。正史では「傅肜《ふゆう》」。

蜀 **馮習《ふうしゅう》（休元《きゅうげん》）** 九

劉備の配下。夷陵の戦いに副将として従軍する。白帝城《はくていじょう》へ敗走する劉備に随行したが、その途中で呉の徐盛《じょせい》に討たれた。

蜀 **龐義《ほうぎ》** 八

もと劉璋配下の巴西《はせい》太守。劉備が益州を治めると営中司馬《えいちゅうしば》（正史では左将軍司馬）となった。名は「龐羲《ほうぎ》」が正しい。

蜀 **龐柔《ほうじゅう》** 八

曹魏に仕える龐徳《とく》の兄。樊城《はんじょう》の戦いで内通を疑われた龐徳は、以前に兄嫁を殺したため絶縁していると弁明した。

蜀 **眊氏《ぼうし》** 六

南陽の富豪。劉備集団に参入した諸葛亮は、まず眊氏から借財して軍備を整えた。演義などには、見られない人物。

蜀 **孟光《もうこう》（孝裕《こうゆう》）** 九

河南《かなん》郡洛陽《らくよう》の人。第一次北伐の際に祭酒《さいしゅ》に任じられた。正史によれば、経学に明るく蜀漢の諸制度の制定に携わった。

蜀 **楊喬《ようきょう》（子昭《ししょう》）** 十

楊儀《ぎ》の宗族。諸葛亮の主簿《しゅぼ》で、北伐の庶務に忙殺される諸葛亮を諫《いさ》めた。なお、名は正しくは「楊顒《ようぎょう》」である。

蜀 **楊洪《ようこう》（季休《ききゅう》）** 八〜九

犍為《けんい》郡の人。もと劉璋配下。劉備即位を勧めた。第一次北伐で尚書《しょうしょ》（正史では蜀郡太守）に任じられ内政にあたった。

蜀 **来敏《らいびん》（敬達《けいたつ》）** 九

義陽郡の人。第一次北伐の際に、祭酒《さいしゅ》に任じられて内政にあたった。正史によれば、光武帝の功臣来歙《らいきゅう》の末裔《まつえい》である。

蜀 **雷同《らいどう》** 八

もと劉璋の配下。呉蘭《ごらん》と共に行動することが多い。漢中で張部《ちょうこう》に討たれた。なお、名は「雷銅《らいどう》」が正しい。

蜀 李《り》恢《かい》（徳昂《とくこう》） 七〜八、十

益《えき》州建寧《けんねい》郡の人。もと劉璋の配下。馬超を説いて帰順させた。第一次北伐の際に、安漢《あんかん》将軍・建寧太守に任じられた。

蜀 李《り》譔《せん》（欽仲《きんちゅう》） 九

梓《し》潼《どう》郡の儒者。第一次北伐の際に、博士《はくし》に任じられて、国内の教化にあたった。

蜀 李《り》福《ふく》（孫徳《そんとく》） 十

梓潼郡の人。尚書僕射《しょうしょぼくや》として、劉禅の命で五丈原《ごじょうげん》に駆け付け、諸葛亮の遺言をきく。

蜀 李《り》豊《ほう》② 十

李厳《げん》の子。第五次北伐で李厳が処罰されて庶民に落とされた際、諸葛亮に取り立てられて長史《ちょうし》となった。

蜀 劉《りゅう》永《えい》（公寿《こうじゅ》） 九

劉備と呉《ご》皇后の子。劉備が即位すると魯王《ろおう》に封建された。正史では、劉禅の庶弟。蜀漢滅亡後は、洛陽に移された。

蜀 劉琰《りゅうえん》（威碩《いせき》） 九〜十

予《よ》州魯《ろ》国の人。第一次北伐で車騎将軍《しゃきしょうぐん》に任じられた。のち、妻の胡《こ》氏と劉禅との密通を疑ったことで処刑された。

蜀 劉《りゅう》諶《じん》 十

劉禅の皇子。北地《ほくち》王。蜀漢の降伏が決まると、昭烈廟《しょうれつびょう》（劉備の廟）の前で妻子ともども自刎《じふん》した。

蜀 劉《りゅう》寧《ねい》 九

洞渓《どうけい》の漢将。杜路《とろ》とともに夷陵の戦いに参戦する。劉備が敗れると、孫呉に降伏した。

蜀 劉《りゅう》磐《はん》 七

劉表の甥。かつて黄忠と長沙《ちょうさ》を治めたが、攸県《ゆうけん》に隠居していた。韓玄《かんげん》を平定した劉備に招かれ、長沙を任された。

蜀 **劉豹**《りゅうひょう》 九

蜀漢の陽泉侯《ようせんこう》。劉備の皇帝即位を勧めた。なお匈奴左賢王《きょうどさけんおう》とは同名の別人。

蜀 **劉敏**《りゅうびん》 九

荊州零陵《れいりょう》郡の人。第一次北伐の際に、右護軍《ゆうごぐん》・偏将軍《へんしょうぐん》に任じられた。

蜀 **劉理**《りゅうり》**（奉孝《ほうこう》）** 九

劉備と呉皇后の子。劉備が即位すると梁王《りょうおう》に封建された。正史では、劉禅の庶弟である。

蜀 **劉備《りゅうび》の息子** 三〜四

芙蓉娘《ふようじょう》（糜《び》夫人）の子。関羽が曹操に降《くだ》る場面にのみ登場。吉川の創作人物で、正史・演義では、糜夫人に子はいない。

蜀 **呂義**《りょぎ》**（季陽《きよう》）** 八〜九

南陽郡の人。もと劉璋配下。第一次北伐の際、漢中太守とされた。なお名の呂義は、演義の誤りで、「呂乂《りょがい》」が正しい。

蜀 **廖立**《りょうりつ》**（公淵《こうえん》）** 十

荊州武陵《ぶりょう》郡の人。かつて諸葛亮を謗《そし》って流《る》刑《けい》にされたが、諸葛亮の死で自分の理解者がいなくなったと悲しんだ。

◆3 曹魏

魏 曹《そう》操《そう》（孟《もう》徳《とく》）

一〜十 『三国志』武帝紀

予州沛国譙県《よしゅうはいこくしょうけん》の人。宦官《かんがん》の祖父曹騰《そうとう》の財力と人脈を利用して台頭。許劭《きょしょう》に「治世の能臣、乱世の姦雄《かんゆう》」と評された。献帝《けんてい》を推戴《すいたい》したことで名士の支持を集め、勢力を拡大。官渡《かんと》の戦いで袁紹《えんしょう》を破って華北を統一し、丞相《じょうしょう》に就く。が、赤壁《せきへき》で大敗して天下統一には失敗。その後は魏公《ぎこう》、魏王《ぎおう》となり、曹魏の創建を息子の曹丕《そうひ》に託し、二二〇年に六十六歳で薨去《こうきょ》。諡号《しごう》は武帝《ぶてい》。書・音楽・囲碁など多分野に卓越し、文人として「建安文学《けんあんぶんがく》」を興《おこ》し、『孫子《そんし》』は現在も曹操の注釈で読まれる。『三国志』を著した陳寿《ちんじゅ》は、曹操を「超世の傑」と評した。

演義では悪役。毛宗崗《もうそうこう》本（演義の完成版）は「奸絶《かんぜつ》」として諸葛亮・関羽と並ぶ主役に位置づけ、奸賊の面を強調しつつ、関羽との関係などの英雄ぶりも描く。

吉川は、悪役一辺倒であった曹操像を見直し、貧しくも名門の出身、若く革新的な将校、有能な人物を愛し、文武に精通する英雄と設定する。「三国志」を曹操と諸葛亮の二大英雄の物語とすることで、日本における曹操像に大きな影響を与えた。

魏 司馬懿《しばい》（仲達《ちゅうたつ》）

六、八〜十　『晋書』宣帝紀

司隷河内郡温県《しれいかだいぐんおんけん》の人。「世々二千石《せき》」と称される代々高官を輩出する家柄の出身で、司馬懿を含む優秀な八兄弟は「八達《はったつ》」と呼ばれていた。曹操に仕官を強いられ、内外の官を歴任するも、曹操からはその才能を警戒されていた。文帝《ぶんてい》曹丕のときに、陳羣《ちんぐん》と並んで行政の要職を歴任し、明帝曹叡《めいていそうえい》の治世には諸葛《しょかつ》亮《りょう》の北伐《ほくばつ》を防ぎ、遼東《りょうとう》の公孫淵《こうそんえん》の討伐を通じて軍事権を掌握し、臨終の明帝に後事を託された。一時は宗室の曹爽《そうそう》に権力を奪われるが、正始《せいし》の政変《せいへん》で曹爽を打倒し、また王淩《おうりょう》・曹彪《そうひょう》の反乱を未然に防ぎ、司馬氏の権力を確立した。二五一年、七十三歳で薨去。孫の司馬炎《しばえん》が晋《しん》を建立すると、宣帝《せんてい》と諡《おくりな》された。なお「狼顧《ろうこ》の相《そう》」といい、顔だけ真後ろを向くことができたという。

演義や吉川では、北伐で曹魏の打倒を目指す諸葛亮の宿敵として登場する。第一次北伐から何回も諸葛亮と対陣し、たびたび諸葛亮の計略に出し抜かれる。しかし、自身が諸葛亮に及ばないことを自覚し、あくまで大敗しない慎重策で蜀漢軍を防ぎ、五丈原《ごじょうげん》の戦いで諸葛亮が陣没するまでをしのぎ切った。

魏 夏侯惇《かこうじゅん》（元譲《げんじょう》）

二一〜九
『三国志』夏侯惇伝

沛国譙県の人。曹操の従兄弟《いとこ》で、前漢の功臣夏侯嬰《かこうえい》の末裔。曹操の旗揚げ時から従い、曹操に最も親しい将として要地の留守や後方支援を任された。曹丕が後を嗣《つ》ぐと大将軍《だいしょうぐん》となり、臣下として最高の待遇をうけたが、間もなく曹操を追うように薨去する。呂布《りょふ》との戦いで左目を失ったので「盲夏侯《もうかこう》」と呼ばれた。演義や吉川では、曹操軍随一の猛将とされ、失った片目を自ら喰らうほど剛胆な人物。一方で博望坡《はくぼうは》の戦いでは諸葛亮の引き立て役にされた。なお名前は、『通俗三国志《つうぞくさんごくし》』以来の江戸時代の読み方を踏襲したもので、現在は「かこうとん」と読まれている。

魏 夏侯淵《かこうえん》（妙才《みょうさい》）

二一〜八
『三国志』夏侯淵伝

夏侯惇の族弟。曹操の旗揚げ時からの宿将で、勢力が拡大して以降は軍の重鎮として各方面の司令官を任された。「三日で五百里、六日で一千里」と評されるほど急襲攻撃を得意とする。その一方で、曹操から「司令官は、ときには臆病《おくびょう》さも必要だ」と、その猪突《ちょとつ》猛進ぶりをたしなめられていた。恐れていたとおり定軍山《ていぐんざん》の戦いで黄忠《こうちゅう》に討たれると、曹操は悲嘆に暮れた。演義では、銅雀台《どうじゃくだい》の落成式で弓の腕前を披露するなど個人的な武勇が強調されている。また、吉川ではしばしば夏侯惇と兄弟関係かのように描かれている。

魏 曹《そう》仁《じん》（子《し》孝《こう》）

二〜九
『三国志』曹仁伝

曹操の従弟。若いころから弓馬を好み、私兵千余人を率いて曹操軍に加わる。曹操が華北で転戦していた際には常に騎兵を率いて先鋒《せんぽう》として活躍した。赤壁の敗戦以降は荊州《けいしゅう》方面を任され、江陵《こうりょう》で周瑜《しゅうゆ》と戦った際には、自ら数十騎を率いて包囲された部下の牛金《ぎゅうきん》を救出している。樊《はん》城《じょう》の戦いでは関羽を相手によく戦い、徐《じょ》晃《こう》の援軍が来るまで持ちこたえた。演義では、荊州での活躍が描かれる一方、徐《じょ》庶《しょ》に「八門金鎖《はちもんきんさ》の陣」を破られ、諸葛亮の火攻めに大敗するなど蜀漢の引き立て役とされた。なお、吉川では、しばしば曹操の実弟かのように扱われている。

魏 曹《そう》洪《こう》（子《し》廉《れん》）

二〜六、八、九
『三国志』曹洪伝

曹操の従弟。曹操の挙兵時から従い、曹操が徐栄《じょえい》に大敗した際には、自分の馬を差し出し、命がけで曹操の窮地を救った。張邈《ちょうばく》・呂布の討伐で功を重ね、官渡の戦いでは曹操に代わって本営を守った。曹操から曹叡まで三代に仕えた宗室の元勲であるが、一方で曹操を凌《しの》ぐほどの資産を蓄え、財貨に賤《いや》しかったので、曹丕に処刑されかけたこともある。演義でも、滎陽《けいよう》の戦いや潼関《どうかん》の戦いなど絶体絶命に陥った曹操を救う活躍が多いが、短気ゆえの失敗もまた多い。また、曹仁同様、吉川では、曹操の実弟のように扱われる場面もある。

魏 荀彧《じゅんいく》（文若《ぶんじゃく》）

二〜八 『三国志』荀彧伝

予《よ》州潁川《えいせん》郡の人。人並み優れた才智《さいち》と容《よう》貌《ぼう》を持ち、何顒《かぎょう》に「王佐の才」と評された。当初仕えていた袁紹を見限って曹操に帰順し、「吾《わ》が子房《しぼう》を得た」と劉邦《りゅうほう》の功臣張良《ちょうりょう》に準《なぞら》えられた。献帝推戴の献策、郭嘉《かくか》や陳羣《ちんぐん》をはじめ多くの人材推挙など、曹操幕下随一の働きをした。しかし、漢への対応をめぐって曹操と対立し、最期《さいご》は曹操の魏公就任に反対して憂死した。演義においても、曹操の筆頭幕僚である一方で、漢には慎重な態度をとる。吉川は、荀彧の人物像を正史に基づき高く評価し、常に傍らにあって善言を呈する、曹操の片腕的存在と描いている。

魏 荀攸《じゅんゆう》（公達《こうたつ》）

一〜八 『三国志』荀攸伝

荀彧の年上の甥《おい》。はじめは何進《かしん》に仕えた。何顒らと董卓《とうたく》の暗殺を謀《はか》るが、失敗し投獄された。のち荀彧の推挙で曹操に仕え、やがて、軍師《ぐんし》に就任して、曹操政権の中心的参謀として活躍する。曹操は荀攸を「外見では愚鈍のようだが、内面には英知と剛勇さを備えている」と高く評価した。演義や吉川でも曹操の名参謀として主要な戦いに従軍する。しかし、最期は、かつての荀彧のように、曹操の魏王即位に反対したために疎《うと》まれ、まもなく病死したとされる。これは史実とは異なる創作である。

魏 郭《かく》嘉《か》（奉《ほう》孝《こう》）

二一五　『三国志』郭嘉伝

潁川《えいせん》郡の人。荀彧《じゅんいく》の推挙により曹操に仕え、参謀として台頭する曹操政権を支えた。官渡の戦いでは優れた情報分析で袁紹陣営の十の弱点を挙げ、曹操を励ました。さらに、袁紹の子供たちを分裂させて一気に河北を平定する策を進言するなど、天才的軍師で、曹操が最も寵愛《ちょうあい》した人物の一人である。しかし、曹操の河北平定中に夭折《ようせつ》した。のち曹操は、赤壁に敗れると「奉孝がおれば」とその死を痛惜した。演義でも同様に、その神算鬼謀ぶりが描かれ、河北平定では袁尚《えんしょう》兄弟の滅亡を予言する。吉川では、初登場時に「大賢人」と評されている。

魏 程《てい》昱《いく》（仲《ちゅう》徳《とく》）

二一八　『三国志』程昱伝

兗《えん》州東《とう》郡の人。呂布が曹操の本拠である兗州で反乱を起こしたとき、程昱は郷里の「民の望」として、豪族の支持を受けて拠点を死守し、曹操の統治安定に大きく貢献した。曹操幕下の重要な幕僚である一方で、性格が剛直なため、周囲と対立することも多く、ついに三公《さんこう》に登ることはなかった。演義や吉川では、荀彧や郭嘉とともに兗州牧《えんしゅうぼく》のころの曹操に仕え、倉亭《そうてい》の戦いで「十面埋伏《じゅうめんまいふく》の計」を用いて袁紹を大破する。さらに、劉備軍に参入した単福《ぜんふく》（徐庶）の正体を見抜き、その母親を利用して徐庶を騙《だま》し、帰服させている。

魏 張遼《ちょうりょう》（文遠《ぶんえん》）

二〜九
『三国志』張遼伝

并《へい》州雁門《がんもん》郡の人。丁原《ていげん》・董卓・呂布と主君を変えたが、下邳《かひ》の戦いで曹操に降伏する。冷静沈着ながら勇猛な将軍で、合《ごう》肥《ひ》の戦いでは、わずか兵八百を率いて孫権軍十万を奇襲し、孫権を窮地に陥《おとし》いれた。このため孫権は、張遼が病床にあっても、なおその武威を畏《おそ》れた。演義では、下邳の戦いで関羽が張遼の命乞《いのちご》いをし、逆に関羽が曹操に敗れた時は張遼の説得で降伏するなど、関羽との友情が大きく扱われる。吉川では、正史や演義での合肥の活躍が、さらに大きく描かれ、呉では張遼の威名を怖れて、「遼来々《りょうらいらい》」と言えば泣く子も泣きやんだとする。

魏 張郃《ちょうこう》（儁乂《しゅんがい》）

五〜十
『三国志』張郃伝

冀《き》州河間《かかん》国の人。袁紹に仕え、公孫瓚《こうそんさん》との戦いに功績があった。官渡の戦いで曹操に帰順し、曹操は劉邦の功臣韓信《かんしん》に準えて喜んだ。のち街亭《がいてい》の戦いで馬謖《ばしょく》を破るなど、対蜀方面で活躍したが、木門《ぼくもん》で撤退する諸葛亮を追撃して射殺された。演義でも、夏侯淵や司馬懿とともに対蜀方面で活躍する。吉川では、汝南《じょなん》郡で劉備と戦って討たれ、長坂坡《ちょうはんは》の戦いで劉禅《りゅうぜん》を守る趙雲《ちょううん》に討たれ、木門道で諸葛亮を深追いして討たれ、三度も討死する。吉川はのちに、『三国志』では死んだはずの人物をまた登場させてしまったと苦笑していたという。張郃のことであろう。

魏 賈詡《かく》（文和《ぶんか》）

二〜五、七〜九
『三国志』賈詡伝

涼州武威《りょうしゅうぶい》郡の人。計略に優れ、「前漢の張良・陳平《ちんぺい》の才がある」と評された。はじめ董卓に仕え、その死後は張繡《ちょうしゅう》の軍師となり、宛城《えんじょう》の戦いなどで曹操を苦しめる。しかし、官渡の戦いの直前に曹操に降伏し、仇敵《きゅうてき》でありながら重用された。潼関《どうかん》の戦いでは、離間《りかん》の計で馬超《ばちょう》を破っている。のち、即位した曹丕は、賈詡を重んじて太尉《たいい》とした。旧臣ではないため、私的な交際を謹み、慎重な処世に徹し、怨恨《えんこん》を避けたという。演義や吉川では、賈詡が李傕《りかく》らの暴虐《ぼうぎゃく》を援《たす》けたことや漢魏革命の場面などで、漢に対して悪逆な人物に描いている。

魏 華歆《かきん》（子魚《しぎょ》）

六〜十
『三国志』華歆伝

青州《せい》平原《へいげん》郡の人。もと予章太守《よしょうたいしゅ》で孫策の江東平定に伴い招かれた。のち許《きょ》へ遣わされ、そのまま曹操に仕えた。曹丕が魏王に即《つ》くと相国《しょうこく》に、帝位に即くと司徒《しと》になった魏を代表する重臣である。演義や吉川など、劉備と漢を中心に据える作品では、華歆が伏皇后《ふくこうごう》の処刑や献帝への禅譲《ぜんじょう》強要などを主導したことから、漢を滅ぼした姦臣《かんしん》とされ、非常に評価が低い。毛宗崗《もうそうこう》本は、同学の管寧《かんねい》が華歆の卑俗さを嫌った『世説新語《せせつしんご》』起源の挿話を加え、華歆の卑《いや》しさを強調している。

魏　許褚《きょちょ》（仲康《ちゅうこう》）

二〜八　『三国志』許褚伝

譙《しょう》国の人。身丈《みのたけ》八尺余り、腰回りは十囲《い》（約一一五センチメートル）で、牛の尾をつかんで引きずったという怪力の持ち主。曹操は「わが樊噲《はんかい》だ」と劉邦の功臣に準《なぞら》えて称《たた》えた。近辺護衛を任され、たびたび絶体絶命に陥った曹操を救った。曹操に仕える様子はきわめて忠実で、曹仁すら許可なく通さず、曹操が薨去《こうきょ》した際には、号泣して吐血したという。武将としては虎《とら》のように強かったが、普段はぼうっとしていたので「虎痴《こち》」と呼ばれた。演義や吉川でも、何回も曹操の危機を救い、潼関の戦いでは、裸になって馬超と一騎討ちを繰り広げ、馬超を震撼《しんかん》させた。

魏　典韋《てんい》

二、三　『三国志』典韋伝

兗《えん》州陳留《ちんりゅう》郡の人。たいへんな怪力の持ち主で、巨大な牙門旗《がもんき》を片手で支えられた。八十斤《きん》の双戟《そうげき》を使い、常に先鋒になって敵陣を破ったので、曹操は親衛隊を率いさせて近辺に侍《はべ》らせた。忠義深く慎重な典韋は、常に曹操の側《そば》に侍立していた。宛城の戦いで曹操が危地に陥った際、典韋は城門を死守して力戦し、典韋が死ぬまで敵兵は近寄れなかった。演義では、殷《いん》の怪力の臣下に準えて「悪来《あくらい》」と称され、許褚と並んで曹操の身辺警護を務める。宛城の戦いでの獅子奮迅《ししふんじん》ぶりは正史と同様。吉川では、数十人を相手に奮戦した挙句、弁慶さながらに立ち往生する。

魏 龐《ほう》徳《とく》（令《れい》明《めい》）

七、八
『三国志』龐徳伝

涼《りょう》州南《なん》安《あん》郡の人。はじめは馬《ば》騰《とう》・馬超に仕え、のちに漢中《かんちゅう》を平定した曹操に臣従した。関羽《かんう》討伐では縁者が蜀漢《しょっかん》にいたため疑惑をかけられたが、あくまで曹操への忠義を示し、大将の于《う》禁《きん》が降伏したにも拘《かかわ》らず力戦して討死した。曹操は龐徳の忠節を称える一方で、降伏した于禁を「于禁を知って三十年になるが、いざという時には龐徳に及ばなかったとは」と嘆いた。演義や吉川では、馬超の右腕として登場。樊城《はんじょう》の戦いでは空の棺《ひつぎ》を背負って出陣して覚悟を示す。ただし毛宗《もうそう》崗《こう》本では、龐徳が馬超や関羽に背いて曹魏に仕えているためか評価が低い。

魏 蔡《さい》瑁《ぼう》（徳《とく》珪《けい》）

二、五、六

荊《けい》州襄《じょう》陽《よう》郡の人。荊州刺《し》史《し》として赴任した劉表《りゅうひょう》の支配を安定させた。劉表に姉を嫁がせ、次子の劉琮《りゅうそう》を推し、長子の劉琦《りゅうき》を排斥する。劉表の死後、荊州に旧知の曹操が侵攻すると、劉琮を説得して降伏させた。演義や吉川では、劉表の奸《かん》臣《しん》とされ、自分たちの害になる劉備《りゅうび》の暗殺を謀り、また劉表を惑わせて強引に甥の劉琮を後継ぎに指名させる。曹操に降伏した後には、張允《ちょういん》とともに水軍を任される。しかし、蔡瑁を警戒した周瑜が、蔣幹《しょうかん》を利用して蔡瑁は呉と内通していると曹操を騙すと、それを信じた曹操により処刑された。

魏 曹丕《そうひ》（子桓《しかん》）

五、八、九
『三国志』文帝紀

曹操の嫡子《ちゃくし》で、卞《べん》夫人の長子。曹操の後を嗣《つ》いで魏王《ぎおう》となり、その直後に後漢の献帝《けんてい》の禅譲《ぜんじょう》を受けて、魏を創建した。治世七年で崩御したが、禅譲革命の方法や官僚登用制度の九品中正《きゅうひんちゅうせい》など、後世に与えた影響は大きい。諡号《しごう》は文帝《ぶんてい》。また文学に通じ、その価値を『典論《てんろん》』論文篇に宣揚した。曹操・曹植《ち》とともに、「三曹《さんそう》」と呼ばれ、「建安七子《けんあんしちし》」に並ぶ重要な文人でもあった。そのほか騎射や剣術に優れるなど、多様な才能を持っていた。演義や吉川では、妻の甄《けん》氏を自殺させ、曹植を圧迫し続け、于禁《うきん》を憤死させるなど、冷徹な面ばかりが強調される。

魏 曹植《そうち》（子建《しけん》）

五、八、九
『三国志』陳思王植伝

曹操の子で、曹丕・曹彰《しょう》の同母弟。曹操・曹丕に勝る抜群の文学的才能を持ち、曹操が儒教とは異なる新たな価値として宣揚した「建安文学」の中心として、中国文学史上では、唐《とう》以前の最も重要な詩人と位置づけられる。その才能を曹操に高く評価され、一時は曹丕と後継を争った。そのため曹丕即位後は冷遇されて、不遇のうちに没した。演義と吉川は、曹丕からの冷遇を強調する。曹丕から七歩《しちほ》のうちに詩を作れと圧迫された曹植は、そこに自らの悲哀を詠《うた》い、曹丕すらも感涙させた、という『世説新語』起源の逸話を入れる。

魏 曹叡《そうえい》(元仲《げんちゅう》)

九、十
『三国志』明帝紀

曹丕の子。母甄《けん》氏の地位が卑しかったため、文帝の生前は不遇をかこった。文帝の臨終に太子に指名されて、即位した。沈着にして剛毅《ごうき》な性格で、外には諸葛亮や孫権とよく戦いつつ、内には君主権力の強化に努めたが、年三十六で崩御し、後事を曹爽《そうそう》と司馬懿《しばい》に托《たく》した。諡号は明《めい》帝《てい》。時には自ら孫呉の鎮圧に出陣する賢明な君主であったが、諸葛亮が没した治世の晩年は、驕奢《きょうしゃ》に耽《ふけ》ったとされる。演義や吉川では、諸葛亮の北伐と対決する曹魏の皇帝として、司馬懿を重用する。

魏 司馬昭《しばしょう》(子上《しじょう》)

十
『晋書』文帝紀

司馬懿《い》の次子。兄の司馬師《し》が急逝し、実子がなかったため後を嗣いだ。父と兄が拡大した権勢を引き継ぎ、諸葛誕《しょかつたん》の乱の鎮圧や四代皇帝曹髦《そうぼう》の弑殺《しいさつ》により絶大な権力を振るった。二六三年、鄧艾《とうがい》・鍾会《しょうかい》らを用いて蜀漢を滅ぼし、晋《しん》王に封じられる。五等爵制《ごとうしゃくせい》など新国家のための諸制度を定め、禅譲を受ける直前まで進みながら急逝した。同年、子の司馬炎《えん》が後を嗣ぎ、晋《しん》を創建すると、文帝《ぶんてい》と追諡《ついし》された。演義や吉川では、兄とともに司馬懿を援《たす》け、諸葛亮と対決する。

魏 于《う》禁《きん》（文《ぶん》則《そく》）

二〜九
『三国志』于禁伝

泰山《たいざん》郡の人。曹操が兗州牧《えんしゅうぼく》のころから仕えた歴戦の将軍で、宛城《えんじょう》の戦いでは見事な統率で曹操の窮地を救った。しかし、樊城《はんじょう》の戦いで関羽に大敗すると、命乞いをして降伏。のちに魏に送還されるが、曹丕に降伏を責められ、恥じて憤死した。

魏 楽《がく》進《しん》（文《ぶん》謙《けん》）

二〜八
『三国志』楽進伝

兗《えん》州陽平《ようへい》郡の人。曹操が反董卓《とうたく》連合の檄《げき》を飛ばすと、真っ先に馳《は》せ参じた。それ以降、主要な戦いには常に従軍する。濡《じゅ》須《しゅ》の戦いで呉の甘寧《かんねい》の矢を受けて負傷し、以降は登場しない。正史によれば、二一八年に死去している。

魏 徐《じょ》晃《こう》（公《こう》明《めい》）

三〜十
『三国志』徐晃伝

司《し》隷河東《れいかとう》郡の人。もと仕えていた楊奉《ようほう》を見限って曹操に帰順し、以降は曹操軍の主要将軍の一人として活躍する。同郷の関羽と親交を結んでいたが、樊城の戦いで援軍に赴いた際には、私事を捨て国家のためとして関羽と戦った。

魏 李《り》典《てん》（曼《まん》成《せい》）

二〜八
『三国志』李典伝

山陽《さんよう》郡の人。楽進とともに反董卓連合のころから曹操に仕えた最古参。主だった戦いにいずれも従軍し、とくに博望坡《はくぼうは》の戦いや合肥《ごうひ》の戦いで活躍している。正史によると、学問を好んで、武功を競おうとしなかったという。

魏 李《り》通《つう》（文《ぶん》達《たつ》）

三、七
『三国志』李通伝

江夏《こうか》郡の人。小字を万億《ばんおく》。安象《あんしょう》で張繡《ちょうしゅう》に大敗した曹操を、私兵を率いて助けることで、抜擢《ばってき》された。赤壁《せきへき》の戦いでは、水軍の右軍を率いる。潼関《どうかん》の戦いの初戦で馬超に討たれた。正史によれば、病死である。

魏 臧《ぞう》覇《は》（宣《せん》高《こう》）

二〜四
『三国志』臧覇伝

泰山《たいざん》郡の人。呂布《りょふ》配下の「八健将《はちけんしょう》」の第二将。下邳《かひ》の戦いでは、泰山の山賊らを率いた。呂布滅亡後は曹操に降《くだ》り、官渡《かんと》の戦いでは青州・徐州方面を任された。正史でも、主に青州・徐州方面を任され、曹丕が即位すると光禄勲《こうろくくん》に任じられた。

魏 文《ぶん》聘《へい》（仲《ちゅう》業《ぎょう》）

五〜九
『三国志』文聘伝

南陽《なんよう》郡の人。もと劉表《りゅうひょう》配下で、劉琮《そう》が曹操に降伏したため、文聘も帰順する。降伏しても故主への忠義を忘れなかったので曹操に評価され、赤壁の戦いや漢《かん》中《ちゅう》の戦いなど主だった合戦を転戦した。

魏 呂《りょ》虔《けん》（子《し》恪《かく》）

二、三、六、九
『三国志』呂虔伝

任城《じんじょう》郡の人。曹操が兗州牧のころから仕える主要な将軍の一人で、濮陽《ぼくよう》の戦いでは呂布配下の薛蘭《せつらん》を討ち取る。曹丕が呉へ侵攻した際にも従軍しているが、徐《じょ》盛《せい》に大敗した。

魏 郭淮《かくわい》（伯済《はくせい》）

八、十
『三国志』郭淮伝

幷州《へいしゅう》太原《たいげん》郡の人。定軍山《ていぐんざん》の戦いで曹洪《そうこう》の補佐として初登場。以降は曹真《そうしん》・司馬《しば》懿《い》・張郃《ちょうこう》らと共に、対蜀方面で活躍した。最期は姜維《きょうい》に討たれたが、諸葛亮死後のことなので、吉川には描かれない。

魏 満寵《まんちょう》（伯寧《はくねい》）

三～五、八、十
『三国志』満寵伝

山陽《さんよう》郡の人。曹操が兗州牧のころに参入し、将軍としてはもとより、使者としても活躍する。樊城《はんじょう》の戦いでは、曹仁《そうじん》を補佐して関羽を退けた。文帝期以降は合肥方面で孫権と戦った。正史によれば、曹氏四代に仕え、太尉《たいい》に至っている。

魏 朱霊《しゅれい》（文博《ぶんはく》）

四、七
『三国志』徐晃伝付朱霊伝

曹操の配下。袁術《えんじゅつ》討伐に赴く劉備の目付に任じられる。しかし、袁術の死後、劉備を徐州に残して帰還したため、曹操の怒りを買う。潼関の戦いでは、別働隊を率い、渭水《いすい》の北側に伏せた。正史によれば、もとは袁紹《えんしょう》の配下である。

魏 毛玠《もうかい》（孝先《こうせん》）

四、六、七
『三国志』毛玠伝

陳留《ちんりゅう》郡の人。曹操が兗州で自立したころに招かれ、財務や人事の官を歴任した。赤壁の戦いでは、処刑された蔡瑁《さいぼう》・張允《ちょういん》に代わり、于禁《うきん》とともに水軍を率いた。史実では、人事をめぐり曹操と対立して、失脚した。

魏 董《とう》昭《しょう》（公《こう》仁《じん》）

三、八
『三国志』董昭伝

済陰《せいいん》郡の人。もと袁紹の従事《じゅうじ》であったが、洛陽に帰還した献帝に仕えて議郎《ぎろう》となる。献帝を奉戴《ほうたい》した曹操に、許《きょ》県への遷都《せんと》を進言した。のちに曹操が馬超を破って涼州を平定すると、魏公即位と九錫《きゅうせき》を受けるよう発議した。

魏 劉《りゅう》曄《よう》（子《し》揚《よう》）

二～六、八～十
『三国志』劉曄伝

淮南《わいなん》郡の人で、光武帝《こうぶてい》の末裔《まつえい》である。曹操が兗州牧のころから仕え、明帝まで三代を支えた。官渡の戦いでは霹靂車《へきれきしゃ》を作り袁紹軍の攻城兵器を破った。漢中の戦いでは、劉備の蜀へ侵攻するよう進言したが、曹操は「望蜀《ぼうしょく》」とこれを退けた。

魏 鍾繇《しょうよう》（元常《げんじょう》）

七～十
『三国志』鍾繇伝

潁川《えいせん》郡の人。潼関の戦いでは長安の守将として登場する。正史によれば、荀彧《じゅんいく》の推挙で曹操に仕え、文・明帝期の三公《さんこう》を歴任した重臣である。また書道史において楷書《かいしょ》の成立に深く関わったとされるほどの書の名人でもあった。

魏 王《おう》朗《ろう》（景《けい》興《こう》）

三、六、九、十
『三国志』王朗伝

徐《じょ》州東海《とうかい》郡の人。もと会稽太守《かいけいたいしゅ》で、孫策《そんさく》に滅ぼされた。のちに曹魏に仕え、曹丕《そうひ》の受禅《じゅぜん》に際しては、華歆《かきん》と共に献帝を脅迫して無理やり禅譲を実行した。第一次北伐では、陣頭で諸葛亮に舌戦《ぜっせん》を挑むが、論破されて憤死した。正史は異なる。

魏　蔣済《しょうせい》（子通《しつう》）　九　『三国志』蔣済伝

揚《よう》州楚《そ》国の人。丞相府《じょうしょうふ》の主簿《しゅぼ》。荊州の関羽の侵攻を怖れた百官が遷都を唱えるなか、司馬懿と共に反対し、孫呉との同盟による打開策を主張した。正史によれば、司馬懿派の重臣であるが、吉川では、この場面以外には登場しない。

魏　陳羣《ちんぐん》（長文《ちょうぶん》）　七、九　『三国志』陳羣伝

潁川《えいせん》郡の人。荀彧の娘婿《むすめむこ》。正史によれば、司馬懿と並ぶ文・明帝期の重臣で、とくに九品中正制度《きゅうひんちゅうせいせいど》の献策者として知られる。しかし、演義や吉川では、臨終の曹丕が後事を託す場面などに、僅《わず》かに登場するのみである。

魏　王粲《おうさん》（仲宣《ちゅうせん》）　五、六、八　『三国志』王粲伝

兗《えん》州山陽《さんよう》郡の人。もと劉表《りゅうひょう》の配下で曹操に降伏するよう劉琮《そう》に進言し、降伏後は曹操に仕えた。「建安七子《けんあんしちし》」の一人として、後漢末を代表する文人である。また、その著とされる『英雄記《えいゆうき》』は、吉川の中にも引用されている。

魏　陳琳《ちんりん》（孔璋《こうしょう》）　九　『三国志』王粲伝付陳琳伝

正史によれば、もと袁紹の幕僚。官渡の戦いの後、曹操へ降伏した。「建安七子」の一人で、官渡の戦いで陳琳が書いた檄《げき》文《ぶん》は現在に伝わる。毛宗崗本《もうそうこうほん》は、檄文に関する逸話を大きく扱うが、吉川や李卓《りたく》吾本《ごほん》演義では、僅かに触れられるのみ。

魏 曹《そう》騰《とう》（季《き》興《こう》）
九
『後漢書』宦者 曹騰伝

曹操の祖父。宦官《かんがん》として後漢の五帝に仕えて権勢を極め、その一方で、清流人士を多く抜擢した。曹騰の築いた権力と人脈は、のちに曹操の大きな基盤となった。ただし、李卓吾本の系譜を引く吉川では、ほとんど登場しない。

魏 曹《そう》嵩《すう》（巨《きょ》高《こう》）
一、二、九

曹操の父。曹騰の養子に迎えられ、官は太尉《たいい》に至る。徐州で陶謙《とうけん》の配下に襲撃されて横死し、曹操の徐州虐殺《ぎゃくさつ》のきっかけになった。『三国志』を著した陳寿《ちんじゅ》は、出自を明記しないが、裴松之《はいしょうし》の注には、夏侯氏の出身と明記される。

魏 曹《そう》昂《こう》（子《し》脩《しゅう》）
三
『三国志』豊愍王昂伝

曹操の長子。曹丕の異母兄にあたる。母の劉《りゅう》氏を早くに亡《な》くしたので、正妻の丁《てい》夫人に育成された。宛城《えんじょう》の戦いで、曹操に自分の馬を譲って逃がし、自身は討死した。丁夫人は、これを非難して、曹操と離婚する。

魏 曹《そう》彰《しょう》（子《し》文《ぶん》）
八、九
『三国志』任城威王彰伝

曹操の子で、曹丕の同母弟。猛獣と格闘するほどの力を持ち、父から「黄鬚《こうしゅ》」と呼ばれた。漢中の戦いでは、劉備の養子の劉封《りゅうほう》と戦った。曹操の死後、後継ぎをめぐって上洛《じょうらく》するが、賈逵《かき》にたしなめられた。正史ではほどなく死去している。

魏 曹真《そうしん》（子丹《したん》）

八、九 『三国志』曹真伝

曹操の族子。司馬懿・陳羣とともに曹丕に後事を託された重臣。大都督《だいととく》として諸葛亮と幾度も対決するものの、ことごとく敗れる。司馬懿と諸葛亮の才略の間にはさまれて苦しみ、最期《さいご》は諸葛亮の書簡を読んで憤死した。

魏 曹休《そうきゅう》（文烈《ぶんれつ》）

七〜十 『三国志』曹休伝

曹操の族子。曹操の晩年や曹丕の時代に宗室を代表する将軍として登場する。石《せき》亭《てい》の戦いで、呉の周魴《しゅうほう》の計略に嵌《は》まって大敗し、まもなく病死した。正史によれば、曹操に「わが家の千里の駒《こま》」と評され、息子同然に養育されたとある。

魏 曹爽《そうそう》（昭伯《しょうはく》）

十 『三国志』曹真伝付曹爽伝

曹真の子。明帝の死後、司馬懿を退け、何晏《かあん》・夏侯玄を腹心に曹室の復権を目指した。しかし、正始《せいし》の政変で司馬懿に打倒され、以降、曹魏における司馬氏の権勢が定まった。吉川では「篇外余録」で言及されるのみ。

魏 曹奐《そうかん》（景明《けいめい》）

十 『三国志』陳留王紀

曹魏の五代目皇帝。曹操の孫。司馬昭に擁立され、実権はなかった。在位五年で司馬炎へ禅譲し、曹魏は滅亡した。禅譲後は陳留王《ちんりゅうおう》に封じられる。諡号《しごう》は元帝《げんてい》。

魏 夏《か》侯《こう》尚《しょう》（伯《はく》仁《じん》）

八、九

『三国志』夏侯尚伝

夏侯淵の甥。叔父に従い漢中で蜀漢と戦ったが、黄忠《こうちゅう》らに敗れて漢中を失う。のちに荊州方面に赴き、孟達《もうたつ》を援《たす》けて劉封と戦った。正史では、主に文帝期に重用された宗室の将軍。子に、曹爽を支えた夏侯玄《げん》がいる。

魏 夏《か》侯《こう》楙《ぼう》（子《し》休《きゅう》／子《し》林《りん》（正史））

九、十

夏侯淵の子で、夏侯惇の養子。夏侯駙馬《こうふば》と呼ばれる。宗室を理由に対北伐の大将に任じられたが、為人《ひととなり》は軽薄で声望がなく、姜維《きょうい》を蜀漢へ出奔させた上、涼州の要地を失う。最期は羌《きょう》へ遁走《とんそう》し、二度と帰還しなかった。正史では夏侯惇の実子。

魏 夏《か》侯《こう》覇《は》（仲《ちゅう》権《けん》）

六、十

夏侯淵の子。長坂坡《ちょうはんは》の戦いで張飛の一喝に肝を潰《つぶ》して落馬し、曹操軍は総崩れになった。第六次北伐の際、他の兄弟三人と共に司馬懿に抜擢された。演義では後に蜀漢に亡命し、姜維の副官となる。吉川の夏侯覇は長坂坡で戦死したように読め、前者と後者の夏侯覇が別人のような印象を受ける。これは吉川が『通俗三国志』を通して李卓吾本の影響を受けているためで、現行の毛宗崗本は前者を「夏《か》侯傑《こうけつ》」と改めて、別人物としている。

魏　劉岱《りゅうたい》（公山《こうざん》）　二〜四

反董卓《とうたく》連合第四鎮の兗州刺史《えんしゅうしし》。のち青州《せいしゅう》黄巾賊《こうきんぞく》に敗れて領地を失う。官渡《かんと》の戦いでは曹操配下として徐州の劉備を攻めるも張飛の策略に敗れた。なお正史によれば、官渡以降の劉岱は同姓同名の別人だが、演義や吉川は同一人物とする。

魏　蔡陽《さいよう》　五

曹操の配下。許都《きょと》を脱出した関羽を独断で追討する。一方、関羽は、古城《こじょう》で張飛と再会したが、張飛は関羽が曹操に寝返ったと言って斬《き》ろうとする。その折に蔡陽が現れたため、関羽は瞬《また》く間に蔡陽を斬って、張飛の疑念を晴らした。

魏　張允《ちょういん》　六

もと劉表の重臣。蔡瑁《さいぼう》とともに劉琮《りゅうそう》を曹操に降伏させ、取り立てられる。赤壁《せきへき》の戦いでは、蔡瑁と同じく水軍の全権を委《ゆだ》ねられていたが、両者を危険視した周瑜《しゅうゆ》の謀略により、内通を疑われて曹操に処刑された。

魏　牛金《ぎゅうきん》　七

曹仁の配下。周瑜軍に対し積極策を主張して出陣するも、丁奉《ていほう》に包囲されて窮地に陥る。これを見た曹仁は自ら出陣し牛金と配下全員を救出して呉軍を震撼《しんかん》させた。なお、東晋《とうしん》の祖である司馬睿《しばえい》（司馬懿の曾孫《そうそん》）の父との説がある。

魏 王双《おうそう》①（子全《しぜん》）

十

諸葛亮の第二次北伐に対し、曹真に抜擢された猛将。身丈七尺、熊腰虎背《ゆうようこはい》の体軀《たいく》で、流星鎚《りゅうせいつい》を得物《えもの》とする。謝雄《しゃゆう》・龔起《きょうき》・張嶷《ちょうぎょく》を立て続けに退ける活躍をした。しかし、撤退する蜀漢軍を安易に追撃したため、諸葛亮の策略で討たれた。

魏 郝昭《かくしょう》（伯道《はくどう》）

十

并《へい》州太原《たいげん》郡の人。第二次北伐に対して、陳倉《ちんそう》城を諸葛亮から死守し、ついに退けた。しかし、間もなく郝昭が重病にかかったので、諸葛亮は三度出征して陳倉を抜いた。戦後、諸葛亮は郝昭の遺体を捜し、手厚く葬《ほうむ》った。正史は異なる。

魏 辛毘《しんぴ》（佐治《さじ》）

五、九、十
『三国志』辛毗伝

潁川《えいせん》郡の人。辛評《ひょう》の弟。正史では、名を「辛毗《しんぴ》」とする。もとは袁譚《えんたん》の幕僚で、曹操へ使者に赴き、そのまま降《くだ》った。五丈原《ごじょうげん》の戦いでは勅使《ちょくし》として前線に遣わされ、司馬懿の意図を汲《く》んで決戦回避に尽力した。

魏 郗慮《ちりょ》（鴻豫《こうよ》）

六、八

山陽《さんよう》郡の人。孔融《こうゆう》が曹操の南征に反対して退けられると、孔融と不和であった郗慮は、これに乗じて讒言《ざんげん》し、孔融を処刑させた。伏《ふく》皇后の曹操誅殺《ちゅうさつ》計画が発覚した際には、華歆《かきん》と宮中に押し入り皇后を連れ出した。

魏 劉馥《りゅうふく》（元穎《げんえい》）

六 『三国志』劉馥伝

沛《はい》国の人。曹操配下の揚州刺史《ようしゅうしし》で、赤壁の戦いの直前、曹操の詠《よ》んだ詩（短歌行《たんかこう》）を不吉である、と咎《とが》めたため処刑された。正史によれば、合肥《ごうひ》城を復興した名刺史であったが、赤壁の戦いの直前に死去している。

魏 楊阜《ようふ》（義山《ぎざん》）

七、八、十 『三国志』楊阜伝

天水《てんすい》郡の人。潼関《どうかん》の戦勝の後に、なお馬《ば》超《ちょう》の危険性を説いて、自ら備えとして留まった。果たして馬超が再び叛《そむ》き、韋康《いこう》を殺害すると、楊阜は従兄弟《いとこ》の姜叙《きょうじょ》らを挙兵させて馬超を破り、西涼《せいりょう》を平定した。

魏 諸葛誕《しょかつたん》（公休《こうきゅう》）

十 『三国志』諸葛誕伝

琅邪《ろうや》の人で諸葛亮の従弟。正史によれば、曹魏に仕えて揚州方面の司令官に至るが、のち司馬昭の専権に対して挙兵し、滅ぼされた。吉川では、登場せず、「篇外余《へんがいよ》録《ろく》」に『世《せ》説新語《せつしんご》』の逸話が紹介されるのみである。

魏 田疇《でんちゅう》（子泰《したい》）

五 『三国志』田疇伝

もと袁紹の幕僚。曹操の烏桓《うがん》征討に際して道案内を任された。戦後、曹操は田疇の功に賞を与えようとしたが、田疇は袁家に義理立てしてそれを受けなかった。なお、正史によれば、田疇は袁紹に仕えず、山中に自衛集団を築いたとある。

魏　司馬師《しばし》（子元《しげん》）　十　『晋書』景帝紀

司馬懿《い》の長子。司馬懿を補佐して諸葛亮の北伐や曹爽の政変で働いた。父の後を嗣《つ》いで専権を振るい、皇帝曹芳《そうほう》を廃位する。しかし、毌丘倹《かんきゅうけん》の反乱を鎮圧した際に病に罹《かか》り急逝。弟の司馬昭《しょう》が後を嗣いだ。晋《しん》の建国後、景帝《けいてい》と追諡《ついし》された。

魏　司馬炎《しばえん》（安世《あんせい》）　十　『晋書』武帝紀

司馬昭の嫡長子《ちゃくちょうし》。二六五年、曹奐《そうかん》から禅《ぜん》譲《じょう》を受けて晋《しん》を開き、二八〇年に孫呉《そんご》を滅ぼして、三国を統一した。しかし不慧《ふけい》の皇太子司馬衷《しばちゅう》（後の恵帝《けいてい》）や台頭する貴族層などの問題を残したまま崩御し、西晋崩壊の遠因を作った。諡号は武帝《ぶてい》。

魏　鄧艾《とうがい》（士載《しさい》）　十　『三国志』鄧艾伝

荊《けい》州義陽《ぎよう》郡の人。司馬懿に抜擢《ばってき》された。二六三年、鍾会《しょうかい》らと軍を率いて蜀漢《しょっかん》を滅ぼす主力となった。しかし、直後に鍾会の謀反《むほん》に巻き込まれ、誅殺された。吃音《きつおん》の癖があったという。吉川では、「篇外余録」で僅《わず》かに触れられるのみである。

魏　鍾会《しょうかい》（士季《しき》）　十　『三国志』鍾会伝

鍾繇《よう》の子。二六三年、鄧艾《とうがい》と共に軍を率いて、蜀漢を滅ぼした。しかし、その直後、野心が芽生え、姜維《きょうい》とともに成都《せいと》で自立を謀《はか》り、失敗して殺害された。吉川では、「篇外余録」で僅かに触れられるのみである。

魏 蔣幹《しょうかん》(子翼《しよく》) 六

曹操の幕僚。赤壁《せきへき》の戦いにおいて旧友周瑜《しゅうゆ》の調略に赴くも、思惑を周瑜に見抜かれ、逆に蔡瑁《さいぼう》誅殺に利用される。のち名誉挽回《ばんかい》のため再び呉陣に赴くが、今度は龐統《ほうとう》の「連環《れんかん》の計」に利用され、ことごとく赤壁の戦いの敗因を作った。

魏 楊脩《ようしゅう》(徳祖《とくそ》) 七、八

楊彪《ひょう》の子。才能高く、また曹植《そうち》と親交を結んでおり、曹操に評価されつつ、警戒もされた。漢中の戦いの際に、曹操がふと漏らした「鶏肋《けいろく》」という言葉を撤退の意と解釈したことで、曹操に忌《い》まれて処刑された。

魏 左慈《さじ》(元放《げんほう》) 八 『後漢書』方術 左慈伝

道号《どうごう》は烏角《うかく》先生。突然、魏の王宮に現れ、様々な妖術《ようじゅつ》で曹操を翻弄《ほんろう》して激怒させる。曹操が殺そうにも、左慈は意に介さず、逆にからかい倒した。『捜神記《そうじんき》』や『抱《ほう》朴子《ぼくし》』などでは、六朝《りくちょう》時代の道教教団の祖と位置づけられている。

魏 管輅《かんろ》(公明《こうめい》) 八 『三国志』管輅伝

平原《へいげん》郡の人。『周易《しゅうえき》』に深く通じ、人の寿命を言い当てたり、予言を的中させるなどの評判があった。左慈の妖術に弱った曹操に招かれ、耿紀《こうき》の乱や魯粛《ろしゅく》の死を予言する。感激した曹操の厚遇を辞して、最後に夏侯淵《かこうえん》の死を予言して去った。

魏 晏明《あんめい》 六

曹洪《そうこう》の配下。三尖両刃剣《さんせんりょうばけん》の使い手。長坂坡《ちょうはんは》の戦いで、趙雲《ちょううん》に討たれた。

魏 韋康《いこう》（元将《げんしょう》） 七、八

京兆《けいちょう》の人。潼関《どうかん》の戦勝後、涼《りょう》州刺史《しゅうしし》に任命された。しかし、馬超《ばちょう》が再び叛《そむ》くと、奮戦敵《かな》わず降伏し、処刑された。

魏 尹賞《いんしょう》 十

天水《てんすい》城の守将。第一次北伐で旧知の姜維《きょうい》が蜀漢に降伏すると、尹賞も城を明け渡して降伏した。

魏 尹奉《いんほう》 八

姜叙《きょうじょ》の部下。馬超が西涼で、再び曹操に叛いた際に、姜叙に従ってこれを破った。

魏 衛弘《えいこう》 二

河南《かなん》随一の富豪。曹操の反董《とう》卓《たく》挙兵のため軍資を支援した。なお正史では、挙兵を援《たす》けた者は「衛茲《えいじ》」である。

魏 王基《おうき》（伯輿《はくよ》） 八

安平《あんぺい》太守。管輅《かんろ》のエピソードの中で登場する。正史によれば、主として曹魏《そうぎ》後期に活躍した人物である。

魏 王経《おうけい》（彦緯《げんい》） 十

曹魏の将軍。雍州《ようしゅう》刺史をつとめる。洮西《とうせい》において、姜維に大敗したことが、吉川では、「篇外余録」で触れられる。

魏 王垢《おうこう》 三

曹操軍の兵糧総官。袁術《えんじゅつ》との戦いで、兵糧難を解決するために小桝《こます》での配給を行うが、罪を着せられて処刑された。

魏 王粛《おうしゅく》（子雍《しよう》） 十

王朗《ろう》の子。また、娘は司馬炎《しばえん》の母。魏晋を代表する思想家であるが、吉川での登場は、曹《そう》真《しん》の征蜀に反対する場面のみ。

魏 **王植《おうしょく》** 五

「五関斬六将《ごかんざんろくしょう》」の四関目にあたる滎陽《けいよう》太守。関羽《かんう》の暗殺を謀《はか》ったが、部下の胡班《こはん》により露見し、関羽に討たれた。

魏 **王双《おうそう》②** 九

曹仁《そうじん》の配下。夷陵《いりょう》の戦いで消耗する孫呉《そんご》へ侵攻したが、朱《しゅ》桓《かん》に大敗した。

魏 **王則《おうそく》** 三

曹操配下の奉車都尉《ほうしゃとい》。南陽宛城の張繡《ちょうしゅう》を攻めるために、呂《りょ》布《ふ》へ遣わされて、同盟を結んだ。

魏 **王忠《おうちゅう》** 四

曹操の配下。官渡《かんと》の戦いの直前、劉岱《りゅうたい》と共に徐州の劉備を攻めたが、あっさりと敗れ、曹操の怒りを買った。

魏 **王必《おうひつ》** 四、八

許《きょ》の御林軍長《ぎょりんぐんちょう》。古参であるが能力に欠ける。耿紀《こうき》らの反乱により負傷し、ほどなくして死亡した。

魏 **和洽《かこう》（陽士《ようし》）** 八

魏の廷臣。王粲《おうさん》らと共に、曹操に魏王への就任を勧めるが、荀攸《じゅんゆう》が反対して沙汰《さた》やみになった。

魏 **賈逵《かき》（梁道《りょうどう》）** 九、十

魏の諫議大夫《かんぎたいふ》。呉の周鲂《しゅうほう》の謀略を見抜いて曹休を救出した。子に西晋建国の功臣となった賈充《じゅう》がいる。

魏 **賈翔《かしょう》** 十

張郃《ちょうこう》の配下。張郃とともに、諸葛亮を木門道《ぼくもんどう》に追撃したが、伏兵により張郃は戦死した。

魏 **郭奕《かくえき》（伯益《はくえき》）** 五

郭嘉《か》の子。曹操は袁《えん》氏征伐から帰ると、軍略を立てた亡《な》き郭嘉を偲《しの》んで、郭奕を取り立てた。

魏 郭循《かくじゅん》 十

正史によれば、曹魏から蜀漢へ降伏し、宴席にて大将軍の費褘《ひい》を殺害した。「郭脩《かくしゅう》」とも。なお演義には登場しない。

魏 楽綝《がくちん》 十

楽進の子。第二次北伐に際し、張遼の子である張虎《ちょうこ》と共に抜擢された。張虎と合わせて登場することが多い。

魏 夏侯威《かこうい》（季権《きけん》） 十

夏侯淵《えん》の子。諸葛亮の第六次北伐に際して、他の兄弟三人と共に、司馬懿に抜擢された。

魏 夏侯恩《かこうおん》 六

曹操の側近。長坂坡《ちょうはんは》の戦いで趙雲に討たれ、帯びていた青釭《せいこう》の剣を奪われた。吉川では、夏侯惇の弟とされる。

魏 夏侯和《かこうか》（義権《ぎけん》） 十

夏侯淵の子。諸葛亮の第六次北伐に際して、他の兄弟三人と共に、司馬懿に抜擢された。

魏 夏侯恵《かこうけい》（稚権《ちけん》） 十

夏侯淵の子。『六韜《りくとう》』や『三略《さんりゃく》』の兵法に精通する。第六次北伐に対し、他の兄弟三人と共に、司馬懿に抜擢された。

魏 夏侯存《かこうそん》 八

曹仁の配下。樊城《はんじょう》の戦いで関羽との決戦を主張したが、初戦で関平《かんぺい》に討たれた。

魏 夏侯徳《かこうとく》 八

夏侯尚《しょう》の兄。叔父の夏侯淵に従い、漢中の要害を守備していたが、蜀漢の厳顔《げんがん》に斬《き》られた。

魏 夏侯蘭《かこうらん》 六

夏侯惇の副将。博望坡《はくぼうは》の戦いで、諸葛亮の火攻めを受け、張飛に討たれた。

魏 韓《かん》瑛《えい》 十

韓徳《とく》の長男。第一次北伐の緒戦において、兄弟共々趙雲に討たれた。

魏 韓《かん》琪《き》 十

韓徳の四男。第一次北伐の緒戦において、兄弟共々趙雲に討たれた。

魏 韓《かん》曁《き》 十

曹魏の太常卿《たいじょうけい》。諸葛亮の第二次北伐の際、朝廷から遣わされ、前線の曹真に自重の方針を伝えた。

魏 韓《かん》瓊《けい》 十

韓徳の三男。第一次北伐の緒戦において、兄弟共々趙雲に討たれた。

魏 韓《かん》浩《こう》① 六

夏《か》侯惇《こうとん》に従い、新野の劉備を攻めて、博望坡で諸葛亮に大敗した。正史によれば、屯田《とんでん》制の建議者。

魏 韓《かん》浩《こう》② 八

韓玄《げん》の弟。定軍山の戦いで、張郃《ちょうこう》に加勢して兄の仇である黄忠《こうちゅう》を狙《ねら》うが、逆に斬られた。

魏 韓《かん》徳《とく》 十

夏《か》侯楙《こうぼう》の配下。羌《きょう》兵を率いる。第一次北伐において、四人の息子とともに趙雲に挑み、まとめて討たれた。

魏 韓《かん》福《ふく》 五

「五関斬六将」の二関目にあたる洛陽《らくよう》太守。伏兵を設けて関羽を討とうと謀ったが、あっけなく斬られた。

魏 韓《かん》瑶《よう》 十

韓徳の次男。第一次北伐の緒戦において、兄弟共々趙雲に討たれた。

魏 邯鄲淳《かんたんじゅん》（子叔《ししゅく》） 八

後漢末の文人。曹操と蔡文姫《さいぶんき》（蔡邕《さいよう》の娘）との会話の中で、曹娥《そうが》の碑文の作者として、紹介される。

魏 魏平《ぎへい》 十

張郃《ちょうこう》の配下。張郃と共に、諸葛亮を木門道に追撃したが、伏兵により張郃は戦死した。

魏 許芝《きょし》 八、九

太史丞《たいしじょう》。左慈《さじ》の妖術に悩まされる曹操に管輅《かんろ》を推挙した。曹操の死後、後を嗣いだ曹丕《そうひ》に禅譲を勧める。

魏 姜叙《きょうじょ》 八

韋康《いこう》の配下。韋康の死後は馬超に屈伏していたが、母親と楊阜《ようふ》に励まされて挙兵し、馬超を破って涼州を平定した。

魏 邢貞《けいてい》 九

曹魏の太常卿《たいじょうけい》。勅使として赴いた孫呉で傲慢《ごうまん》な振る舞いをしたため、張昭《ちょうしょう》ら孫呉の重臣に一喝された。

魏 呉押獄《ごおうごく》 九

獄吏。投獄された華佗《かだ》に便宜を図ったので、華佗より『青嚢書《せいのうしょ》』を授かる。しかし、禍《わざわい》を恐れた妻は、それを焼く。

魏 孔秀《こうしゅう》 五

「五関斬六将」の一関目の東《とう》嶺関《れいかん》守将。手形を持たない一行の通過を拒み、捕縛しようとしたため、関羽に斬られた。

魏 崔琰《さいえん》（季珪《きけい》） 五、六、八

冀《き》州清河《せいが》の人。河北を平定した曹操に辟召《へきしょう》され、戸籍や人事を司《つかさど》った。しかし曹操の魏王就任に反対して処刑された。

魏 崔諒《さいりょう》 十

曹魏の安定《あんてい》太守。第一次北伐にて偽って蜀漢に降伏したが、それを見抜いた諸葛亮に利用され、最期は張苞《ちょうほう》に討たれた。

魏 崔督《さいとく》 三

曹操が献帝を奉戴《ほうたい》した際、銭《せん》糧使《りょうし》に就く。本来は人名ではない。『通俗』に「崔督銭糧使」との官名があり、その誤認か。

魏 蔡和《さいか》 五〜七

蔡瑁《ぼう》の甥《おい》。赤壁《せきへき》の戦いで呉軍へ間諜《かんちょう》に派遣されるが、見破った周瑜《しゅうゆ》に利用され、最期は決戦直前に処刑された。

魏 蔡勲《さいくん》 五、六

蔡瑁の弟。「蔡薫《さいくん》」とも表記される。兄に従い、襄陽《じょうよう》の会で、劉備暗殺を謀る。赤壁の戦いの緒戦で甘寧《かんねい》に射殺された。

魏 蔡仲《さいちゅう》 五〜七

蔡和と同じく蔡瑁の甥。赤壁の戦いで、甘寧の道案内にされた上で、処刑された。正しくは「蔡中《さいちゅう》」。

魏 史渙《しかん》（公劉《こうりゅう》） 四、五

曹操の部将。上党《じょうとう》郡で眭固《すいこ》と戦う。官渡の戦いでは、韓猛《かんもう》の兵糧部隊を討つ。倉亭《そうてい》の戦いで、袁尚《えんしょう》に射殺された。

魏 司馬孚《しばふ》（叔達《しゅくたつ》） 九

司馬懿《い》の三弟。正史では司馬懿から司馬炎《えん》まで四代を支えた一族の長老。吉川では、曹操の葬儀で登場するのみ。

魏 司馬望《しばぼう》（子初《ししょ》） 十

司馬孚《ふ》の子。父とともに魏に仕えた元老。吉川では、「篇外余録」でわずかに触れられるのみである。

魏 車冑《しゃちゅう》 四

呂布《りょふ》滅亡後に就任した徐州太守。袁術《えんじゅつ》討伐に訪れた劉備《りゅうび》の誅殺《ちゅうさつ》を謀るが、関羽《かんう》に斬られ、劉備は再び徐州に自立する。

魏 朱讃《しゅさん》 十

曹真の弟である曹遵《そうじゅん》の副将。第一次北伐において、先鋒《せんぽう》を任されたが、初戦で大敗した。

魏 淳于導《じゅんうどう》 六

曹仁の配下。長坂坡《ちょうはんは》の戦いで、劉備配下の糜竺《びじく》を生け捕りにしたが、趙雲《ちょううん》に討たれた。

魏 徐商《じょしょう》 九

徐晃《じょこう》の配下。樊城《はんじょう》の戦いにおいて、呉の呂蒙《りょもう》により本拠地を失って撤退する関羽軍を追撃した。

魏 焦炳《しょうへい》 八

曹操の部将の一人。漢中の戦いで、蜀軍を防ごうとしたが、趙雲に討たれた。

魏 鍾紳《しょうしん》 六

曹操の部将。鍾縉《しん》の弟で方天《ほうてん》戟《げき》の使い手。長坂坡の戦いで、兄ともども趙雲に討たれた。

魏 鍾進《しょうしん》 七

鍾繇《よう》の弟。兄と長安に駐屯していたが、馬超の反乱で長安が陥落。鍾進は龐徳《ほうとく》に討たれた。

魏 鍾縉《しょうしん》 六

曹操の部将。鍾紳《しん》の兄で大斧《おおおの》の使い手。長坂坡の戦いで、弟ともども趙雲に討たれた。

魏 常雕《じょうちょう》 九

曹仁の配下。夷陵《いりょう》の戦いに乗じて、濡須《じゅしゅ》城へ侵攻したが、呉の朱桓《しゅかん》に討たれた。

魏 諸葛虔《しょかつけん》 九

曹仁の配下。夷陵の戦いに乗じて、濡須城へ侵攻したが、朱桓に大敗した。

魏 申儀《しんぎ》 八〜十

申耽《たん》の弟。金城《きんじょう》太守。一時は孟《もう》達《たつ》に降《くだ》り、さらに孟達と共に曹操に寝返る。のち再び蜀漢と内通した孟達の討伐に従う。

魏 申耽《しんたん》（義挙《ぎきょ》）　八〜十

申儀《ぎ》の兄。上庸《じょうよう》太守。一時は孟達に降り、さらに孟達と曹操に寝返る。のち再び蜀漢と内通した孟達の討伐に従う。

魏 岑威《しんい》　十

魏の部将。第六次北伐にて、模倣した木牛流馬《ぼくぎゅうりゅうば》で兵糧輸送をしていたところ、王平《おうへい》の急襲を受けて斬られた。

魏 秦琪《しんき》　五

「五関斬六将」の五関目、黄河の渡し口の守将。蔡陽《さいよう》の甥で、夏侯惇《かこうとん》の部下であった。

魏 秦良《しんりょう》　十

曹真の部将。諸葛亮の第四次北伐にて、曹真の命を受け、斜谷《やこく》の谷口を守っていたが、蜀漢の廖化《りょうか》に討たれた。

魏 秦朗《しんろう》（元明《げんめい》）　十

第六次北伐で諸葛亮に計略を看破され討死した。正史によれば、母を娶《めと》った曹操に養育され、宗室同然に重用された。

魏 任峻《じんしゅん》（伯達《はくたつ》）　三

河南《かなん》郡の人。曹操が兗州牧《えんしゅうぼく》のころから仕え、主に屯田《とんでん》や兵糧《ひょうろう》を任された。

魏 成何《せいか》　八

龐徳《ほうとく》の配下。樊城《はんじょう》の戦いにおいて、于禁《うきん》たち主力が降伏したあとも、龐徳とともに最後まで抵抗して戦い、討死した。

魏 薛喬《せっきょう》　十

曹休の配下。石亭《せきてい》の戦いで呉の陸遜《りくそん》・周魴《しゅうほう》に破られた。

魏 薛則《せっそく》　十

夏侯楙《かこうぼう》の配下。第一次北伐において、趙雲《ちょううん》を窮地に追い込んだが、張苞《ちょうほう》に討たれた。

魏 薛悌《せってい》 八

曹操の配下。合肥《ごうひ》の戦いにて、合肥の張遼《ちょうりょう》へ曹操からの秘策を伝えた。

魏 蘇顒《そぎょう》 十

郭淮《かくわい》の部将。第一次北伐において、蜀漢の殿軍《しんがり》をつとめる趙雲を追撃したが、逆に討たれた。

魏 曹安民《そうあんみん》 三

曹操の甥。宛城《えんじょう》の戦いにて、曹操に鄒《すう》氏を引き合せる。その結果、張繡《ちょうしゅう》軍に討たれ、戦死した。

魏 曹永《そうえい》 七

曹仁の親族。潼関《どうかん》の戦いで、龐徳《ほうとく》に討たれた。

魏 曹純《そうじゅん》（子和《しか》） 七

曹仁の弟。兄とともに江陵《こうりょう》で周瑜《しゅうゆ》と戦った。正史によれば、虎豹騎《こひょうき》という最精鋭部隊を率い、袁譚《えんたん》を討つなど活躍した。

魏 曹遵《そうじゅん》 十

曹真の弟。第一次北伐において、朱讃《しゅさん》とともに先鋒となったが、初戦で大敗した。正史は早世したとする。

魏 曹徳《そうとく》 二

曹操の実弟。父曹嵩《そうすう》とともに、徐州牧の陶謙《とうけん》配下に殺害された。

魏 曹熊《そうゆう》 八、九

曹操の子。曹丕《ひ》や曹植《ち》の同母弟。多病であり、後継候補から外された。曹操の死後、曹丕の糾弾を畏《おそ》れて自殺した。

魏 曹操の叔父 一

曹嵩《そうすう》の弟。名は不詳。幼いころの曹操の放蕩《ほうとう》ぶりに苦言を呈していたが、曹操の芝居に騙《だま》されて逆に信用を失った。

魏 孫資《そんし》（彦龍《げんりゅう》） 十

曹魏の尚書《しょうしょ》。街亭《がいてい》の戦勝の後、さらに蜀へ侵攻することを主張する司馬懿《しばい》に反対し、慎重策を上奏した。

魏 孫礼《そんれい》（徳達《とくたつ》） 十

曹魏の廷臣。曹真・司馬懿の配下として諸葛亮と戦った。正史によれば、のちに三公《さんこう》に至っている。

魏 戴陵《たいりょう》 十

張郃《ちょうこう》の副将。諸葛亮と司馬懿の陣比べで、諸葛亮の八卦《はっけ》の陣に挑んで大敗。顔に墨を塗られて送り返された。

魏 張既《ちょうき》（徳容《とくよう》） 七

馮翊《ひょうよく》の人。潼関《どうかん》の戦勝後、夏《か》侯淵《こうえん》の推挙により京兆尹《けいちょういん》（前漢で首都圏だった京兆の行政長官）となり、長安を守った。

魏 張球《ちょうきゅう》 十

満寵《まんちょう》の配下。諸葛亮の第六次北伐に連携して侵攻する呉軍に対して、巣湖《そうこ》口《こう》で大勝した。

魏 張虎《ちょうこ》② 十

張遼《りょう》の子。第二次北伐に際し、楽進《がくしん》の子である楽綝《ちん》と共に抜擢された。楽綝と合わせて登場することが多い。

魏 張韜《ちょうとう》 九

曹魏の廷臣。文帝《ぶんてい》（曹丕《そうひ》）の郭《かく》皇后と謀《はか》って、明帝《めいてい》（曹叡《えい》）の母甄《けん》皇后を冤罪《えんざい》に陥《おとしい》れた。この事件は正史には見えない。

魏 張普《ちょうふ》 十

曹休の配下。石亭《せきてい》の戦いで、呉の朱桓《しゅかん》の夜襲により討たれた。

魏 趙衢《ちょうく》 八

冀城《きじょう》の守将。馬超《ばちょう》が再び挙兵した際、夏侯淵に内応して、馬超の本拠を明け渡した。

魏 趙月《ちょうげつ》 八

趙昂《こう》の子。馬超の小姓。父が馬超に反旗を翻《ひるがえ》したため処刑された。

魏 趙厳《ちょうげん》（伯然《はくぜん》） 九

曹仁の司馬《しば》。樊城《はんじょう》で関羽を退けた曹仁に、深追いを戒めた。正史名は「趙儼《ちょうげん》」が正しい。正史では、のちに三公に至る。

魏 趙昂《ちょうこう》 八

姜叙《きょうじょ》の部下。西涼《せいりょう》で再び叛《そむ》いた馬超を、姜叙に従って破った。その妻である王異《おうい》の功績が大きい。

魏 陳矯《ちんきょう》（季弼《きひつ》） 七、九

広陵《こうりょう》郡の人。曹仁に従い、江陵で周瑜《しゅうゆ》と戦った。正史によれば、のちに三公に至った。

魏 陳造《ちんぞう》 十

曹真の配下。第一次北伐において、撤退する蜀漢軍を追撃したが、馬岱《ばたい》に討たれた。

魏 陳泰《ちんたい》（玄伯《げんはく》） 十

陳羣《ぐん》の子。正史では郭淮《かくわい》や鄧《とう》艾《がい》らと対蜀方面で活躍する将軍である。吉川では、「篇外余録」に触れられるのみ。

魏 丁廙《ていよく》（敬礼《けいれい》） 九

曹植《そうち》の寵臣《ちょうしん》。丁儀《ぎ》の弟。曹操の死後、曹丕《ひ》を軽んじ曹植を盛りたてようとしたため、曹丕に誅殺《ちゅうさつ》された。

魏 丁儀《ていぎ》（正礼《せいれい》） 九

丁廙《よく》の兄。曹植の寵臣。曹操の死後、曹丕を軽んじ曹植を盛りたてようとしたため、曹丕に誅殺された。

魏 丁斐《ていひ》（文侯《ぶんこう》） 七

渭南《いなん》の県令。潼関《どうかん》の戦いで、官有の牛馬を放って西涼軍の注意を引き、窮地の曹操を救った。

魏　鄭文《ていぶん》　十

魏の偏将軍《へんしょうぐん》。第六次北伐にて、秦朗《しんろう》と謀り、偽って降伏をしたが、諸葛亮に見抜かれて逆に利用された。

魏　翟元《てきげん》　八

曹仁の配下。樊城《はんじょう》の戦いで、積極策を進言して廖化《りょうか》と戦う。しかし、初戦で廖化に討たれた。演義では関平に討たれる。

魏　典満《てんまん》　三

典韋《い》の子。典韋の死を悼《いた》んだ曹操は、典満を中郎《ちゅうろう》に取り立てた。

魏　田豫《でんよ》（国譲《こくじょう》）　十

漁陽《ぎょよう》郡の人。第六次北伐に呼応した孫呉の侵攻に備え、襄陽に駐屯した。正史によれば、初期の劉備に仕えていた。

魏　杜襲《としゅう》（子緒《ししょ》）　八

曹魏の廷臣。王粲《おうさん》らと共に、曹操に魏王就任を勧めた。定軍山の戦いでは、副将として夏侯淵に従った。

魏　董起《とうき》　八

于禁《うきん》や龐徳《ほうとく》に従って樊城の曹仁へ救援に赴くが、水計を用いた関羽に大敗する。正しくは「董超《とうちょう》」である。

魏　董禧《とうき》　十

夏侯楙《かこうぼう》の配下。第一次北伐において、趙雲を窮地に追い込んだが、関羽の子である関興《かんこう》に討たれた。

魏　董衡《とうこう》　八

樊城の救援に赴いた七軍の一将。于禁に対し、もと馬超配下である龐徳を用いないよう進言した。

魏　馬遵《ばじゅん》　十

天水《てんすい》太守。第一次北伐にて、諸葛亮の離間策に欺《あざむ》かれ、結果配下の姜維《きょうい》を出奔させ、また天水郡も失った。

魏 裴緒《はいしょ》 十

夏侯楙《ぼう》の配下。第一次北伐にて諸葛亮は偽《にせ》の裴緒を使者に立てて、馬遵や安定《あんてい》太守の崔《さい》諒《りょう》を誘《おび》き出して擒《とりこ》にした。

魏 万政《ばんせい》 十

郭淮《かくわい》の配下。第一次北伐にて殿軍の趙雲を追撃するが、趙雲の武名に怖気《おじけ》づいて谷底に転落した。

魏 費耀《ひよう》 十

曹真の配下。第二次北伐にて、曹真の身代わりになって姜維の計略に陥り、最期は自刎《じふん》した。正史では「費曜《ひよう》」。

魏 傅幹《ふかん》（彦材《げんざい》） 八

曹操の参軍《さんぐん》。蜀漢と孫呉の対立に乗じて南征を謀る曹操に対し、内政を優先すべきと諫《かん》言《げん》した。

魏 弁喜《べんき》 五

「五関斬六将《ごかんざんろくしょう》」の三関目にあたる沂水関《きすいかん》守将。歓待を装《よそお》い暗殺を謀るも、普浄《ふじょう》のため露見した。正しくは「卞喜《べんき》」。

魏 慕容烈《ぼようれつ》 八

文聘《ぶんぺい》の部将。漢中の戦いにて、黄忠の救援に現れた趙雲に討たれた。

魏 孟建《もうけん》（公威《こうい》） 五

諸葛亮の同門。正史によれば、のちに魏に仕えて、征東将軍《せいとうしょうぐん》に至った。諸葛亮からは中原に戻るべきではないとされた。

魏 孟坦《もうたん》 五

「五関斬六将」の二関目を守っていた韓福《かんふく》の部下。関羽を待ち伏せしたが、逆に討たれた。

魏 楊曁《ようき》（休先《きゅうせん》） 十

魏の廷臣。蜀討伐に関して劉《りゅう》曄《よう》の言が二転三転すると怪しんだが、実際は劉曄が機密保持のため行ったことであった。

魏　楊陵《ようりょう》　十

楊阜《ふ》の族弟。南安《なんあん》太守。第一次北伐にて、諸葛亮を出し抜こうとするも見抜かれ、崔諒《さいりょう》とともに討たれた。

魏　李伏《りふく》　九

曹魏の廷臣。漢魏革命に際して、漢の天命はすでに尽きていると、献帝《けんてい》に禅譲《ぜんじょう》を迫った。

魏　李輔《りほ》　十

孟達《もうたつ》の配下。孟達が諸葛亮と内通していることを告発し、司馬懿らと協力してこれを討った。

魏　劉廙《りゅうよく》（恭嗣《きょうし》）　九

後漢の侍中《じちゅう》でありながら、献帝に禅譲を迫った。正史によれば、幼いころに司馬徽《しばき》に評価されたという。

魏　劉延《りゅうえん》②　五

曹操の東《とう》郡太守。白馬《はくば》の戦いで関羽に救われながら、のちに許都《きょと》を脱した関羽が助力を求めてもそれを無視した。

魏　劉熙《りゅうき》　六

赤壁の戦いで処刑された劉馥《ふく》の子。劉馥を殺害したことを悔んだ曹操は、劉熙にその遺《い》骸《がい》を返して葬《ほうむ》らせた。

魏　劉劭《りゅうしょう》（孔才《こうさい》）　十

曹魏の将。諸葛亮の第六次北伐に呼応して孫呉が侵攻した際、明帝に率いられて陸遜《りくそん》を防いだ。

魏　呂建《りょけん》　九

徐晃《じょこう》の配下。樊城《はんじょう》の戦いにおいて、呉の呂蒙《りょもう》により本拠を失って撤退する関羽軍を追撃した。

魏　呂曠《りょこう》　五

袁尚《えんしょう》の配下。呂翔《しょう》の兄。袁譚《たん》に寝返り、さらに曹操に降《くだ》った。新野《しんや》の戦いで趙雲に討たれた。

魏 **呂翔《りょしょう》** 五

袁尚の配下。呂曠《こう》の弟。袁譚に寝返り、さらに曹操に降った。新野の戦いで張飛に討たれた。

魏 **呂常《りょじょう》** 八、九

曹仁の配下。樊城の戦いで、決戦を主張して自ら出陣するが、関羽の武威に兵卒が浮足立って大敗した。

魏 **梁寛《りょうかん》** 八

冀城の守将。馬超が再び挙兵した際、夏侯淵に内応して、馬超の本拠を明け渡した。

魏 **梁畿《りょうき》** 十

司馬懿の配下。孟達との戦いで、孟達に宛《あ》てた諸葛亮の密書を司馬懿に届けた。「梁幾《りょうき》」とも。

魏 **梁虔《りょうけん》** 十

上邽《じょうけい》の守将。第一次北伐にて、姜維《きょうい》とともに蜀漢に降った兄の梁緒《しょ》に説得され、上邽を明け渡した。

魏 **梁緒《りょうしょ》** 十

天水《てんすい》城の守将。第一次北伐にて、旧知の姜維が蜀漢に降伏すると、梁緒も城を明け渡して降伏した。

魏 **露昭《ろしょう》** 四

朱霊《しゅれい》とともに劉備の目付役になりながら、劉備を徐州に残して帰還したため曹操を激怒させた。正しくは「路招《ろしょう》」。

◆4 孫呉

呉 孫《そん》権《けん》（仲《ちゅう》謀《ぼう》）

二〜三、五〜十 『三国志』呉主伝

孫呉の初代皇帝。顎《あご》が張って大きな口、紫《し》髯《ぜん》という風《ふう》貌《ぼう》の持ち主。父孫《そん》堅《けん》と兄孫《そん》策《さく》を引き継いで江《こう》東《とう》に割拠する。武力で江東を抑えた兄の路線を変更して内治に努め、張《ちょう》昭《しょう》・周《しゅう》瑜《ゆ》ら名士層を中心に置き、兄が対立した陸《りく》遜《そん》ら江東人士とも融和して政権を安定させた。赤《せき》壁《へき》の戦い（二〇八年）で劉備と結んで曹操を退けて以降、曹・劉の間に立ち回り揚州・荊州・交州に勢力を拡大させ、黄《こう》武《ぶ》八（二二九）年、自ら帝位に即《つ》いた。しかし、張昭ら重臣が死去した政権後期になると、君主権力の伸張を図り、後継者争い（二宮《にきゅう》事件）を引き起こすなど国力を衰退させた。神鳳《じんほう》元（二五二）年、享年《きょうねん》七十一で薨去《こうきょ》。諡号《しごう》は大皇帝。吉川や演義では、主人公の蜀漢と敵役の曹魏に挟まれ道化役にされがちな孫呉であるが、孫権は一代の英雄と描かれる。晩年の暴政には触れられない。

呉 周瑜《しゅうゆ》（公瑾《こうきん》）

三、五～七　『三国志』周瑜伝

揚州盧江《ろこう》郡の人。三公《さんこう》を二代輩出した名家で、漢室復興を掲げて台頭する孫家と結ぶ。とくに孫策とはともに橋《きょう》氏の姉妹を娶《めと》り、「断金の交わり」という兄弟同然の関係を結んだ。孫策の死後は孫権に仕え政権の中心を担《にな》い、赤壁の戦いで曹操を撃退した。劉備に警戒心を抱き、独力で長江以南を手中にして曹操と天下を争う構想を持っていたが、その矢先に三十六歳で病死した。祖父、父の世代に三公を輩出した揚州随一の家に生まれた貴公子で容貌が美しく、音楽にも深く通じ、程普《ていふ》からは「周公瑾と交わることは芳醇《ほうじゅん》な酒を飲むかのようだ」と評された。孫呉きっての名将で、「美周郎《びしゅうろう》」と称される。演義では、諸葛亮の引立役とされて出し抜かれ続け、最期《さいご》は「すでに瑜を生みながら、なぜ亮を生んだのか」と絶叫して憤死する。吉川は演義よりは、扱いがよい。

呉　孫《そん》堅《けん》（文《ぶん》台《だい》）

一、二
『三国志』孫堅伝

呉郡富春《ふしゅん》の人。孫武《ぶ》の末裔《まつえい》と称する。地方豪族から黄巾《こうきん》の乱や反董卓《とうたく》挙兵などの武功により台頭したが、その矢先に荊州で劉表に討たれた。享年三十七。孫策に継承される軍団と名声を築いた孫呉の実質的な創始者で、のちに武烈帝《ぶれつてい》と追諡《ついし》された。演義では、反董卓連合の第十六鎮で、先鋒《せんぽう》として華《か》雄《ゆう》と戦うも、袁術《えんじゅつ》の妨害により敗退。伝国の玉璽《ぎょくじ》を発見して独立を図るが、結局は玉璽が禍《わざわい》して討死する。吉川では、公孫瓚を第十六鎮とし、孫堅が何鎮にあたるかは言及されない。

呉　孫《そん》策《さく》（伯《はく》符《ふ》）

二、三、五
『三国志』孫策伝

孫堅の長子。孫堅死後しばらくは、袁術の支配下にあったが、袁術が皇帝に即いたことを批判して父の軍団を継いで挙兵する。自身の武勇に加え、周瑜・張昭ら名士の支持を得て江東を平定した。一方、急激に勢力を拡大する中で、地元の江東人士との対立を深め、支配が安定せずに最期は許貢《きょこう》の遺臣に討たれた。享年二十六。演義・吉川では、楚《そ》の項羽《こうう》に準《なぞら》え小覇王《しょうはおう》と称される。最期は于《う》吉《きつ》の呪《のろ》いにより発狂し、古傷が開き死亡した。

呉 張昭《ちょうしょう》（子布《しふ》）

三、五～九
『三国志』張昭伝

徐州彭城《ほうじょう》の人。戦乱を江東に避け、孫策に礼遇されて、以降四十年近くに渡り長江以北より呉に移住した北来名士の代表として孫呉政権を支えた。しかし、主君孫権と対立することも多く、ある時には邸宅に閉じこもる張昭に孫権が火を放つ事態に発展した。また、儒者としては、『春秋左氏伝解《しゅんじゅうさしでんかい》』や『論語注《ろんごちゅう》』を著わしている。演義・吉川では、「内政は張昭、外交は周瑜」とされる文官の筆頭。赤壁の戦いでは降伏論を唱え、諸葛亮に論戦を挑んで、論破されている。

呉 魯粛《ろしゅく》（子敬《しけい》）

五～八
『三国志』魯粛伝

徐州臨淮《りんわい》郡の人。富貴《ふうき》な家の出身で、その財を惜しみなく交友に用い、周瑜《しゅうゆ》に評価されて名士となる。周瑜の推挙で孫権に仕え、漢室復興の非現実性を語り、江東に割拠して皇帝に即くよう先進的に主張して、孫権を驚愕《きょうがく》させる。赤壁の戦いでは周瑜とともに抗戦を主張。曹操に対抗するため、劉備の勢力拡大を支援した。周瑜の死後、後任となり、軍を率いるが、まもなく死去。のち孫権は即位すると、魯粛の先見性を称《たた》えた。演義では道化役とされ、周瑜と諸葛亮の間で右往左往するお人好《ひとよ》しに描かれるが、吉川は冷徹な政治家の側面をも描く。

呉 呂《りょ》蒙《もう》（子《し》明《めい》）

六〜九
『三国志』呂蒙伝

予州汝南《じょなん》郡の人。貧家から孫策に抜擢《ばってき》される。若いころは武勇一辺倒であったが、孫権に諭されて勉学に励み、魯粛にその成長ぶりを「呉下《ごか》の阿蒙《あもう》に非《あら》ず」と評された。呂蒙もまた「士別《わか》れて三日なれば即《すなわ》ち更に刮目《かつもく》して相待《あいたい》すべし」と答えたという。魯粛の死後、後任として軍権を握り、関羽を撃破して念願の荊州を奪回したが、まもなく病死した。演義では、荊州奪還の祝宴で突如関羽の霊に憑《つ》かれ、全身から血を流して死ぬ。全能神となっていた関帝《かんてい》の仇敵《きゅうてき》であるため、このような最期が創作された。

呉 陸《りく》遜《そん》（伯《はく》言《げん》）

六〜十
『三国志』陸遜伝

「呉の四姓《しせい》」の一つ陸《りく》氏出身。孫策に虐《ぎゃく》殺《さつ》された陸康《りくこう》一族の生き残り。孫策死後、その娘を娶り孫権に出仕し、孫氏と江東人士の和解の象徴となった。のち呂蒙と協力して荊州を奪い、復讐《ふくしゅう》のため攻め寄せた劉備を夷陵《いりょう》の戦いで破る。孫権即位後、丞相《じょうしょう》となるが、晩年は孫権の後継問題（二宮事件）をめぐって対立し、憤死した。吉川と演義では、夷陵の戦いで、無名の書生でありながら司令官に抜擢され、諸将の反発を受けながらも、劉備を火計で破ったとされる。晩年の孫権との対立やその死には触れられない。

呉 程普《ていふ》（徳謀《とくぼう》）

二、三、五～七
『三国志』程普伝

幽州右北平《ゆうほくへい》郡の人。黄巾討伐以前から孫堅に仕える宿将である。諸将のうちで最年長であったため程公《ていこう》と称された。赤壁の戦いでは周瑜と並んで都督《ととく》に任命され、戦勝後は荊州方面の最前線を担った。演義では、鉄脊蛇矛《てっせきだぼう》の使い手とされる。赤壁の戦いでは副都督に任じられたとされ、はじめは年齢も地位も格下の周瑜に従うことに不満を抱いた。しかし、周瑜の采配《さいはい》に感嘆すると、改めて周瑜の指揮に従い、ともに曹操を撃破した。

呉 黄蓋《こうがい》（公覆《こうふく》）

二、三、六、七
『三国志』黄蓋伝

荊州零陵《れいりょう》郡の人。孫堅に挙兵以来仕え、山越《さんえつ》や武陵蛮《ぶりょうばん》の平定に功をあげた。容貌は厳しく剛毅《ごうき》で、士卒はみな先を争って戦ったという。赤壁では火計を進言、自ら曹操へ偽って降伏することで火計を決行し、曹操軍を大敗させた。演義では、鉄鞭《てつべん》の使い手とされる。吉川でも、赤壁の活躍が大きく扱われ、あえて自ら刑罰を受けて相手を欺《あざむ》く「苦肉《くにく》の計《けい》」を用い、偽《にせ》の投降と火計で曹操を破ったことが描かれている。

呉 甘《かん》寧《ねい》（興《こう》覇《は》）

『三国志』甘寧伝　六〜九

益州巴《は》郡の人。若い頃は遊俠《ゆうきょう》を好んで徒党を組み、鈴の音により名を知られた。劉表とその部下の黄祖《こうそ》に仕えたが重んじられず、孫権に降《くだ》る。赤壁の戦いなど重要な戦いで活躍し、合肥《ごうひ》をめぐる攻防戦では、百余人で曹操軍を奇襲するほどの武勇を誇る一方、計略に明るく勢力拡大の戦略を献策して孫権から重用された。演義では、夷陵の戦いで討死するが、「絶息の地には今（『演義』成立当時）もなお甘寧を祀《まつ》る廟《びょう》が残り、深く信仰されている」と注記されている。

呉 太《たい》史《し》慈《じ》（子《し》義《ぎ》）

『三国志』太史慈伝　三、六、七

青州東萊《とうらい》郡の人。黄巾の乱の際に孔融《こうゆう》に仕え、のち揚州刺史劉繇《りゅうよう》に仕えるが重用されなかった。劉繇の敗北後は丹陽《たんよう》郡で抗戦したが、やがて孫策に降伏して、厚遇される。演義では、孫策との一騎討ちや、孫策の義に報いるため劉繇残党を募る挿話など多くの記事が正史から採用されているが、合肥の戦いで戦死する最期は創作である。吉川は、孔融とのエピソードを削除する。物語の本筋から脱線するためであろう。

呉 韓当《かんとう》（義公《ぎこう》）

二、三、六〜九
『三国志』韓当伝

幽州遼西《りょうせい》郡の人。大刀《だいとう》の使い手。反董卓連合から夷陵の戦いまで主要な戦いのほとんどに登場する、孫呉を代表する宿将である。夷陵の戦いの際には、陸遜に反発するが、のちにその指揮に感服した。

呉 祖茂《そも》（大栄《だいえい》）

二

呉郡の人。程普《ていふ》・黄蓋《こうがい》・韓当《かんとう》と並ぶ四大将のひとりで、双刀《そうとう》の使い手。董卓との戦いで孫堅が華雄に追いつめられると、身代わりになって華雄に討たれたが、これは演義の創作であり、吉川も踏襲している。

呉 朱治《しゅち》（君理《くんり》）

三、六
『三国志』朱治伝

揚州丹陽郡の人。孫堅時代からの幕僚で、袁術のもとで不遇をかこつ孫策を励まし雄飛を促した。孫策が自立すると、賊を討伐して呉郡太守となり、演義では、三《さん》江口《こうこう》の戦い（赤壁の前哨戦《ぜんしょうせん》）の際、四方巡《しほうじゅん》警使《けいし》となっている。養子の朱然《ぜん》は姉の子。

呉 呂範《りょはん》（子衡《しこう》）

三、五〜七、九
『三国志』呂範伝

汝南郡の人。もと袁術の幕僚で、朱治とともに孫策の雄飛を支えた。赤壁の戦いののち、劉備と孫夫人の婚姻に乗じて劉備暗殺を謀《はか》るも、呉国太《ごこくたい》の反対で失敗した。演義では、関羽を捕らえる方法を易《えき》で占っている。

呉 蔣欽《しょうきん》(公奕《こうえき》)

三、六～九
『三国志』蔣欽伝

揚州九江郡《きゅうこう》の人。周泰《しゅうたい》とともに長江で強盗をしていたが、孫策の江東進攻を聞いて帰順する。以後、水軍を率いて、多くの戦いに参加した。関羽討伐においても水軍を指揮したが、帰還の途次死去。

呉 周泰《しゅうたい》(幼平《ようへい》)

三、六～九
『三国志』周泰伝

九江郡の人。蔣欽と共に、劉繇を攻撃中の孫策に随《したが》い、以降夷陵の戦いまで主要な戦いに参戦する。幾度となく孫権の死地を救ったので、全身傷だらけだった。孫権はそれを諸将に見せ、周泰の功績をねぎらったという。

呉 陳武《ちんぶ》(子烈《しれつ》)

三、六～九
『三国志』陳武伝

廬江《ろこう》郡の人。演義では、身丈七尺、顔は黄色く眼は赤という異貌《いぼう》の猛将とされる。孫策・孫権の二代に仕えて功績を重ね、呉を代表する武将となった。濡須《じゅしゅ》の戦いで龐徳《ほうとく》に討たれた。

呉 董襲《とうしゅう》(元代《げんだい》)

三、六～八
『三国志』董襲伝

揚州会稽《かいけい》郡の人。敗走する厳白虎《げんはくこ》を討ち、以降孫策に随う。重傷の周泰を救った。虞翻《ぐほん》と華佗《かだ》を推挙して孫権時代の主要な戦いで活躍するが、濡須の戦いで船が転覆して戦死。

呉 凌統《りょうとう》（公績《こうせき》）

六～九
『三国志』凌統伝

呉郡の人。父凌操《そう》を継いで孫権に仕え、夷陵の戦いまで主要な戦いに登場する。父の仇《かたき》の甘寧《かんねい》とは犬猿の仲だったが、濡須の戦いで窮地を救われて以降は固く親交を結んだ。

呉 徐盛《じょせい》（文嚮《ぶんきょう》）

六～十
『三国志』徐盛伝

徐州琅邪《ろうや》郡の人。孫権に仕え、赤壁以降の主要な戦いで活躍する。とくに黄武三（二二四）年、曹丕《そうひ》が自ら侵攻すると、徐盛は長江に要塞《ようさい》を築き、徐盛の指揮を乱し、抜け駆けをしていた孫韶《そんしょう》と共に大勝した。

呉 潘璋《はんしょう》（文珪《ぶんけい》）

六～九
『三国志』潘璋伝

兗州東《とう》郡の人。孫権に仕え、関羽討伐では朱然《しゅぜん》・馬忠《ばちゅう》②と共に関羽父子を捕えた。このために蜀漢から仇として深く怨《うら》まれ、夷陵の戦いで三人とも仇討ちされる。潘璋は関興《かんこう》に討たれた。

呉 丁奉《ていほう》（承淵《しょうえん》）

六～七、九
『三国志』丁奉伝

廬江郡の人。演義では孫権時代初期から主要な戦いで活躍し、二二四年に曹丕を撃退した戦いでは張遼《ちょうりょう》を射殺した。正史では、主に孫権死後から孫呉末期に活躍する将軍である。

呉 張紘《ちょうこう》（子綱《しこう》）

三、五～八
『三国志』張紘伝

徐州広陵《こうりょう》の人。張昭と並んで孫策に重用され、二張と称された。孫策の死に乗じて呉を攻めようとする曹操を諌《いさ》め、孫呉討伐を回避させた。のち呉に戻って孫権に仕え、臨終には建業《けんぎょう》（秣陵《ばつりょう》、現在の南京）への遷都《せんと》を遺言した。

呉 諸葛瑾《しょかつきん》（子瑜《しゆ》）

五、六、八～十
『三国志』諸葛瑾伝

諸葛亮の兄。孫権に仕え、主に劉備との交渉役を任されるがいずれも失敗。正史では文武に渡る重鎮で、蜀漢に仕えた弟とは私信のやりとりはしても公務では私事を語らなかったので、孫権から信頼された。

呉 虞翻《ぐほん》（仲翔《ちゅうしょう》）

三、六、九
『三国志』虞翻伝

会稽《かいけい》郡の人。会稽太守王朗《おうろう》の属吏だが重用されず、のちに孫策・孫権に仕えた。また『周易《しゅうえき》』『老子《ろうし》』『論語』などに注をつけた。演義では関羽討伐で、旧知の傅《ふ》士仁《しじん》を寝返らせ、荊州攻略に貢献した。

呉 闞沢《かんたく》（徳潤《とくじゅん》）

六、九
『三国志』闞沢伝

会稽郡の人。赤壁の戦いでは曹操へ使者にゆき、黄蓋《こうがい》の偽《にせ》の投降を成功させた。夷陵《いりょう》の戦いでは、まだ無名であった陸遜《りくそん》を大都督《だいととく》に推薦し、孫呉の危機を救った。正史には、使者として活躍した記録はない。

呉 陸《りく》績《せき》（公《こう》紀《き》）

六 『三国志』陸績伝

呉の四姓《しせい》の一つ陸《りく》氏出身。父は孫策に虐《ぎゃく》殺《さつ》された陸康《こう》。幼いころ袁術《えんじゅつ》の宴席で母のため橘《たちばな》を盗んだ話は孝行譚《たん》として有名。演義では、赤壁の戦いで降伏論を唱え、諸葛亮に論破された。

呉 顧《こ》雍《よう》（元《げん》歎《たん》）

六〜十 『三国志』顧雍伝

呉の四姓の一つ顧《こ》氏出身。孫呉の文官の代表格で、張昭と共にたびたび孫権に献策・諫言《かんげん》をしている。孫権が帝位に即《つ》くと第二代目の丞相《じょうしょう》に任命された。

呉 張《ちょう》蘊《うん》（恵《けい》恕《じょ》）

九 『三国志』張温伝

呉の四姓の一つ張《ちょう》氏出身。蜀呉修好のため成都に遣わされたが、傲慢《ごうまん》な振る舞いをしたため、秦宓《しんふつ》にやり込められた。なお名前は「張温」が正しい。正史では、親蜀派を理由に失脚させられている。

呉 朱《しゅ》桓《かん》（休《きゅう》穆《ぼく》）

六、九、十 『三国志』朱桓伝

呉の四姓の一つ朱《しゅ》氏出身。濡須《じゅしゅ》で活躍し、曹魏の大司馬《だいしば》である曹仁《そうじん》や曹休《そうきゅう》をことごとく退けた。なお朱桓と飛《ひ》頭蛮《とうばん》（いわゆるろくろ首の原型）の説話が干宝《かんぽう》『捜神《そうじん》記《き》』にある。

呉 孫《そん》静《せい》（幼《よう》台《だい》）

二、三、五、六 『三国志』孫静伝

孫堅《けん》の弟。荊州を攻める兄を諫めたが退けられる。果たして孫堅は劉表《りゅうひょう》と戦って討死した。以後は孫策を支え、会稽《かいけい》太守王朗《おうろう》を破る功績を挙げた。孫峻《しゅん》は曾孫。

呉 孫《そん》瑜《ゆ》（仲《ちゅう》異《い》）

七 『三国志』孫静伝付孫瑜伝

孫静《せい》の子。演義では、周瑜《しゅうゆ》とともに益州攻略を図るが、諸葛亮の挑発により周瑜が横死したために頓挫《とんざ》した。

呉 孫《そん》皎《こう》（叔《しゅく》朗《ろう》）

九 『三国志』孫静伝付孫皎伝

孫権《けん》の弟。関羽討伐に加わる。正史によれば、孫権の従弟（孫瑜の弟）にあたり、呂蒙《りょもう》と並び関羽討伐の大将に任じられた。演義では、呂蒙が親戚《しんせき》の将軍と共に戦えないと断り、活躍しない。

呉 孫《そん》桓《かん》（叔《しゅく》武《ぶ》）

九 『三国志』孫桓伝

孫韶《しょう》の従兄弟で同じく兪《ゆ》家の出身。夷陵の戦いで志願して大将に任じられるが、関興《かんこう》・張苞《ちょうほう》に連戦連敗し夷陵城に籠《こも》る。のちに新司令官の陸遜が劉備を破ると城を出て大勝した。

呉 孫翊《そんよく》（叔弼《しゅくひつ》）

二、六 『三国志』孫翊伝

孫堅の第三子。兄孫策に似た勇猛ぶりで、若くして丹陽《たんよう》太守を任される。しかし短気で横暴だったので、妻の徐《じょ》氏が止めるのを聞かず宴席に赴き、部下の嬀覧《ぎらん》らに殺害された。

呉 孫匡《そんきょう》（季佐《きさ》）

二 『三国志』孫匡伝

孫堅の第四子だが、正史によれば二十余歳で卒した。吉川でも孫堅の子のひとりとして名が挙がるのみ。演義では、孫策が臨終の際、孫権と兄弟でよく助けあうよう遺言する場面が描かれる。

呉 孫朗《そんろう》

二

孫堅の末子。呉国太《ごこくたい》の子で、孫夫人の同母兄。演義では、孫策が臨終の際、孫権と兄弟でよく助けあうよう遺言する場面が描かれる。正史によると一名を「孫《そん》仁《じん》」といった。

呉 孫韶《そんしょう》（公礼《こうれい》）

二、九～十 『三国志』孫韶伝

孫堅が兪《ゆ》家から得た養子。二二四年、曹《そう》丕《ひ》が侵攻してくると、大将の徐盛《じょせい》と対立して独断専行しながら、結果として大勝した。吉川は、孫堅の妾である兪氏の息子とするが、誤りである。

呉 孫登《そんとう》（子高《しこう》） 十 『三国志』孫登伝

孫権の嫡子《ちゃくし》。二二九年、父の即位に伴い皇太子に立つ。正史によると、立太子後、政権内からバランスよく「太子四友」が選ばれ将来を嘱望されるが、孫権に先立ち卒した。そのため大規模な後継者争い（二宮事件）が起こり、孫呉は弱体化する。

呉 孫晧《そんこう》（元宗《げんそう》） 十 『三国志』孫晧伝

孫呉の第四代皇帝。孫権の孫。家臣団と衝突して暴政を繰り返す。二八〇年、孫晧が晋《しん》に降伏し、三国は司馬氏により統一された。吉川では「篇外余録」で触れられるのみ。正史は「晧」、演義は「皓」の字を用いる。

呉 于吉《うきつ》 五

琅邪《ろうや》郡出身の道士。江東で信仰を集め、その存在を怖れた孫策に殺害される。しかし、やがて孫策は、于吉の亡霊により呪《のろ》い殺された。『後漢書《ごかんじょ》』では順帝《じゅんてい》期の人とされ、張角《ちょうかく》の太平道《たいへいどう》の祖にあたるという。

呉 喬国老《きょうこくろう》 七

二喬《にきょう》の父。劉備の人柄を気に入り、呉国《ごこく》太《たい》を説得して劉備と孫夫人との婚姻を勧めた。なお、演義は橋玄《きょうげん》と同一人物とする。正史では「橋公《きょうこう》」とされる。

呉 朱《しゅ》然《ぜん》（義《ぎ》封《ほう》）　九

『三国志』朱然伝

もと施《し》姓。正史によれば孫権即位以降の重鎮で、夷陵《いりょう》の戦いで戦死するのは演義の創作。吉川は、その場面を削る。近年、馬《ば》鞍山《あんざん》より朱然の墓が発掘され、名刺などが出土した。

呉 馬《ば》忠《ちゅう》②　九

潘璋《はんしょう》の司馬で、麦城を退く関羽を直接捕えた。その褒賞《ほうしょう》で関羽の赤兎馬《せきとば》を賜るも、赤兎馬は食を断って死ぬ。夷陵の戦いで糜《び》芳《ほう》と傅《ふ》士《し》仁《じん》に裏切られ殺害された。正史には関羽を捕えた以外の記述はない。

呉 戈《か》定《てい》 七

太史慈《たいしじ》の配下。合肥《ごうひ》の戦いで魏《ぎ》陣営にいる兄弟と内応を謀《はか》るも、張遼《ちょうりょう》に見抜かれて斬首《ざんしゅ》された。

呉 夏《か》恂《じゅん》 九

韓当《かんとう》の配下。夷陵《いりょう》の戦いで張苞《ちょうほう》に討たれた。

呉 賈《か》華《か》 七

孫権の部将。呂範《りょはん》の指示で嫁取りに訪れた劉備の暗殺を謀るも、劉備と呉国太《ごこくたい》に発覚して失敗する。

呉 桓《かん》楷《かい》（伯緒《はくしょ》） 二、九

孫堅の軍吏。劉表《りゅうひょう》と交渉して孫堅の遺骸《いがい》を返還させた。のち魏に仕え、曹丕《そうひ》の禅譲に加担している。正しくは「桓階」。

呉 嫣《ぎ》覧《らん》 六

孫翊《そんよく》の配下。辺洪《へんこう》を利用して孫翊を殺害した挙句、その妻徐《じょ》氏に迫るも、徐氏の機転で誅殺《ちゅうさつ》される。

呉 厳《げん》畯《しゅん》（曼才《まんさい》） 六

彭城《ほうじょう》国の人。孫権の幕僚。赤壁の戦いで降伏論を唱え、諸葛亮に論破された。

呉 吾《ご》粲《さん》（孔休《こうきゅう》） 六

孫権に招かれた幕僚のひとり。正史では呉の重臣であるが、吉川での登場は呉の智能が曹操対策を議したこの場面のみ。

呉 呉《ご》景《けい》 三

孫堅の呉夫人の弟。孫策は江東で劉繇《りゅうよう》と戦う叔父を救援するとの名目で挙兵し、そのまま自立した。

呉 左《さ》咸《かん》 九

孫権の主簿《しゅぼ》。二一九年に関羽を捕えた際、関羽の智勇《ちゆう》を惜しむ孫権に対し、孫呉のために処刑するよう進言する。

呉　崔禹《さいう》　九

朱然《しゅぜん》指揮下の将軍。夷陵《いりょう》の戦いで蜀の馮習《ふうしゅう》らの計略に陥って戦死した。

呉　謝旌《しゃせい》　九

孫桓《そんかん》配下の勇将。夷陵の戦いの緒戦で張苞《ちょうほう》に討たれた。

呉　周善《しゅうぜん》　七

孫権の部将。劉備が蜀攻めに出た隙《すき》に荊州から孫夫人を連れ戻すため派遣されたが、趙雲と張飛に阻《はば》まれ討たれる。

呉　周平《しゅうへい》　九

周泰《たい》の弟。夷陵の戦いで関興《かんこう》に討たれた。

呉　周魴《しゅうほう》（子魚《しぎょ》）　十

呉郡の人。石亭《せきてい》の戦いにて、自ら髻《もとどり》を切って魏の大都督曹《そう》休《きゅう》に偽の投降を信じ込ませ、魏を大敗させた。

呉　淳于丹《じゅんうたん》　九

正しくは「鮮于丹《せんうたん》」。夷陵の戦いで傅彤《ふとう》に敗れるも、それも陸遜《りくそん》の作戦のうちだったので咎《とが》められなかった。

呉　蔣林《しょうりん》　五

許昌《きょしょう》へ偵察に赴いた使者。余計な事まで報告したため病床の孫策を激昂《げきこう》させた。演義には名が記されない。

呉　諸葛恪《しょかつかく》（元遜《げんそん》）　十

諸葛瑾《きん》の長子。孫権死後に政権を牛耳る。吉川では皇太子孫登《そんとう》の補佐になること、幼少時の挿話が紹介されるのみ。

呉　薛綜《せっそう》（敬文《けいぶん》）　六

沛《はい》郡の人。孫権の幕僚。赤壁の戦いで降伏論を唱え、諸葛亮に論破された。

呉 全琮《ぜんそう》（子璜《しこう》） 十

孫権の将軍。孫権死後に政権を牛耳る全公主の婿《むこ》であるが、吉川では石亭《せきてい》の戦いに登場するのみ。

呉 宋謙《そうけん》 七

孫権配下の将軍。合肥《ごうひ》の戦いで楽進《がくしん》に射殺された。演義では、李典《りてん》に殺されている。

呉 孫高《そんこう》 六

孫翊《そんよく》の腹臣。孫翊が嬀覧《ぎらん》らに殺害されると、徐《じょ》夫人と協力して同僚の傅嬰《ふえい》と共に仇討《かたきう》ちをした。

呉 戴員《たいいん》 六

孫翊の配下。嬀覧と共に孫翊を殺害するが、徐夫人と孫高らに誅殺された。

呉 譚雄《たんゆう》 九

孫桓《そんかん》指揮下の猛将。夷陵の戦いにて関興に生け捕られ、処刑された。

呉 張休《ちょうきゅう》（叔嗣《しゅくし》） 十

張昭の子。孫登《そんとう》が皇太子に立てられると、諸葛恪《しょかつかく》とともにその補佐にあたった。

呉 張承《ちょうしょう》（仲嗣《ちゅうし》） 十

張昭の長子。諸葛亮の要請を受けた孫権は、第六次北伐に合わせて陸遜や張承らを出陣させた。

呉 趙咨《ちょうし》（徳度《とくど》） 九

孫権の中大夫《ちゅうたいふ》。夷陵の戦いの直前に魏に遣わされ、曹丕《そうひ》を説き伏せて魏との同盟を結んだ。

呉 程咨《ていじ》 六

程普《ふ》の子。赤壁の戦いにて、周瑜《しゅうゆ》に不満を抱く父に代わって軍議に参加した。

呉 程秉《ていへい》(徳枢《とくすう》) 六、九

汝南《じょなん》の人。孫権の幕僚。赤壁の戦いで降伏論を唱え、諸葛亮に論破された。

呉 傅嬰《ふえい》 六

孫翊《そんよく》の腹臣。孫翊が嬀覧《ぎらん》らに殺害されると、徐夫人らと協力し仇討ちをした。

呉 辺洪《へんこう》 六

正しくは「辺鴻《へんこう》」。嬀覧に唆《そそのか》されて主の孫翊を殺害するが、罪をすべて着せられ処刑された。

呉 歩隲《ほしつ》(子山《しざん》) 六、八

臨淮《りんわい》の人。赤壁の戦いで降伏論を唱え、諸葛亮に論破された。正史ではのちに丞相《じょうしょう》に至る。

呉 李異《りい》 九

孫桓《そんかん》配下の勇将。夷陵の戦いの緒戦で関興に討たれた。

呉 呂覇《りょは》 九

呂蒙《もう》の子。父が急死したため、憐《あわ》れんだ孫権に取り立てられた。

呉 凌操《りょうそう》 六

孫策に仕える。黄祖《こうそ》との戦いで、当時黄祖配下だった甘寧《かんねい》に討たれた。

◆5女性

女　貂蝉《ちょうせん》　二

貂蝉は、架空の人物であるが、西施《せいし》・王昭君《おうしょうくん》・楊貴妃《ようきひ》と共に、中国四大美人に数えられる。

吉川は、二人の貂蝉を設定する。一人目の貂蝉は、演義の継承である。幼くして売られていた貂蝉は、王允《おういん》に引き取られ諸芸を教え込まれる。王允が、董卓《とうたく》と養子の呂布《りょふ》とを仲違《なかたが》いさせる「美女連環《れんかん》の計」を考えると、貂蝉は漢への忠のため、養父への孝のため、貞節《ていせつ》を犠牲にして、計略に協力する。貂蝉は美貌《びぼう》により董卓と呂布を惑わし、呂布に董卓を殺させて目的を遂げる。董卓の殺害後、呂布が貂蝉を我がものにしようとするが、貂蝉は拒み、密《ひそ》かに自害した。貂蝉の自害は吉川の創作であり、演義では以降も呂布の妾として登場する。そこで吉川は、もう一人の貂蝉を創作する。

二人目の貂蝉は、呂布の妾。かつての貂蝉が忘れられない呂布は、似た女性を妾にして「貂蝉」と呼んだのである。下邳《かひ》城が曹操に包囲された際、この貂蝉は厳《げん》夫人と共に呂布の出陣に反対している。

女 劉備《りゅうび》の母

一、三、四

劉備は早くに父を亡《な》くし、母と蓆《むしろ》を売って生業としていた。母は劉備を優しくも、皇帝の末裔《まつえい》として厳格に教育した。あるとき、劉備は母のため苦心して茶を購《あがな》った。母は感涙したが、そのために伝家の宝剣を失ったことを知ると、茶壺《ちゃつぼ》を泉に投げ捨て、庶人に成り下がった劉備の志を厳しく叱《しか》った。やがて、劉備が関羽《かんう》・張飛《ちょうひ》と義盟を結ぶと、母はそれを祝福して、国家のために尽力するよう説いた。それに感嘆した関羽らは、桃園結義《とうえんけつぎ》に際して、共に母を拝した。

徐州《じょしゅう》に割拠した劉備は、故郷から母を呼び寄せる。呂布《りょふ》が叛《そむ》いた際は一時は虜《とりこ》にされたが、無事に戻った。呂布の滅亡後、劉備が献帝《けんてい》に拝謁《はいえつ》し、皇叔《こうしゅく》として認められると、母は涙して喜ぶ。ほどなく、徐州において死去した。

『三国志』先主《せんしゅ》（劉備）伝には、「劉備は幼いころに父を失い、母とくつを売り蓆を織って生業とした」という記述があるだけで、劉備の母を登場人物として扱うこと、および、その人物像などはすべて吉川の独創である。演義も、劉備の母について正史の記述に、劉備の遊学場面を加えるのみである。

今日の「三国志」作品に多く登場する劉備の母は、すべて吉川の影響である。

◆女◆ 鴻《こう》芙《ふ》蓉《よう》（糜《び》夫《ふ》人《じん》）

一、三〜六

芙蓉娘《ふようじょう》ともいう。ある県城の領主の娘であったが、県城が黄巾《こうきん》に滅ぼされ、老僧の古塔に匿《かくま》われていた。そこを劉備や旧臣の張飛に助けられて難を逃れ、旧縁ある劉恢《りゅうかい》に保護された。数年後、安熹県尉《あんきけんい》を棄《す》て劉恢の客分となった劉備と再会、それを機に恋仲になる。劉備が徐州に割拠したころ、姓を糜《び》氏と改めて劉備の正妻に迎えられ、一子を生む。

徐州が陥落し、一時は関羽や甘《かん》夫人と共に曹操《そうそう》に捕らわれたが、関羽の活躍で劉備と再会する。長坂坡《ちょうはんは》の戦いでは、阿斗《あと》（劉禅《りゅうぜん》）を趙雲《ちょううん》に托《たく》すと、足手まといにならないよう井戸に身を投げた。演義の糜夫人も、井戸に身を投げるが、劉備の妾《めかけ》とされていること（正妻は劉禅の生母の甘夫人）が異なる。

芙蓉娘は、吉川を代表する創作人物である。「姓を糜氏と改めて」と記すように、芙蓉娘の設定は、糜夫人という実在の劉備の正妻に組み込まれた。しかし、第四巻で甘夫人を正妻（初版は糜夫人が正妻）とするなど混乱もあり、物語の後半では芙蓉娘の存在は消滅した。正史では、麋《び》夫人（演義や吉川は糜）は、劉備の正妻。徐州を支配した劉備は、大商人の麋竺《びじく》の妹を娶《めと》ることで、財政を確立している。

女 甘夫人《かん》

三～七
『三国志』甘皇后伝

劉備の妻。徐州牧のころから劉備に従い、一時は関羽らと共に曹操に捕らわれて許《きょ》昌《しょう》に居住する。関羽の活躍により、劉備と再会し、建安《けんあん》十二（二〇七）年、荊《けい》州《しゅう》で劉禅を生む。長坂坡の戦いでは、趙雲に救われたが、赤壁の戦いの後に病死した。正史では、劉備の妾であったが、演義は、劉禅の正統性を高めるために、甘夫人を正妻に設定している。劉禅が即位すると皇后の位を追尊された。吉川は、鴻芙蓉《こうふよう》を糜《び》夫人とする創作のため、演義の妾と妻という使い分けを混乱して用いている。

女 孫仁《そんじん》

二、七～八

孫堅《そんけん》と呉《ご》夫人②の娘。呉妹君《ごまいくん》。幼少より武芸を好み、侍女にも武装させていたので、弓腰姫《きゅうようき》との渾名《あだな》も持つ（吉川の創作）。周瑜《しゅうゆ》の計により劉備と政略結婚をしたが、劉備の人柄を深く信頼した孫夫人は、追手を退けて共に荊州へ逃れる。劉備が益《えき》州《しゅう》へ入り、孫呉との関係が悪化すると、異母兄の孫権は張昭《ちょうしょう》の謀略を採用して、孫夫人の帰国を企てる。欺《あざむ》かれた孫夫人は阿斗《あと》（劉禅）を連れて一時帰国しようとするが、趙雲に阿斗を取り戻される。孫夫人は、そのまま呉に留め置かれ、以降は登場しない。一般的には、「孫尚香《そんしょうこう》」という名前で知られる。

女　喬《きょう》氏姉妹（大喬《だいきょう》・小喬《しょうきょう》）　五、六

喬公《きょうこう》の娘。姉の大喬は孫策《そんさく》に、妹の小喬は周瑜に嫁ぐ。曹操が南征に際して、二《に》喬《きょう》を狙《ねら》っていることを知った周瑜は、激怒して決戦を宣言する。『三国志』周瑜伝には、「大橋、小橋」と表記されているが、毛宗崗《もうそうこう》本が演出の意図から「大喬、小喬」に改めた。諸葛亮が周瑜を激怒させるため、曹植《そうち》の「銅雀台《どうじゃくだい》の賦《ふ》」を改変した際に、「橋」を「喬」に改めたとするのである。また、演義は、橋公（毛宗崗本は喬公）を曹操をはじめて高く評価した橋玄《きょうげん》（喬玄）であるとするが、二人は出身地を異にし、年齢も四十歳ほど離れている。

女　蔡琰《さいえん》（文姫《ぶんき》）　八　『後漢書』列女　董祀妻伝

後漢末の三大知識人の一人である蔡邕《よう》の娘。父の学識を継承して才女のほまれ高く、音楽に深く通じた。匈奴《きょうど》の左賢王《さけんおう》に拉致《らち》されていたところを、曹操によって買い戻された。曹操は漢中に夏侯淵《かこうえん》の救援に向かう途上、蔡琰の邸宅を訪ね、蔡邕の遺筆である「黄絹幼婦《こうけんようふ》、外孫齏臼《がいそんさいきゅう》」の謎《なぞ》を解く。謎を解けたのは、曹操のほかには、楊脩《ようしゅう》のみであった。『後漢書《ごかんじょ》』列女《れつじょ》董祀《とうし》妻伝によれば、曹操によって買い戻された後、董祀に嫁いだ。「悲憤《ひふん》詩《し》」二首・「胡笳十八拍《こかじゅうはっぱく》」が、蔡文姫の作と伝わるが、偽作である。

女 何《か》皇《こう》后《ごう》 一
『後漢書』何皇后紀

何《か》進《しん》の妹。美貌により霊帝《れいてい》の後宮に入り、劉弁《りゅうべん》を生み皇后となった。霊帝が崩御すると劉弁を即位させ（少帝《しょうてい》）、董太后《とうたいこう》を殺し権力を振るったが、十常侍《じゅうじょうじ》をかばい、宮中に戦禍を招いた。董卓《とうたく》が少帝を廃位すると、何皇后は李儒《りじゅ》に殺された。

女 呂《りょ》氏① 三、四

呂布《りょふ》と厳《げん》氏の娘。袁術《えんじゅつ》の息子との政略結婚が定まったが、嫁ぎ先の寿春《じゅしゅん》に向かう途中で破談にされる。呂布が曹操に下邳《かひ》で包囲された際、袁術の援軍を得るため、今度は呂布自らが送ろうとしたが、阻《はば》まれて失敗した。

女 呉《ご》皇后 九
『三国志』穆皇后伝

呉懿《ごい》の妹。劉璋《りゅうしょう》の兄劉瑁《りゅうぼう》に嫁ぐが、劉瑁は早逝。のちに劉備の後妻となり、劉《りゅう》永《えい》・劉理《りゅうり》を生んで、皇后に立てられた。演義は、劉備が義兄にあたる劉瑁の妻であるため、初めは拒んだとの逸話を載せるが、吉川は採らない。

女 張《ちょう》皇后 九、十
『三国志』敬哀皇后伝、張皇后伝

張飛《ちょうひ》の娘。劉禅が即位すると、後宮に迎えられて皇后に立てられた。正史によれば、張飛の娘は二人おり、共に劉禅の皇后に迎えられた。姉を敬哀《けいあい》皇后、妹を張皇后と呼ぶ。演義や吉川は、両者を区別していない。

女 黄《こう》夫人　五、六

黄承彦《こうしょうげん》の娘で、諸葛亮《しょかつりょう》の妻。器量に恵まれず、郷里の仲間は諸葛亮の嫁取りをからかったが、貞淑にして教養豊かで、夫婦仲は良かった。『通俗』には、黄夫人は登場しない。吉川の黄夫人像は、『三国志』諸葛亮伝注の『襄陽記《じょうようき》』に基づく。

女 徐《じょ》庶《しょ》の母　五

曹操は、劉備の軍師となった徐庶を帰順させるため、徐庶の母を利用するが、劉備の徳を慕う母は従わない。そこで、程《てい》昱《いく》が、彼女の手紙を偽装し、徐庶を誘《おび》き寄せる。母は、それを知ると、息子の不明を恥じて自害した。

女 章《しょう》氏　五

諸葛瑾《きん》・亮兄弟の継母。諸葛瑾は継母を伴い、一家と別れて呉へと下った。『三国志』や演義には、諸葛亮の生母・継母の姓名は書かれない。『諸葛亮集』が引用する『諸葛氏譜《しょかつしふ》』には、諸葛亮の生母は章氏であると伝わる。

女 趙範《ちょうはん》の嫂《あによめ》　七

桂陽《けいよう》太守の趙範が、趙雲に降伏した際、未亡人であった彼女を趙雲に娶《めと》らせようとした。この時、趙雲と趙範は義兄弟になっていたので、嫂を娶らせようとする趙範に激怒した趙雲は、殴り倒した。演義によれば、姓は樊《はん》氏である。

女 丁《てい》夫人　八

曹操の正妻。子はなかった。曹操が魏王《ぎおう》になった際に言及されている。『三国志』后妃伝《こうきでん》の注によれば、養育していた曹昂《そうこう》が宛城《えんじょう》で戦死すると、激怒して曹操と離縁したという。一方、演義は、曹操が魏王になった時に廃されたとする。

女 卞《べん》夫人　九　『三国志』武宣卞皇后伝

曹操の妻で、曹丕《そうひ》・曹彰《しょう》・曹植《ち》・曹熊《ゆう》の生母。魏王になった曹丕が、曹植一派を粛清した際、曹植の助命を乞《こ》うた。正史によれば、歌妓《かぎ》の出身で、常に謙虚で慎重に振る舞い、前妻の丁《てい》氏にも礼を尽くした。

女 曹《そう》皇后　八、九　『後漢書』曹皇后紀

曹操の娘。伏《ふく》皇后が曹操に処刑されたため、献帝の皇后に立てられた。曹丕が献帝に禅譲を迫ると、曹皇后も献帝に冷酷な言葉を残して去った。毛宗崗本では、禅譲を迫られた曹皇后は、曹丕の無礼を罵倒《ばとう》する。通俗や吉川とは逆である。

女 趙昂《ちょうこう》の妻　八

姜叙《きょうじょ》や趙昂が馬超《ばちょう》に反乱する際、馬超の小姓である息子を案じる夫に対し、一子のために大義を見失うなかれと励ました。そして自分の衣服を売って兵士に酒を振る舞い、軍を鼓舞した。正史によれば、姓名は「王異《おうい》」という。

女 李《り》氏 八

龐徳《ほうとく》の妻。関羽討伐に出陣する龐徳は、もし自分が死んだら、息子をよく育てて遺恨を雪《そそ》がせるよう遺言した。『三国志』注によれば、関羽の子孫は蜀漢滅亡に際し、龐徳の子である龐会《かい》に皆殺しにされた。李氏への遺言は、守られた。

女 呉《ご》夫人② 二、六〜八

呉夫人①の妹で、同じく孫堅の妻。孫朗《そんろう》と孫夫人を生む。赤壁の戦いでは周瑜《しゅうゆ》を用いるよう助言。劉備と孫夫人の婚姻は呉夫人の意向による。孫権が劉備を攻めようとした際にも、呉夫人の反対で頓挫《とんざ》した。演義では「呉国太《ごこくたい》」と呼ばれる。

女 兪《ゆ》氏 二

孫堅の妾で、孫韶《そんしょう》の生母。孫堅の家族構成として言及されるのみ。『通俗』の誤訳が生んだ人物。『通俗』は孫韶に関して「兪家からの養子」と訳すべきを「兪氏が生んだ子」と誤った。吉川はそれを踏襲している。

女 王美人《おうびじん》 一

霊帝《れいてい》の美人（后妃の位）で、劉協《りゅうきょう》（のちの献帝《けんてい》）の生母。嫉妬《しっと》した何《か》皇后に毒殺された。

女 郭貴妃《かくきひ》 九

曹丕《そうひ》の貴妃。その美貌《びぼう》から「女王」と称された。張韜《ちょうとう》と謀《はか》って甄《けん》皇后を廃す。正史によれば、郭永《えい》の娘。

女 郭汜《かくし》の妻 二

嫉妬深い性格で、楊彪《ようひょう》に利用される。夫と李傕《りかく》の妻の密通を疑い、李傕と郭汜を反目させ、長安の戦乱を招いた。

女 姜維《きょうい》の母 十

諸葛亮が姜維を帰順させるため、母を利用して孤立させた。母は、諸葛亮に保護され、息子と共に蜀漢に降《くだ》った。

女 金禕《きんい》の妻 八

金禕は耿紀《こうき》らと共に許都《きょと》において挙兵するが、妻の失言から乱の首謀者が王必《おうひつ》に露見、結果、謀叛《むほん》は失敗した。

女 甄皇后《けんこうごう》 五、九

袁紹の次男袁煕《えんき》の妻。鄴《ぎょう》陥落時に、曹丕に見初められ、曹叡《そうえい》を生む。しかし、寵愛《ちょうあい》は郭貴妃に移り、謀略により廃された。

女 厳夫人《げんふじん》 二～四

呂布《りょふ》の妻。娘と袁術の息子の婚姻を夫に勧めた。下邳《かひ》が包囲された際、陳宮《ちんきゅう》の策に反対、呂布を戦わせなかった。

女 呉夫人《ごふじん》① 二、五、六

呉景《ごけい》の姉。孫堅の妻で、孫策や孫権らの母。孫権を支え続け、臨終にて張昭《ちょうしょう》、周瑜《しゅうゆ》を重用するよう遺言する。

女 呉夫人《ごふじん》③ 六

呉夫人①②の妹で周瑜の母。呉夫人①は周瑜を深く信頼し、孫権を托《たく》す。周瑜の母を呉夫人①の妹とするのは吉川独自。

女 呉《ご》押《おう》獄《ごく》の妻 九

呉押獄が獄中の華佗《かだ》から授かった『青嚢書《せいのうしょ》』を、夫に禍《わざわい》をもたらすとして焼き捨てた。このため華佗の医術は失われた。

女 蔡《さい》夫人 二、五、六

蔡瑁《さいぼう》の姉で、劉表《りゅうひょう》の後妻。自分が産んだ劉琮《そう》を後継者にと企《たく》む。劉琮は荊州を継ぐも、程なく曹操に劉琮共々殺された。

女 祝融《しゅくゆう》 九

孟獲《もうかく》の妻。伝説上の祝融氏の末裔《まつえい》を称する。諸葛亮に連敗する夫を叱咤《しった》し、自ら出陣して張嶷《ちょうぎょく》・馬忠《ばちゅう》①を生け捕った。

女 徐《じょ》夫人 六

孫翊《そんよく》の妻。夫が側近の嬀覧《ぎらん》に殺されると、嬀覧に従うふりをしながら、孫翊恩顧の部下を糾合して夫の仇《かたき》を討った。

女 鄒《すう》氏 三

張済《ちょうさい》の未亡人。絶世の美人で、張繍《ちょうしゅう》の降服後、曹操が奪い、張繍を激怒させた。曹操は張繍に大敗し典韋《てんい》や曹昂《そうこう》を失う。

女 曹《そう》氏① 三

曹豹《そうひょう》の娘で、呂布の次妻になる。早逝したため子はなかった。

女 曹《そう》氏② 五

曹仁《そうじん》の娘。曹操と孫策の同盟のため、孫策の弟孫匡《そんきょう》に嫁ぐ。

女 曹《そう》氏③ 五

曹操の娘。袁譚《えんたん》との同盟のために嫁ぐ。しかし間もなく曹操は袁譚を攻めた。

女 曹《そう》氏④ 九

曹操の娘。夏侯淵の遺児である夏侯楙《かこうぼう》に嫁ぐ。夏侯楙は、皇女の婿《むこ》が就く、駙馬都尉《ふばとい》になった。「清河公主《せいかこうしゅ》」とも。

女 曹嵩《そうすう》の妾《めかけ》 二

曹嵩が陶謙《とうけん》の部下張闓《ちょうがい》に害された際、肥満しており墻《かき》を越えられず、共に殺害された。

女 陳《ちん》夫人 五

劉表の前妻で、劉琦《りゅうき》の生母。作中ではすでに死去している。

女 董太后《とうたいこう》 一

霊帝の生母。王美人が何《か》皇后に殺害されたため、その子劉協《りゅうきょう》を養う。霊帝の後継を何皇后と争い、殺害された。

女 董貴妃《とうきひ》 四、九

董承《とうしょう》の娘、献帝の貴妃。父の謀叛が発覚すると身重であったが殺された。曹操は臨終に董貴妃の悪夢に悩まされる。

女 董卓《とうたく》の母 二

齢九十。董卓は譲位の報《しら》せを聞くと、喜んで母に伝えた。董卓誅殺《ちゅうさつ》後に殺される。

女 董承《とうしょう》の妾 四

慶童《けいどう》と恋仲にあり、董承の曹操暗殺計画が露見するきっかけになった。演義には、名前は雲英《うんえい》とある。

女 馮《ふう》皇后 三

袁術《えんじゅつ》の妻。袁術が帝位を僭称《せんしょう》すると、皇后に立てられた。

女 伏《ふく》皇后 二～四、八、九

伏完《ふくかん》の娘で、献帝の皇后。献帝と長安から洛陽へ逃れる。父の伏完と共に曹操誅滅を図るが、発覚して殺された。

女 楊《よう》氏① 八

楊阜《ようふ》の叔母で、姜叙《きょうじょ》の母。楊阜や姜叙を励まし、馬超を撃たせた。楊氏自身は馬超に殺されたが、姜叙は馬超を破った。

女 楊《よう》氏② 八

馬超《ばちょう》の妻。姜叙《きょうじょ》鎮圧に馬超が出陣した隙に、梁寛《りょうかん》が裏切って内応したため、楊氏を含む馬超の一族は皆殺しにされた。

女 楊彪《ようひょう》の妻 二

李傕《りかく》と郭汜《かくし》の仲を引き裂くため、郭汜の妻に、郭汜と李傕の妻が浮気をしていると虚偽の密告をし、二人を反目させた。

女 李春香《りしゅんこう》 七

黄奎《こうけい》の姪《めい》。恋人苗沢《びょうたく》のため、馬騰《ばとう》による曹操暗殺計画を叔父から聞き出した。

女 李傕《りかく》の妻 二

楊彪《ようひょう》の妻による偽《にせ》の噂《うわさ》話で、郭汜と李傕の妻が浮気をしているとされ、仲を引き裂かれた。

女 劉《りゅう》氏① 五

袁紹《えんしょう》の後妻。実子の袁尚《しょう》を寵愛し、後継者とした。嫉妬深く、袁紹が死ぬと、寵妾五人を皆殺しにし、死体を寸断させた。

女 劉《りゅう》氏② 九

曹丕は禅譲に際し、堯《ぎょう》・舜《しゅん》の故事に倣《なら》って献帝の皇女ふたりを妻に迎えた。

女 劉安《りゅうあん》の妻 三

夫の劉安は、逃亡中の劉備に、自分の妻を殺してその肉を振る舞った。劉備は劉安の忠義に深く感嘆した。

女 呂《りょ》氏② 三

呂氏①の妹。姉と戯《たわむ》れる場面は吉川の独創であり、演義には登場しない。

女 魯粛《ろしゅく》の母 五

魯粛が周瑜から誘いを受けると、母は息子と相談し、呉に仕えるよう勧めた。

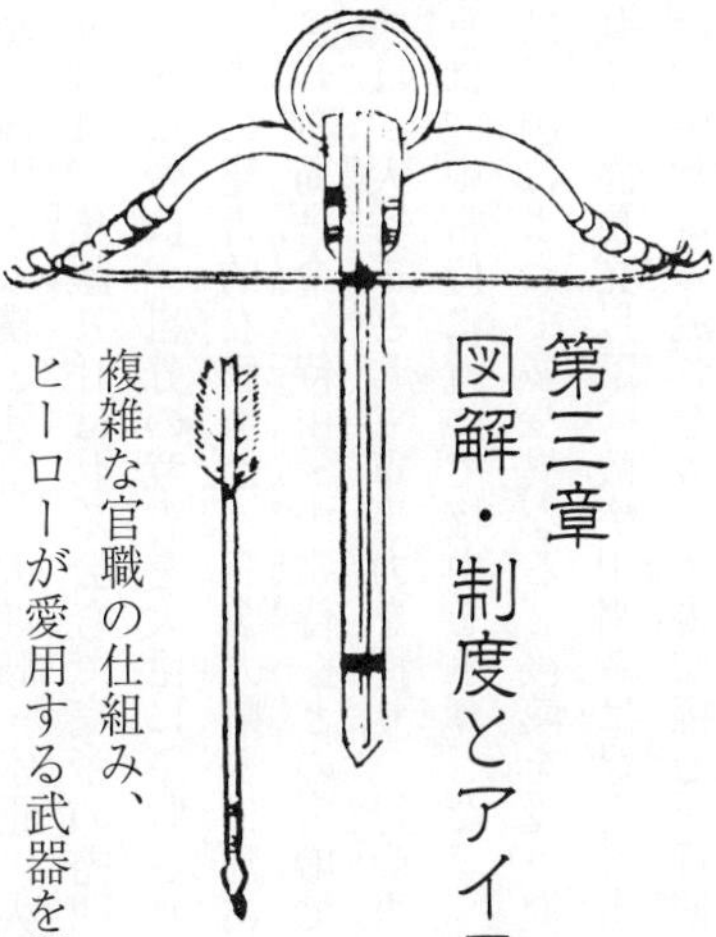

第三章 図解・制度とアイテム

複雑な官職の仕組み、
ヒーローが愛用する武器を徹底図解

二　中央官制

後漢《ごかん》の中央官制は、太尉《たいい》・司徒《しと》・司空《しくう》の三公《さんこう》が最高政務官であり、それに次ぐ高官として太常《たいじょう》・光禄勲《こうろくくん》・衛尉《えいい》・太僕《たいぼく》・廷尉《ていい》・大鴻臚《だいこうろ》・宗正《そうせい》・大司農《だいしのう》・少府《しょうふ》の九卿《きゅうけい》が置かれていた。三公と九卿は、集議《しゅうぎ》と呼ばれる会合で皇帝の諮問《しもん》に応《こた》え、政策の大綱決定に携わった。ところが皇帝は、自分の意志を大臣に掣肘《せいちゅう》されず政策へ反映しようと試みる。そのため、皇帝の秘書的な官僚が、三公九卿とは別に権力を伸長させていった。それが、内朝と称される尚書令《しょうしょれい》・侍中《じちゅう》・中常侍《ちゅうじょうじ》などの官職である。後漢の後期以降、権力を掌握した外戚《がいせき》は、大将軍《だいしょうぐん》として軍事力を握り、録尚書事《ろくしょうしょじ》を帯びて尚書台を掌握、それに対抗する宦官《かんがん》は、中常侍に就いて権力を争奪した。

三国の中央官制は、国によって多少異なる。後漢を受け継ぐ蜀漢《しょくかん》では、後漢を継承して尚書の権力が強く、諸葛亮以下、政権担当者は録尚書事を帯びた。孫権が権力強化に努めた孫呉《そんご》では、中常侍の流れを汲《く》む中書《ちゅうしょ》が権力を行使した。曹魏《そうぎ》では尚書省が発達し、隋唐《ずいとう》の六部《りくぶ》へと繋《つな》がる五曹《ごそう》尚書が置かれた。ただし、いずれの国でも最高政務官は丞相《じょうしょう》であった。皇帝が幼少の場合に置かれる太傅《たいふ》は、丞相よりも上位であるが、実権は掌握しない。

このほか、三公の上には、大司馬《だいしば》が置かれることもあった。また、曹魏では、太傅に匹敵する太保《たいほ》が置かれた。

丞相から大将軍、さらには三公までは、幕府を開いて幕僚を置いていた。たとえば、丞相府では、幕僚長にあたる長史《ちょうし》、丞相が出征するときに留守を預かる留府長史《りゅうふちょうし》、兵を掌《つかさど》る左右司馬、庶務を担当する主簿《しゅぼ》、人事を主管する西曹属《せいそうぞく》・東曹掾《とうそうえん》などが置かれ、丞相の指揮下で、具体的な行政を担当した。

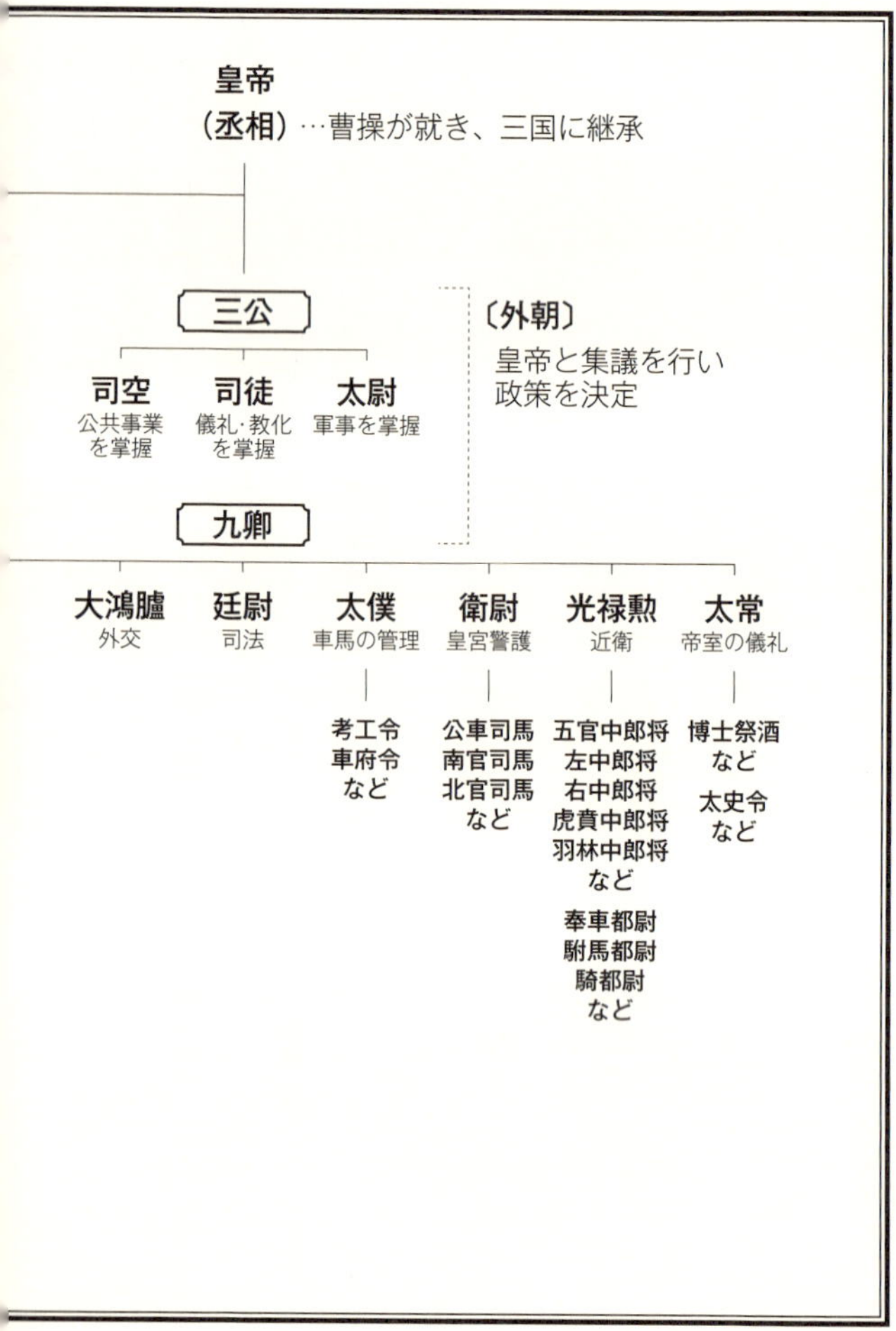
皇帝
（丞相）…曹操が就き、三国に継承
三公
司空
公共事業を掌握
司徒
儀礼・教化を掌握
太尉
軍事を掌握
〔外朝〕
皇帝と集議を行い政策を決定
九卿
大鴻臚
外交
廷尉
司法
太僕
車馬の管理
考工令
車府令
など
衛尉
皇宮警護
公車司馬
南宮司馬
北宮司馬
など
光禄勲
近衛
五官中郎将
左中郎将
右中郎将
虎賁中郎将
羽林中郎将
など
奉車都尉
駙馬都尉
騎都尉
など
太常
帝室の儀礼
博士祭酒
など
太史令
など

❖ 中央官制

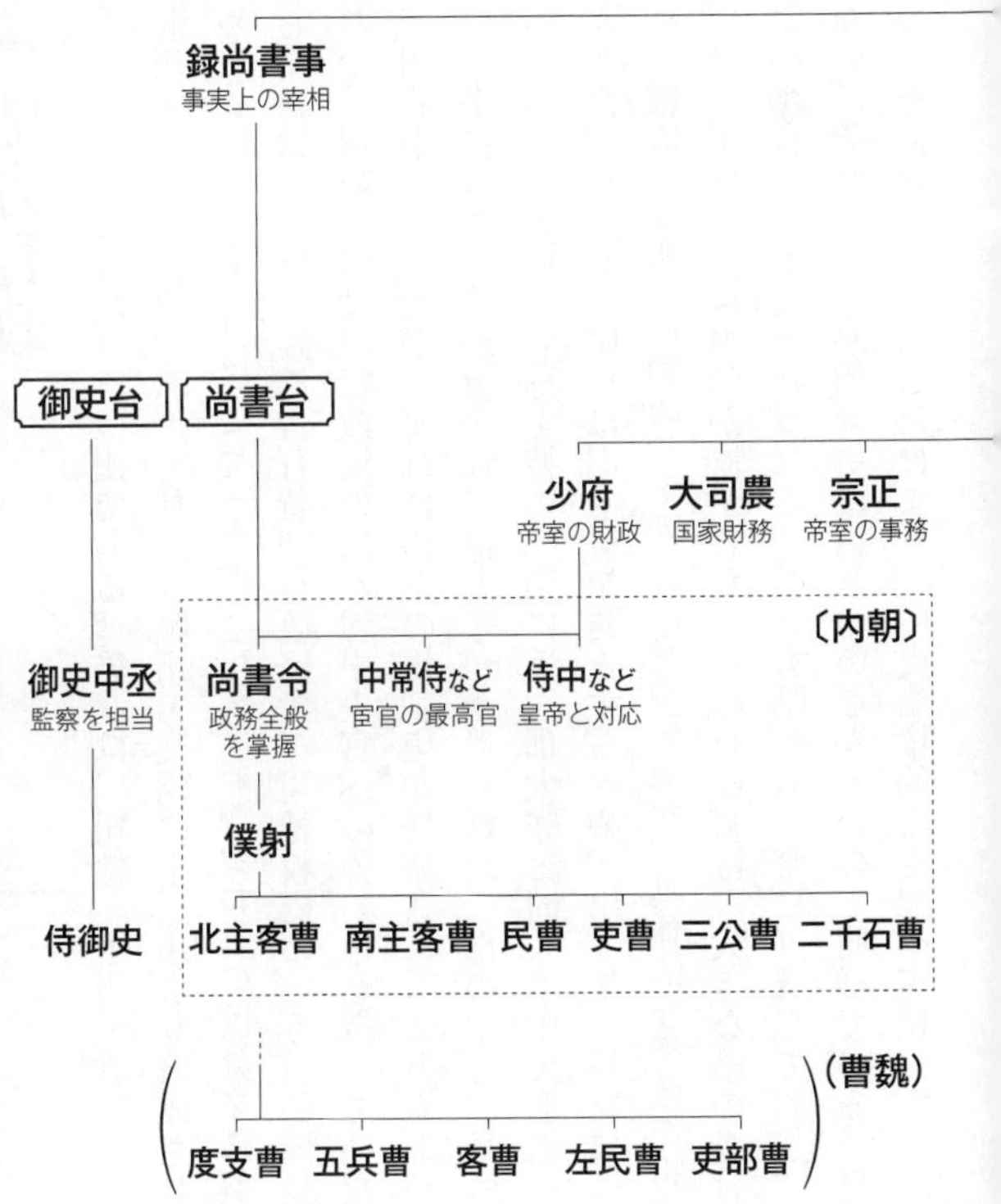
録尚書事
事実上の宰相
御史台
尚書台
少府
帝室の財政
大司農
国家財務
宗正
帝室の事務
〔内朝〕
御史中丞
監察を担当
尚書令
政務全般を掌握
中常侍など
宦官の最高官
侍中など
皇帝と対応
僕射
侍御史
北主客曹
南主客曹
民曹
吏曹
三公曹
二千石曹
(曹魏)
度支曹
五兵曹
客曹
左民曹
吏部曹

二　地方行政

三国時代の最も大きな行政区分は州《しゅう》である。後漢は、司隷《しれい》・予《よ》州・冀《き》州・兗《えん》州・徐《じょ》州・青《せい》州・荊《けい》州・揚《よう》州・益《えき》州・涼《りょう》州・幷《へい》州・幽《ゆう》州・交《こう》州の十三州より構成された。三国は、これをさらに細かく分けることもあったが、おおむねこの区分を踏襲した。十三州のうち司隷は、首都洛陽《らくよう》を含む特別行政区で、司隷校尉《しれいこうい》という首都圏長官によって統治された。司隷校尉は、行政権のほか、中央官への弾劾《だんがい》権も持っていた。それ以外の州は、州牧《しゅうぼく》が統治したが、まれに格下の州刺史《しゅうしし》が任命されることもあった。

州の下には、平均八つの郡《ぐん》が置かれ、郡太守《ぐんたいしゅ》が派遣された。郡の中で、皇帝の一族が封建《ほうけん》されるものは国《こく》という名称を持つ。国には、郡太守と同じく中央派遣の行政官の国相《こくしょう》が置かれた。郡太守と国相は、癒着を防止するため、出身地の長官にはなれない。そのため、郡府《ぐんぷ》（役所）に勤めるその郡出身の属吏《ぞくり》が、具体的な行政を担当した。

郡国の下には、平均十前後の県《けん》が置かれた。その行政官は、大きな県の場合には県《けん》令《れい》、小さな県の場合には県長《けんちょう》と呼ばれる。県令も県長も皇帝に直属しており、太守には属していない。それは太守が州刺史に属していなかったのと同様である。皇帝は、すべての行政官を直接支配することにより、中央集権的な支配を実現していた。

❖ 後漢十三州

❖ 行政区分と行政官

行政区分	行政官
州	**州　牧**…州の全権を掌握 **州刺史**…本来は州の監察官
∨	
郡(国)	**郡太守(国相)**…地方行政の中核
∨	
県	**県　令**…大きな県 **県　長**…小さな県

三　軍事制度

三国時代の軍隊は、将軍《しょうぐん》－中郎将《ちゅうろうしょう》－校尉《こうい》－都尉《とい》によって指揮される。将軍は本来、非常設で、黄巾《こうきん》の乱の平定には中郎将が派遣されている。将軍の中で最高位は大将軍で、政権の最高責任者が任命されることも多い。大将軍に次ぐものは、驃騎《ひょうき》将軍・車《しゃ》騎《き》将軍・衛《えい》将軍で、三公に匹敵するため比公《ひこう》将軍と総称される。

三将軍に次ぐ将軍号は、司馬氏が就いた撫軍《ぶぐん》大将軍など〇〇大将軍で、君主に代わり遠征軍を率いることも多い。しかし、本来の方面軍司令官は、征西《せいせい》・征北《せいほく》・征東《せいとう》・征南《せいなん》の四征《しせい》将軍である。中でも、征西将軍は漢の花形で、若いころの曹操の夢は、漢の征西将軍になることであったという。鎮西《ちんせい》・鎮北《ちんほく》・鎮東《ちんとう》・鎮南《ちんなん》の四鎮《しちん》将軍、四安《しあん》将軍・四平《しへい》将軍は、「征」よりも順に格下となるが、広義の四征将軍に含まれる。ここまでの将軍号は方面軍司令官として、使持節《しじせつ》（持節・仮節《かせつ》も格は下がるが同じ権限）という配下の軍への司令権を持ち、担当地域の軍政権を示す都督《ととく》を帯び、幕府を開くことができた。これ以外の将軍号は、目的や必要に応じて用いられた下級の将軍号で、雑号《ざつごう》将軍と総称される。雑号将軍は、直属軍の指揮権のみを持ち、司令官に所属して戦った。戦いが続くと雑号将軍が濫授《らんじゅ》され、将軍号の価値は下落する。

❖ 主な将軍号

官品	将軍号	
一品	**大将軍**：最高の将軍号	
二品	**驃騎将軍・車騎将軍・衛将軍**：比公将軍	
二品	**撫軍大将軍**（司馬氏が就く）・ **中軍大将軍**（魏のみ）・**上軍大将軍**（魏のみ）・ **南中大将軍**（魏のみ）・**輔国大将軍**（魏のみ）・ **鎮軍大将軍**：非常設	
二品	**四征将軍** 征西将軍・征北将軍・征東将軍・征南将軍 **四鎮将軍** 鎮西将軍・鎮北将軍・鎮東将軍・鎮南将軍	四征将軍
三品	**四安将軍** 安西将軍・安北将軍・安東将軍・安南将軍 **四平将軍** 平西将軍・平北将軍・平東将軍・平南将軍	四征将軍
三品	**前将軍・後将軍・左将軍・右将軍**	
三品	征蜀将軍・征虜将軍・鎮軍将軍・鎮護将軍・ 安衆将軍・安夷将軍・安遠将軍・平寇将軍・ 平虜将軍・輔国将軍・都護将軍・虎牙将軍・ 軽車将軍・冠軍将軍・度遼将軍　など	雑号将軍
四品	中堅将軍・驍騎将軍・遊撃将軍・左軍将軍・ 建威将軍・建武将軍・振威将軍・振武将軍・ 奮威将軍・奮武将軍・揚威将軍・揚武将軍・ 広武将軍・寧朔将軍・左右積弩将軍　など	雑号将軍
五品	牙門将軍・偏将軍・裨将軍	雑号将軍
五品	鷹揚将軍・折衝将軍・虎烈将軍・宣威将軍・ 威遠将軍・寧遠将軍　など	雑号将軍

四　九品中正制度

九品中正《きゅうひんちゅうせい》は、曹魏《そうぎ》の建国と同じころ、陳羣《ちんぐん》の献策により制定された官僚登用制度であり、官品《かんぴん》と称する一品から九品の品階で官僚を分類する九品官制を伴う。郡ごとに人事を扱う中正官を置き、その郡出身の現任官僚と官僚志望者の才能徳行を調査させ、その才徳に従って一品から九品の郷品《きょうひん》を付けさせる。任官者は、たとえば郷品三品の者は七品官から起家《きか》（官僚として出発）するように、原則として郷品から四等さがった官品から起家させ、最終的に郷品と同じ等級の官品まで昇進できることとした。

中正官が郷品を定める際に、人物評価に基づく状《じょう》（四言で人物を表現）を付けたように、本来的に、三国時代の知識人層である名士《めいし》による人物評価を国家としての官僚採用基準に高めた、名士に有利な制度であった。加えて、司馬懿《しばい》は、曹爽《そうそう》との政争の中で自らに支持を集めるため、郡中正の上に州大中正《しゅうだいちゅうせい》を置き、自己に親しい名士による人物評価と人事権の掌握を進めた。そして、その子司馬昭《しょう》のときに、司馬氏との関係の近さにより五等爵《ごとうしゃく》を賜与《しよ》し、それを九品中正と結びつけることで、名士は代々高官を世襲できる貴族《きぞく》となった。「上品《じょうひん》に寒門《かんもん》（非貴族）なく、下品《かひん》に勢族《せいぞく》（貴族）なし」という劉毅《りゅうき》の言葉は、貴族による高官独占を批判したものである。

❖ 九品中正制度

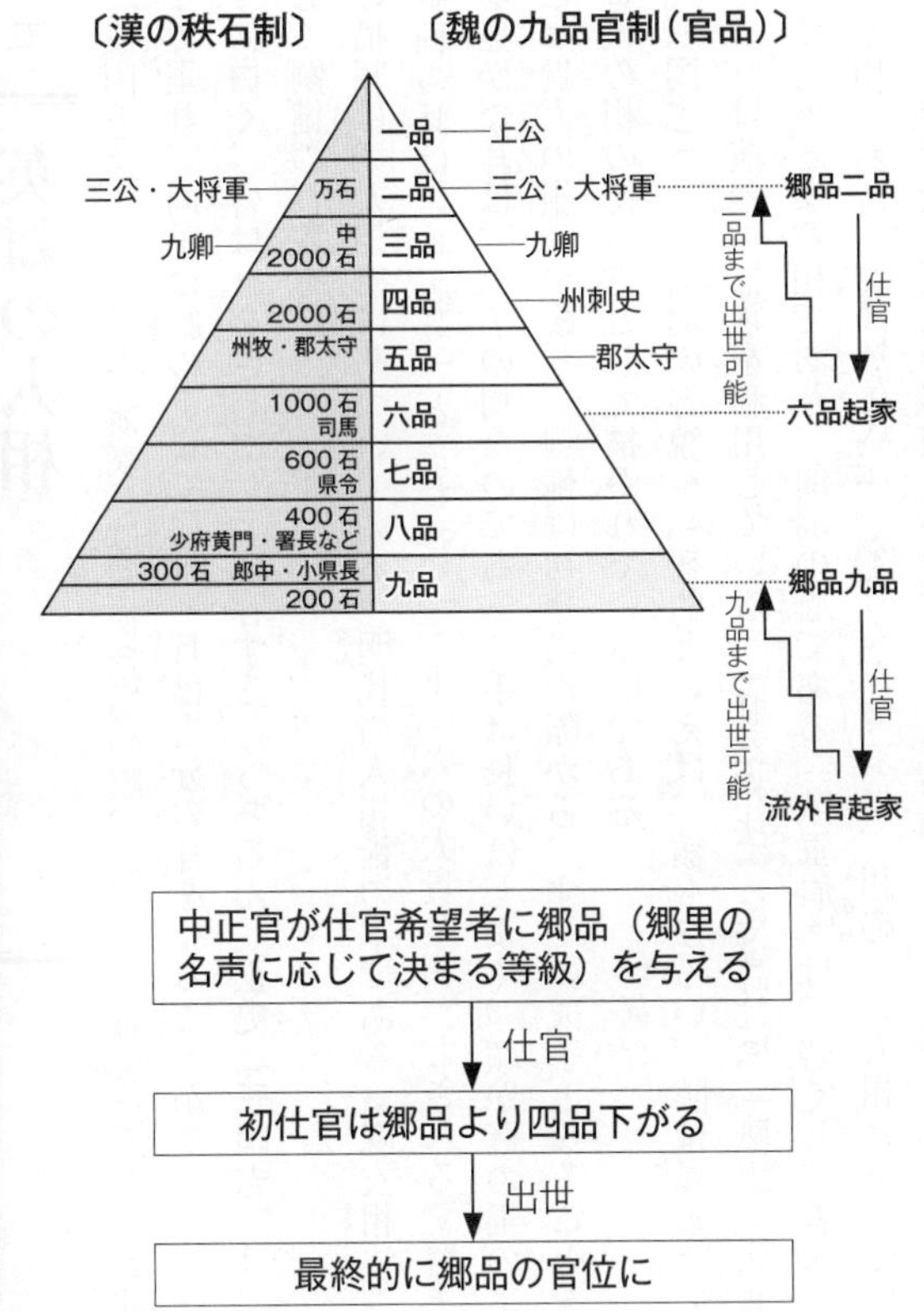
〔漢の秩石制〕
〔魏の九品官制（官品）〕
一品――上公
三公・大将軍――万石
二品――三公・大将軍
九卿――中2000石
三品――九卿
2000石
四品――州刺史
州牧・郡太守
五品――郡太守
1000石 司馬
六品
600石 県令
七品
400石 少府黄門・署長など
八品
300石 郎中・小県長
200石
九品
郷品二品
二品まで出世可能
仕官
六品起家
郷品九品
九品まで出世可能
仕官
流外官起家
中正官が仕官希望者に郷品（郷里の名声に応じて決まる等級）を与える
仕官
初仕官は郷品より四品下がる
出世
最終的に郷品の官位に

五　英雄の人相

小説『三国志演義』（以下、演義）は、初登場の際、劉備を「身長《みのたけ》は七尺《しゃく》五寸《すん》、両耳は肩まで垂《た》れ、両手は膝《ひざ》の下まで届き、目は自分の耳を見ることができ、顔は冠《かんむり》の玉《ぎょく》のように白く、唇《くちびる》は紅《べに》をさした」と形容する。もちろん、正史『三国志』は、これほど詳しく劉備の容貌《ようぼう》を伝えない。

演義の描写は、人相術《にんそうじゅつ》に基づいている。明《みん》代の人相術の本である『麻衣相法《まいそうほう》』によれば、劉備の耳は「垂肩耳《すいけんじ》」と言われ、「天下一人《いちにん》の大貴《たいき》の相」とされる。肩まで届くような豊かな耳は、天子の相なのである。手は長いほどよく、顔が冠の玉のようであることは貴人の相。つまり、劉備は初登場の際から、すでに天子となることを予想させる貴人の相の持ち主として描かれているのである。

吉川『三国志』は、関羽の容貌を「智的《ちてき》といえば、額もひろい。眼は鳳眼《ほうがん》である、と描く。これは演義の描写を利用している。『麻衣相法』によれば、「鳳眼（鳳凰《ほうおう》眼）」は出世して王侯となる相であり、関羽の眉《まゆ》である「臥蚕眉《がさんび》」は、若くして首席で科挙に合格する相である。『春秋左氏伝《しゅんじゅうさしでん》』を好んだ関羽に、相応《ふさわ》しい人相とされている。吉川は、これを背景に関羽の容貌を「智的」に表現しているのである。

❖ 英雄の人相

垂肩耳

劉備が持っていたとされる肩まで届くような豊かな耳。
天子の相を表すという。

鳳眼

（鳳凰眼）

臥蚕眉

どちらも関羽の容貌として表現された。
鳳眼は出世して王侯となる相、臥蚕眉は若くして首席で科挙に合格する相。

六　英雄の武器

史実においても小説においても、個人の武勇に最も優れる呂布《りょふ》は、演義では方天画戟《ほうてんがげき》を手にする。三日月形の鋭い刃の部分で薙《な》ぐことも、先端の矛先により突くこともできる方天画戟は、戈《ほこ》の進化した型である。董卓《とうたく》から贈られた赤兎馬《せきとば》の上で戦う呂布には、群がる歩兵を薙ぎ、騎兵と矛で戦うために理想的な武器であった。

張飛が生涯愛用した蛇矛《だぼう》は、刃の部分が蛇行した槍《やり》で、蛇行は突き刺した傷口を大きく広げる効果を持つ。名を「点鋼矛《てんこうぼう》」という。長さは一丈《じょう》八尺とされ、演義がまとめられた明《みん》代の尺度で計算すると六メートル近くに及ぶ。世界記録の棒高跳びの棒を振り回すようなもので、三メートル以内が有効な長さとされる長柄武器の常識を覆《くつがえ》す。

趙雲が長坂坡《ちょうはんは》で一騎駆けをした折に奪った曹操の宝剣青釭《せいこう》は、自ら光を発して劉禅を救う。吉川は、それを「忠烈の光輝」であるとする。漢代に片刃の刀が普及したことにより、諸刃《もろは》の剣は実用的ではなくなっていたが、一方で、神秘的な力を持つものとされた。劉備の持つ雌雄一対の剣も、劉備の神聖性を表現する武器である。

このほか、黄蓋《こうがい》の鉄鞭《てつべん》、徐晃《じょこう》の大斧《おおおの》、紀霊《きれい》の三尖《さんせん》の大刀《だいとう》など、英雄はそれぞれ愛用の武器を用いて乱世を戦い抜いた。

❖ 英雄の武器

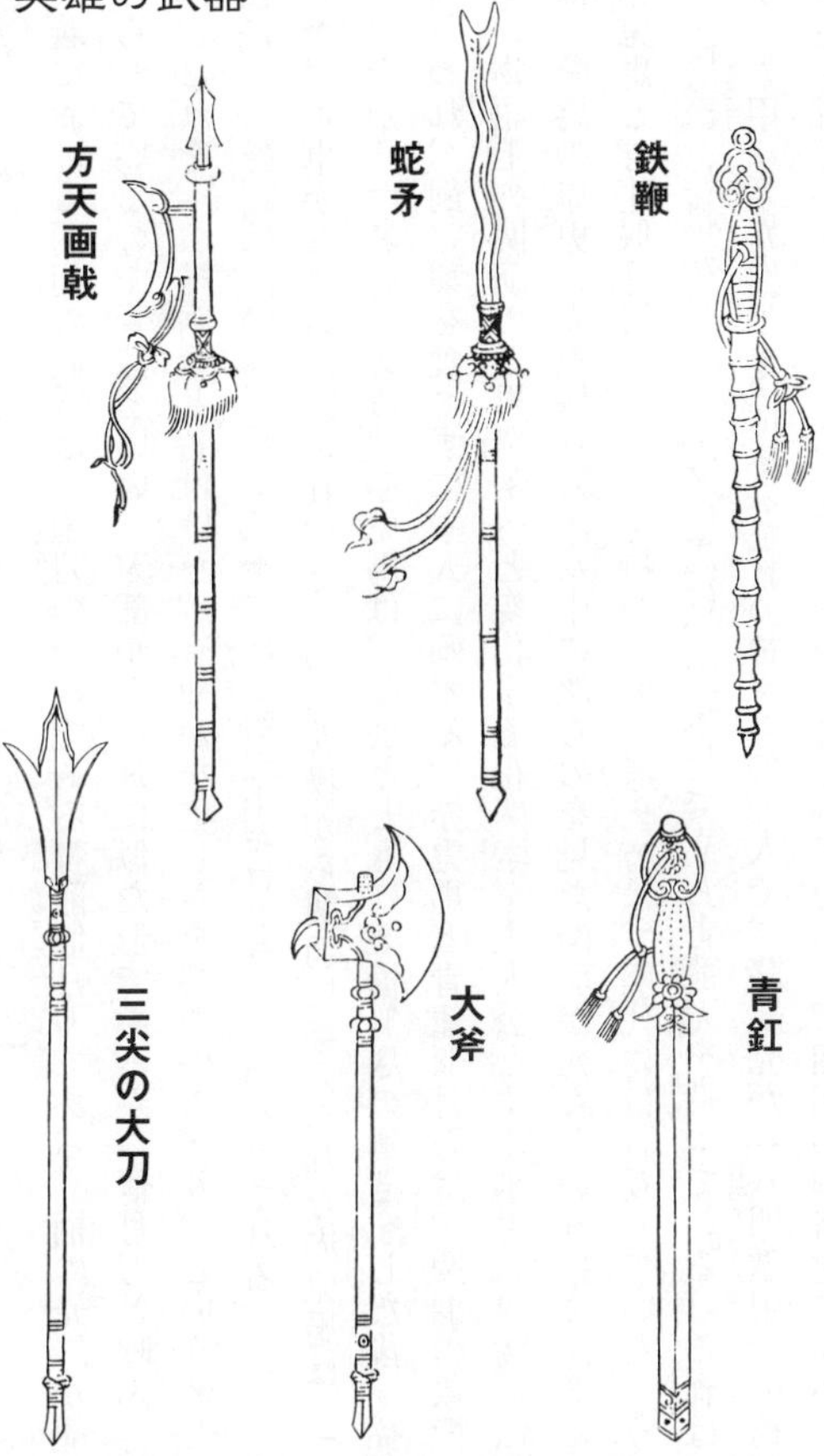

七　青龍偃月刀と赤兎馬

演義における関羽の武器は、薙刀《なぎなた》の一種である青龍偃月刀《せいりゅうえんげつとう》である。柄の先端が龍首に作られているので青龍といい、刃部が三日月に似た形であるから偃月刀と呼ぶ。関羽は、これを「冷豔鋸《れいえんきょ》」と名付けた。冷やかな美しさを持つのこぎり、という名とは裏腹に、冷豔鋸はたいへん重く八十二斤《きん》（約五十キログラム）あるとされる。

また、董卓から呂布に贈られ、そののち曹操から関羽に与えられた赤兎馬《せきとば》は、「一日千里を走る」名馬である。赤兎馬は、関羽とともに縦横無尽の働きをした後、孫呉に捕らわれ、飼い葉を食べずに主人に殉ずる。赤兎馬と青龍偃月刀は、関羽の象徴である。物語上の関羽の三男関索《かんさく》へと変化する花《か》関索《かんさく》を主人公とする小説『花関索伝』では、愛馬の赤兎と青龍偃月刀が水中に沈むのを見た関羽が死ぬという描写がある。

赤兎馬と青龍偃月刀が関わりを持つという考え方は、明代には普及していたようで、『三才図会《さんさいずえ》』に描かれる十二支の馬は、二本足で立ち青龍刀を持っている。これは、六丁《りくてい》・六甲《りくこう》（天界の軍を指揮する道教の神々）の一人で、諸葛亮が「八門遁甲《はちもんとんこう》」の術に基づき「縮地《しゅくち》の法」を用いる際に、使役される神将である。関羽の神格化に伴い、関羽の象徴もまた神となっていったのである。

❖ 青龍偃月刀と赤兎馬

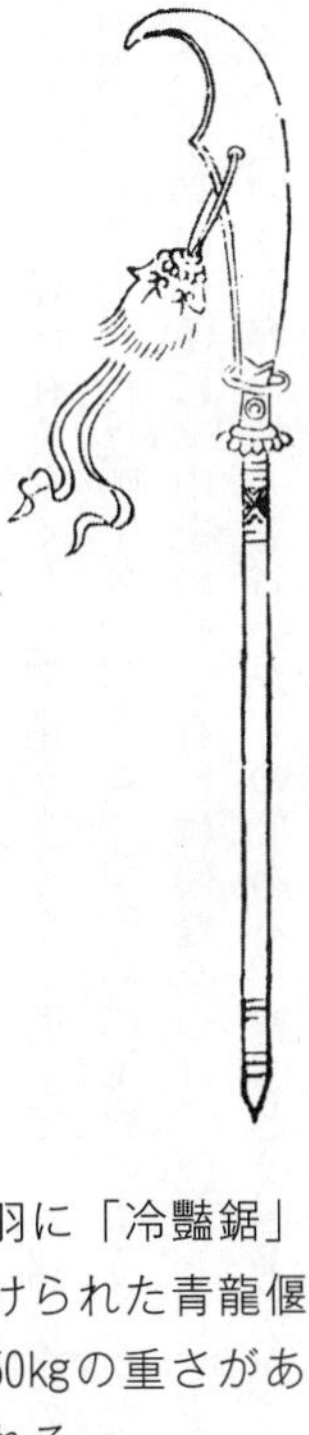

関羽に「冷艷鋸」と名付けられた青龍偃月刀。約50kgの重さがあるとされる。

『三才図会』に描かれた、二本足で立ち青龍刀を持つ馬。

八　諸葛亮の装束

　吉川「三国志」は、三顧の礼を尽くした劉備がようやく面会できた諸葛亮の容貌を「身には水色の鶴氅《かくしょう》を着、頭には綸巾《かんきん》をいただき、その面は玉瑛《ぎょくえい》のようだった」と表現する。これは、演義の「頭に綸巾をのせ、身には鶴氅をつけ、飄々《ひょうひょう》としてまるで仙人のようである」という形容の仙人を省いたものである。綸巾とは隠者がかぶる青糸でつくった頭巾、鶴氅とは鶴の羽で作った上衣である。明の『三才図会』では、綸巾を諸葛巾《しょかつきん》と呼び、亮は綸巾をつけ、羽扇《うせん》を振るって戦いの指揮をした、と説明する。しかし、宋《そう》までは、綸巾は諸葛亮の独占物ではなかった。たとえば、南宋の楊万里《ようばんり》は、周瑜《しゅうゆ》が「白羽を揮《ふる》い綸巾を岸《あ》げ」たと詩を詠《よ》んでいるように、文人が赤壁《せきへき》を歌うとき、綸巾をつけ、白羽を振るって曹操を破った者は、周瑜であった。

　ところが、演義の普及により、綸巾と白羽扇《びゃくうせん》は、諸葛亮の専有物となった。実は、白羽扇の方も怪しい。東晋《とうしん》の裴啓《はいけい》の『語林《ごりん》』には、「諸葛亮は戦場でも平服を着て、飾りのない輿《こし》に乗り、頭巾をかぶり毛扇《もうせん》を振るって軍隊を指揮していた」と記録されている。これによれば、諸葛亮が手にしていたものは、白羽扇ではなく毛扇となる。諸葛亮の装束もまた、小説の表現として創作されたものなのである。

❖ 諸葛亮の装束

綸巾

『三才図会』では、諸葛巾として掲載される。

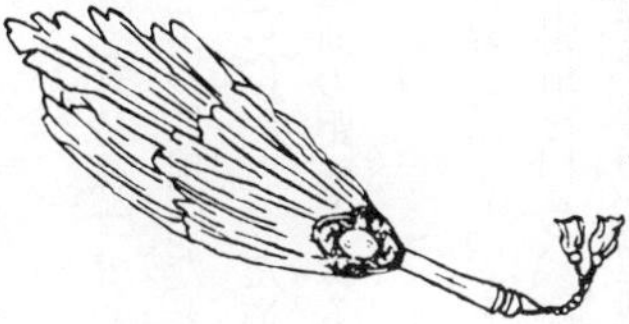

白羽扇

『演義』の普及により、諸葛亮固有の持ち物とされた。

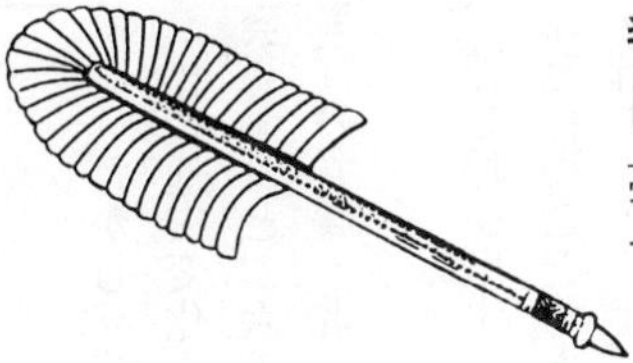

毛扇

『語林』では、諸葛亮はこちらを手にしていたとされる。

九 風は呼べるか

吉川「三国志」は、孔明の東南の風を「貿易風」であるとする。しかし、演義がまとめられた明代には、諸葛亮が風を呼ぶために用いたとする『秘《ひ》蔵《ぞう》通《つう》玄《げん》変《へん》化《げ》六《りく》陰《いん》洞《どう》微《び》遁甲真経《しんけい》』という道教経典《どうきょうきょうてん》があった。そこに記された道術を会得《えとく》すると、六丁《りくてい》・六甲《りくこう》の神将を使い、風を呼び、縮地《しゅくち》の法（地面の距離を操《あやつ》る術）を行い、雲・雷・雨を起こし、木牛《ぼくぎゅう》・木馬を使うことができるという。

風を呼ぶためには「呼風符《こふうふ》」という符籙《ふろく》（おふだ）を書き、神を呼び出す「発爐《はつろ》」というポーズを取る。発爐とは、左手の中指を押し、神を呼ぶ動作のことである。発爐のあとには、「罡歩《こうほ》」（禹歩《うほ》）を行い結界《けっかい》を作って聖域を生み出す。罡歩は、北斗七星の形にステップを踏む足運びのことである。そののち、魔物を払う破邪《はじゃ》のため「叩《こう》歯《し》」を行う。叩歯とは、上下の歯をカチカチとかみ合わせることである。

これで準備は完了である。あとは、呪文《じゅもん》を唱えればよい。ただし、『秘蔵通玄変化六陰洞微遁甲真経』には呪文が記されていない。呪文は口伝《くでん》なのである。ちなみに、『三国志平話《さんごくしへいわ》』の諸葛亮は、風を呼ぶ時に叩歯をしている。「三国志」の物語は、本来こうした道術と密接な関係にあり、諸葛亮はその秘術により風を呼べたのである。

❖ 秘《ひ》蔵《ぞう》通《つう》玄《げん》変《へん》化《げ》六《りく》陰《いん》洞《どう》微《び》遁《とん》甲《こう》真《しん》経《けい》

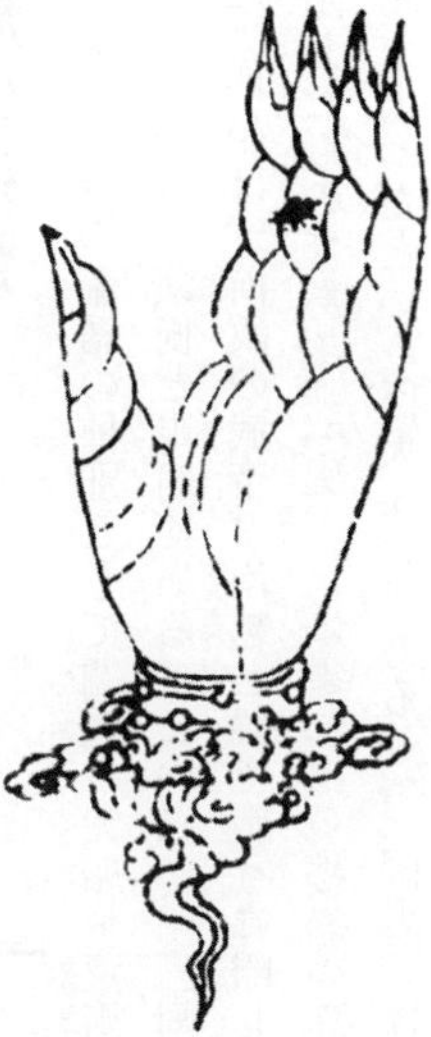

「発爐」のポーズ

左手の中指を押し、神を呼ぶ動作のこと。

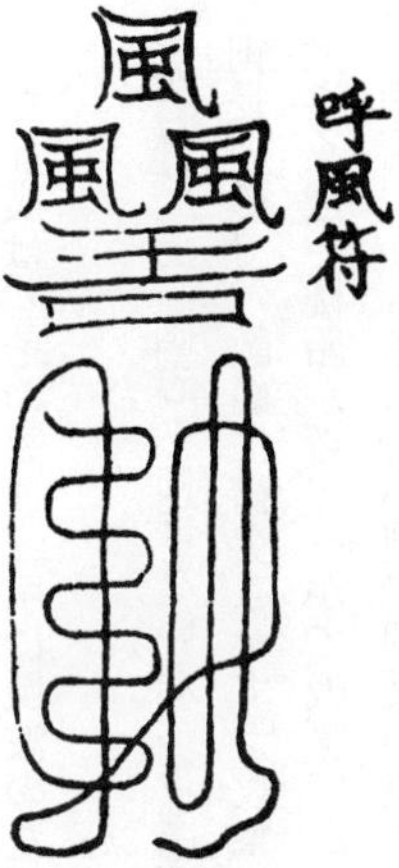

呼風符

風を呼ぶための符籙(おふだ)。

十 船の種類

吉川「三国志」は、当時の船艦の種別として闘艦・大船・蒙衝《もうしょう》・走舸《そうか》をあげるが、三国時代に実在したものは、蒙衝と走舸である。このほか、三国時代には、指揮官が乗る楼船《ろうせん》があった。楼船は、前漢の武帝《ぶてい》が南越《なんえつ》と船で戦うに際して、長安の西に掘らせた昆明池《こんめいち》で製造したものである。『史記《しき》』によれば、楼船の高さは十余丈《じょう》（十丈は約二十三メートル）であったという巨大な船である。『三国志』は、孫権が楼船の上で宴会を行ったことを記録する。水上の本陣と位置づけられよう。周瑜は、戦いの始め、これに乗っていた。ただし、これだけの巨大艦を製造・運用することはたいへんで、曹丕《そうひ》のために楼船を造った杜畿《とき》は、その試運転中に風波のため沈没した楼船と運命を共にしている。

艨衝《もうしょう》（蒙衝に同じ）の記録は『三国志』にはないが、後漢末の劉熙《りゅうき》が著した字書の『釈名《しゃくみょう》』に、「幅が狭く細長い船で、敵船に衝突させて」攻撃する突撃艦であると説明されている。周瑜は、大きく遅い楼船から、やがて戦艦である艨衝に乗り換えて、曹操を撃破した。走舸は、艨衝よりもさらに小型で細長い快速船である。偵察・伝令のほか、艨衝の操舵《そうだ》手《しゅ》に矢を放ってこれを撃退する役割も担《にな》っていた。

❖ 船の種類

蒙衝(艨衝)

敵船に衝突させて攻撃する戦艦。周瑜は楼船からこれに乗り換えて曹操を撃破した。

走舸

蒙衝よりさらに小型で細長く、速い船。

十二　八陣の図

諸葛亮の八陣《はちじん》の図は、『三国志』にその詳細が記録されないため、唐《とう》では方陣《ほうじん》・円《えん》陣《じん》・牝陣《ひんじん》・牡陣《ぼじん》・冲陣《ちゅうじん》・輪陣《りんじん》・浮沮陣《ふしょじん》・雁行陣《がんこうじん》という八種類の異なった陣形の総称と考えられていた。これに対して、唐の名将李靖《りせい》の著とされる『李衛公問対《りえいこうもんたい》』は、八陣とは八つの陣ではなく、本来一つの陣が分かれて八となったもので、「井」の字型の方陣《ほうじん》で、四正《しせい》（四方面の正兵）と四奇《しき》（四方面の奇兵）から構成されるとした。

やがて、八陣が八卦《はっけ》の陣とも呼ばれるのは、演義が、八陣の四正・四奇を『奇門遁《きもんとん》甲《こう》』の八門《はちもん》に配当したことによる。『奇門遁甲』とは、伝説上の黄帝《こうてい》が九天玄女《きゅうてんげんじょ》から受けた天書《てんしょ》で、周《しゅう》の太公望《たいこうぼう》、漢の張良《ちょうりょう》、そして諸葛亮が受け継いだものとされる。『奇門遁甲』では、魔方陣として表現される九宮《きゅうきゅう》の真ん中を五とし、四面の八方を八門にあてる。八門とは、休門《きゅうもん》・生門《せいもん》・傷門《しょうもん》・杜門《ともん》・景門《けいもん》・死門《しもん》・驚門《きょうもん》・開門《かいもん》であり、各門は、北・北東・東・南東・南・南西・西・北西という八つの方位に配当される。八門は、休・生・景・開が吉であり、傷・杜・死・驚が凶であるが、吉川「三国志」は、吉凶の設定を異にする。八陣（八卦の陣）は、兵法と易《えき》とが融合して生まれた創作なのである。

❖ 諸葛亮が用いた「八陣」

八陣は、物語での諸葛亮の兵法を代表するもので、障害物により敵軍を阻止し、弩の攻撃に有効性を持たせるための布陣法である。三十二小隊からなる方陣を主将の周りに八陣配した陣形で、状況に応じて変幻自在の展開を見せる。

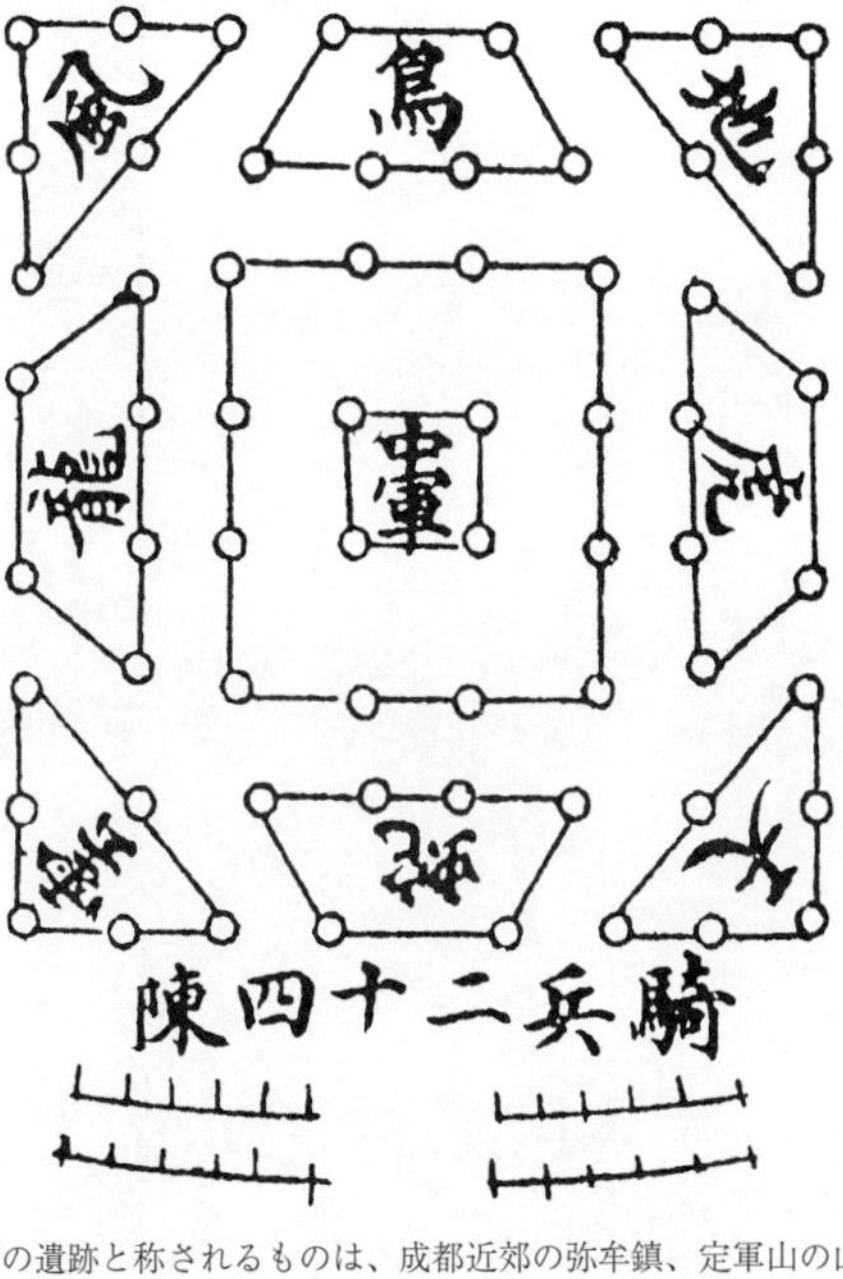

八陣の遺跡と称されるものは、成都近郊の弥牟鎮、定軍山の山麓などにも残っているが、最も有名なものは、長江に面した白帝城の西にある魚復浦のもので、図のような形に岩石が配置されているという。

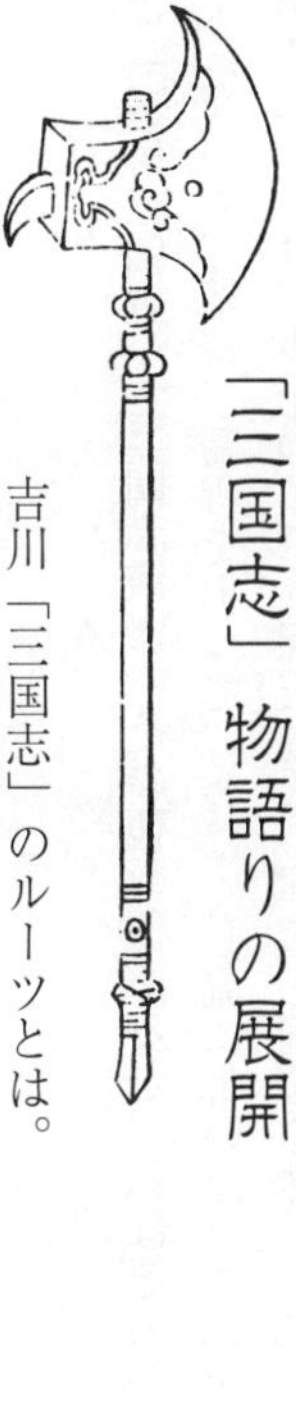

第四章
「三国志」物語りの展開

吉川「三国志」のルーツとは。
物語りの変遷をたどる

吉川英治は、第一巻に収録した序文で、自らの『三国志』の原本について次のように述べている。

原本には「通俗三国志」「三国志演義」その他数種あるが、私はそのいずれの直訳にもよらないで、随時、長所を択《と》って、わたくし流に書いた。これを書きながら思い出されるのは、少年の頃、久保《くぼ》天随《てんずい》氏の演義三国志を熱読して、三更《こう》四更《こう》まで燈下にしがみついていては、父に寝ろ寝ろといって叱られたことである。

吉川が掲げる二つの原本、湖南文山《こなんぶんざん》の『通俗三国志』と久保天随の『新訳演義三国志』は、前者が『李卓吾《りたくご》先生批評三国志』（以下、李卓吾本）、後者が毛宗崗《もうそうこう》批評『四大奇書第一種　三国志演義』（以下、毛宗崗本）の訳である。

これら吉川『三国志』の二つの原本は、どのように異なるのであろうか。また、そもそも『三国志演義』は、史書の『三国志』から、どのように物語りを展開させて、成立したのであろうか。

◆陳寿《ちんじゅ》『三国志』と裴注《はいちゅう》

陳寿が著した『三国志』は、唐《とう》（六一八～九〇七年）の時代に「正史《せいし》」と定められた史書である。正史とは、「正」しい「史」書という意味ではない。国家の「正」統を証明するための「史」書、という意味である。そのため、すべての正史は、紀伝体《きでんたい》という体裁をとる。紀伝体とは、本紀《ほんぎ》（皇帝の伝記）と列伝《れつでん》（臣下の伝記）からなる史書の体裁の名称で、原則として正史を編纂《へんさん》する国家から「正統」と認識される皇帝の伝記が本紀に記される。陳寿は、曹魏《そうぎ》の禅譲《ぜんじょう》（正統に国家を譲り受けること）を受けた西晋《せいしん》の史家であるため、『三国志』は曹魏のみに本紀が設けられる。劉備《りゅうび》も孫権《そんけん》も列伝に、すなわち名目上は、曹魏の臣下として記録されているのである。

ただし、劉備と孫権は同等に扱われているわけではない。蜀漢《しょくかん》の旧臣であった陳寿は、孫権の死去を「薨《こう》」と記し、劉備の死去を「殂《そ》」と記して差異を設けている。『春秋《しゅんじゅう》』（儒教の経典《けいてん》である五経《ごきょう》の一つ。孔子《こうし》が編纂したとされる魯《ろ》の国の編年体《へんねんたい》の史書）

の義例《ぎれい》では、「薨」は諸侯《しょこう》の死去に用いる言葉である。すなわち、陳寿は「春秋の筆法」（『春秋』の義例に従った毀誉褒貶《きよほうへん》を含む史書の書き方）により、孫権が皇帝位に就いたことを否定しているのである。

　これに対して、曹魏の諸帝の死去には「崩《ほう》」の字を用い、正統な天子であることを示している。興味深いのは、劉備の「殂」である。「殂」とは、『尚書《しょうしょ》』（五経の一つ。堯《ぎょう》・舜《しゅん》・禹《う》などの伝説的な帝王の事績をまとめた経書《けいしょ》）で、堯の死去に用いている言葉である。後漢末には、漢は堯の子孫と考えられていた。そのため、曹丕《そうひ》は、漢魏革命を堯舜革命（堯から舜への理想的な禅譲）に準《なぞら》えて正統化している。こうした状況下において、陳寿が劉備の死去を「殂」と表現することは、直接的には諸葛亮《しょかつりょう》の「出師表《すいしのひょう》」が劉備の死去を「崩殂《ほうそ》」と記すことに依拠するとしても、劉備が堯の子孫、すなわち漢の後継者であることを「春秋の微意《びい》」（明確に書かずに仄《ほの》めかすこと）により後世に伝えようとしたからに他ならない。季漢《きかん》（季は末っ子の意）という国家の正式名称も、『三国志』楊戯《ようぎ》伝の最後に『季漢輔臣賛《きかんほしんさん》』という書物を引用することで、陳寿が後世に伝えた。陳寿は、自らが仕えた季漢が、漢を継承する国家であることを記録に留めようと努めたのである。

　しかし、これで精一杯であった。また、『三国志』は、差し障《さわ》りがあって書けない

伝では、わずか二四五文字の記録しかない。これでは物語は紡《つむ》げない。そこで、劉宋《りゅうそう》（六朝《りくちょう》の宋）の文帝《ぶんてい》の命を受けた裴松之《はいしょうし》は、その時期までに残っていた三国時代に関する史料を注《ちゅう》として付け加えた。四二九年に完成した裴注である。

ことも多く、内容も簡略に過ぎた。たとえば、劉備に仕えた趙雲《ちょううん》は、『三国志』趙雲

裴松之は、注をつけるにあたって、『三国志』の原材料ともなった多くの書物を引用して『三国志』の記述を補う、という方法をとった。そのため裴注には、実に二一〇種に及ぶ当時の文献が、確実な史料批判とともに引用されており、『三国志』は裴注を得て、その価値を飛躍的に高めた。

史料批判とは、近代歴史学の基本となる方法論であり、ある史料の記述が正しいか否《いな》かを他の史料との比較などから考察することである。たとえば、『魏略《ぎりゃく》』と『九州《きゅうしゅう》春秋《しゅんじゅう》』には、劉備が諸葛亮を自ら三度尋ねたという「三顧《さんこ》の礼《れい》」はなかった、と記録される。裴松之は、『三国志』諸葛亮伝の「出師表」に、三顧の礼が明記されることを根拠に、これらの記事を否定する。こうした史学独自の方法論の確立に、儒教からの「史」の自立を見ることができる。

裴注は、史学における価値が高いだけではない。『三国志演義』の形成においても、裴注は豊富な材料を提供した。趙雲伝の裴注には、『趙雲別伝《ちょううんべつでん》』という書物が一〇九

六文字も引用される。実に本文の四倍もの量である。しかも、陳寿の『三国志』趙雲伝と裴松之注に引用される『趙雲別伝』の趙雲像とは、大きく異なる。

『三国志』趙雲伝では、長坂《ちょうはん》の戦いで阿斗《あと》（劉禅）を保護したことは書かれるものの、あとは北伐で曹真《そうしん》に敗れ、死後に順平侯《じゅんぺいこう》となったことが記されるだけである。評《ひょう》（伝記の終わりに附される陳寿の評価）において、趙雲を夏侯嬰《かこうえい》（前漢《ぜんかん》の建国者劉邦《りゅうほう》の御者《ぎょしゃ》。劉邦が捨てた子を拾って車を走らせた）に準えているように、陳寿の描く趙雲は、劉備の家族の護衛隊長である。

これに対して、『趙雲別伝』では、趙雲は劉備と同じ床で眠ったとされ、長坂の戦いでの働きは、金石を貫くほどの節義とされる。また、孫夫人《そんふじん》（孫権の妹）が劉禅を呉に連れ帰ろうとすることを防ぎ、益州《えきしゅう》平定時には、成都《せいと》の建物・土地の分配に反対した。曹操に敗れた黄忠《こうちゅう》を救出して、「子龍《しりょう》の身体はすべて肝っ玉である」と劉備に評価される。さらには、関羽《かんう》の仇討《あだう》ちのため、孫呉の討伐を目指す劉備に堂々と反対している。

『趙雲別伝』における趙雲は、関羽・張飛《ちょうひ》と並ぶ股肱《ここう》で、君主にも諫言《かんげん》する知勇兼備の将として描かれているのである。『三国志演義』は、何の躊躇《ちゅうちょ》もなく『趙雲別伝』に従いながら、五虎《ごこ》将の一人とする虚構を加え、至誠の名将趙雲を創《つく》りあげていく。

◆ 蜀漢正統論の成立

『三国志』と『三国志演義』との最も大きな違いは、その正統《せいとう》観にある。曹魏を正統とする『三国志』に対して、『三国志演義』は蜀漢を正統とする。蜀漢を正統とする考え方は、東晋《とうしん》より始まる。華北《かほく》を五胡十六国《ごこじゅうろっこく》に奪われた東晋は、漢の正統を継ぎながら中原《ちゅうげん》を曹魏に奪われ、長江上流域におしこめられた蜀漢と同じ境遇となった。このため、習鑿歯《しゅうさくし》は『漢晋春秋《かんしんしゅんじゅう》』を著し、前漢・後漢の正統は蜀漢に、その正統は西晋・東晋に受け継がれたと主張する。蜀漢正統論の始まりである。『三国志』に注をつけた裴松之《はいしょうし》は、正統を論ずることはなかったが、安史《あんし》の乱以降の唐など、異民族に華北を奪われた時代には、蜀漢正統論が盛んとなった。杜甫《とほ》の「蜀相《しょくしょう》」は、そうした感情から丞相《じょうしょう》諸葛亮を詠《よ》んだ詩である。

丞相の祠《し》堂《どう》何《いず》れの処《ところ》にか尋ねん　錦官城《きんかんじょう》外柏森森《はくしんしん》
階《かい》に映る碧草《へきそう》は自《おのずか》ら春色　葉を隔《へだ》つる黄鸝《こうり》は空《むな》しく好音《こういん》
三顧頻煩《ひんぱん》なり天下の計　両朝開済《かいさい》す老臣の心

出師未《いま》だ捷《か》たざるに身先《ま》ず死し　長く英雄をして涙襟《なみだえり》に満たしむ
（『全唐詩』巻二百二十六　杜甫「蜀相」）

また、「赤壁《せきへき》の賦《ふ》」を著した北宋《ほくそう》の蘇軾《そしょく》は、『東坡志林《とうばしりん》』のなかで、劉備を支持する民の感情を書き留めている。そうした民の支持をも踏まえながら、蜀漢正統論を確立した者が、『資治通鑑綱目《しじつがんこうもく》』を著した南宋の朱熹《しゅき》（朱子）である。東晋と同様、南宋もまた中原を異民族に奪われていた。中原回復を国是とすべき南宋に生きた朱子は、蜀漢正統論を主張すべき政治的立場にあった。ただ、それ以上に朱子は諸葛亮を好きであった。朱子学として集大成された宋学《そうがく》（宋代に盛んとなった儒教哲学、道学《どうがく》ともいう）では、大義名分論が盛んで、劉備が劉璋《りゅうしょう》をだまし討ちにして益州を奪ったことは、義《ぎ》に反するとの批判も多かった。

程頤《ていい》先生は、「諸葛亮は王佐の心を持っていたが、その行動が大義名分を貫いたとは言いがたい」と述べておられる。それは非常に的を射た議論ではある。……諸葛亮は、天から与えられた才能が非常に豊かで、その心ばえも宏《ひろ》やかであった。……劉璋を騙《だま》して益州を奪ったことは、あるいはおそらく劉備の策謀であって、諸葛亮の意思とは違っていたのではないか。……三代（夏《か》・殷《いん》・周《しゅう》という儒教の理想とする三つの時代）を下ると、義によって国家の形成を目指した者は、ただ一人諸葛亮がいるだけである（『朱子語類《しゅしごるい》』巻一百三十六）。

朱子は、劉璋をだましたのは劉備であり、諸葛亮は無関係だと説く。諸葛亮の「草《そう》廬《ろ》対《たい》（いわゆる天下三分の計）」の中に、劉璋の打倒が含まれることを、朱子ほどの大学者が知らぬはずはない。それを劉備一人の責任にしてしまうのだから、贔屓《ひいき》の引き倒しである。朱子は、三代以降、諸葛亮だけが義によって国家の形成を目指した、と手放しで諸葛亮を礼賛《らいさん》している。

朱子学は、元《げん》より正統な官学となる。以後、官僚登用制度である科挙《かきょ》も、朱子学が基準となった。このため明《みん》代に成立した『三国志演義』は、蜀漢を正統としていく。

◆『三国志演義』の展開

元末明初の人とされる羅貫中《らかんちゅう》の『三国志《さんごくし》通俗演義《つうぞくえんぎ》』は、朱子学の義、すなわち蜀漢を正統とすることを示すために歴史小説を著した。ただし、羅貫中の原作がすぐに印刷されて、広く普及したわけではない。『三国志演義』はまず、抄本《しょうほん》（写本、手書き本）として広まった。このころの演義として、想定されているものが、①弘治《こうち》七（一四九四）年の序を持つ抄本である。こうした抄本をもとに、嘉靖《かせい》元（一五二二）年には、木版印刷された『三国志演義』の刊本《かんぽん》（印刷本）が出版される。『三国志通俗演義』という正式名称を持つ、いわゆる②嘉靖本《かせいぼん》である。このころから小説が大量に印刷されるようになったこともあり、もともとは『三国志演義』と無関係の英雄であった③花関索《かかんさく》の説話を含む本や、関羽の三男とされる④関索《かんさく》の説話を含む本など多くの版本が刊行された。

清《しん》の初期に毛綸《もうりん》・毛宗崗《もうそうこう》父子がまとめた⑥毛宗崗本は、②嘉靖本の流れを汲《く》む⑤李《り》卓吾本《たくごぼん》をもとにしているが、これが現在の中国で読まれている『三国志演義』の決定版である。

毛宗崗本の成立は、清の康熙《こうき》五（一六六六）年以降とされる。父の毛綸の仕事を継承して、毛宗崗が『三国志演義』の改訂を終えて出版した。首巻には、序・凡例《はんれい》・読《どく》三国志法《さんごくしのほう》などが付けられている。凡例には、毛宗崗本が「古本《こほん》（毛宗崗が、そうであるべきと考える理想の演義）」に従って「俗本《ぞくほん》（李卓吾本までの演義）」を直した事例が掲げられている。また、読三国志法（「三国志〈毛宗崗本『三国志演義』のこと〉」の読み方）には、蜀漢が正統で、曹魏・西晋は閏統《じゅんとう》であること、諸葛亮・関羽・曹操は、それぞれ賢相・名将・奸雄《かんゆう》として人から抜きんでており、三絶《さんぜつ》と称すべきことが述べられる。主人公は劉備であるが、主役は諸葛亮・関羽・曹操の三人であることが宣言されているのである。

李卓吾本では、諸葛亮・関羽・曹操を三絶と位置づけることはない。したがって、諸葛亮を批判する箇所もある。たとえば、諸葛亮が、関羽を救わなかった劉封《りゅうほう》の処刑を主張したことについて、李卓吾本は評で次のように述べている。

　諸葛亮は、まことに犬か豚であり、まことに奴才であり、まことに千古の罪人である。かれはどうして蜀の柱石となれたのであろうか。もし真心から蜀のためを思えば、劉封殺害を勧め

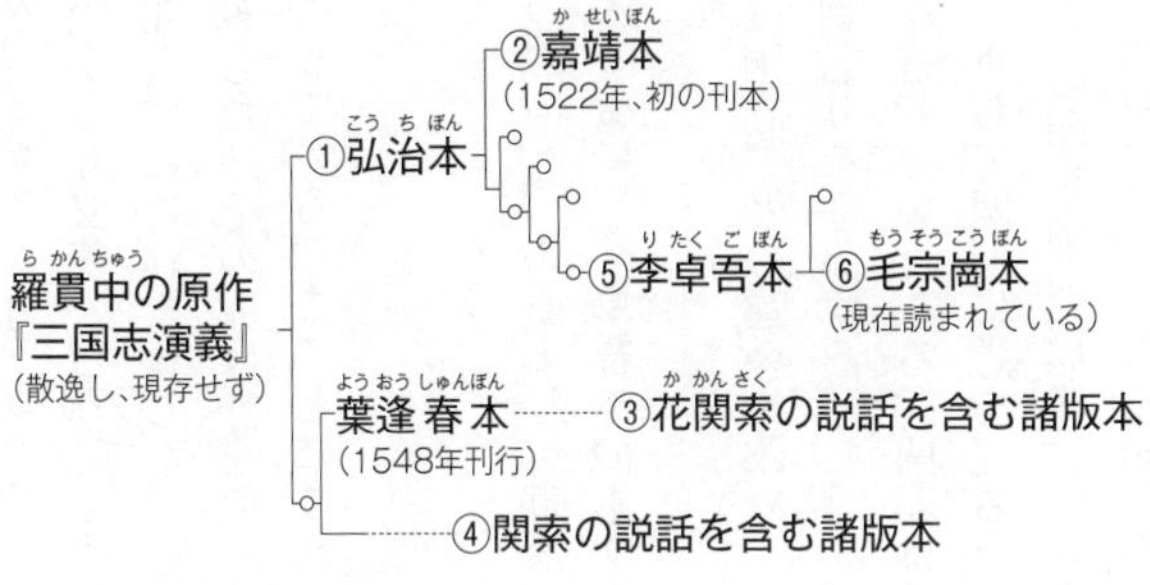

【『三国志演義』の諸版本】

るはずはない。劉封殺害を勧め、(劉備の)手をかりて蜀の爪牙《そうが》を切り取ったのには、密《ひそ》かに図るところがあったのではないか。愚かなり玄徳、どうしてそれを分からなかったのか。劉封は忠義である。玄徳は知らずにこれを殺した。その罪はなお許すべきである。孔明は知りながらこれを殺した。その罪は誅《ちゅう》を免れることはできない。さらに(その罪を)言葉で飾ろうとしている。まことにこれは小人の過《あやま》ちである。

李卓吾本の諸葛亮への罵詈《ばり》雑言《ぞうごん》は、歴代の諸葛亮評価の中でも珍しい。諸葛亮を「智絶《ちぜつ》」と高める毛宗崗本は、猛然とこれに反論するとともに、李卓吾本の本文を書き換え、諸葛亮の無謬《むびゅう》性を守ろうとしている。

また、毛宗崗本は、李卓吾本に多く見られる史書『三国志』との違いを改め、小説をなるべく史実に近づけようとした。たとえば、次の物語りを削除する。

関羽が劉備の二夫人を守るため、やむなく曹操に身を寄せていたころ、関羽は恩を返すため、官渡の戦いで顔良と文醜を斬《き》った。曹操は、重ねて関羽に恩を売るために、献帝に関羽の功績を上奏して諸侯に封建し、そのしるしの印を関羽に渡した。「寿亭《じゅてい》侯之印《こうのいん》」、すなわち寿亭侯に封ずるという辞令である。関羽は、しばらく印面の文を見ていたが、受け取ることはなかった。曹操は、関羽が印面を見てから辞退したことを聞き、誤りに気づいて印を改鋳《かいちゅう》した。「漢寿亭侯之印（漢の寿亭侯の印）」、すなわち、関羽が曹操ではなく、漢から諸侯に封建されたことを明らかにしたのである。関羽は印面を見ると、「丞相（曹操）は、わたしの心事をよく知っておられる」。そう言って、今度は快く印を受け取った。

毛宗崗本が、この物語りを削除した理由は、史実に反するためである。関羽が史実で封建された漢寿亭侯とは、「漢寿《かんじゅ》の亭侯《ていこう》」という意味で、漢の寿亭侯ではない。漢寿は、地名なのである。しかし、この物語りは、日本人には広く知られている。吉川『三国志』が、これを収録するためである。吉川『三国志』が依拠した二つの原本のうち、主として参照した『通俗三国志』は、李卓吾本の翻訳であった。

◆二つの原本の用い方

『通俗三国志』は、元禄《げんろく》四（一六九一）年九月に、京都の栗山伊右衛門《くりやまいえもん》によって刊行された。翻訳者は「湖南文山」と号しているが、その詳伝は明らかではない。『通俗三国志』の評価は、二分される。『三国志演義』は、古文《こぶん》（漢文）と白話《はくわ》（俗語）が混ざっている。『通俗三国志』は、漢文の部分はよく訳せているが、俗語の部分は、かなりの意訳をしており、そこの評価が分かれる。学問的に見れば、底本に忠実ではない不誠実な訳となるが、文学的に評価すると、こなれた読みやすい翻訳なのである。

一方、久保天随の『新訳演義三国志』は、明治四十五（一九一二）年に刊行された。久保は、李卓吾本と毛宗崗本の優劣を論じ、李卓吾本のほうが羅貫中の原本に近いかもしれないが、文章としては整理された毛宗崗本がよい、と述べている。

吉川『三国志』の記述に、しばしば『通俗三国志』と共通する誤りが見られるように、二つの原本のうち、吉川『三国志』は、多く『通俗三国志』に依拠している。もちろん、そこに自らの創作を加えているが、原本から大きく逸脱して、自らの創作を展開している部分は、第一巻の黄巾《こうきん》の乱までである。そこには、劉備と芙蓉娘《ふようじょう》の恋も描かれるが、創作の中心とされているものは、劉備の母の描写である。

旅商売《あきない》に出かけた息子の帰りを待ちわび、劉備が持ち帰った茶壺《ちゃつぼ》を抱いて、その孝に感激して涙する母。それでも、志《こころざし》を見失いそうな劉備に、帝王の末裔《まつえい》として天下への忠勤を第一にせよ、と説教する母。親への孝行を小事としてまで、天下を先にせよ、という母の教えに、吉川は何を表現しようとしたのであろうか。

韓国や中国では、吉川『三国志』は、日本の軍国主義に加担し、忠君思想を描いたとの批判がある。ことに、韓国では、吉川『三国志』が日本語強制の一貫として、新聞に連載されていたため、わたしが出席した韓国における国際学会でも、その旨《むね》の報告が行われていた。日中戦争を目の当《ま》たりにした時代に、親への孝よりも天下への忠を優先すべきとの主張は、軍国主義教育への協力だったのであろうか。

結論的に言えば、わたしは、そうは思わない。母の描写により子を高める表現技法に毛宗崗本の影響を感じるためである。

たとえば、諸葛亮の妻である黄夫人《こうふじん》の描写は、毛宗崗本により、その子である諸葛《しょかつ》瞻《せん》の部分に書き加えられている。

　諸葛瞻の母は黄氏といい、黄承彦《こうしょうげん》の娘である。母は容貌《ようぼう》こそ優れなかったが、奇才があり、上は天文に通じ、下は地理に明るかった。六韜《りくとう》・三略《さんりゃく》・奇門遁甲《きもんとんこう》の諸書で、通暁《つうぎょう》しないものはなかった。武侯《ぶこう》（諸葛亮）は南陽《なんよう》にあったとき、その賢を聞き、求めて妻とした。武侯の学問は、黄夫人の助けを借りたところが多い。武侯の死後、夫人も後を追うように世を去った。臨終にあたって教えを遺《のこ》し、ただ忠孝に勉《つと》めよ、とその子の瞻に告げた。

そして、毛宗崗本は、諸葛瞻の部分に、この描写があることを自画自賛する。

武侯（諸葛亮の黄）夫人の事は、（諸葛亮の部分ではなく、諸葛瞻が登場する）終わりの篇になってやっと補われる。この叙述はすばらしい。

毛宗崗本では、諸葛瞻が陣没する場面に、母の「忠孝に勉めよ」との教えが書き加えられることで、瞻の蜀漢への忠義が李卓吾本より明確に表現されている。このように、母を崇高に描くことによって、その子を高めるという表現技巧は、『西遊記《さいゆうき》』にも見られる。玄奘《げんじょう》の母は、我が身を犠牲にしてまで貞節《ていせつ》を守る崇高な女性として描かれ、それが玄奘の高貴な出自を一層引き立てている。

劉備の母が、母への思いよりも天下を優先させることを諭したが故《ゆえ》に、劉備は肉親の情よりも民への思いを優先させる。長坂の戦いで、趙雲が救い出した阿斗を投げ棄《す》てて、劉備は阿斗よりも、天下を平定するために必要な趙雲を、そして曹操より逃げる民の行く末を憂《うれ》いていることを示す。

阿斗の生母である甘夫人《かんふじん》も、史実では妾《めかけ》であるにもかかわらず、『三国志演義』では、劉備の正妻として描かれる。一方で、劉備の正妻であった麋夫人《びふじん》（演義では糜）

は、『三国志演義』では妾とされるが、阿斗を救うために身を投げたことを評価するために、毛宗崗本では、その死後に皇后に追尊される虚構が書き加えられる。二人の母の高貴さ、自己犠牲が、表現されているのである。その子である劉禅は、まだ姜維《きょうい》が降伏せず、十分に戦える情況でありながら、無用な戦争で民を傷つけることを嫌い、曹魏に降伏する。

吉川『三国志』が直接的な原本としたものは、李卓吾本を底本とする『通俗三国志』である。しかし、幼少期に読んだ毛宗崗本を底本とする『新訳演義三国志』における母の表現は、吉川『三国志』に生きている。そうした意味で、吉川『三国志』は、あくまでも二つの原本を持ち、直接的・間接的な影響を受けながら創作された「三国志」物語りなのである。

第五章
「三国志」から生まれた故事成語

あの言葉の由来は、
実は「三国志」にあった！

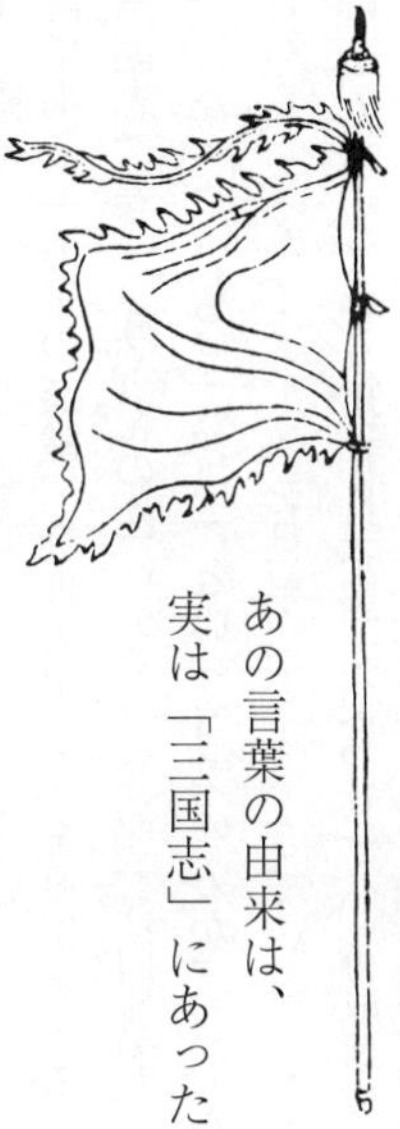

【乱世《らんせい》の英雄《えいゆう》】（『後漢書』列伝五十八　許劭伝）

後漢末の人物批評家である許劭《きょしょう》が、若き日の曹操《そうそう》を評価した言葉。『後漢書《ごかんじょ》』許劭伝の曹操評である「清平《せいへい》の姦賊《かんぞく》、乱世の英雄」を典拠とする。ただし、より古い記録である『三国志』巻一　武帝紀《ぶていき》の注に引く孫盛《そんせい》の『異同雑記《いどうざっき》』では、「治世の能臣、乱世の姦雄《かんゆう》」となっている。「姦雄」という言葉の方が、姦でありながら雄であった曹操のアンビバレンスなイメージを見事に表現できている。ただ、混乱に乗じて大事業を成し遂げる人物、という現在日本語で使われている故事成語としては、「乱世の英雄」が適していよう。

【月旦評《げったんひょう》】（『後漢書』列伝五十八　許劭伝）

品定めのこと。曹操を評価した後漢の許劭が、のち蜀漢《しょっかん》に仕えた従兄《いとこ》の許靖《きょせい》と、毎月の一日（月旦）に、品題を変えて人物評価を行った故事を典拠とする。

【白波《しらなみ》】（『後漢書』列伝六十二　董卓伝）

盗賊のこと。後漢霊帝《れいてい》の末、黄巾《こうきん》の残党である郭太《かくたい》は、西河《せいが》の白波谷で再び蜂起《ほうき》し、太原《たいげん》・河東《かとう》を略奪した。かれらは、衆十万と称し、「白波賊《はくはぞく》」と号した。歌舞伎《かぶき》や狂言で盗賊を「白波」というのは、これを典拠とする。

【兵は神速《しんそく》を貴ぶ】（『三国志』巻十四　郭嘉伝）

軍事行動は迅速さを重んずること。二〇〇年、曹操は、官渡《かんと》の戦いで袁紹《えんしょう》を破り、その二年後、袁紹は病没する。しかし、袁氏の勢力は根強く、曹操がそれを滅ぼすまでに約七年を費やした。曹操が袁紹の子である袁熙《えんき》と袁尚《えんしょう》を追っていた折り、参謀の郭嘉《かくか》は、「兵は神速を貴びます。千里の彼方の敵を追うには、軽装の部隊で一気に敵の虚を擣《つ》くべきです」と進言した。この策を納《い》れて曹操は、河北《かほく》を平定したが、そのとき郭嘉はすでに病没していた。

【髀肉《ひにく》の嘆《たん》】（『三国志』巻三十二　先主伝注引『九州春秋』）

功業の機会を得られず、安穏な日々を送らざるを得ないことへの嘆き。荊州《けいしゅう》で劉《りゅう》表《ひょう》のもと客将となっていた劉備《りゅうび》は、ある日、会食の際、中座して厠《かわや》に立った。すると劉備は自分の内腿《うちもも》に贅肉《ぜいにく》（髀肉《ひにく》）が付いてきたのに気づき、愕然《がくぜん》として涙を流した。劉表は、劉備の涙のわけを尋ねた。劉備は、「近ごろ平安な荊州に身を寄せ、めっきり馬に乗る機会も減ってしまいました。そのため、髀《もも》に肉がついてしまいました。老いが至ろうとするのに、いまだ漢室復興も果たせず、安穏な日々を送らざるを得ない情けなさに涙が止まらなかったのです」と答えたという。

【三顧《さんこ》の礼】（『三国志』巻三十五　諸葛亮伝）

目上の人が敬意を表して仕事を引き受けるよう人に頼むこと。劉備は、あるとき部下となっていた徐庶《じょしょ》から、諸葛亮《しょかつりょう》を推薦される。劉備が連れてくるように言うと、徐庶は、こちらから出向くべきだと言う。そこで、劉備は自ら諸葛亮を訪問すること三度、やっと会うことができた。漢室復興の志を告げる劉備に対して、諸葛亮は今後の基本戦略として「草廬対《そうろたい》（いわゆる天下三分の計）」を開陳する。『演義』や『吉川』では、徐庶が曹操のもとに去るとき、諸葛亮を薦めたとするが、史実では母が捕らえられ、徐庶が曹操に降伏するのは、のちの長坂《ちょうはん》の戦いのときである。

【水魚《すいぎょ》の交わり】（『三国志』巻三十五　諸葛亮伝）

親密で離れ難い人間関係のこと。本来は、「君臣《くんしん》水魚の交わり」と熟し、親密な君臣関係を表現する言葉であった。三顧の礼のあと、劉備があまりに諸葛亮と親密なことを関羽《かんう》と張飛《ちょうひ》は喜ばなかった。しかし、諸葛亮などの名士を集団で重用しなければ政権を樹立できない劉備は、「わたしが孔明《こうめい》を得たのは、魚が水を得たようなものだ。願わくは諸君、もう言わないでほしい」と弁明した。以後、関羽も張飛も二度と不満を口にしなかったという。

【苦肉《くにく》の策】（『三国志演義』第四十六回）

苦し紛れに生み出した手段・方策、という意味で用いられるが、本来の意味とは異なる。もともとは、兵法三十六計の第三十四計にあたる戦術で、人間が自分を傷つけることはない、と思い込む心理を利用して敵を騙《だま》す計略である。鄭《てい》の武公《ぶこう》など多くの事例があるが、最も有名なものは、『演義』の赤壁《せきへき》の戦いに描かれた、黄蓋《こうがい》が周瑜《しゅうゆ》に献じた策である。わざと周瑜を批判した黄蓋は、鞭《むち》打ちの刑を受け、自らの肉体を傷つけることで、曹操への偽降に成功した。

【白眉《はくび》】（『三国志』巻三十九　馬良伝）

多くの中でとくに優れるもの。赤壁の戦いで曹操を破った主力は、周瑜率いる呉の軍隊であったが、戦後、劉備は荊州南部を領有できた。それは、諸葛亮の人的ネットワークにより荊州名士を集団に参加させたことによる。そうしたなかに、襄陽《じょうよう》の馬氏五兄弟もいた。五人とも字《あざな》（呼び名）に「常《じょう》」が付き、優秀であるため、「馬氏の五常」と称されていた。その中でも、最も優れていた馬良《ばりょう》は、眉毛《まゆげ》が白かったため「白眉」と呼ばれた。馬良は、異民族対策に抜群の功績を挙げたが、夷陵《いりょう》の戦いで陣没する。街亭《がいてい》の戦いで敗れた馬謖《ばしょく》は、馬良の弟である。

【鶏肋《けいろく》】（『三国志』巻一　武帝紀注引『九州春秋』）

大して役に立たないが、捨てるには惜しいもの。漢中《かんちゅう》をめぐる劉備との攻防戦に苦しんだとき、曹操は「鶏肋」とつぶやいた。側近の楊脩《ようしゅう》は、「鶏肋（鶏のあばら骨）は、捨てるには惜しいが、食べても腹の足しになるほどの肉はついていない。すなわち、漢中は惜しいが、撤退するつもりだろう」と解釈し、撤退の準備をしたという。のちに、楊脩は処刑されるが、この一件とは関係ない。しかし、『演義』では、鶏肋の解釈が曹操に咎《とが》められ、処刑されている。

【呉下《ごか》の阿蒙《あもう》に非ず】（『三国志』巻五十四　呂蒙伝注引『江表伝』）

人物が以前と比べ大いに進歩したこと。呂蒙《りょもう》は、十四歳で軍に入り、勉学と無縁であった。孫権《そんけん》は、呂蒙を司令官にするため、学問を勧める。一念発起した呂蒙の読書量は、学者を凌駕《りょうが》したという。久しぶりに呂蒙とあった魯粛《ろしゅく》は、「武力だけの男と思っていたが、広い学識を身につけた。もう呉の町にいたころの蒙ちゃん（阿蒙）ではないな」と称《たた》えた。呂蒙は、「士は別れて三日すれば、刮目《かつもく》して（しっかりと目を見開いて）接するべきです」と答えたという。ここから、刮目（目をこすって、よく見ること）という成語も生まれている。

【危急存亡の秋《とき》】（『三国志』巻三十五 諸葛亮伝）

危機が目前に迫った、存続か滅亡かの瀬戸際《せとぎわ》のこと。夷陵の戦いに劉備が敗れ、白帝城《はくていじょう》で「遺孤《いこ》を託《たく》」された諸葛亮は、劉禅《りゅうぜん》を即位させると南征《なんせい》を行い、後顧の憂《うれ》いを断った。そして国是である天下の統一のため、曹魏《そうぎ》を征討する北伐《ほくばつ》を行う。そのとき、戦争目的を明確化し、劉禅を訓導するために奉《たてまつ》ったものが「出師《すいし》の表《ひょう》」である。「危急存亡の秋」は、「出師の表」に描かれた益州《えきしゅう》の逼迫《ひっぱく》した状況の表現であるが、諸葛亮はそれでも国を挙げて曹賊を討つべき決意を述べている。

【泣いて馬謖《ばしょく》を斬《き》る】（『三国志』巻三十五　諸葛亮伝）

規律を遵守《じゅんしゅ》するために、親しい者であっても処分すること。第一次北伐は、直接長安《ちょうあん》を目指さず、涼州《りょうしゅう》に向かった戦術が功を奏し、天水郡《てんすいぐん》など三郡を降伏させ、涼州刺史《しし》を孤立させた。曹魏の明帝《めいてい》は、張郃《ちょうこう》を救援に送るが、それをくい止める街亭を任された者が馬謖であった。ところが、街道に陣を布《し》けとの命を無視して、山上に陣を置いた馬謖は大敗、第一次北伐は失敗に終わった。諸葛亮は、かねてより馬謖の才を愛していたが、私情を排して馬謖を斬り全軍に詫《わ》び、自らも丞相《じょうしょう》より右将軍《ゆうしょうぐん》に降格することで、責任の所在を明らかにした。

【死せる孔明、生ける仲達《ちゅうたつ》を走らす】（『三国志』巻三十五　諸葛亮伝注引『漢晋春秋』）

五丈原《ごじょうげん》で諸葛亮は陣没したが、司馬懿《しばい》の追撃に対する備えを怠ることはなく、伏兵を設けて、その追撃を撃退した。これを百姓《ひゃくせい》（人々）は、「死せる諸葛、生ける仲達を走らす」と称えた。仲達は、司馬懿の字である。日本では、「死せる孔明」とするが、それでは、「葛（katu）」と「達（tatu）」で踏んでいた韻が崩れてしまう。『漢晋《かんしん》春秋《しゅんじゅう》』を著した東晋《とうしん》の習鑿歯《しゅうさくし》は、晋の始祖に配慮して、「わたしは生きている者を図《はか》ることはできるが、死んだ者は図れない」という司馬懿の言葉を続けるが、『演義』は採用しない。司馬懿の言い訳などはいらない。諸葛亮が死してなお国のために尽くした「義」を顕彰する、それが『演義』の目的である。

【白眼視《はくがんし》】（『晋書』巻四十九　阮籍伝）

軽蔑《けいべつ》のまなざしのこと。「白い目で見る」とも言う。後世「竹林《ちくりん》の七賢《しちけん》」の一人とされる阮籍《げんせき》は、司馬氏の儒教悪用を憎み、礼節を嫌った。司馬氏に迎合する世俗の徒と会うときには、目をあわせないため白目（白眼）で、好意を抱く人に会うときは相手の眼を直視して黒目（青眼《せいがん》）で見たという。

【破《は》竹《ちく》の勢い】（『晋書』巻三十四　杜預伝）

激しく制止し難いほどの勢いのこと。司馬懿の孫司馬炎《しばえん》が建国した西晋《せいしん》に仕える杜《ど》預《よ》は、軍を率いて呉に攻め込んだ。しかし、季節が夏に向かうため、冬まで攻勢を待つべしとの意見が出される。これに対して、杜預は、「いま我が軍の威勢は奮い立っており、たとえるならば竹を破《わ》るようなものである。最初の数節を切れば、あとは刃物を歓迎するかのように、手を触れずとも割ることができる」と答えた。杜預の言葉通り、晋軍は快進撃を続け、呉の孫晧《そんこう》は降伏、ここに三国時代は西晋によって統一され、終焉《しゅうえん》を迎える。杜預は自ら「左伝癖《さでんへき》」があると称するほどの『春秋左氏伝《しゅんじゅうさしでん》』の研究家であり、また唐の詩人杜甫《とほ》の祖先でもある。

【杏林《きょうりん》】（葛洪『神仙伝』巻十）

医者や医術の別称。孫呉の董奉《とうほう》は、人々の病を治しても貧しい者から金を取らず、重病だった者には杏《あんず》を五株、軽かった者には一株を樹《う》えさせたという。こうして杏は、十万株あまりにもなり、やがて鬱蒼《うっそう》とした杏の林ができあがった。杏は、東洋医学では、その種が喘《ぜん》息《そく》の治療薬として用いられる。董奉は、人間世界にいること百年で天に昇り、仙人になったという。

◆

ここからは、現代中国語で使われている三国志に関わる故事成語である。ただし、「三請諸葛亮」（三顧の礼）、「如魚得水」（水魚の交わり）、「髀肉復生」（髀肉の嘆）、「諸葛亮揮泪斬馬謖」（泣いて馬謖を斬る）、「死諸葛、走生仲達」（死せる孔明、生ける仲達を走らす）といった日本語と共通するものは、扱わない。

【劉備がわらじを売る】（劉備売草鞋）……十八番《おはこ》

劉備は、挙兵前、蓆《むしろ》を織り草鞋《わらじ》を売って暮らしていた。

【関羽が豆腐を売る】（関公売豆腐）……見かけ倒し

人間（関羽）は堅いが、売り物は柔らかい。転じて、見かけはしっかりしているが、中身はたいしたことがない、という意味になる。

【張飛が針に糸を通す】（張飛穿針）……思案にくれる／丁寧な仕事／本領を発揮できない（三つの意味を持つ）

張飛はどんぐり眼《まなこ》。その大きい眼が針の小さな眼をにらむ、と解いて、眼と眼を見合わすばかりで、思案がつかないことをいう。また、粗《あら》い中にも細やかさがある、と解いて、一見すると大まかであるが、細かい仕事のたとえともなる。さらに、強力だが使いようがない、と解いて、本領を発揮できないたとえともなる。

【曹操の話をすると、曹操が来る】（説着曹操、曹操就到）……噂《うわさ》をすれば影

曹操は、今も悪口を聞き漏らさない油断ならぬ悪役である。三国志に関して最も有名な故事成語の一つである。

【董卓《とうたく》が都に入る】（董卓進京）……下心がある

涼州兵を率いて洛陽《らくよう》に入った董卓は、皇帝を廃立して権力を専《もっぱ》らにした。

【董卓が貂蟬《ちょうせん》に戯《たわむ》れる】（董卓戯貂蟬）……色事で致命的な失敗をする

董卓は、貂蟬の美女連環の計により、呂布《りょふ》に暗殺された。

【曹操が呂伯奢《りょはくしゃ》を殺す】（曹操殺呂伯奢）……間違いの上塗り

董卓暗殺に失敗した曹操は、逃走の途中、知り合いの呂伯奢の子供と家の者八人を誤って殺した。報復を恐れた曹操は、今度は故意に、帰ってきた呂伯奢も殺害する。曹操の悪逆さを象徴する逸話である。

【曹操の飯を食いながら劉備のことを思う】（吃曹操的飯、想劉備的事）……二心を抱く

曹操に降伏した関羽が、劉備の恩を忘れなかったこと。「二心を抱く」と訳すことが多いが、悪い意味になるので当を失する。関羽の義を表現した言葉である。

【五関を過《よぎ》り六将を斬る】（過五関、斬六将）……困難な仕事を次々とやり遂げる

関羽の千里行。二人の夫人を守りつつ、五つの関所を破って劉備のもとに戻った。

【張飛　関公と戦う】（張飛戦関公）……むかしの友情を忘れる

古城《こじょう》で劉備・張飛と再開した関羽は、張飛と戦う。張飛は、関羽が劉備を裏切ったと邪推したのである。

【三人のへぼな皮細工職人は、一人の諸葛亮にまさる】（三個臭皮匠、頂個諸葛亮）……三人寄れば文殊《もんじゅ》の知恵

『三国志演義』で「智絶《ちぜつ》（智のきわみ）」と表現された諸葛亮に関する最も有名な故事成語である。

【羽毛扇《うもうせん》を揺らす】（揺羽毛扇）……策略を練る

主語がなくとも、羽毛扇と言えば、諸葛亮である。

【諸葛亮が兵を用いる】（諸葛亮用兵）……神出鬼没

史実では、劉備の崩御まで、ほぼ軍隊を率いることのなかった諸葛亮であるが、『演義』では、劉備集団に参入した直後に、博望坡《はくぼうは》の戦いで夏侯惇《かこうとん》を火攻めで打ち破る。関羽も張飛も、その才に感服して、諸葛亮の命に従うことになる。

【徐庶が曹操の陣営に加わる】（徐庶進曹営）……石の沈黙

曹操に母を奪われ降伏した徐庶は、『演義』では、曹操のためには一謀も献策しないことを誓う。徐庶の魏での官職を後に耳にした諸葛亮は、蜀に居ればもっと才能を発揮できたであろう友の不遇を歎《なげ》いている。

【周瑜が黄蓋を打つ】（周瑜打黄蓋）……納得ずく

苦肉の策も、一人は打ちたがり、もう一人は打たれたがる、と解き、互いに納得ずく、という意味になる。

【草船もて箭《や》を借りる】（草船借箭）……借りて返さない／坐《ざ》して成果を挙げる

『演義』は赤壁の主役を諸葛亮にする。そのための虚構の一つである。

【万事は倶《とも》に備われど、只《た》だ東風を欠く】（万事倶備、只欠東風）……準備万端

あとは、諸葛亮が東南の風を呼ぶだけである。

【諸葛亮が三たび周瑜を気《いか》らす】（諸葛亮三気周瑜）……小技を披露する

諸葛亮と周瑜の知恵比べは、『演義』の虚構の中で、最も出来が悪い。周瑜の妻の小喬《しょうきょう》を曹操が奪いに来ることを諸葛亮に聞かされ、怒って開戦を決意する周瑜は小人物に描かれすぎである。この成語も虚構に厳しく、諸葛亮の説得術を小技と馬鹿《ばか》にしている。

【諸葛亮が空城計《くうじょうけい》を用いる】（諸葛亮用空城計）……やむを得ない

諸葛亮の空城計は、万策尽きたのち、攻め寄せる司馬懿の知能を計算して行った策

であった。積極的に用いる計略ではない。

【関羽が麦城《ばくじょう》に敗走する】（関雲長走麦城）……油断大敵／ピンチが目前に迫る

関羽が曹操と孫権の挟み撃ちに敗れ、立て籠《こ》もった後に捕虜となった場所が麦城である。関羽は、いまも財神の関聖帝君《かんせいていくん》として信仰の対象であり、「三国志」の登場人物の中で、最も尊敬されている。したがって、関羽に係わる故事成語が非常に多いところが、日本と中国の三国志の受容の違いである。

【関公が鳳凰眼《ほうおうがん》を見開く】（関公開鳳眼）……必ず人を斬る

関羽の目は、鳳凰の眼のように細長く、閉じているようだが、一度目を開けると必ず敵を切り殺す。

【関羽の前で刀を振り回す】（関公門前要大刀）……身のほど知らず

関羽の持つ青龍偃月刀《せいりゅうえんげつとう》を『演義』は、約五十キログラムと設定している。

【関公が会に赴《おもむ》く】（関公赴会）……単刀直入

関羽が刀一つで会に赴き、魯粛を圧倒する単刀会は、三国劇で好んで演じられる。

【魯粛が宴《うたげ》を関雲長に請《こ》う】（魯粛宴請関雲長）……暗殺するつもり

単刀会で魯粛は、もちろん関羽を暗殺するつもりであった。

【関帝廟《かんていびょう》で観音《かんのん》を拝む】（関帝廟里拝観音）……おかど違い

関羽は道教《どうきょう》の神であり、仏教の神である観音を拝むのはおかしいが、両者はよく一緒に祀《まつ》られている。

【「三国志」を読んで涙をこぼす】（看三国掉眼涙）……余計な心配

昔の人のことに心を傷《いた》める、と解き、余計な心配という意味で用いる。それほどまでに三国志に興味を持つ者が歴代多かったと考えてよい。

第六章
「三国志」物語年表

劉備、曹操、孫権……
英傑たちの歴戦を年表で追う

西暦	年号	劉備	曹操	後漢
25	建武元年			・光武帝劉秀、後漢を建国
155	永寿元年		・曹操、誕生	
156	永寿二年			・孫堅、誕生
		・劉備、誕生		
163	延熹六年		・荀彧、誕生	
168	建寧元年			・後漢第十二代、霊帝即位
169	建寧二年			・**第二次党錮の禁** 陳蕃らが誅殺される
174	熹平三年		・洛陽北都尉として出仕 苛烈な警備で洛陽震撼	
179	光和二年			・司馬懿、誕生
181	光和四年	・母のために茶を求め、 黄巾賊に襲われる		・諸葛亮、誕生 ・劉協（献帝）、誕生
182	光和五年	鴻芙蓉、張飛との出会い		・孫堅の次子、孫権誕生
184	光和七年 二月	・劉備、関羽、張飛の桃園義盟 幽州から荊州まで 各地を転戦	・騎都尉として 潁川方面に参戦 劉備と黄巾賊を破る	・張角、黄巾賊を率い挙兵 （**黄巾の乱**） 皇甫嵩、朱儁、 盧植らを派遣
	中平元年	・張宝、張梁らを討つ		

	十二月		・功により済南相を拝命	・乱を平定。改元する
185	中平二年	・黄巾平定の功により安憙県の尉を拝命	・済南で猛政を敷き、汚職・淫祀を一掃する	
		・張飛が督郵を殴打 定州で劉恢に匿われる	・済南相を辞し、病を称し郷里に籠る	
187	中平四年	・三兄弟、潜伏する	・嫡子の曹丕、誕生	
188	中平五年	・劉虞に従って漁陽の乱を平定 平原県令を拝命	・西園八校尉が設立され、典軍校尉を拝命	・劉焉、蜀の地に入る
189	中平六年 四月	・県令劉備の徳治のもと、平原県大いに富む	・袁紹と共に何進派に属すも、政局を静観する	・霊帝崩御。年三十四 大将軍何進、甥の劉弁を冊立 ・十常侍、何進を暗殺 袁紹らの報復で、十常侍ら宦官誅滅
	八月		・ひそかに董卓へ接近	・混乱に乗じ、董卓台頭 呂布を配下とする ・董卓、皇帝を廃し、陳留王（献帝）を冊立
	九月	・劉備ら、依然として雌伏	・董卓暗殺に失敗	・董卓の専横 洛陽は無法状態となる

西暦	年号	劉備	曹操	後漢
189	中平六年		・陳宮を伴って陳留へ出奔	
	十二月		道中、呂伯奢を殺める	
190	初平元年			
	正月	・反董卓連合に応じ、公孫瓚の客将として参戦	・檄を飛ばし、諸侯を糾合 夏侯惇、楽進ら参入	・諸侯十七鎮が挙兵 **（反董卓連合）**
		・関羽、華雄を斬る		
		・三兄弟と呂布の一騎討ち **（虎牢関の三戦）**		・呂布、虎牢関に出陣
	二月		・董卓を追撃、滎陽で徐栄に大敗する	・董卓、長安に遷都
191	初平二年			
	二月			・孫堅、玉璽を得る
		・反董卓連合崩壊ののち、平原県に還る	・連合を見限り、一時揚州へ	・反董卓連合、解散
	七月			・袁紹、韓馥から冀州を奪う
				・孫堅、荊州に劉表を攻む
	十一月			・孫堅、劉表と戦って討死
192	初平三年	・公孫瓚軍に参加 戦場で趙雲と出会う	・兗州において転戦 黒山賊、匈奴を破る	・冀州の領有をめぐり、袁紹と公孫瓚戦う

					（**界橋の戦い**）
		四月	・平原国相に就く		・董卓、王允らに誅殺される （**美女連環の計**）
		六月			・李傕ら、長安を占拠
		十一月		・兗州牧に就く ・青州黄巾賊を破る その精兵を「青州兵」に編成 ・荀彧、郭嘉、典韋ら参入 ・曹植、誕生	
193	初平四年			・父の横死をきっかけに、 徐州へ侵攻（**徐州虐殺**）	・袁術、淮南に割拠する ・公孫瓚、劉虞を斬って 幽州に割拠する
194	興平元年		・陶謙の救援に徐州へ向かう ・陶謙死去 ・遺臣、領民に推戴され、 徐州牧に就く	・呂布、陳宮が兗州で謀反 荀彧と程昱、三県を死守 ・兗州にて、呂布に苦戦 （**第一次濮陽の戦い**） ・潁川、汝南に転戦 何曼ら黄巾残党を破る	・韓遂と馬騰、長安を攻む ・この頃に諸葛亮、叔父に 連れられ、徐州より逃れる ・劉焉死去 子の劉璋が益州牧を継ぐ
195	興平二年		・呂布、劉備を頼って 徐州へ落ち逃れる	・呂布を破り、兗州を回復 （**第二次濮陽の戦い**）	・長安で李傕と郭汜が争う

西暦	年号	劉備	曹操	後漢
195	興平二年		・呂布を破って兗州・予州を拠点とする	・献帝が長安を脱出 ・孫策、袁術から兵を借り、曲阿に劉繇を破って自立（**神亭の戦い**）
	十二月			・流浪の献帝、安邑へ到る
196	建安元年 正月		・献帝を奉戴	・献帝が洛陽に帰還 改元して建安とする
				・孫策、呉郡に厳白虎を破る
	九月	・詔勅により袁術を攻める 呂布、留守中の徐州を奪う（**駆虎呑狼の計**）	・許都に遷都する	・孫策、会稽に王朗を破り江東を拠点とする
		・呂布、袁術と劉備を仲裁する（**轅門に戟を射る**）		
		・呂布と再度対立、曹操のもとへ逃れる	・丞相に就く	・張繍、叔父の軍を継ぎ、南陽郡に割拠する

197	建安二年 正月	・予州牧を拝命し、小沛に駐屯		・袁術、国号を仲と定め、皇帝を僭称する
	五月	・呂布と関羽が力を合わせ、袁術軍を破る（**袁術七路の戦い**）	・南陽で張繡に大敗するも、典韋の奮戦で生き延びる（**宛城の戦い**）	
	九月		・劉備・呂布・孫策と結び、袁術を寿春に攻める	・長安の李傕と郭汜、段煨らにより討たれる
198	建安三年 六月	・呂布と三たび対立 小沛で敗北して再び曹操を頼る	・張繡、劉表を攻めるが、賈詡の策略のために勝てず（**梅酸渇を医す**）	・袁紹、曹操と結びつつ北平の公孫瓚を攻める
			・夏侯惇、劉備救援を果たせず（**抜矢啖睛**）	
			・呂布征伐のため徐州へ出兵	

西暦	年号	劉備	曹操	後漢
198	建安三年			・河内の群雄張楊、呂布を助けようとするも、部下の裏切りで討たれる
	十二月	・献帝に拝謁 漢室の一門と認められ 以後〝皇叔〟と称される	・呂布を下邳に討ち破る（**白門楼に呂布を斬る**）	
199	建安四年 正月		・田猟で献帝を故意に侮辱 あからさまに野心を示す（**許田のまきがり**）	・袁紹、易京の公孫瓚を破り 冀・幽・青・并の四州を支配する
	三月	・曹操を欺くため畑を耕す（**酒を煮て英雄を論ず**）	・董承、献帝の密勅を受け、劉備らと曹操暗殺を謀る	
		・袁術討伐を口実に許都を脱出		
	六月	・車冑を殺し、再び徐州に割拠 袁紹と同盟を結ぶ		・袁術、劉備に敗れ滅亡する
	八月		・荀彧の進言により、袁紹との開戦を決める（**官渡の戦い**）	・孫策、袁術の残党を吸収 周瑜と共に、二喬姉妹を娶る

	十月	・曹操軍の劉岱らを撃退する	・張繡、賈詡の勧めにより曹操に帰順	・孫策、予章に華歆を破り、揚州全域を支配する
200 建安五年	正月	・曹操率いる東征軍に大敗 劉備は河北の袁紹へ 張飛は芒碭山へ逃れる	・董承らの密謀発覚 董貴妃ら九族まで粛清する	・禰衡、黄祖に殺される 劉表は袁と曹の戦いを静観
		・関羽、漢に降伏、許都へ	・関羽、袁紹軍の顔良を討つ（**白馬の戦い**）	・五斗米道の張魯、漢中に割拠する
	二月	・劉備、客将として袁紹に属す	・関羽、袁紹軍の文醜を討つ（**延津の戦い**）	・益州の劉璋、張魯と争うも勝てず
		・劉備の消息を知った関羽は、曹操のもとを辞する		以降、後漢はますます弱体化していく

西暦	年号	劉備	曹操	孫権
200	建安五年	・関羽、五関を突破して古城にて張飛と再会 **（五関斬六将）** ・劉備、河北を脱出し、古城で関羽・張飛らと再会		・孫策、許貢の刺客により負傷 于吉の霊にたたられ横死 孫権、兄を嗣いで立つ
	九月		・袁紹軍を官渡で防ぐ	
	十月		・烏巣の兵糧拠点を焼き、袁紹を破る **（官渡の戦い）**	・魯粛、周瑜の推挙で参入
201	建安六年 四月		・倉亭で袁紹を破る **（十面埋伏の計）** 袁紹、敗走のさなかに死す	
	九月	・汝南で曹操に大敗 劉表を恃んで荊州に逃れる		
202	建安七年 春		・冀州へ袁氏兄弟を攻める	
203	建安八年 二月		・曹操は一時撤兵 袁譚・袁尚兄弟が争う	・江夏の黄祖を攻めるも勝てず 揚州南部に山越を平定
	十月		・袁譚、曹操に降伏し、ともに袁尚を攻める	

204	建安九年 七月		・袁尚の本拠地鄴城が陥落 戦勝後、曹丕は甄氏を娶る	・弟孫翊が部下に殺され、その妻徐氏、夫の仇を討つ
205	建安十年 正月		・袁譚を攻め滅ぼし、冀州、青州を得る	
206	建安十一年 三月		・幷州の高幹を攻め滅ぼす	
	七月		・遼西に逃れた袁尚を攻め、烏桓の蹋頓単于を討つ ・易州にて郭嘉死去	
	九月	・劉備が北伐を勧めるが、劉表は従わず**（髀肉の嘆）**	・遼東の公孫康、袁熙・袁尚兄弟の首級を献上	
207	建安十二年	・嫡子劉禅（阿斗）誕生 ・徐庶、曹仁を大いに破る ・劉備、隆中に諸葛亮を訪ねる		・江夏の黄祖を攻めるも勝てず
	十月		・鄴に銅雀台を築く	・母、呉夫人が死去
	十二月	・劉備、二度諸葛亮を訪ねる		
208	建安十三年	・劉備、三度諸葛亮を訪ねる**（三顧の礼）**		

西暦	年号	劉備	曹操	孫権
208	建安十三年 正月	・諸葛亮、天下三分の計を示し、劉備の軍師になる **（孔明の出廬）**	・鄴の玄武池にて水軍を調練	・江夏の黄祖を破り、父堅の仇を討つ
	六月		・三公を廃して丞相を置き、自ら丞相に就く	
	七月	・諸葛亮、夏侯惇軍を破る **（博望坡の戦い）**	・荊州の劉表討伐へ出陣	
	八月	・荊州牧劉表薨去 次子の劉琮が嗣ぐ	・南征に反対した孔融、讒言によって処刑される	
	九月	・長坂坡で曹操軍に大敗 趙雲、単騎で阿斗を救う 張飛、単騎で曹操軍を退ける ・劉琦を頼って夏口へ逃れる	・曹操、劉琮の降伏を受け荊州を手に入れる	

	十月	・諸葛亮、使者として呉に赴き群臣を説き伏せて決戦へ導く **(孔明の舌戦)**	・孫権に降伏状を送る	・魯粛、劉備と会見し、孫権との同盟を勧める ・孫権、開戦を決意して周瑜を大都督に任じる
	十一月	・諸葛亮、周瑜の謀略を見抜き十万本の矢を得る ・諸葛亮、東南の風を予見する	・緒戦に敗れ、烏林に陣を築く ・周瑜を降すため蔣幹を派遣 ・間諜として蔡兄弟を呉軍へ偽って降伏させる ・西涼の叛乱に備え、徐庶を派遣	・赤壁へ進み、緒戦で曹操軍を破る ・周瑜、蔣幹を利用して蔡瑁・張允を謀殺する ・黄蓋、苦肉の計を用い、偽って曹操へ降伏を申し出る ・龐統、連環の計を仕掛ける ・周瑜、火計で曹操軍に迫る **(赤壁の戦い)**

西暦	年号	劉備	曹操	孫権
208	建安十三年 十一月	・赤壁において、劉備・孫権連合軍が曹操の大軍を破る（**赤壁の戦い**）		
		・関羽、華容道で曹操を見逃す **（義をもて曹操を釈す）**	・曹操、華容道から敗走	
		・諸葛亮、周瑜を欺いて南郡・荊州・襄陽を取る		・周瑜、南郡を守る曹仁らに苦戦
	十二月	・零陵・桂陽・武陵・長沙の荊南四郡を征服		
209	建安十四年	・荊州牧の劉琦が病死	・張遼、合肥で孫権を破る	・孫権、合肥に張遼を攻めるも、大敗して太史慈を失う
		・劉備、呉に赴き孫夫人を娶る		・周瑜、劉備暗殺に失敗
210	建安十五年 正月	・劉備と孫夫人が荊州に還る		

		春		・銅雀台落成	
		十二月	・龐統、呉を去り劉備に仕える		・周瑜、諸葛亮に敗れて憤死、魯粛が大都督を継ぐ
211	建安十六年	夏		・馬騰、曹操殺害に失敗し、許都にて処刑される ・馬超、西涼において挙兵 曹操自ら鎮圧する **（潼関の戦い）**	
		十二月	・五斗米道の張魯、漢中より劉璋の巴蜀を侵略 ・劉備、劉璋に招かれて入蜀 張魯に備えて葭萌関に屯す		
212	建安十七年	正月			・孫夫人、呉に連れ戻される

西暦	年号	蜀漢	曹魏	孫呉
212	建安十七年 十月	・劉備、葭萌関より進軍	・曹操が魏公の位に即く 荀彧、憂死す ・孫権討伐へ南征する	・孫権、本拠を秣陵に遷し、その地を「建業」と名づく ・濡須で曹操軍を防ぐ
213	建安十八年 七月	・龐統、落鳳坡に戦没		
	八月		・西涼の馬超がふたたび挙兵 楊阜、夏侯淵がこれを破る	
214	建安十九年	・馬超、劉備陣営に投降 ・益州牧の劉璋、降伏 劉備は蜀（益州）を得る		・魯粛、関羽暗殺を謀って失敗 **（関雲長単刀会に赴く）**
	十一月		・伏皇后、曹操誅殺に失敗	
215	建安二十年 正月		・曹操の娘、献帝の皇后に立つ	
		・荊州南部を呉と分割	・張魯を破り、漢中を併呑	・孫呉十万、合肥にて張遼に大敗する **（合肥の戦い）**

216	建安二十一年			・合肥、濡須で曹操と戦う 勝敗つかず両軍撤兵 **（濡須口の戦い）**
	五月		・曹操、魏王に即位	
217	建安二十二年	・劉備、漢中に進軍	・曹丕、太子に立てられる	・魯粛没す
218	建安二十三年			
	正月		・耿紀・金禕ら、許都で挙兵するが失敗	
219	建安二十四年	・黄忠、定軍山で夏侯淵を討つ **（定軍山の戦い）**	・劉備に敗れ、漢中から撤退	
	七月	・劉備、漢中王に即位 ・関羽、樊城の曹仁を攻め、于禁・龐徳を破る		・荊州の関羽と交渉断絶状態

西暦	蜀漢		曹魏		孫呉	
219	建安二十四年	・関羽、呂蒙らにより敗死 蜀漢は荊州を失う **（麦城の戦い）**		・曹操、関羽の霊を祀る		・呂蒙没す
220	建安二十五年	・孟達、魏に寝返る	延康元年 黄初元年	・曹操、洛陽に薨去 曹丕が嗣いで魏王に即く ・夏侯惇病没す ・曹丕は劉協を廃し、漢から禅譲を受けて皇帝に即位 **（漢魏革命）**		
221	建安二十六年 章武元年	・劉備、廃された愍帝を嗣いで漢の皇帝に即位する **（蜀漢の建国）** ・劉備、孫呉の荊州へ親征する ・張飛、部下の裏切りで殺される	黄初二年	・曹丕、孫権を呉王に封ず		
222	章武二年	・黄忠、夷陵にて戦没	黄初三年			・甘寧、富池口にて戦没 ・陸遜、蜀漢軍を破る **（夷陵の戦い）**

				・曹丕、濡須へ孫呉を攻める	黄武元年	・孫権、元号（黄武）を建てる
223	章武三年 建興元年	・劉備、白帝城に崩御（昭烈帝） 劉禅が嗣いで即位する	黄初四年		黄武二年	・朱桓、濡須で曹魏を防ぐ **（濡須の戦い）**
224	建興二年	・蜀漢と孫呉が再び同盟	黄初五年	・淮水、広陵から孫呉を攻める	黄武三年	・徐盛と孫韶、淮河にて 曹魏に大勝
225	建興三年	・諸葛亮自ら南征して 孟獲を降す **（七縦七擒）**	黄初六年		黄武四年	
226	建興四年		黄初七年	・曹丕が崩御（魏の文帝） 曹叡が嗣いで即位する	黄武五年	・諸葛瑾が襄陽を攻めるも、 司馬懿に破られる
227	建興五年	・諸葛亮、「出師の表」を上し、 自ら漢中へ出征する **（第一次北伐）**	太和元年		黄武六年	・交州（ヴェトナム）を得る

西暦	蜀漢		曹魏		孫呉	
227	建興五年	・諸葛亮、夏侯楙を破って三郡を得る **（第一次北伐）**	太和元年	・姜維、蜀漢に降る	黄武六年	
228	建興六年	・馬謖、街亭を失って大敗 **（街亭の戦い）** ・趙雲没す ・諸葛亮、「後出師の表」を著す **（第二次北伐）**	太和二年	・司馬懿、新城の孟達を討つ	黄武七年	・陸遜、周魴の策により曹休を石亭に破る
229	建興七年	・諸葛亮、二郡を得て、司馬懿を破る **（第三次北伐）**	太和三年		黄龍元年	・孫権が皇帝に即位 **（呉の建国）**

230	建興八年	・諸葛亮、曹真を憤死させる**（第四次北伐）**	太和四年	・曹真・司馬懿の征蜀軍、大雨により頓挫	黄龍二年	・東方の夷洲・亶洲（台湾・倭国？）を探索
231	建興九年	・諸葛亮、五度祁山に出るも勝てず**（第五次北伐）**	太和五年	・張郃、諸葛亮の策により木門道にて戦死	黄龍三年	
232	建興十年		太和六年	・陳王曹植、薨去	嘉禾元年	
233	建興十一年		青龍元年	・諸葛亮と結んだ鮮卑の軻比能を破る	嘉禾二年	・遼東の公孫淵と結ぶが、裏切られる
234	建興十二年	・諸葛亮、五丈原にて陣没**（第六次北伐）**	青龍二年	・劉協（山陽公。もとの献帝）薨去	嘉禾三年	・孫権、合肥に出陣するが、曹叡に阻まれて撤退

西暦	蜀漢		曹魏		孫呉	
235	建興十三年	・楊儀、政治に不満を述べ、失脚 ・蔣琬が大将軍・録尚書事となる	青龍三年	・司馬懿、太尉となる ・幽州刺史の王雄、鮮卑の軻比能を暗殺	嘉禾四年	
237	建興十五年		景初元年	・毌丘倹に遼東の公孫淵を討たせるが、失敗 ・鄭玄説に基づき洛陽南郊で天を祀る	嘉禾六年	
238	延熙元年		景初二年	・司馬懿が公孫淵を滅ぼす	赤烏元年	・孫権の寵愛を受け専権を振るっていた呂壱が誅殺される
239	延熙二年	・蔣琬が大司馬となる	景初三年	・明帝崩御、曹芳（少帝）即位 ・卑弥呼、親魏倭王に封ぜられる ・曹爽が何晏らと共に、権力を振るう	赤烏二年	・廖式が反乱を起こし、呂岱が討伐する
240	延熙三年	・越巂太守の張嶷、南中の反乱を平定	正始元年		赤烏三年	
241	延熙四年	・蔣琬、漢水沿いに魏興・上庸の攻略を目指す	正始二年	・司馬懿、樊城を救援して孫呉軍を撃破	赤烏四年	・孫権、四路より曹魏に侵攻 ・太子孫登、死去

242	延熙五年		正始三年		赤烏五年	・孫和を太子に立てる ・聶友・陸凱が、儋耳・朱崖を討伐
243	延熙六年	・費禕、大将軍・録尚書事となる	正始四年	・卑弥呼の使者、再び来貢する	赤烏六年	
244	延熙七年	・費禕、曹魏軍を撃破	正始五年	・曹爽、漢中に攻め込み大敗	赤烏七年	・陸遜、丞相になる
246	延熙九年	・姜維、衛将軍となり、国政に参与	正始七年	・毌丘倹、高句麗王の位宮を討ち、首都丸都を陥落させる	赤烏九年	・歩隲が丞相になる
249	延熙十二年	・夏侯覇、来降する	正始十年 嘉平元年	・司馬懿、曹爽とその一派を誅殺して政権を奪取 **（正始の政変）**	赤烏十二年	
250	延熙十三年		嘉平二年	・孫呉の混乱に乗じて、三路より兵を進める	赤烏十三年	・孫権、太子孫和を廃して庶人とし、魯王孫覇を自害させる **（二宮事件）**
251	延熙十四年		嘉平三年	・王淩が謀反したとされ、司馬懿に自殺させられる	太元元年	・孫権、諸葛恪に太子孫亮の後見を遺嘱
252	延熙十五年		嘉平四年	・司馬師、大将軍となる	神鳳元年 建興元年	・孫権崩御 ・孫亮（会稽王）即位
253	延熙十六年	・費禕、暗殺される	嘉平五年		建興二年	・孫峻、諸葛恪を誅殺

西暦	蜀漢		曹魏		孫呉	
254	延熙十七年		嘉平六年 正元元年	・司馬師、皇帝曹芳を廃し、斉王とする ・司馬師、曹髦(高貴郷公)を帝位に就ける	五鳳元年	
255	延熙十八年	・姜維、狄道に侵攻し、曹魏の陳泰に防がれる	正元二年	・司馬師、毌丘倹・文欽の挙兵を討伐 ・司馬昭、大将軍・録尚書事となる	五鳳二年	・孫峻、寿春に侵攻し、諸葛誕に敗れる
256	延熙十九年	・姜維、大将軍となる ・姜維、祁山に侵攻し、曹魏の鄧艾に防がれる	甘露元年		太平元年	・孫綝、大将軍となる
257	延熙二十年	・姜維、秦川に侵攻し、曹魏の司馬望・鄧艾に防がれる	甘露二年	・諸葛誕、司馬昭に対して兵を挙げる	太平二年	・孫綝、諸葛誕救援に寿春に向かうが兵を退く
258	景耀元年		甘露三年	・司馬昭、諸葛誕を滅ぼす ・司馬昭、相国となり、晋国に封建される	太平三年 永安元年	・孫綝、孫亮を廃し、会稽王とする ・孫綝、孫休を即位させる ・孫休、丁奉・張布と計り、孫綝を誅殺
260	景耀三年		甘露五年 景元元年	・曹髦、司馬昭に対して挙兵し、弑殺される ・司馬昭、曹奐(元帝)を即位させる	永安三年	

263	炎興元年	・劉禅、鄧艾に降伏し、蜀漢滅亡	景元四年	・司馬昭、鄧艾・鍾会に蜀漢を滅ぼさせる	永安六年	
264			景元五年 咸熙元年	・衛瓘、成都に入り鄧艾を捕縛する ・鍾会、姜維と結び背くが、衛瓘に平定される	永安七年 元興元年	・孫休（景帝）崩御 ・孫晧即位
265			咸熙二年	・司馬昭、薨去 ・司馬炎、相国・晋王となる ・司馬炎、魏帝曹奐に迫って禅譲を行わせ、曹魏を滅ぼす	甘露元年	・孫晧、武昌に遷都
			西晋			
			泰始元年	・司馬炎、即位		
266			泰始二年	・倭人（壱与?）、朝貢する	宝鼎元年	・孫晧、首都を建業に戻す
271			泰始七年	・晋の安楽公劉禅（蜀漢の後主）、死去	建衡三年	
272			泰始八年	・益州刺史の王濬、呉を攻めるため大艦を建造	鳳皇元年	・陸抗、晋に降伏しようとした歩闡を誅殺
279			咸寧五年	・賈充、杜預・王濬らと呉に侵攻	天紀三年	・張悌、丞相となる
280			咸寧六年 太康元年	・呉帝孫晧、降伏し、三国統一される	天紀四年	

第七章 英傑たちの系図

主要人物の血脈が一目瞭然。
詳細なる家系図

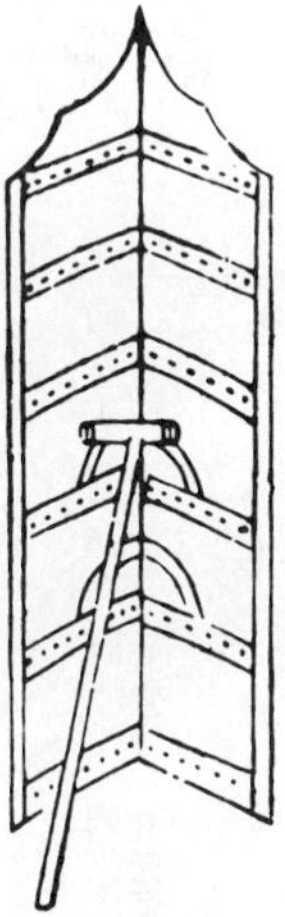

一、前漢系図

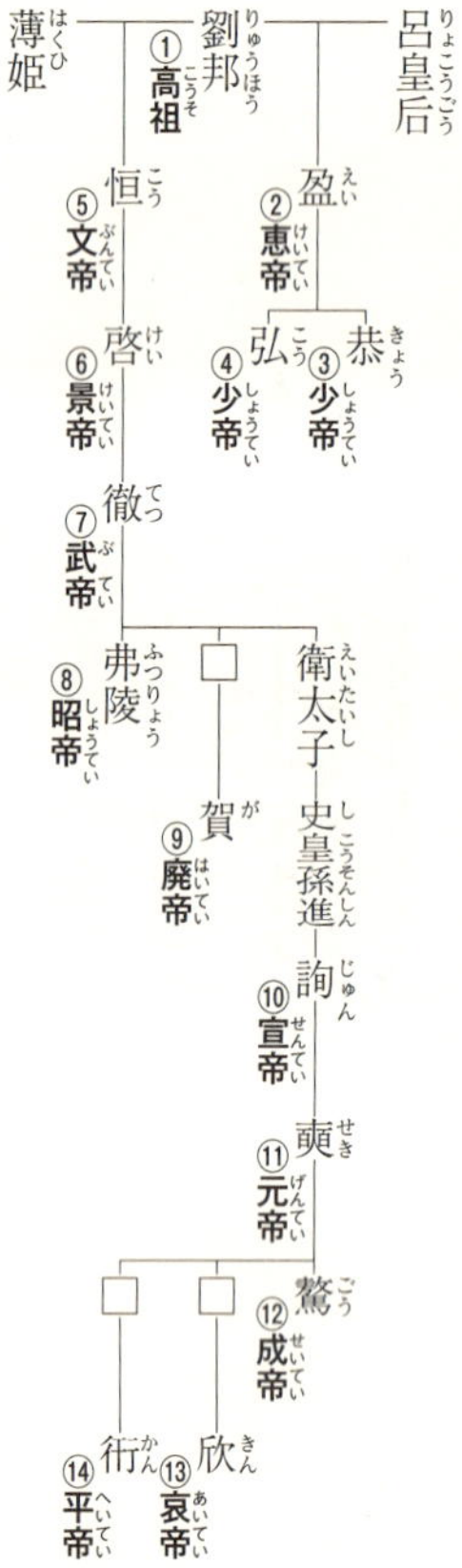
呂皇后《りょこうごう》
劉邦《りゅうほう》
①高祖《こうそ》
薄姫《はくひ》
盈《えい》
②恵帝《けいてい》
恭《きょう》
③少帝《しょうてい》
弘《こう》
④少帝《しょうてい》
恒《こう》
⑤文帝《ぶんてい》
啓《けい》
⑥景帝《けいてい》
徹《てつ》
⑦武帝《ぶてい》
衛太子《えいたいし》
弗陵《ふつりょう》
⑧昭帝《しょうてい》
賀《が》
⑨廃帝《はいてい》
史皇孫進《しこうそんしん》
詢《じゅん》
⑩宣帝《せんてい》
奭《せき》
⑪元帝《げんてい》
驁《ごう》
⑫成帝《せいてい》
欣《きん》
⑬哀帝《あいてい》
衎《かん》
⑭平帝《へいてい》

二、後漢系図

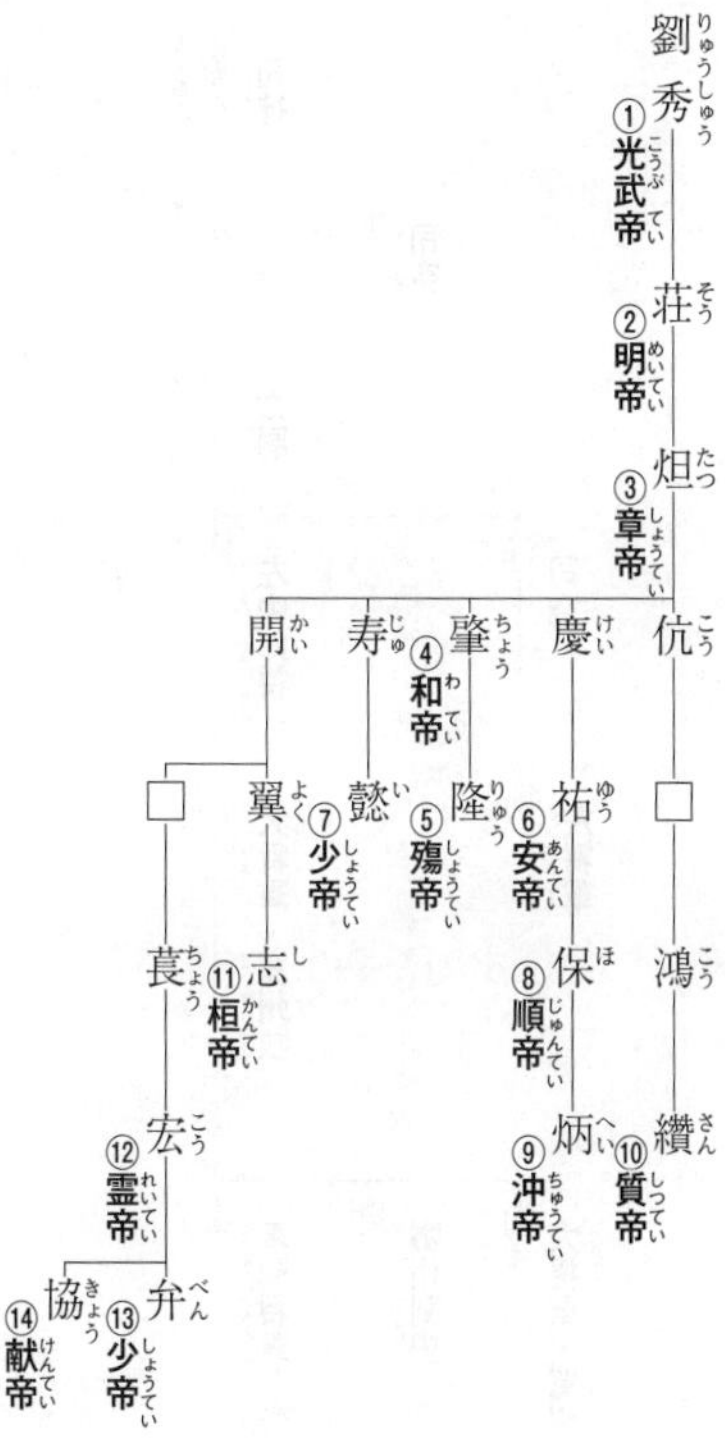

劉秀《りゅうしゅう》 ①光武帝《こうぶてい》
荘《そう》 ②明帝《めいてい》
炟《たつ》 ③章帝《しょうてい》
伉《こう》
慶《けい》
肇《ちょう》 ④和帝《わてい》
寿《じゅ》
開《かい》
□
祐《ゆう》 ⑥安帝《あんてい》
隆《りゅう》 ⑤殤帝《しょうてい》
懿《い》 ⑦少帝《しょうてい》
翼《よく》
□
鴻《こう》
保《ほ》 ⑧順帝《じゅんてい》
志《し》 ⑪桓帝《かんてい》
萇《ちょう》
纉《さん》 ⑩質帝《しつてい》
炳《へい》 ⑨沖帝《ちゅうてい》
宏《こう》 ⑫霊帝《れいてい》
弁《べん》 ⑬少帝《しょうてい》
協《きょう》 ⑭献帝《けんてい》

三、袁氏系図

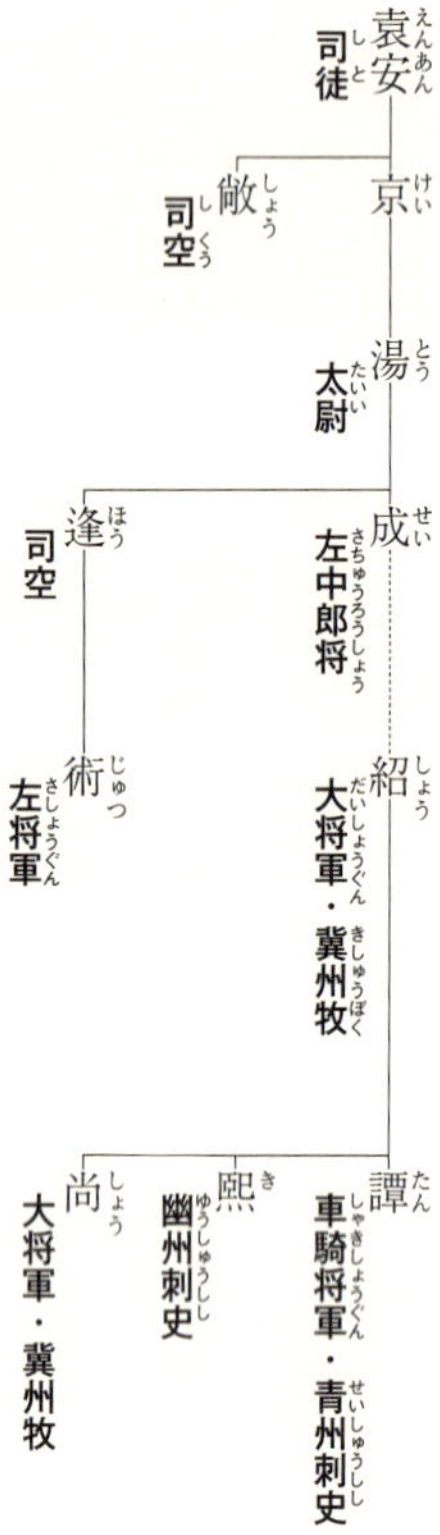
袁安《えんあん》
司徒《しと》
京《けい》
敞《しょう》
司空《しくう》
湯《とう》
太尉《たいい》
成《せい》
左中郎将《さちゅうろうしょう》
逢《ほう》
司空
紹《しょう》
大将軍《だいしょうぐん》・冀州牧《きしゅうぼく》
術《じゅつ》
左将軍《さしょうぐん》
譚《たん》
車騎将軍《しゃきしょうぐん》・青州刺史《せいしゅうしし》
煕《き》
幽州刺史《ゆうしゅうしし》
尚《しょう》
大将軍・冀州牧

四、曹氏系図

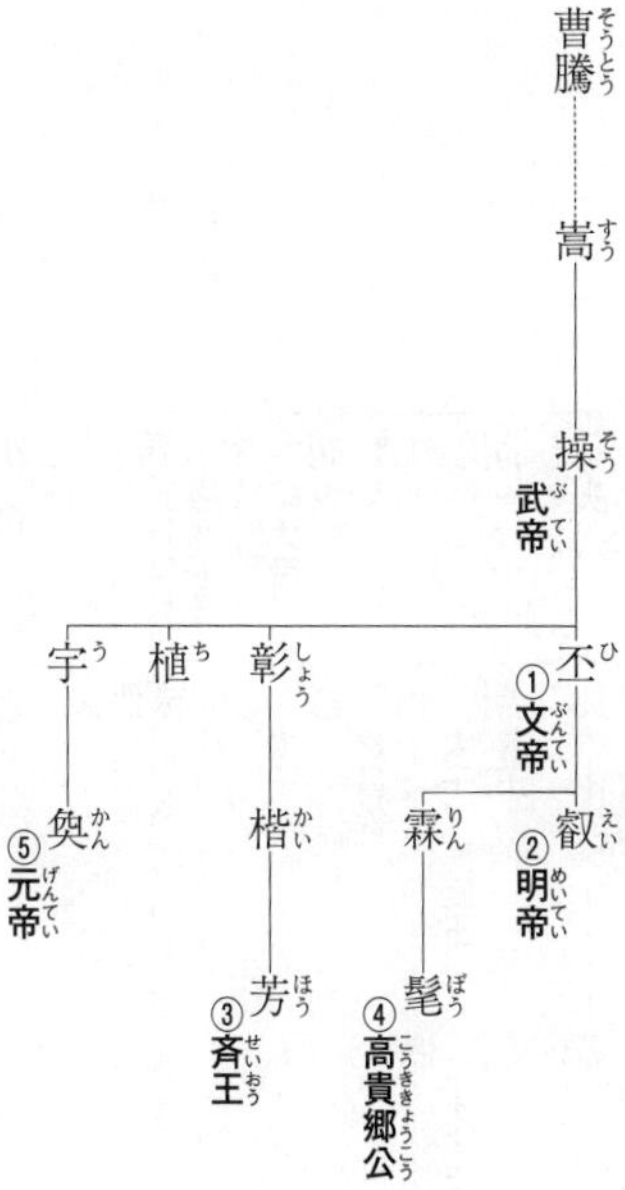
曹騰《そうとう》
嵩《すう》
操《そう》
武帝《ぶてい》
丕《ひ》
①文帝《ぶんてい》
彰《しょう》
植《ち》
宇《う》
叡《えい》
②明帝《めいてい》
霖《りん》
楷《かい》
奐《かん》
⑤元帝《げんてい》
髦《ぼう》
④高貴郷公《こうききょうこう》
芳《ほう》
③斉王《せいおう》

五、孫氏系図

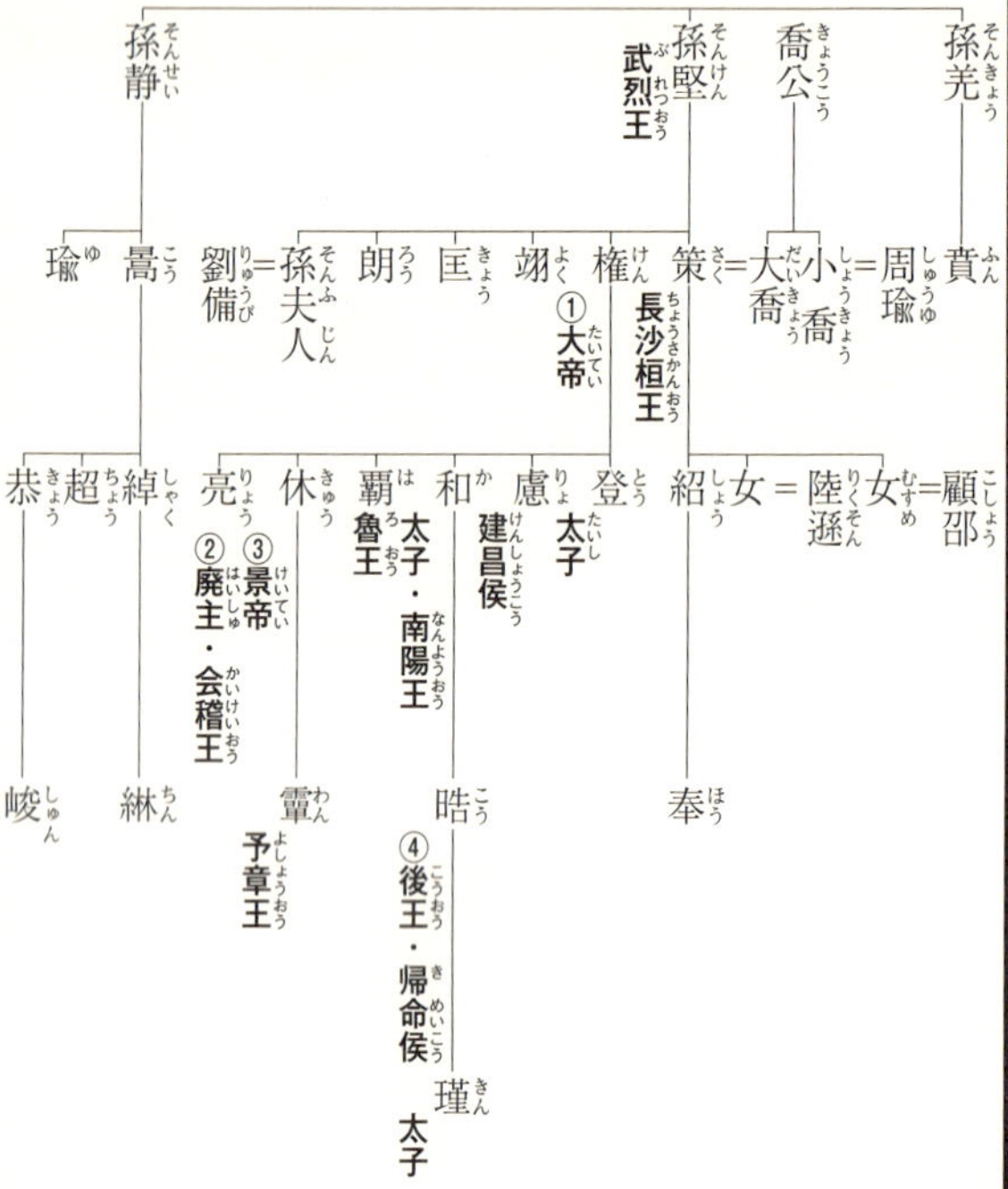

孫羌《そんきょう》
喬公《きょうこう》
孫堅《そんけん》
武烈王《ぶれつおう》
孫静《そんせい》
賁《ふん》
周瑜《しゅうゆ》
小喬《しょうきょう》
大喬《だいきょう》
策《さく》
長沙桓王《ちょうさかんおう》
権《けん》
①大帝《たいてい》
翊《よく》
匡《きょう》
朗《ろう》
孫夫人《そんふじん》
劉備《りゅうび》
暠《こう》
瑜《ゆ》
顧邵《こしょう》
女《むすめ》
陸遜《りくそん》
女
紹《しょう》
登《とう》
太子《たいし》
慮《りょ》
建昌侯《けんしょうこう》
和《か》
太子・南陽王《なんようおう》
覇《は》
魯王《ろおう》
休《きゅう》
③景帝《けいてい》
亮《りょう》
②廃主《はいしゅ》・会稽王《かいけいおう》
綽《しゃく》
超《ちょう》
恭《きょう》
奉《ほう》
晧《こう》
④後王《こうおう》・帰命侯《きめいこう》
瑾《きん》
太子
𩅦《わん》
予章王《よしょうおう》
綝《ちん》
峻《しゅん》

六、蜀漢系図

前漢 景帝《けいてい》
｜
中山靖王劉勝《ちゅうざんせいおうりゅうしょう》
┆
劉雄《りゅうゆう》
｜
弘《こう》
｜
備《び》（先主《せんしゅ》）
｜
禅《ぜん》（後主《こうしゅ》）　永《えい》　理《り》

禅の子：璿《えい》　瑤《よう》　琮《そう》　瓚《さん》　諶《じん》（北地王《ほくちおう》）　恂《じゅん》　璩《きょ》

七、司馬氏系図

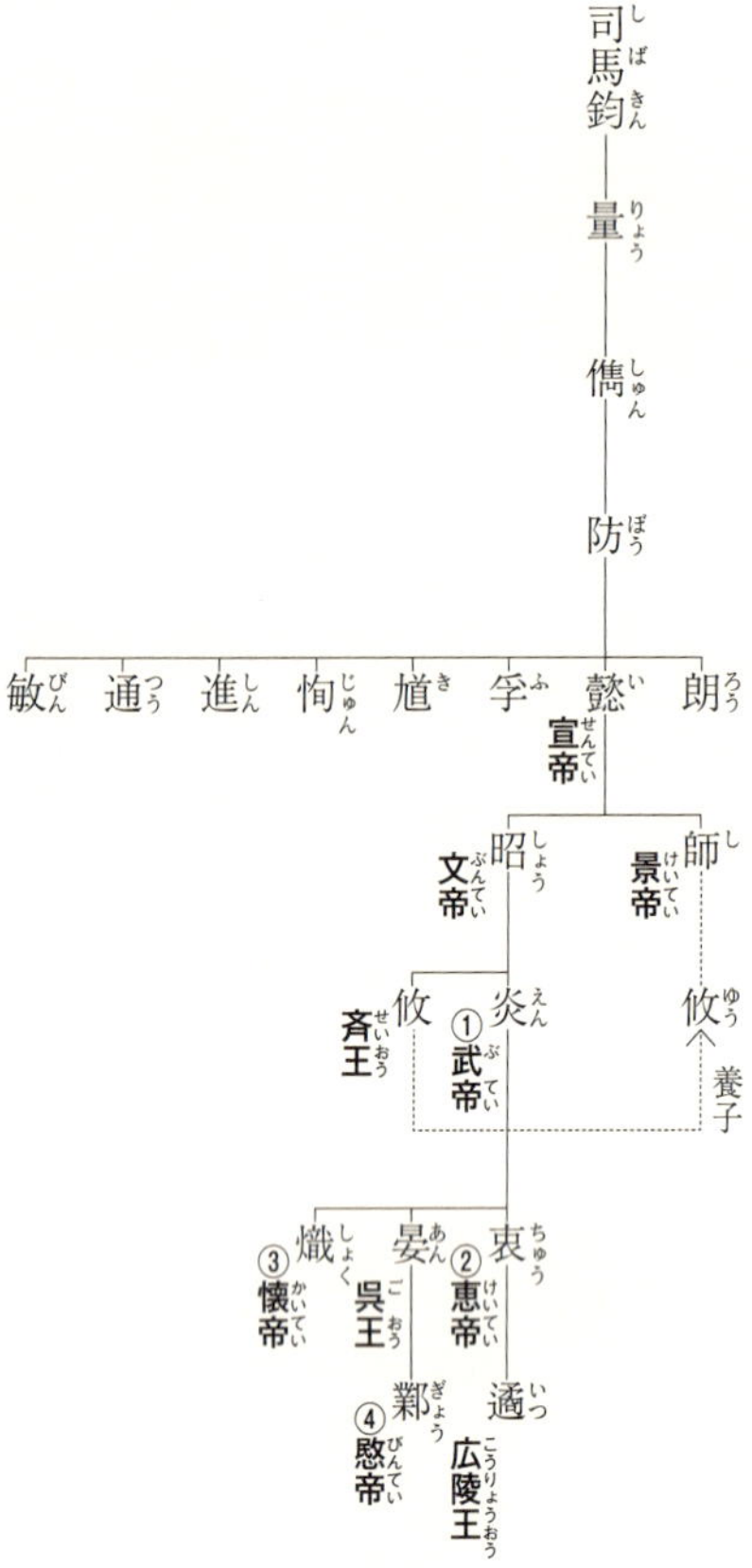
司馬鈞《しばきん》
量《りょう》
儁《しゅん》
防《ぼう》
朗《ろう》
懿《い》
宣帝《せんてい》
孚《ふ》
馗《き》
恂《じゅん》
進《しん》
通《つう》
敏《びん》
師《し》
景帝《けいてい》
昭《しょう》
文帝《ぶんてい》
攸《ゆう》
養子
炎《えん》
①武《ぶ》帝《てい》
攸
斉王《せいおう》
衷《ちゅう》
②恵帝《けいてい》
晏《あん》
呉王《ごおう》
熾《しょく》
③懐帝《かいてい》
遹《いつ》
広陵王《こうりょうおう》
鄴《ぎょう》
④愍帝《びんてい》

八、諸葛氏系図

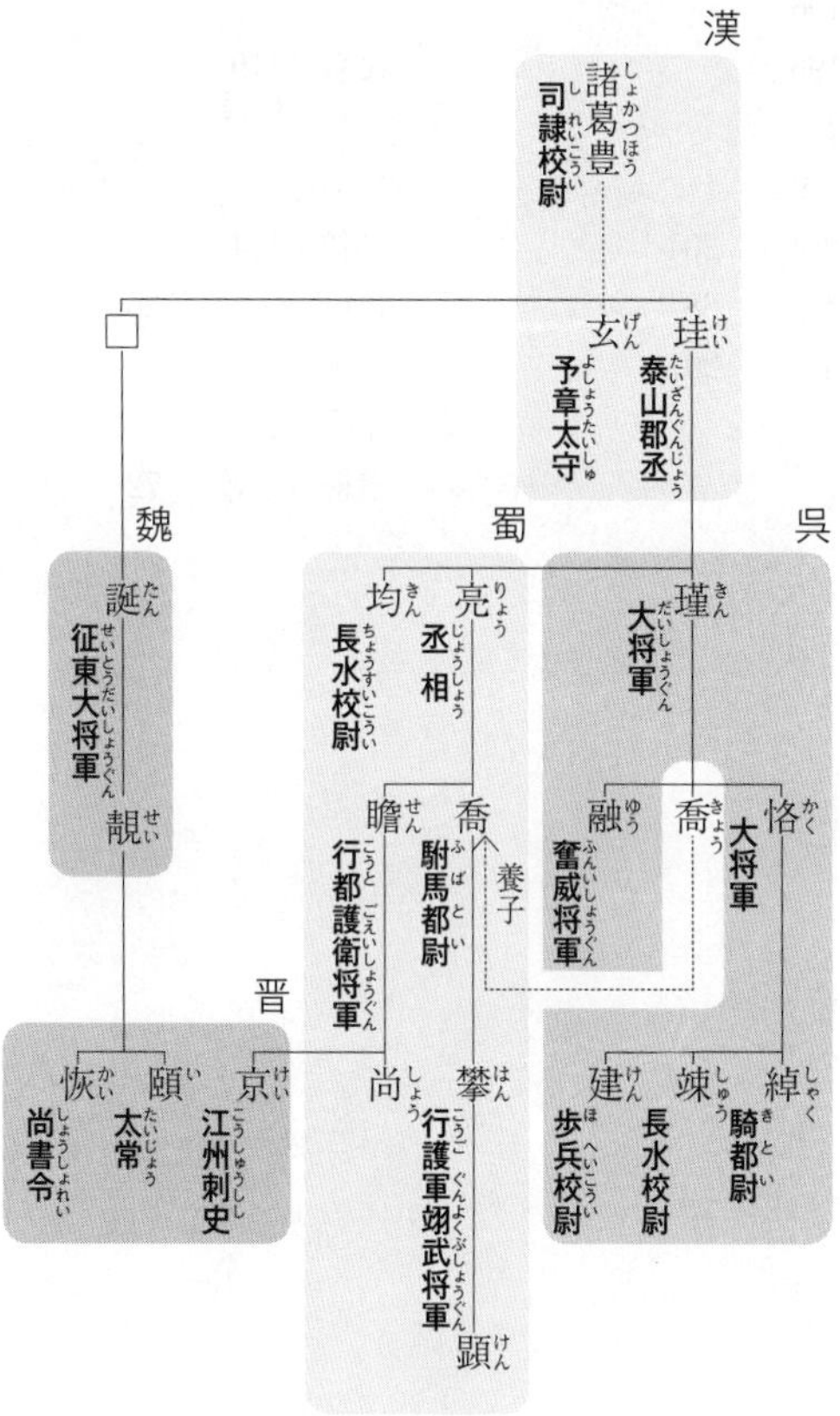
漢
諸葛豊《しょかつほう》
司隷校尉《しれいこうい》
珪《けい》
泰山郡丞《たいざんぐんじょう》
玄《げん》
予章太守《よしょうたいしゅ》
呉
瑾《きん》
大将軍《だいしょうぐん》
恪《かく》
大将軍
喬《きょう》
融《ゆう》
奮威将軍《ふんいしょうぐん》
綽《しゃく》
騎都尉《きとい》
竦《しゅう》
長水校尉
建《けん》
歩兵校尉《ほへいこうい》
蜀
亮《りょう》
丞相《じょうしょう》
均《きん》
長水校尉《ちょうすいこうい》
喬
駙馬都尉《ふばとい》
養子
瞻《せん》
行都護衛将軍《こうとごえいしょうぐん》
攀《はん》
行護軍翊武将軍《こうごぐんよくぶしょうぐん》
顕《けん》
尚《しょう》
魏
誕《たん》
征東大将軍《せいとうだいしょうぐん》
靚《せい》
晋
京《けい》
江州刺史《こうしゅうしし》
頤《い》
太常《たいじょう》
恢《かい》
尚書令《しょうしょれい》

人物伝索引

1　本書第二章「三国志」人物伝に掲載した人名を五十音順に配列した。
2　（　）内は字である。
3　同名異人は簡単な説明を〔　〕内に附して区別した。

さ

し

本書は文庫オリジナル作品です。

吉川英治著

三国志（一）

—桃園の巻—

劉備・関羽・曹操・諸葛孔明ら英傑たちの物語が今、幕を開ける！　これを読まずして「三国志」は語れない。不滅の歴史ロマン巨編。

吉川英治著

宮本武蔵（一）

関ケ原の落人となり、故郷でも身を追われ、憎しみに荒ぶる野獣、武蔵。彼はいかに求道し剣豪となり得たのか。若さ滾る、第一幕！

吉川英治著

黒田如水

「天下を獲れる男」と豊臣秀吉に評された、戦国時代最強の軍師・黒田官兵衛（如水）。その若き日の波乱万丈の活躍を描く歴史長編。

井上靖著

敦（とんこう）煌

毎日芸術賞受賞

無数の宝典をその砂中に秘した辺境の要衝の町敦煌——西域に惹かれた一人の若者のあとを追いながら、中国の秘史を綴る歴史大作。

井上靖著

天平の甍

芸術選奨受賞

天平の昔、荒れ狂う大海を越えて唐に留学した五人の若い僧——鑒真来朝を中心に歴史の大きなうねりに巻きこまれる人間を描く名作。

井上靖著

蒼き狼

全蒙古を統一し、ヨーロッパへの大遠征をも企てたアジアの英雄チンギスカン。闘争に明け暮れた彼のあくなき征服欲の秘密を探る。

司馬遼太郎著 **項羽と劉邦**（上・中・下）

秦の始皇帝没後の動乱中国で覇を争う項羽と劉邦。天下を制する〝人望〟とは何かを、史上最高の典型によってきわめつくした歴史大作。

宮城谷昌光著 **青雲はるかに**（上・下）

才気煥発の青年范雎が、不遇と苦難の時代を経て、大国秦の名宰相となり、群雄割拠の戦国時代に終焉をもたらすまでを描く歴史巨編。

宮城谷昌光著 **晏子**（一〜四）

大小多数の国が乱立した中国春秋期。卓越した智謀と比類なき徳望で斉の存亡の危機を救った晏子父子の波瀾の生涯を描く歴史雄編。

宮城谷昌光著 **楽毅**（一〜四）

策謀渦巻く古代中国の戦国時代。名将・楽毅の生涯を通して「人がみごとに生きるとはどういうことか」を描いた傑作巨編！

宮城谷昌光著 **香乱記**（一〜四）

殺戮と虐殺の項羽、裏切りと豹変の劉邦。秦の始皇帝没後の惑乱の中で、一人信義を貫いた英傑田横の生涯を描く著者会心の歴史雄編。

宮城谷昌光著 **史記の風景**

中国歴史小説屈指の名手が、『史記』に溢れる人間の英知を探り、高名な成句、熟語のルーツをたどりながら、斬新な解釈を提示する。

新潮文庫最新刊

養老孟司著
養老孟司の大言論I
希望とは自分が変わること
人は死んで、いなくなる。ボケたらこちらの勝ちである。著者史上最長、9年間に及ぶ連載をまとめた「大言論」シリーズ第一巻。

河合隼雄著
こころの読書教室
「面白い本」には深いわけがある――カフカ、漱石から村上春樹まで、著者が厳選した二十冊を読み解き、人間の心の深層に迫る好著！

山折哲雄著
17歳からの死生観
嘲笑されても自分の道を模索した宮沢賢治。非暴力の闘いに挑んだガンディー。死を見据え、生の根源に迫る、高校生との感動の対話。

岩瀬達哉著
血族の王
―松下幸之助とナショナルの世紀―
38万人を擁する一大家電王国を築き上げ、数多の神話に彩られた「経営の神様」の生涯を新資料と徹底取材で丸裸にした評伝決定版。

川口淳一郎著
はやぶさ式思考法
―創造的仕事のための24章―
地球に帰還した小惑星探査機「はやぶさ」の奇跡――計画を成功に導いたプロジェクトリーダーが独自の発想法と実践を伝授する！

にわあつし著
東海道新幹線運転席へようこそ
行きは初代0系「ひかり」号、帰りは最新型N700A「のぞみ」号。元運転士が、憧れの運転席にご招待。ウラ話満載で出発進行！

三国志《さんごくし》ナビ

新潮文庫　よ－3－0

平成二十六年二月一日発行

著者　渡邉《わたなべ》義浩《よしひろ》

発行者　佐藤隆信

発行所　株式会社新潮社

郵便番号　一六二―八七一一
東京都新宿区矢来町七一
電話　編集部(〇三)三二六六―五四四〇
　　　読者係(〇三)三二六六―五一一一
http://www.shinchosha.co.jp

価格はカバーに表示してあります。

乱丁・落丁本は、ご面倒ですが小社読者係宛ご送付ください。送料小社負担にてお取替えいたします。

印刷・錦明印刷株式会社　製本・錦明印刷株式会社

ISBN978-4-10-115450-3 C0195